雕花朵

薛媛媛 著

作家出版社

目录

短篇小说

中篇小说

短篇小说

湘绣旗袍

薛师傅的案板上云集一堆红红绿绿的布料，都是些真丝布料，这些真丝布料经过他的手，变成一件件女人旗袍。这些旗袍就像云彩一样，在大街小巷甚至全国各地飘。某些时候，这些旗袍还有它的特殊意义，或被展示在舞台上，或被展示在晚宴上，也有深陷在某大公司黑色的或红色的皮沙发里，像水一样润泽。

薛师傅戴上老花镜，想把案板上的面料分成两类。那些纯色的缎面真丝，质地柔软又不失挺括，是绣湘绣的好料子。一般是那种有品位的中年女人做的，也是这种女人最能穿出旗袍的韵味了。而那些花色真丝是不要绣湘绣的，一般是那些年轻女人做的。这种旗袍，无领无袖，露出整个背部和半个胸部，两侧衩开得很高，按女儿薛蓝的话说，是一种新式旗袍。

什么是新式旗袍？活了大半辈子的薛师傅似乎没有真正弄懂。他只知道早年流行的低领连袖圆摆的旗袍，古朴、典雅、清丽，与当下穿在年轻女子身上的敞胸露背，看见大腿根的旗袍有着天壤之别。在薛师傅眼里，做这样的旗袍容易多了，没有那些精致手艺。但旗袍的贵族气也就在这精致的手艺上，少了那种贵族气就少了旗袍的韵味。薛师傅做这类旗袍时有种成就感，但是他已经有三年没有做过这种类型的旗袍了。

薛蓝今天穿了件吊带旗袍，圆润肩部以及半个胸部露出来，腰部夹了大块薄如蝉翼的雪纺，隐约看到肚脐和整个腰部。薛师傅鼓起眼睛看，火就要从眼睛里冒出来。薛蓝大声说，独特的花型，轻薄的雪纺，使人穿着舒适，飘然若仙。薛师傅从鼻子里哼了一声，埋头理案板上的布料。他准备把案板上的布料做完就给自己退休。他只能退休，他是越来越看不懂这些时尚了。年轻女人模仿薛蓝的派头，薛蓝穿什么，她们做什么，这样一来，找薛蓝做旗袍的人越来越多，而他却成了摆设的古董。薛蓝无不骄傲地说，现在是旗袍的春天，也是她的春天了。

再过几天就是薛师傅的六十大寿，过完大寿就准备不碰针了，让薛蓝去做，她爱怎么做就怎么做。薛师傅虽然也对薛蓝能有这么好的生意感到欣慰，但薛蓝做旗袍的姿态又让他感到压抑和别扭。薛蓝做旗袍总是放音乐，放古典音乐也就罢了，偏偏放的是一些节奏感很强的摇滚，一副心不在焉的样子。有时，随着音乐摇头晃脑。做旗袍是全神贯注的事，哪有这样做的？他总觉得薛蓝的心还浮躁，难成大器。也难怪，年轻人嘛！她母亲年轻时不也是把别人的出国旗袍剪了一个洞？当初，也是剪了那个洞她才成了他的老婆。

门口站着一个女人，手里拿着一块翠绿色缎面真丝布料。说要找薛师傅。薛师傅取下眼镜望着她。

您就是薛师傅？

我就是。

我想请您做条湘绣旗袍，做那种低领连袖圆摆。

你还喜欢那种旗袍？薛师傅疑惑地看着女人，又说，可是我的眼睛有些不济了。

薛师傅有好几年没碰到做这种旗袍的女人了。薛师傅又看了女人一眼，这女人身材颀长，气韵好，是个能够把旗袍穿出韵味的女人。

女人把布料拿到薛师傅面前，边打开边问薛师傅，你看这种布料好吗？薛师傅正准备说好料子时，女儿薛蓝快嘴快舌地说，我父亲眼睛不好，做不好这种旗袍了，我给你做吧！

女人望了望薛蓝，几分狐疑。

不相信年轻人能做好你的旗袍？薛蓝心里想，我还不愿意做这种老式旗袍呢。

不是，不是！这件旗袍要求比较高，挺繁琐的。女人还有句话存在心里，做旗袍的就像医生看病，越老越精。

薛蓝见那女人瞧不起她，也不再理那女人，忙自己的活去了。女人见薛蓝不理她，也不恼，站在门边，微笑着看他们做旗袍。薛蓝没好气地说，你可以走了。女人倒沉着，没有走，只是她不再看薛蓝，专看薛师傅做旗袍。

薛师傅对女儿的生气有些悚，这种悚不是一两日了。他想撒手让女儿挑起做旗袍的大梁，总又觉得女儿在哪个地方未遂心愿。这样，父女之间常生些龃龉。薛师傅越来越力不从心，女儿冲劲儿足，一天比一天自信。薛师傅说，不是我不做，我的眼睛怕把你的旗袍做坏。

女人说，我相信你会做好，我也是询问了许多人才找到你的，这条旗袍对我来说有种特殊的荣誉，意义重大。

“意义重大？”薛师傅又认真地看了女人一眼，心里咯噔一下。他这一辈子经历过许多意义重大的事。那时候在服装厂上班，市里的毛泽东思想宣传队要演出，赶制演出服；学生要学军，赶制军装；市里的干部要到北京开大会，赶制四个口袋的中山装；省里领导要出国，定做一批毛料西装；特别过瘾的是，湖南湘剧团到美国演出，定做一批旗袍。每当接到这些活的时候，厂长总要慎重地对他说，一定要做好，这些服装意义重大。后来，最能显示他手艺绝活的还是那些出国演出的湘绣旗袍。也是做了那批旗袍后，他的旗袍在长沙发扬光大。所以，对于意义重大的事，薛师傅向来也看得认真。于是他问，旗袍要得急吗？女人说有些急。女人又补一句，只要你做，我愿意出高价钱。薛师傅说不是钱的问题。

薛蓝犯倔了，又冒出硬邦邦的一句：现在不是服装厂了，你也用不着去完成那些意义重大的事了。

薛师傅瞪了一眼薛蓝，薛蓝不服地“切”了一声。薛师傅颤了一下，没有表态做还是不做，只是盯着女人手里的布料，好像女人手里的布料是一双柔软的手，正在触摸他心底里的某种东西。薛蓝很仔细地看着父亲，又说，她的荣誉与你有什么关系？

住嘴！

薛师傅怒了。他想起他的旗袍店。他的旗袍店能支撑到现在，就是靠了这些荣誉。他突然明白了，女儿倚仗的是技术而不是艺德，这是手艺人最忌的，也是女儿这一代无法理解的，他必须让女儿明白，无德便无技。薛师傅站起来，要女人站到当亮的地方，自己眯一只眼，把女人从头到脚看了一眼说，把布料放在这里，你可以走了，七天后来取。

女人没有走。她觉得薛师傅没给她量身，不量身做出来的衣服怎么是她的？女人以为他和其他裁缝一样，要用一条有星星点点的皮尺，在她身上量来量去，然后记在本本上。女人当然不可能知道，薛师傅的眼睛就是皮尺，只淡淡地瞄上两眼，就默记在心，就像熟悉自己身体给自己做衣服一样准确。

女人费解地看着薛师傅，可薛师傅又说一次，七天后来取。

薛师傅把女儿卧室的门卸下来，洗干净，搁到自己卧室的铜环床上。铜环床不同于席梦思床，它三侧有小圆柱支撑的床墙。门板搁到床墙上，正好成了个案桌。这是间他和老婆共同的床。老婆一见床被盖了盖，就问，我怎么睡？他对老婆说，这是我做最后一条旗袍了，我要集中精力做，你就和薛蓝挤挤吧！说完，他一进门，就把自己关在门里，老婆被关在门外了。老婆虽然一时转不过弯，也只好由他去。

卧室光线有些暗，薛师傅吩咐薛蓝到街上买只六十瓦光的灯泡换上，然后把薛蓝也关在门外，卧室这个小世界就完全属于他了。吃饭时候，他也不出来。老婆对薛蓝说，你爸爸又开始不正常了，他是有胃病的，我真担心他再搞出什么毛病来。薛蓝说，随他吧！他饿了自然会出来吃。

薛师傅开始裁剪旗袍，旗袍的领口不能歪也不能大，领口要像蛤蚧夹肉一样夹着脖子，脖子才衬托出修长而秀丽。旗袍的腰部要收好，这是关键。腰收到增一分肥减一分瘦的地步才能衬托出腰部的曲线来。下摆的两侧不能露出大腿。中年女人走路看见大腿，有失庄重，当然也不能开得过低，要看得见整个小腿，这样，女人走路，既能走出风采，又不失典雅。

旗袍的剪裁和针脚是要靠眼力的。特别那些针路，不是缝纫机一响，踩出来，而是靠手工一针一线缝出来。如果眼不好，手不匀，面子上就会浮出线头或“蜈蚣虫脚”。蜈蚣虫身子小脚很长，是湘绣的大忌。如果蜈蚣虫脚出现在他的旗袍上，就等于蜈蚣虫吞进他肚子般难受。

薛师傅在那个世界捣腾了几天，又打开房门，拿出他裁剪的旗袍。旗袍上还画了一只金凤凰的图案，凤凰的头从旗袍的胸部开始，到旗袍下摆正好是凤凰漂亮的凤尾，深红和黄黑颜色搭配，可说是世界上的绝配。他把老婆拉进房，然后又关上门。他要老婆坐在他跟前绣旗袍上这只凤凰。老婆在案前摆好布绷子，绷上绣板。然后坐在他面前不用戴眼镜就捏起了绣花针。老婆捏针的样子，让他想起老婆年轻时，她的拇指和食指粉嫩粉嫩，捏着针，合成一个圆环，剔透得像枚玉佩。他再也看不到老婆那样的手了。老婆虽然没有了那样的手，但比自己年轻。成熟的男人找老婆是找能干聪明的老婆，不一定要漂亮，但要年轻。他就是找的这样的老婆。可以说他的旗袍一半依赖了老婆的湘绣。如果没有老婆湘绣的好手艺，也出不了这么漂亮的旗袍。

薛师傅觉得这辈子运气好首先有个好师傅，然后是有个好老婆。记得他三十岁了还在挑老婆。他是桃花江美人窝里出来的男人，相貌堂堂不用说，但对那种找上门来又没有一点本事的漂亮女人，他一点不感兴趣。也是那次，厂里接到省湘剧团到美国演出的通知，演员一律穿湘绣旗袍。厂长把做旗袍的任务交给他，由他统一裁剪，再拿出湘绣。长沙有四大湘绣厂。沙坪湘绣厂是四大湘绣厂的发源地。他拿了布料去了沙坪湘绣厂。当时沙坪湘绣厂还只有个小厂房，接了业务就去找那些农村姑娘。那里的农村姑娘从小就绣花挑朵的，个个是湘绣能手。沙坪湘绣厂把业务分到姑娘手里，不到几天，一位姑娘跑到服装厂找薛师傅，说这条旗袍被她剪线时不小心剪了个洞，说完就哭了起来。薛师傅发现姑娘绣得非常不错，而且找上门赔礼道歉已很有责任感了，就重做了件旗袍给她绣。后来有了零散的旗袍业务就专门让她绣，一来二去，这个比他小十多岁的姑娘就成了他的老婆。

薛师傅在旗袍上打好的图样，在老婆眼里只是个轮廓，她要在轮廓上配线绣出层次。一根线劈成十六根，每根的颜色，从最深到最浅的分成十三种。将花线、绒线、丝线、织花线、桃花线、金银线，分清楚后，老婆开始飞针走线。她要穿插地换着接掺针、拗掺针、挖掺针、直掺针、横掺针、排掺针、毛针、隐打、游针、盖针、花外、打子针、钩针、扎针、刻针。她绣得轻重徐疾、有板有眼。粗的细的各种颜色的丝线在她的手中飞舞着，两朵艳丽的蝴蝶结，翩跹在领口上，既起了点缀又起领导作用。那只凤凰，深红的凤头，红黑的凤身，金色的凤尾，活灵活现，就像随时从绣屏上飞出来。

旗袍做好后，薛师傅将旗袍穿在迎门的一个模特儿身上，旗袍从上往下挂，像水一样滑下来。薛蓝很用心地给模特儿头上戴上一顶荷叶造型的绸缎阳帽，在脸前像个倒S形，一边遮住了一只眼睛，一边闪出晶亮的光芒。长发披在帽檐下，像是一朵荷花下垂着的穗。翠绿色的旗袍，就像出水的荷叶在一阵轻风吹过，闪烁而流动，泛出幽幽的色彩。在那些花花绿绿被视为土气的时代，在讲究格调的白领丽人沉迷于低调的，高级灰的世界里，这条旗袍忽如一夜春风，开着绚丽的花朵，引来翩跹的蝴蝶，一扫笼罩在世界的灰色迷惘，为女人构筑了一道靓丽的风景线。

薛蓝在给模特装饰时，薛师傅的眼睛一直盯着薛蓝看。薛蓝今天穿了件红印花超短旗袍，下身的短比阿婆的短裤长不了多少。薛蓝几分得意地说，你不要这样看我，这是改良。传统的印花织布，标准的中国红中加入金色花纹，体现了浓浓的中国情结；黑色琵琶扣点缀，内配金色小吊带，硬朗中又不失女性的柔美；现代的尖角翻领与露背元素，中西合璧，性感妩媚。纵使薛蓝讲得天花乱坠，薛师傅也只能是越看越生气。可越是生气越没有足够的理由说服薛蓝。他只好不去看薛蓝了，搬了条板凳坐在店门口，等女人来拿旗袍。

女人没来。女人没有来，他就盯着模特身上的旗袍看，越看越欣慰。他做了一辈子的旗袍，好像还没有这样认真看过。

薛师傅六十岁，做了四十多年旗袍。他觉得他比他父亲幸运，他父亲想做旗袍，但没有做成。父亲十五岁从乡下到镇上学裁缝，学费是从乡下带几升白米，由于父亲的好学，做了师傅的上门女婿。那时镇上不知道旗袍是怎么回事，但做裁缝的父亲还是知道旗袍的，希望自己学会做旗袍，师傅却说镇上没人穿旗袍，你学它做什么，师傅没有告诉父亲做旗袍，但父亲希望自己的儿子能做旗袍。就在薛师傅长到十五岁时，父亲把他送到了长沙拜师学做旗袍。父亲说，我从山沟里到了县城，你要从县城做到省城才叫有出息。我们的祖先薛仁贵也是走出去才干出大事的。父亲识字不多，喜欢县剧团演的古装戏《薛仁贵征西》。就这样，他带着父亲的愿望，来长沙拜师学旗袍了。师傅没有儿子，身体又不好，薛师傅就挑水劈柴洗衣样样都做。师傅离不开他，认他做干儿子。合作化时，他以儿子的名义和师傅一块进了服装厂，吃起了长沙户口。他的师傅做旗袍是祖传，不久，师傅死了，他就成了一代名师。

每天一早，薛师傅就去挂旗袍。他将叠好的旗袍轻轻打开，往模特儿身上一穿，旗袍又像水一样滑落下来。他喜欢看这种水样滑落的感觉。一到晚上，他又把衣服取下来，折叠好，放到一个精致的四方盒里。薛师傅盯着盒子里的旗袍看，那个女人不断地在他眼前晃动。女人做旗袍是去参加一个盛大的宴会？还是和一个旧情人约会？女人是四十岁还是四十多岁？女人的年龄是看不准的。

燥热的夏天就在薛师傅的等待中过去了，女人还没有来。这时，薛师傅有些坐不稳了。薛蓝怕父亲急出什么病来，觉得父亲有些痴了，不满地说，爸，到里屋歇着吧！那女人来了我会叫你的。

薛师傅固执地说，我为啥要到里屋歇着？然后直直地望着女儿。薛蓝一噘嘴：你也太认真了，不就是一件旗袍吗？你也不想想，或许那个女人犯了病，出了车祸呢。

你别在这里胡说八道，你怎么能咒人家？

本来嘛。她不来，还要我们打广告找她啊！你没见现在人的那德性，有钱神气到天上去了。说不定她早忘了她的旗袍呢？

我相信她会来的。

其实旗袍这种衣，说看重就看重，说不看重，不过是女人衣橱里多件衣罢了。再过段时间不知还有人穿不穿这种旗袍，既繁琐又不实用。如果我有个好的工作，也不会把青春浪费在这一针一线上。

薛师傅身体里猛然扎了一下。他知道薛蓝从心底里没有真正地喜欢过旗袍。她能做，是靠了她一股子灵性。女儿要的只是旗袍外面的世界，而不是旗袍的内涵，喜欢旗袍只是他自己的一厢情愿。薛蓝高中毕业那年没考上大学，在家待业，他发现他也很无能，他的旗袍做得再好也没人帮他把女儿招出去。他认命，老婆却不认命。老婆说，你给市长夫人做旗袍，你去和他夫人说说，给女儿找个合适的工作吧！薛师傅口里答应着，就是不行动。他认为女儿到一定的时候，也会认命的。现在女儿虽然认命，很不情愿地跟他学做旗袍了，但要想让她死心踏地做好旗袍，还是差一段功夫的。

又过了一段时间，女人仍然没有来。

这时，坡子街要扩建，所有的旧房要拆。薛师傅的旗袍店和他以前的服装厂正在这条街上，都属于拆迁之内。薛蓝是个能干的姑娘，很快在另一条巷子找到了门面，准备在拆毁之前搬过去。这下薛师傅寝食不安了。他想女人来了怎么找旗袍店？他很不愿意搬。薛蓝说，我们在原地方钉块牌子，告诉我们的新地址。薛师傅搬到新门面后，他又不放心了。他说，那牌子起什么作用？我还是到那里去等吧！反正我不做旗袍了，有的是时间。薛蓝惊讶地望着他，老婆说让他去吧，你又不是不知道他固执像牛。他要做的事，就是九头牛也拉不回。

薛师傅端了盒子里的旗袍，蹲在薛蓝钉的牌子旁，看他们拆屋。好端端的屋被一个个拆得乱七八糟了。当他看到服装厂“轰”一声巨响，成了一堆钢筋水泥时，他的老眼冒出了泪花。没了，彻底没了。服装厂刚成立时，他为厂里做过很长一段时间的旗袍。有天，服装厂突然受到了冲击，那些漂亮的旗袍都被撕成了布条，说是过去地主太太穿的封资修的东西。在全厂都不做旗袍的时候，他偷偷给一个女人做过一条旗袍，那女人精致地穿在身上，走到河码头去看龙船时候，被几个造反派盯住了，那女人一下河码头，她的旗袍被造反派撕成了条。那女人哭着往家走，薛师傅偷偷跟在她后头哭，一直哭到她回到家。后来，市面上又风行一种的确良的布料，手感挺滑，穿着不起皱，凉爽，是夏天做衬衣的好料子，也是一种很昂贵的布料。当时只有两种颜色，水红和纯白。水红是姑娘的专利，白色是男人和老年人的专利。后来市面上出现了花的确良，那女人意外地拿来花的确良面料，要薛师傅给她做棉衣罩衣。薛师傅很懂得这个女人，他用了类似于旗袍裁剪，在领口上用了做旗袍的那种领口，扣子也是按旗袍那种布纽扣去点缀。那女人穿出去后，姑娘们一窝蜂地请他做这种款式。他白天做不过来，就带回家，晚上在灯下做那些蝴蝶结、饺子形、菊花瓣的纽扣。再后来，长沙凭空冒出许多服饰公司和数不清的个体裁缝店，外省的名牌也源源不断打进长沙，服装厂就接不到业务了。老厂长退休后，新厂长把厂卖给一个服装公司。工厂卖了，断了工人的生路，工人跑到厂里骂娘。薛师傅没有骂娘，他拿了那笔可怜的买断金做了件大事。他把两室一厅的住宅进行了改造，先把当街的门改成双合页门，把横着的那间夹成小两间，做了他和女儿的两间卧室，再把外屋和里屋连着的两间打通，成了一间大房子，做了门面。门口挂了块“薛师傅旗袍店”的牌子。这时，街上那些丽人，在街上大大小小的旗袍店里挑来挑去，挑到薛师傅旗袍店的时候，就再也不想走了。

坡子街的旧房拆毁后，变成了一条空巷。薛师傅蹲在尘土飞杨的空巷里，每天如此，跟单位上下班人一样准时。那些民工不可思议地看着他，时间一长，把他看成了活路标。有人问地址了，就说那里有个卖旗袍的老人。于是，过路人劝他，这条街成了空巷，你蹲在这里卖给谁呀。开始他还和他们解释，发现他们那嘲笑的目光，就不作声了。

坡子街开始重建一栋栋新房，薛师傅蹲在那里，像是看景，又像在看人，眼睛却空洞地一直望到巷子的尽头，目光游离而迷惘。渐渐地，他饭也不想吃了，觉也睡不踏实了，话也不想说了。这天，他终于倒在了那块牌子前。

在医院，薛师傅被诊断为晚期胃癌。

病床上，薛师傅还在问，女人来了没有？老婆急了，对薛蓝说，这件旗袍会把你爸爸活活折腾死的，快想个办法吧！薛蓝没作声，脑瓜子一转，第二天，她在晚报上登了一则领取旗袍的消息。她把这件事告诉薛师傅时，病得不成样子的薛师傅咧嘴笑了。

可是一个星期过去了，仍然没有人领旗袍。薛师傅只好又不断地追问薛蓝。薛蓝说，哪有那么快呀，再等等吧！

见父亲还是那么焦急，薛蓝心里也暗暗不安起来。这一天，她又找出那张报纸细看，突然看见，在她的那条消息旁边，还有一条讣告：全国著名民族学学者，省政协委员夏玉珍女士因患白血病，半年医治无效，于昨日去逝，享年48岁。薛蓝第一次没看到这条讣告，现在看到了，心里就很不是滋味。讣告与认领旗袍的消息挨在一起，冥冥中是不是有一种什么联系？

这天中午，薛师傅接到了一个女人打来的电话，说她就是那个定做旗袍女人的女儿，并解释说，当时因为妈妈学院急于出国考察，把这事搁一边了。薛师傅听了说，我还以为你妈妈不要了呢，你妈妈什么时候来拿旗袍？电话里满口赔不是，又说，妈妈一年半载回不来，前不久她打电话过来，叫我抓紧拿了给她寄去，她等着穿。薛师傅在电话里约好在他原来的旗袍店见面。

薛师傅送走那件旗袍后，就像脱掉了一件被雨淋得透湿的旧棉袄，穿上了一件新棉衣，有种说不出的轻松和舒适。他兴奋了大半个晚上，才迷迷糊糊睡着。结果，这一睡，薛师傅就永远睡过去了。

薛蓝伤心至极，边哭边喊，父亲是我害死的，我这个主意馊啊！

原来，晚报登出消息后，还是无人问津，而父亲又把唯一的希望寄托在晚报上，薛蓝便突发奇想，找来自己的女友，扮成那个取旗袍女人的女儿。旗袍取走了，本想让父亲了却这桩心事，安度晚年，没料到反而加快了父亲的死亡。

火化父亲和父亲的遗物时，薛蓝拿着那件旗袍，泪汪汪地盯了半天。母亲说，这是你父亲一生做得最用心的一件旗袍。他走了，让你爸带走吧！薛蓝明白母亲要将旗袍烧掉，急忙抱过来，对母亲说，我要留着它。

旗袍仍然挂在模特身上。这条旗袍就成了路人永远注意却无人领走的绝品。

午夜火车

胡同接到主编要他赶回报社的电话已是午夜。

他提着摄影包，从牛家湾赶到六里路以外的一个小站去坐火车。牛家湾是个偏僻的山区，没有始发列车，只有两趟经过车，也没正规的火车站，只有一个临时停靠点。停靠点只搭了个木棚，木棚上头吊了盏煤气灯，下头是一张两米长两头钉死的木板凳供候车人休息。胡同赶过来，一列火车刚刚开过，他只追上火车屁股上那缕黑烟。胡同颓然地坐到板凳上，心里非常窝火。就差那么一分钟，他要在这里等上两三个小时，甚至更多的时间。

胡同的屁股挨到板凳不久，头耷拉犯起困来。他不让自己睡着，睡着了不光会感冒，万一错过下趟车呢？胡同扭了扭脖子，又将身子挺了挺。其实他是傍晚才赶到牛家湾参加聚会的。牛家湾是他的知青点，这次聚会也是知青们约了几年的一次聚会。知青们有三十年没见面，好容易聚到一块他却要提前返城，令知青们非常扫兴。编辑部也巧，早不有事迟不有事，偏偏在他参加这个聚会有事，害得他一个人孤零零等车。

胡同身后是一片田野，看上去很空旷。收割后的田野，剩下已脱了稻谷的稻草捆成一个个把子站着，就像幼儿园排排站的幼儿。月光隐进云层又从云层游出来，大地一片银白衬出了田野的空旷。田野应该是有青蛙的，可那些青蛙也不知跑到哪里撒野去了，四周变得没一点响动。其实这时候的胡同很想听到一点声音，哪怕小虫子唧唧叫也好。万籁俱寂，胡同只觉脑袋一片空白。

他连夜赶回去是主编要他赶在出报纸之前撤掉一篇稿子，空出版面来换上一位领导同志的重要讲话，这是一个怎样的领导又是一篇怎样的重要讲话呢？非得要自己赶回去，把别人的稿子挤下来把他的塞进去。要是不急着赶回去，或许晚些时候他还能见到他多年想见到的一个人，可是他匆匆离开了。胡同从口袋里摸出一包烟，弹出一支，点燃，抽着。他抽着烟，想着他想见到的那个人。夜，往深处走，孤独开始在胡同的周身扩散。他习惯地摸了摸鼻子，点燃第三根烟时，一阵窸窣的声音，从看不见的前面涌来。胡同凝神细听，是一阵细碎的脚步声。声音越来越重，从田垄的拐弯处出现了一团黑影，那团黑影越来越近，黑影变成了一团暗红，暗红向他逼近的时候，他看见了一个穿红风衣的女人。风掀动她的衣边，扬起来，在皎洁的月光下如一团跳动的暗火。胡同虽然看不清女人的面部轮廓，但从她走路的轻巧来看，女人好像三十来岁。胡同这样想的时候，大大伸了个懒腰。

女人走到板凳的另一端，缩着圆润但并不臃肿的双肩，窘迫地站着，望了望前面的铁轨又看了看板凳。胡同这才发现自己很霸道，他坐在这条板凳的中间，两只手臂又伸长撑在板凳两边，这样板凳的两头就不能再容纳一个人了，何况是个陌生的女人。胡同使劲掐灭手里的烟，下意识地把伸展的手臂收回来，身体向一头挪动。

女人也许走热了，她随手脱下风衣，可刚脱下来又马上穿上，这个动作极快，快得就跟没脱过衣一样。“或许，夜晚只是一件黑色的外衣，我们脱下又穿起，是为了适应不同的体温。”胡同突然想起某篇文章里的一句话，还感到女人在他面前穿衣服画出的一道弧线，宛如秋夜里的萤火虫把她的曲线溶得柔和了。

女人安静地坐在板凳上，把一条腿搁到另一条腿上，又伸开双臂把自己搂紧，这样好像在触摸自己的内心安抚自己的惊慌，又好像找到了一个可以防备外来袭击又不失坚硬的外壳。胡同不由也振作起来，将一条腿搁到另一条腿上，双手抱胸，头向前昂着，一副傲慢的样子。

时间好像又恢复到刚才，从表面上看，什么都没有发生。四周除了草叶相互摩擦发出的沙沙声外，仍然没有一点响动。远处的山，在月光下黑黢黢的。突起的山峰仿佛一个仰卧的人，两条铁轨就夹在山谷之间，明晃铮亮。胡同想，这条铁路是什么时候有的？它又从什么地方来，到什么地方去？做知青的时候，莫说铁路，就连宽一点的马路都没有，只有一条窄窄的羊肠道。每次回城，他都要走十几里的羊肠道去镇上搭汽车。现在回到这里，最大的变化就是通了火车。也因为有了火车，知青们才愿意来聚集。要不，谁还愿像当年那样走十几里羊肠道来集这次会呢？现在，知青们也许到了最热闹的时候了！他们中有的带了帐篷，准备在帐篷里举行晚会，想找回当年知青开荒住帐篷的感觉。那是一种怎样的感觉啊！那是一种青春激昂、热血沸腾的感觉。胡同不知什么时候消失这种感觉的，只觉得青春渐渐隐去，生命越来越疲惫。

胡同把宽阔的胸部略向后靠，这样的姿势有些僵硬，又用一只手撑住面颊，一只手抱胸，两道鱼尾纹因了内心的不寻常从眼角爬过太阳穴。这样没坚持多久，感到有些不自在，又将撑面颊的手放下来，双手抱胸，将一条腿放下搁到另一条腿上。就这样，两条腿换来换去，这种感觉就好像是他的一条腿不是搁在另一条腿上，而是压在胸口上一样，胸口闷得难受，于是那头就像被一只手正在扳动一样，那头就转了过去，脸对着了女人。这时，胡同便有个惊奇的发现。这个女人并不年轻但很漂亮。女人的鼻梁像是雕刻家雕刻出来的一样，不但直而且挺，把整个脸部衬托得格外生动；敞开的风衣里是件开心白毛衣，紧绷身上，胸部衬得山高；齐耳的蘑菇发型似乎已经过时，于她却十分相宜。特别是盖住额头的那排刘海平添几分妩媚。胡同不由想起奶奶的马桶盖。在他们乡下称这种刘海叫马桶盖。看到马桶盖留在这个漂亮女人额头上，胡同有种莫名的愉快和喜悦。不是光线暗，他可能要偷拍这个瞬间了。

女人默默望着铁路，一副神圣不可侵犯的样子。于是胡同也盯着面前的铁轨看。火车没来，胡同已没有了刚来时的那种难受。也许有了个人，而且是个漂亮的女人跟他同样的遭遇，心里就好受多了。其实，何止是心里好受，应该说有几分惊喜。在这个特殊的夜晚，胡同和一个陌生而漂亮的女人并排坐在一块，这绝不是同妻子并排坐在一块吃晚餐，或看电视的那种感受。

吊灯，发出幽幽的光，像荡秋千一样，在他们身上荡来荡去。胡同又点燃一支烟，吐着一串串烟圈。这时，他总想看清什么，但又有些看不清，他将身子不露痕迹地移了点过去。他发现女人的脖子和肩之间非常匀称，头发自然地拢在耳垂，随意而优雅。耳边的细发在柔和的月光下泛出的银色，更是一种奇妙而又不可捉摸的感觉。胡同还想看清一点什么，又神差鬼使地移了些过去，只差一公分就和女人连在一起了。女人的胸部起伏伴着轻微的呼吸，略厚的嘴唇微微上启。那嘴唇一定是鲜红而温热的，胡同一点点收集女人的材料，心里计算着自己的嘴唇和女人的嘴唇粘到一块还要多少时间。一想到自己的嘴唇很可能与女人粘到一块，胸口就突突地往外蹦，他双手按胸，想让往外蹦的胸口沉下去，然而，沉下去的胸口又在突突地往外蹦，身体里的某个部位也不由自主地鼓胀，呼吸变得粗重起来。也在这时，女人突然转过头。胡同赶紧低下头。胡同不知道自己脸上写着什么，但从女人果断而持久的逼视中发现，自以为藏得很深的东西全部暴露在女人面前了。胡同多么希望女人把目光从他身上收回来。道理很简单，当女人发现他向她挪动身子说不定把他当成了一个流氓，这一想法又使胡同觉得困惑。噢，自己和女人之间是什么？只不过是狭路相逢的等车人，千万别干出愚蠢可笑的傻事来。胡同开始安慰自己，只要火车一到，这样就会摆脱面临的困惑。可是欺骗自己也未免愚蠢，眼下使他害怕的是他内心的某种东西。

胡同又点燃一支烟，深吸一口，长长吐出个烟圈，脑海里想起当兵时的一些事情。他是从知青点上走进军营的，没想到，军营里是清一色的男兵，偶尔有个首长的女朋友或家属探亲，他的目光都会跟过去。有人说，军营里看见一头母猪走路都是漂亮的，这并不夸张。没有女人的军营，男人都会变得更加粗野和放荡。后来他从部队到报社，与社会直接接触，特别是他成为名记者以来，那种压抑的东西得到某些释放。只是现在做起了报社副主编，有些东西不敢随意而有些收敛。

胡同若无其事地抽着烟，眼睛的余光感到，女人仍在看他，看他的时候，好像是用眼角看的，眼里有一层他看不清的东西。胡同想看清这层东西，又怕引起她的怀疑。胡同想，女人是不是在寻找保护？男人应该保护女人，可是女人需要什么样的保护？在还没有弄懂之前不敢鲁莽。胡同又想，说不定女人依然把他当成流氓？胡同不想成为流氓，他又挺了挺身子，去看两条永远走不到一块的铁轨，脑海里突然想起那个北方兵。那个北方兵比南方兵长得高大，他仗着自己的高大欺负南方兵。胡同是南方兵，为了保护自己曾用狠毒的一招制伏了那个北方兵。那是他和北方兵进澡堂就和北方兵比私处，突然间有个惊人的发现，北方兵虽然牛高马大，私处可没有南方兵大，这个发现连那个北方兵自己都感到意外。从此，那个北方兵再也不敢欺负他了。胡同想起自己狠毒的一招，不由得笑起来。空旷的黑夜，他的笑声显得很亮。笑过之后，突然发现，女人正吃惊地望着他。胡同赶快收住笑，目不转睛地去看面前的铁轨。

胡同那种目不转睛的状态很快被破坏了。实际上，他意外地陷入这种异常境遇，要他保持一种寻常的状态是非常不容易的。碎银般的月光，毫不吝啬地洒向他们。胡同趁着月色，又毅然地转过头。这次他发现，女人的眸子里意外地有一点令人战栗的光，虽然女人的眼里只泄露出一点点，那是一种欲望之光。胡同突然想起布告上的那些强奸犯。也不知为什么，他会在此时此刻突然想起那些强奸犯，这让胡同自己都感到不可思议。然而他的确想到了那些强奸犯。他从懂得男女私情起，就想女人如果不愿意，男人怎么会去那样做？后来他结婚生子走到现在四十六岁，他还是那样认为，只是比以前更深刻了。他认为女人如果不愿意，男人怎么做得来那种事。那事要命的是需要女人配合才能完成呀。而那些强奸犯竟然做下了，他们是怎么做下的？在他心里一直是个谜。这个谜，胡同又觉得有些怪异。怪异的是，同是男人，他们比自己狠。

女人换了一下腿，将一条腿换到另一条腿上。抱胸的双手也放了下来，放到了身子的两旁。在做这一系列动作时，女人也偶尔侧视胡同一眼。胡同觉得这个时候女人楚楚动人。这个时候胡同只对一点很清楚，那就是，这是一个让他这样的男人喜欢的女人。

男人永远抗拒不了女人，对胡同来说要看是什么样的女人。

烟雾在胡同的指缝间飘忽不定，胡同不再盯着女人看，而是违心地去看前面的码头。码头是由一块块青石板叠成。他自言自语地数起来：1、2、3……24！随即一个声音回答：25！胡同猛然转头，与女人的目光“砰”地碰了一下，像触电似的，又各自转过头。胡同又开始数第二轮，1、2、3、4……数到尽头果然是25，胡同心里咯噔一下，目光的牵引，又转过头，却不料与女人满含期待的目光遇了个正着。这下，胡同反而变得惊慌失措，为了掩盖这种惊慌失措，胡同连抽了几口烟，直到女人对他莞尔一笑，像是帮他解脱窘困，又像有某种亲切的东西在里面。胡同想，女人为什么对他笑？完全可以不笑的她却笑了。而她的笑对胡同来说又是那样的突如其来引人注目，以及把胡同整个人都激活了。胡同不得不承认，他自以为能够逃脱的欲望，实际上他已无处可逃。“当心‘怦’然而动，就意味着内心的欲望已无声地张开了，脆弱的神经已抵达破碎的边缘，原始的本能正扩展充塞到每个毛孔。”胡同又想起某篇文章的一段话。

时间好像停止了流动，变得神秘起来。这时，不知从哪里刮来一阵风。

好大一阵风！胡同说。

好大一阵风！女人说。

突然，两人又相对一望，似乎双方得到了某种信息，两人又心照不宣地转过头。胡同想，接下来自己应该做点什么？毕竟胡同是文人，首先想到的是语言交流，语言是带动他实现欲望的先行，然而说什么好呢？胡同一下子哑了。他不想一味对女人唱赞美词，那是少男少女玩的把戏，对中年男人来说是一种幼稚，而面前的女人也超过了这个幼稚的年龄。要不问她在那里工作，干什么的？这样问俗不俗？好像来了个政审干部。然而女人是干什么的？她像个坐机关的，或中学老师？似乎都不是。像个大公司的白领丽人，又不完全是。胡同就这样猜来猜去，然后觉得自己也很无聊。他觉得他根本没有必要对女人了解这么多，也许对方也不愿对自己了解得那么透彻。每个人的心里都有一部密封的历史，何必捅破它？胡同又想从关心的角度出发，问她冷不冷，问她怕不怕，问她肚子饿了吗，他袋里有饼干。胡同自己心里暗暗笑了，觉得这样不光是做作还有点下作。正当胡同没想出个所以然的时候，手机嘀嘀响了两下，有个短信息进来，打开一看，是妻子发的。妻子问他什么时候能到家。他赶紧回了个信息，我还在荒郊野外等车。妻子又回了个短信息，只你一个人吗？胡同觉得怪了，深更半夜她怎么会问只你一个人吗？难道她有三只眼，有一只千里眼？胡同正在不知怎样搪塞过去的时候。妻子的电话打进来了。妻子说你不会有什么情况吧！胡同说会有什么情况呢？妻子说比如安全呀。胡同说一个大男人在外会有什么不安全的。妻子说那也不一定。胡同说放心，我不会少胳膊少腿回来。妻子说有时你给别人造成不安全。胡同怔了下，平常大大咧咧的妻子今天怎么变得这么敏感？直觉，是直觉，女人的直觉相当可怕呀。胡同只好说，呀，手机没电了，回来再说吧！胡同边关机边对手机嘀咕：你这巫婆。胡同这样说的时候发现身旁女人并不回避，一直看着他，看得他都不好意思。女人的眼睛里仿佛有话要对他说，又仿佛有双小手要把他拉过去。然而他的思维好像又有点被另一个女人牵制。

胡同比妻子大八岁，他和妻子在同一个编辑部上班。妻子可以说是编辑部最漂亮又是最有才华的女人，当年报社有很多人追她。胡同追她可是使出了全部激情才追到手。现在也不知那些激情跑到哪里去了。和妻子结婚有女儿后，激情渐渐淡化成了一种亲情，两人躺在床上就像一池平静的秋水，就像两棵没燃烧完的枯木。胡同承认，他爱他的妻子，也珍惜他们共同筑建的家，可是家和激情不知从什么时候开始变成了两码事。有时胡同想继续点燃这股激情，可又感到非常的吃力。妻子有女儿后妻子不再像妻子，倒有点像他的母亲了。妻子除了对他和女儿像母鸡呵护小鸡式的关怀，再没有别的关怀了。其实胡同有时候还是需要她是个妻子，而她恰恰忽略了。而今天，在这荒郊野外他的激情却一发不可收地点燃，现在他觉得惟一有价值的就是这样一种突然的、不以人的意志为转移的激情，那些高尚和理智的东西都抛到了九霄云外。

女人不经意地叹了口气，胡同听见了，虽然是不经意的，还是被他听见了。胡同蓦地站起，走到女人面前。接着没有来头地脱下自己的外衣，试探性地披到女人身上时，女人的眸子里有晶莹的东西往外溢，脸上浮现出抑制不住的兴奋，这些都使胡同激动不已。于是，他给女人披衣的手从肩膀下来连衣带人抱到了怀里。胡同再看怀里的女人，发现女人脸上没有丝毫的羞涩，而是蕴含着一种特有的和无节制的兴奋。这样，更加激发了胡同的斗志，胡同将自己的脸向女人埋下去。女人热欲充盈，反手把胡同勾住，亲吻胡同时像要将他活活吞进去。胡同抱着女人大步离开座位，向田野走去。女人像条鲜活的鲤鱼在他怀里蹦跳不已，胡同感觉到身体里某个部位在不断膨胀。突然，火车一声巨响，他站住了，望着怀里的女人。女人正惊讶望着他，然后两人回头去看火车，那只是一列开往胡同知青点方向的火车。胡同再回头，女人舒心地笑了，笑得很亮，亮得天上的星星都失了色。星星失了色，胡同的胸膛却亮起来了。

旷野是森林和田野连成一片的银色世界。胡同把女人平放在田坎上，自己疯跑起来。他想把那些草把子挪到一堆，然后打散做个“金丝床”。胡同铺一层稻草就望一眼女人，女人在朝他笑，眼里的柔情把月光都搅成了一团浑水。胡同热切地希望女人一直这样笑，事实上女人一直这样笑。胡同就边铺稻草边享受女人的笑，女人的笑很妩媚，妩媚中带点不易察觉的淫荡，往上启的嘴唇快和耳朵连在一块了。不知不觉，女人的笑幻化出一个小姑娘的笑。胡同知道女人不是那小姑娘，那小姑娘代替不了女人，然而，小姑娘的笑却意外地突现在胡同眼前，那是一盘珍珠落地的清脆。

那年秋天，队里要他们知青把田里的草把子挑回队屋码成草垛，以备耕牛冬季的粮食。知青们都到田里挑草把子去了，只有胡同一个人在队屋码草垛，忽然，一个穿红衬衣的姑娘牵着一头牛站在他面前。胡同眼里一亮，从哪里冒出个这么标致的小姑娘？以前从没见过。她望着胡同码的草垛咯咯地笑，草垛在她的笑声中垮了。这时，小姑娘不笑了，把牛拴到一棵歪脖子树上，纵身一跳，跳到那堆草上，很有经验地帮他把草堆重新码起来，她不是按当地的乡俗叠成一个宝塔而是铺成一个像床样的长方形。小姑娘从草垛上下来，又咯咯地笑着，小脸蛋上还沾着新鲜的泥土和草屑。胡同后来才知道，小姑娘叫桃花，是队长的女儿，也是村里惟一的一个去区里读高中的学生。她读的是寄宿，半个月才回家一次，后来胡同也就半个月看到她一次。她是村里最漂亮的姑娘，村里有个乡俗，哪家要造新房了，都要请个最漂亮最纯情的姑娘系红绳子吊到主梁上，以示吉利。这根红绳子都是由她来系。她十五岁还是十六岁，胡同那样想的时候他已在农村五个年头了。

时间变得美好起来，月亮也不知躲到哪里潇洒去了，只剩一抹清辉。胡同终于叠成了一个长方形"金丝床"。他把女人放上去，女人在金丝床上滚动，脸上有种难以遏止的欢愉。她仿佛在告诉胡同，他所营建出的浪漫是她的快乐，她只愿赶快燃烧起来。胡同毫不犹豫地脱了她的风衣，顿了下，又解开了第一粒纽扣，胡同在第一粒纽扣里看到了女人白细光滑的脖子，他只用手摸了一下就解开第二粒纽扣，他看到了女人深陷的乳沟；解开第三粒纽扣，他看到了一对小山似的红乳罩；解开第四粒纽扣，手颤动了一下，但还是解开了。解到第五粒纽扣，也是最后一粒纽扣，胡同愣了一下，手有些哆嗦。偏偏在这时，胡同听到了从遥远地方发来的声音："你下次什么时候来？""你下次来，我就长大了。"胡同眼前又突现了那个草垛。那天胡同要返城，突然间就有了种说不清的留恋。他一个人坐在草垛上看村庄，看屋檐上冒出的缕缕炊烟。这时桃花悄悄爬上来，坐在他身边和他一块看炊烟，一直看到夕阳西下的时候，桃花突然问："你下次什么时候来？"胡同没有回答，因为他也说不清下次什么时候来。"你下次什么时候来？"桃花重复这句话时胡同竟意外地发现她泪珠流到脸颊上。胡同最不忍看见女孩流泪了，赶紧回答："会很快的！会很快的。"桃花突然起身说："你骗我，你根本不会再回来了。”桃花迟缓地走下草垛，头也不回地又说了句，“你下次来，我就长大了”。

胡同没有解开第五粒纽扣，而是自己抓住自己的手，紧紧地抓住，以至把指甲嵌进手背的皮肉里。打散的思维怎么也收不回，心里的欲念也随着扩张的思绪慢慢散去，身体的某个部位在一寸一寸地萎缩。他把第四粒纽扣扣上，他不知道他为什么会把第四粒纽扣扣上，但他还是扣上了。一扣上他的心也跟着像是被一根细细的针扎了一下，不是痛，却比痛要难受。接下来他扣第三粒纽扣，或许是因为扣眼有点紧，也或许是手的抖动，他竟然没有扣进去。这时，他仰起头来看了一眼女人的脸，女人的眼睛微闭着，但他仿佛看到了女人眼中的迷惘，这种迷惘像涨上来的潮水，正在将她刚刚涌上的幸福节节败退。他长出了一口气，感觉胸口舒缓了一下，这下他扣进去了。然后是第二粒。也就是在他扣上第二粒的时候，女人猛然睁开眼睛。当他准备扣上第一粒纽扣时，女人翻身坐起一把推开他，背过身去，自己扣上第一粒纽扣。胡同被女人这一推，倒到“金丝床”的另一边。他抬起双手，在空中做了个类似拥抱的动作，然而又垂下手来，抓了一把稻草，盖在自己脸上。

火车终于来了。胡同拉着女人上了车。车上人多，没有看见空座位。胡同对女人说，你等着，我去跟你找座位。当胡同找到座位再返回来时，女人却不见了。蓦地，一种不悦的感觉突然抓住了他，他几乎用奔跑的速度进入每一个车厢，直到他跑遍整个车厢，都没有找到女人的踪影。

无根芭蕉

岩香仲摘回一种叫染饭花的花，加水放锅里煮沸，水呈黄色后，掏出花，把糯米放进锅里浸泡4小时，米成金黄色，掏出米放进甑蒸，米蒸成饭后，倒入盆里搅拌，直到饭粒一颗颗晶莹剔透，盆里像盛开一盆菊花，花染饭就做成了。傣族饮食特点除“食酸”“食野”外，另一个显著特点是“食花”。“食花”除了把攀枝花、白花、芭蕉花做成美味绝伦的佳肴，最称奇的就是这个花染饭。花染饭一般在祭祖、节日或宴请贵客时才做，花染饭和其它菜肴相配，色香味俱全，可增加节日喜庆。

岩香仲的花染饭是专门做给游客吃。

女儿咪么欢在客房换被单，她把一床床脏被单换下，铺上一床床干净漂亮被单。毛利多抱了脏被单去竹楼下洗。

新一天又有新一批游客来傣族园，岩香仲家的竹楼在傣族园，傣族园由五个傣族古村寨组成，位于西双版纳橄榄坝，在澜沧江下游，与缅甸、老挝接壤。人们常说到了西双版纳，不到傣族园，就等于没到西双版纳。如果说西双版纳美如孔雀，那么傣族园就是孔雀开屏的地方，傣族竹楼就是孔雀羽翼上的花絮。竹楼、寺庙、民族风俗和傣族饮食吸引人们来傣族园旅游。

竹楼下来了一个五十多岁，戴宽边眼镜男人。岩香仲带男人上楼，边上楼边介绍：单人房，包吃包住，八十元一天。男人有点惊讶地望着他，这个皮肤黝黑，嘴里含着烟斗，头上毛巾缠得像个塔的傣族老人，也能把汉语说得清清楚楚。

男人脱了鞋进客厅。客厅梁、柱、墙是竹子建的，墙壁贴着毛主席画像，中间一根柱子包着红布。岩香仲说，这是吉祥柱，你摸摸，能给你带好运回去，也接受傣家人的祝福。男人用手虔诚地摸了摸。客厅左边一排房，第一张关着的房门应该是傣家人卧室。傣家人卧室外人不能看，据说看了要留下来做三年苦力。

男人绕过卧室，看到依次打开的六间房门，最里头一间能看到澜沧江，他放下拖箱说，就这间。男人掏出身份证说，我叫刘琪伟，怎么称呼您？我不会傣语。岩香仲说，我比你大，傣语叫岩龙[①]，就用汉语叫我大哥吧！您是第一次来？刘琪伟脸色变了变，说，第一次来，也是最后一次来了。

咪么欢端着一碗茶走到刘琪伟跟前，她身子稍往前倾，用一只手将裙稍稍拉起一角，低头敬上茶，说，欢迎您来竹楼做客。

刘琪伟感到咪么欢不但能说汉语，而且普通话说得非常标准。刘琪伟当然不会知道，岩香仲家后代进过双语学校，既会傣语又懂汉语。岩香仲懂一些医术，时有汉人找他看病，又因这个家庭小旅馆，跟儿女们学会一些汉语，能够同汉人简单交流。

刘琪伟喝了一会儿茶吃中餐，岩香仲往矮桌上摆烤鱼、青苔、竹蛆、酸蚂蚁、蕨菜、刺苞，一碟野菜佐料，一碗花染饭。刘琪伟端起花染饭就吃，感到香气扑面，松软可口；他夹一块烤鱼，蘸点佐料放到嘴里，说鲜、微辣带点酸，好吃开胃。他又把青苔蘸佐料吃，感到滑而爽。刘琪伟指着竹蛆说，这也能吃？岩香仲说，竹蛆是高蛋白，试试看。刘琪伟把一条竹蛆放到嘴里嚼，酥而脆。这都是他在城里吃不到的，他要吃的就是这个味。他埋头吃起来，吃得冒头是汗。

饭后，岩香仲递给他一颗槟榔，槟榔是绿色的新鲜槟榔，不是城里那种满身皱褶的黑色干槟榔，再看岩香仲嚼槟榔，嘴和牙齿血红，像血口在那里一张一合。刘琪伟放下槟榔，回房查字典。槟榔

---

① 岩龙：傣语里是大哥的意思。

原名"赤口濮"，新鲜槟榔是一种中药，里面汁呈红色，有健胃功能，还是傣家待客礼物。刘琪伟不可思议地摇着头。

刘琪伟睡了个午觉，这一觉睡得挺沉，太阳开始西游了。他伸了伸手臂走到窗前，啊！波澜壮阔的澜沧江，在太阳照耀下像碎银闪动，鸟儿擦着碎银在自由飞翔。刘琪伟从包里拿出相机，把相机伸出窗口，调远镜头，咔嚓几下。他望着相机里图像说，一幅旖旎迷人画，来这一趟死也瞑目了。

到了我这里就不能说死。

刘琪伟发现岩香仲站在他门边，对他笑了一下。

到我这里的人都死不了。

刘琪伟又笑了一下，笑得很无奈。岩香仲没有笑，直到他带刘琪伟出来吃晚餐都没有笑。

晚餐新来了五位游客，矮桌上有沙蛆、蜂蛹、酸竹笋、香茅草、酸橙、蝉，还有一坛甜米酒。岩香仲给每人倒一碗酒，说，请尝尝傣家人酿制的米酒吧。刘琪伟仰头喝下一口，甜酸甜酸，全身舒服。岩香仲又剖开一个竹筒，从竹筒里给大家掏饭。大家问，这饭怎么做的？岩香仲说，先把米浸水，然后米装入竹筒用树叶把竹筒口塞紧，再放到温火上烧，竹筒烧焦后就成了竹筒饭。竹筒饭糯糯的，有股清香味，刘琪伟连吃了两碗说，傣族的饮食文化也值得我好好研究。

这天下午，岩香仲带刘琪伟在傣族园散步。刘琪伟看到毛利多把衣服捆成一团，放到摩托上，骑车走了。

大哥，您儿子带上衣服去哪里？

他不是我儿子，我的儿子嫁出去了。他是准备嫁给我女儿的男人，他回家去准备嫁妆。

傣家男方嫁到女方前，要为女方家做三年苦力，以感谢女方父母养育之恩。第一年砍柴做饭，第二年下地种田，第三年割橡胶。如果三年不到，女方家认为男方偷懒不合格，会被休。被休男方在村寨没有地位，只有做光棍了。男方如果做完三年苦力，女方家认为男孩不错，就可以回去准备嫁妆了。男方嫁到女方家后，一般不用下地干活，在家做饭带孩子，农活女方做。年长的女人是一家之长，家里事由她说了算，需要用钱找她拿。

女娶男嫁，女人当家，刘琪伟看到一个活生生的母系社会。

椰子树矗立在路两旁，棕榈树穿插在路中间，芭蕉树摇曳着它宽大的叶子，大榕树下，一座座寺庙，雄伟壮丽；星罗棋布的竹楼，一家一幢，篱笆围绕。身着五彩筒裙的傣家姑娘，从一幢幢竹楼走出，袅袅娜娜，像一幅幅流动的画。

岩香仲带刘琪伟走进曼苏满寺，寺门屋顶向八个方向呈放射状，从下而上由大至小叠摞，形成多座小屋顶组成的状若锦鳞的屋顶群，与佛殿一起，构成一个美丽的不对称图，夕阳下，宛如一朵初开的千瓣莲花。左边有一个多折角十字形戒堂，里面十几个小和尚，穿着黄色袈裟，双手合十，拖着长长的童声诵读佛经。

一个小和尚从中跑到岩香仲面前，与岩香仲傣语交流几句，又回去念经。刘琪伟疑惑地望着小和尚。

我儿子的小孩岩光罕。

他这么小愿意离开父母？

他愿意。我们傣族信奉小乘佛教。

什么是小乘佛教？刘琪伟现在才弄清，聚居云南西南部的傣族几乎每个村寨都有佛寺，男孩长到八九岁出家到寺庙当和尚，过一段脱离家庭的宗教生活，学习傣文和佛经，在接受民族传统教育同时，也接受现代国民教育。男孩只有当过和尚才是受过教化的人，才有结婚建立家庭的权利。没有当过和尚的人，视为未开化低人一等。小和尚十七可以出来，但必须到十八岁还俗后才可以结婚生子。

刘琪伟望着黄色袈裟，在烟雾缭绕中的小小身影，对岩香仲说，我想在您家住几天，做一点研究。岩香仲说，你就住下来吧！刘琪伟脸色突然变了下。岩香仲问，您有什么不满意跟我说。刘琪伟没有说话，窘迫不安地站在原地。岩香仲慢慢靠过来，望着他。

我身上只剩一张机票钱了。刘琪伟鼓起很大勇气说，

您就先住下来吧！

我叫家里人汇钱过来。刘琪伟拿出手机给家人拨电话，拨了几次占线，他把这里情况编了个短信息发过去。

岩香仲在厨房告诉咪么欢做花染饭，做花染饭要有耐心，没有耐心的人，不是米没浸透，就是把饭煮糊了。

刘琪伟背着相机去寺庙，咪么欢望着他的背影对岩香仲说，波[①]，他怎么还不走？他交的钱用完了。

他要在这里搞研究，看他那兴致，你忍心破坏吗？

现在游客多得没地方住，他没交钱，占着房子。

钱，他会汇过来，先让他住吧！

刘琪伟从寺庙回到竹楼就埋头写东西，写了两天又出门，出门回来又埋头写，到吃饭时出来一下。

这天，刘琪伟吃饭都没有出来，岩香仲去他房喊吃饭，发现他桌上两个药瓶。

这两天有点感冒。刘琪伟慌忙把药瓶放进抽屉。

看病没有？

看了，无大碍。刘琪伟突然想起邮递员，问，这两天有不有我汇单？

没有。你就安心住吧！

汇单到这里一般几天？

汇单到这里有时三五天，有时半个月，边境地区有些说不准。岩香仲望着刘琪伟的脸，说，您脸色怎么这么黑？刘琪伟把脸转到一边，说，可能晚上没睡好。岩香仲问，是不是肝有问题？刘琪伟惊愕地望着他。岩香仲走到他跟前，拉起他的手探了一下脉，又用手按了按他脸两边，说，有些像肝腹水和肝硬化。刘琪伟脸上藏不住了，露出绝望的神色。岩香仲又说，我们傣药能治病根。刘琪伟

① 波：傣语里是爸的意思。

摇了摇头，失声说，我不是一般的肝腹水和肝硬化。

用无根芭蕉熬成水，兑野牛胆喝，里面还放一点鸦片，能治最严重的肝病。

无根芭蕉？什么叫无根芭蕉。

小鸟吃了野芭蕉后，把野芭蕉籽排泄在树上，野芭蕉籽发芽后就长在树上，它没有根，也不沾地，所以叫无根芭蕉。无根芭蕉稀有，要到原始老林去找。

刘琪伟见岩香仲这么热心，不忍心扫他兴，点了点头说，死马当着活马医吧！

无根芭蕉像个无爹的私生子，它只能躲到深山老林，附在大树上生长。岩香仲一早去深山寻无根芭蕉，连着几天，他在老林里转。终于，一棵大树上长了无根芭蕉，他要仰了头才能看到。岩香仲像猴子上树，手脚并用往上爬，爬了一半滚下来。唉！树太高了，要用绳子才能攀着上去。

岩香仲决定回家拿绳子。

岩香仲想，无根芭蕉有着落了，野牛胆呢？到哪里去搞野牛胆？现在的西双版纳哪里还有野牛？即使有野牛又有哪个敢杀野牛？杀野生动物是要犯法的。岩香仲想起缅甸，当年他用野牛胆做药引也是从缅甸搞的，缅甸还有极少野牛，也有人杀野牛卖。云南有三千多公里边防线，橄榄坝有个村与缅甸只隔两米宽，膝盖深的河，寨里偶尔有人偷出境。

岩香仲径直去寨子里，打听到山虎去缅甸才回家。

岩香仲从竹箱里拿出存折。咪么欢问，波，拿存折做什么？岩香仲说，山虎去缅甸，我取点钱叫他买野牛胆回来给刘琪伟做药方。咪么欢望着他，嘴张得合不拢，说：波，您糊涂了吧！野牛胆要上万元才买到一小坨，他已欠十二天住宿费，还吃野牛胆？波，赶快叫他走吧！要是他病倒在这里就麻烦了。岩香仲瞪了她一眼，说，在我家不能赶走有病的人，说不定他吃了这个药方能好呢？

咪么欢拗不过他，眼睁睁望着岩香仲揣了存折出去。在这个家，以前是咩[①]当家，咩去世后，波见她年小，波当这个家了。

岩香仲把一万元钱交给山虎后，拿了绳索继续去深山。

刘琪伟从寺庙回来，看到邮递员，他赶快走过去。邮递员向他摆摆手走了。怎么还没有汇单？刘琪伟望着邮递员背影，上竹楼的腿就软了。他爬上竹楼就像爬上一座高山。他喘息了一会儿，拨通家里手机：

你给汇的钱，怎么还没有到？

我如果汇了款，你会早点回来吗？你背着家人偷偷跑到西双版纳说是旅游几天，却变成了学术研究，赶快回来吧！

我欠着钱怎么回。

你回了，我就汇款。有哪个像你，癌症病人还往外头跑？害得全家人担心。

刘琪伟举着手机傻傻站在房间，好久没听人说癌症了，他几乎忘记自己是癌症病人。在家里，他几乎天天生活在癌症病人中，让他透不过气来。现在出来透透气，也有想躲避癌症病人，重新找到正常人的感觉，这种感觉哪怕只有几天。现在家人重提癌症，刘琪伟情绪一落千丈，肝像突然疼起来，刚才还是好好的，怎么突然疼了？难道我的大限到了？有很多人能创造奇迹，难道我就不能创造奇迹？

刘琪伟吃了一粒药，感觉不那么疼了。医生和家人一直没有告诉他还有多少时间，现在是几个月了，他还剩多少时间，刘琪伟不愿意想起时间，分明又在想这个时间，一想这个时间，他就会有钻心的疼。现在怎么办？他茫然无措地站在房里。刘琪伟坐到床边想，还是赶快走吧！我不走，家人不会汇钱过来。我不走，要是我病倒在这里？啊！千万不要病倒在这里啊！否则我会对不起傣家大哥，我死了也不会瞑目。

竹楼空无一人，刘琪伟把一张留言放到书桌上，匆忙提了拖箱，下楼时，他忘记关窗子，一阵风把留言条吹到窗户外。

---

① 咩：傣语里是妈的意思。

岩香仲瘸着腿刚到竹楼下，咪么欢跑下楼，波，腿？腿？你的腿？你的腿怎么呢？

从树上摔下来。

波，你怎么摔的？

我把绳挽成一个圈，套到一根树枝上，我扯着绳攀缘上去它没断，我摘到无根芭蕉下来它却断了。这是命，波是躲不过这一劫啊！

咪么欢扑到岩香仲怀里哭，岩香仲拍了拍她肩膀，不要哭，我不是好好地回来了，我们上楼吧！

咪么欢扶岩香仲上楼，岩香仲看到荷叶包的野牛胆，兴奋地说，搞到了，搞到了。这下好，野牛胆和无根芭蕉都有了，我们快去告诉刘琪伟。

刘琪伟走了。

岩香仲一惊，什么？他走了。不可能，不可能，他明明知道我去找无根芭蕉了。

波，他真的走了。

真的走了？知道他去哪里吗？

不知道。我算了一笔账，刘琪伟住了十二天，一共九百六十元。

岩香仲没有心思听咪么欢算账，嘴里反复说，明明知道我去找无根芭蕉了，他怎么走了呢？

怎么不会走？他还是偷偷走的。

不对，他应该没有走，可能他到哪里采访去了，他会回来的。

波，你想想，他怎么会突然走，分明是躲债。这人太差了，以后要汲取教训。

你怎么这样说人家？我不准你这样说话。

明摆着吧！好心当成骡心了。

不要说了。我去把他找回来。

你去找吧！好！咪么欢噘着嘴，扭身下楼，把梯板踏得啪啪响。

岩香仲望着咪么欢背影像是又看到树林下那个女婴。二十年前，他在中缅边境开荒种橡胶林，听到对岸传来婴儿啼哭，他涉水淌过中缅界河，发现树林下一个病婴，他抱回寨子，婴儿不吃不喝，只知道哭。婴儿太小，病得太重，他想了各种办法，用了各种药，婴儿仍是奄奄一息。寨里人说，丢了吧！你救不活她。他没有丢下她，一天，他挖到一种叫咪么欢的草，熬成汤喂她，婴儿不哭了，几天后，病奇迹般好了。他给婴儿起名叫咪么欢。咪么欢长到十二岁，岩香仲告诉她身世，要带她去找缅甸父母亲。她倚在岩香仲怀里，说去缅甸干吗，这里是我的家，你们就是我的波和咩。咪么欢是个能干的姑娘，妻子去世后，她帮他把这个家庭小旅店打理得有声有色。游客选住宿，走过一个个村寨，看一个个竹楼，走到岩香仲竹楼就停下了。岩香仲竹楼，绿荫掩映，果树成林，正宗傣味，热情周到。

岩香仲拖着瘸腿四处找刘琪伟，一个月过去，他没有找到刘琪伟。岩香仲现在最担心是他的病，不知他的病好了没有？要是他真的回家了，我怎么让他吃到这个药方？

邮递员来到竹楼下，岩香仲欢喜地迎上去，他想好了，如果有刘琪伟来信，他就按信上地址把药方寄过去。

咪么欢先他一步走到邮递员跟前，问，有不有刘琪伟汇款单。

当邮递员告诉他们没有刘琪伟汇款单和信件时，岩香仲就说，我知道刘琪伟没有回家吧！他去远地采访了，采访完就回来。咪么欢望着他那兴奋样子，“喊”了一声，不以为然地说，还会回来？都一个月了，我估计他早死了。岩香仲身子颤了一下，厉声道：不准咒人家死。咪么欢犯倔了，不依不饶一句，明摆着吧！癌症病人有几个能创造奇迹？

住嘴。我不信他不会回来，我到傣族园门口去等他。

你去等吧！等不到，你也别回来。咪么欢硬邦邦说出一句，一转身，噔噔上楼。

岩香仲怔怔地望着咪么欢，女儿冲劲儿足，一天比一天自信，他常有力不从心，想撒手让女儿经营这个小旅店，又总觉得女儿在哪个地方未遂心愿。现在他突然明白，女儿打理这个家庭小旅店倚仗的是能干而不是行善、仁爱，这是傣家人最忌讳的，也是女儿这一代人无法理解的。他必须让女儿明白，家庭小旅店要支撑下去，最终靠的还是行善和仁爱。岩香仲瘸着腿，朝傣族园门口走去。

一群身穿五彩筒裙的傣族姑娘站在傣族园门两侧列队欢迎游客，游客潮水般涌进来，频频向姑娘们招手致意。岩香仲伸长脖子，从游客中搜索。迎宾广场有舞蹈表演和泼水活动，他又随游客寻到迎宾广场，直到夕阳西下，游客又潮水般退出，他身后才变得空旷无比。

岩香仲没有见到刘琪伟，刘琪伟没有回来。岩香仲回过头看傣族园，他在这里住了一辈子，好像还没有这样认真看过。静静的寺庙，鳞次栉比的竹楼，他越看越欣悦。傣族园就是当年的橄榄坝，岩香仲祖祖辈辈都在橄榄坝。

当年橄榄坝是一片原始森林，居住着傣族、爱伲族、布朗族、克木族等九个少数民族村寨。九个村寨只有一条山路连接村外，这是一条蜿蜒曲折、崎岖异常、荆棘丛生、虎豹出没、猿猴成群、蚂蟥遍地的山路，居住在橄榄坝的傣族妇女有的从生到死都没有走出橄榄坝。也因与外隔塞，寨里没有医生，更没有医院。寨里人生病，抬到寺庙念念经，命大活着，命小死去，听天由命。如果寨里人想看病，跑到岩香仲家，他给他们挖几把草药，就把病治好了，他成了村寨里的摩雅①。

那年寨子里闹“瘴疠”，凡遭遇“瘴疠”的人，九死一生。明朝起义将领李定国未能完成复兴大业，在中缅边境几经转战，最后定居南疆，在他行开发之举时，壮志未酬身先死，死于“瘴疠”。后来明清边陲用兵，只及思茅就十丧八九，再不敢越雷池一步。当年就有“若到橄榄坝，先把老婆嫁。中瘴气、打摆子，活人进去，死人出来”说法。“瘴疠”是热带地区一种传染疾病，在没有医疗条件下，寨子里的“瘴疠”你传我，我传你，天天死人。岩香仲利用“一屁股坐到三种傣药”的得天独厚条件，土法上马，煮一大锅草药，发动寨里人天天喝，硬是把“瘴疠”顶回去了。村寨后来有了医生，也办起了医院，一些奇奇怪怪医院治不好的病还是来找

① 摩雅：傣语里是医生的意思。

他。州里一位领导得了肝癌，挺个大肚子不想活。他妻子寻到岩香仲家，岩香仲把蜈蚣、蚂蟥、牛虻晒干，打成粉兑水让他吞吃。他吃了一个月，肝不疼了，肚子小了一圈。岩香仲又把无根芭蕉熬成水，和着野牛胆，掺一点点鸦片叫他兑服。他服了三个月，病奇迹般好了。州领导伸出大拇指对他说，神了，神了，你是神医。过年过节，这位州领导都会提了东西来看他。现在医学发达，生产各种抗癌药品，再没有人相信他这些草药了。

岩香仲回忆光辉历史，天彻底黑了，他瘸着腿一步步回家，嘴里念着，刘琪伟一定会回来。

岩香仲又站在傣族园门口，身边多了一根拐杖。他望着潮涌般的游客，刘琪伟的样子不断地在他脑海浮现：他是社科院民俗研究员，还是大学教授？还是一位记者、作家？岩香仲不知道，但他知道刘琪伟是戴宽边眼镜的知识分子。

一日复一日，岩香仲杵着拐杖，站在傣族园门口。

橄榄坝是西双版纳海拔最低，高山环抱的坝子，气候比整个西双版纳炎热。雨季未来临，大地溽热，太阳一出来，人像在蒸笼里；一到午后，太阳变得火辣辣，人们头上像是扣着一个火盆。裸露的大地经太阳灼烤，就像烙红的铁块，踏上去就会烤得嗞嗞响。

这天午后，岩香仲站在傣族园门口，想象着刘琪伟吃了他的药，病神奇般好了，刘琪伟伸出大拇指说，神了，神了，你是神医。他和刘琪伟又在傣族园散步，刘琪伟又背着相机在傣族园搞研究。岩香仲想象着，眼睛一直望着傣族园的尽头，目光游离，心情却异常激动。渐渐，眼冒金花，四肢无力，晕倒在地。

病床上，岩香仲不停问咪么欢，刘琪伟来了没有？刘琪伟要是来了怎么知道我在医院？不行，我不能躺在这里，我要去傣族园门口等他。岩香仲爬起来，一阵晕眩，又倒在床上。岩香仲疑惑地望着自己身子，说怎么没一点劲呢。

咪么欢看他病成这样子还念念不忘刘琪伟，心里很着急，我得想个办法，要不这个刘琪伟会把他活活折腾死。咪么欢眼珠一转，冒出一个念头。咪么欢走到岩香仲床边，拉着他的手，喜形于色地说，波，告诉你一个好消息，刘琪伟终于来信了，他向你要药方，我把你的药方寄过去了。

真的？岩香仲从床上翻身坐起，呵呵笑着，病像好了一大半。咪么欢看着他这个样子，心里很是不安。岩香仲突然不笑了，他递给咪么欢一张纸和一支笔，严肃地说，你给刘琪伟再写封信，看他吃了我的药有什么反应，我还要告诉他怎么吃，饮食方面注意一些什么。

咪么欢身体里像针扎了下，看来她只能跟着他陷进去，陪他走完这个过程。咪么欢坐在病床边，岩香仲说一句，她写一句。关于药怎么吃，会出现怎么个反应，注意一些什么，点点滴滴，写了满满一页纸。咪么欢写完这封信，呼了一口气，说，波，信写好了，您就安心养病吧！岩香仲又呵呵一笑，说，其实我也没有什么病，是你硬把我推到病床上。

过了几天，岩香仲又不安心了，他问咪么欢，刘琪伟来信没有？他的病好了一点没有？这个病要连着吃几个月药才能好呀！

咪么欢看到他还是那么焦急，仍然放不下刘琪伟，心里很不是滋味。她不忍心看他再这样下去了，她要让他彻底放下刘琪伟。

出院的那天晚上，咪么欢朝岩香仲扬起一封信，说，波，这是刘琪伟的来信。岩香仲喜出望外，说，快，快告诉我，信上怎么说的，他的病怎么样了？咪么欢告诉他，刘琪伟吃了您的药，病已全好，现在正常上班，等他有了假再来傣族园感谢您。

啊呀。啊呀呀！岩香仲激动得说不出话来，高兴得大半夜没睡着。

傣族园天天有舞蹈表演、泼水活动。游客照样潮水般涌来，岩香仲家竹楼照样宾客满堂，不同的是，当家人不再是岩香仲，换成了咪么欢。咪么欢定出新规定：先交定金再住宿。房价也涨了，包吃包住一百五十元一天。

今夜，有只青蛙在叫

呱……呱……

家保躺在床上，断断续续听到一只青蛙叫。青蛙应该在他乡下的稻田里，怎会跑到城市里来撒野？家保不可思议地翻了个身，这一翻身不打紧，他听到咔嚓几下，骨头像散了架，一堆肉摊在了床上。身子粘着凉垫，睡得太死，出了一身汗都不觉得。那部嚓嚓响的电风扇，吹出的风是热的。热、闷、烦、恼、燥，娘的，这个城市是不是要爆炸了！这个城市不光太阳是热的，连月亮也烤人。家保抬头去看窗口的月亮，月亮成了白太阳。家保觉得城里的太阳早上是灰的中午是白的。只有傍晚才是个红红的球挂在西边，不显眼的有几许亲切，但这个亲切的球散发出无数的虚线，又成了根根看不见的火线，射得人昏头转向精疲力竭。

这几天家保天天看太阳，看它早中晚的变化，骂它早中晚的娘。

房中间一根尼龙绳拴在两根柱子上，晒着他和工友们的短裤汗衫，那是些干了又湿，湿了又干的短裤汗衫，粘着灰，像抹布一样在房中飘扬。空气中弥漫汗着臭味、膻味、腥味，就像坛子里腐烂的酸菜直冲鼻子。同房的几个工友，个个汗流浃背。蚊蝇在空中轰炸，家保不断拍打身上的蚊蝇，一拍一声脆响。其实家保刚睡一会儿，他实在太累了，白天，在烈日下和了一天灰浆，晚上又加了个班，整个腰都立不起来。他想乡下的双抢，也不过突击那么几天几夜，而这里的“双抢”却在天天搞，永远没个完。分配的活儿可不是割了谷子又栽秧。钉是钉铆是铆，时间是用分钟来计算的。老板不会因天气热给你多开一天工资或让你多休息几分钟的。

呱……呱……

深夜，城市寂静，青蛙的叫声格外响亮。家保又翻了个身，俯卧在床上，搜索青蛙的方向。家保搜索青蛙的时候，耳朵格外细心。青蛙的叫声隐藏了，楼上却有一阵细微的响动，那是女房东走动的声音。他和村里五个打工仔租住女房东仓库时，就发现这个房子结构不严密，只要稍安静，就听得见细微的响动。哗——哗！女房东在拉尿，那声音让他想到他家旱了一季的稻田，下了一场急雨，不，是一场暴雨，庄稼和草都鲜活了。他骂自己耳朵太尖。女房东拉完尿睡了，家保却睡不着，女房东的屁股应该是白的，他送房租到过她家，她在打麻将，短袖口露出的一节手腕像白莲藕；她的屁股应该也是白的，不晒太阳的女人永远是白的。

他清楚地记得他给房东送过三次房租。这个记忆让他吓了一跳，他有三个月没有回家了，也就是说有三个月没碰过女人了。记得第一次交房租时，天还有些冷，他去敲门，门是开着的。女房东刚从外面回来，正在脱一件绒大衣，脱出件水红色毛衣，头发就齐齐地披在肩上。头发是那种棕色，眉毛也是棕色的，嘴唇也好像抹的是棕色口红，乍一看还以为是个外国人。但一听口音又好像是自己的老乡，只是他不敢冒认罢了。家保交钱的时候，还嗅到了女房东身上的怪香味，嗅着怪香味的家保猜想她是二十几岁还是三十几岁。他看不出女房东的年龄，又不敢多看多问的。看多了会引起怀疑，怀疑你会不会耍流氓，问多了，万一她有个什么闪失，首先怀疑的是民工。家保交完钱就抖擞着走了。第二次敲开她的门，女房东在打麻将。女房东穿件玉白色旗袍，头发在后脑勺上网了个结，胸部如山耸立。她从麻将桌前站起来朝门边走，虽只几步，步子却迈成了猫步，屁股一扭一扭的。她伸手接钱时，手腕像一节节鲜藕，鼓鼓白白。家保的身体里就有种东西膨胀，他感到了这种膨胀使一些男人为什么会做下一些犯罪的傻事。家保憋得慌，就冲着面前的女房东在心里骂了一句，娘的。骂完后，也不知是一种什么心理，家保留下了半个月房租。房东那副好看的脸突然变了，眼睛像钉子一样盯住家保，兜着声儿嚷，你们这些乡下人，想赖我的房租，交不起钱去睡大街吧！租给你们这些人本来就觉得恶心。客人停止手上的麻将，都纷纷往这边看，还议论着乡下人的种种不是。家保逃也似的离开了房东家。第三次送房租，门呼地一下开了，女房东好像刚睡觉起来，只穿了件丝质睡袍，趿了双软底拖鞋，腰部和腹部松松垮垮站在他面前，眉毛稀稀拉拉几根，眉毛和头发看不出是黑色还是棕色，嘴辱就像死鱼的嘴，向外翻着白，那山耸似的胸部也塌塌的了。让家保着实吓一跳后，又长了见识，原来城里女人的美就像他粉刷的墙。粉刷均衡后，再在那上面画龙点睛，才生动起来的。

家保想起三次送房租的情景，不再想女房东的屁股是白的，他觉得只有老婆的屁股是白的。老婆田里土里泥一把水一把干活，身上晒黑，但屁股是白的。滚圆滚圆的屁股，冬天摸过去，像老母鸡刚下的蛋，摸着还是热的。夏天摸过去，像水缸里结的冰坨，凉爽爽的。家保忍不住笑了，好像刚摸了老婆的屁股，燥热退了许多。

呱呱……咽咽……呱呱。

蛙声如鼓，他仿佛看到了老家，谷黄的时候，虫子多。青蛙的叫声像一只只纤细的小手，把一个生动的季节牵了出来，酝酿着一种成熟、一种活力，远远近近，近近远远。

月亮像碎银子一样洒进来，房内一片银色。

村里的房屋是个大屋房，一栋连着一栋。哪家的猪叫了，小孩哭了都听得见，尤其像家保这样与村里男人有点不同的年轻人，随便有点什么浪漫都被村人看去了，看去了就不浪漫了。所以家保把打工赚回的钱，先盖了一栋房子。单起的新房离村里不远，彼此望得见屋顶上的炊烟，打个哈欠听得见彼此的声音，但走起来还是要拐几个弯的。他在自己的屋门口亲手砌了个很大的地坪。这个地坪不光是收割时晒谷子用的，还另外附了一层意义，这个意义是城里人永远感受不到的。城里人崇尚浪漫，那是只在心里酝酿的浪漫，行动上却浪漫不起来。他们只有狭窄的空间，他们没有这个能力。

家保有这个能力。

太阳快落山的时候，他把地坪打扫得干干净净，把白天从山上捡来的茅草归成一堆，放一把艾叶，点燃，空气中有一股淡淡袅袅的青烟。艾叶的香味膨胀着他心里的某种欲望。再把几床竹椅和那床特制的宽凉床摆在地坪的正中间。柴烟燃尽，妻子的饭菜也做好了。他把四方木桌架在坪里，和小儿子刚坐上去，妻子捧着一坛酒出来了。酒没有那些华丽的包装，是妻子自己酿的谷酒，酿了一大坛，在他离开时就在里面不断地放毒蛇、枸杞子、山药、麦芽糖等。村里女人不懂什么壮阳一类的药，只知道是好东西就放进去。等男人几个月回来，酒也浓浓的泡成深红色了，他在家总是喝完了这坛酒才走的。走了，妻子又泡上一坛，数着日子等他回来。

妻子坐在右边，儿子坐在左边。妻子给他倒上满满一杯酒，他举起酒杯故意喝得很慢，边喝边装出比做功夫还吃力的样子说，世上要算喝酒的人最苦，酒是从喉咙里割下去的。妻子仰视的目光望着他，就像欣赏一个大人物。他只有在妻子面前才是个人才，是个比国务院总理还伟大的人物。这时他在城里的委屈与侮辱一扫而光。太阳吊在山坡上，滚红的，风吹动地坪草叶子沙沙响，凉爽爽的。酒喝到脸红耳赤的地步的时候，桌上的菜饭也吃完了。他就躺在椅子上，看着妻子扭动南瓜大屁股，把饭菜碗一叠叠收起来，在厨房一进一出，胸前颤动两只大奶子。想起他每次回家，妻子跑出门接他，人还未到，那两个奶子先到，颤个不停地欢迎。他总是不管有没有人，先抓住了两个奶子，就像抓着了两条肥活的鱼。

妻子的屁股也就扭得他心痒痒的。等一切都忙过去了，妻子开始洗澡，换上一条他从城里带回的花裙子出来。瞧，裙子把两个奶子衬得像山高，那收腰的部分更加把她的屁股包得滚圆，脸蛋也像个刚熟的苹果，鲜艳鲜艳的，那手就像一节节藕，一捏可以捏出水来，把家保眼睛都看直了。家保要的女人是实实在在的女人，有了这样的妻子，自己在城里累死也值得。

妻子被他看得火烧火燎的，羞答答地坐过来，不是看着儿子在身边，他就把妻子搂在怀里亲了。儿子坐在他们中间，他隔着儿子给她谈城市，她隔着儿子给他谈家乡。儿子在他们那些甜言蜜语中睡觉了。妻子把他放进房里，再回坪里时，他蹿上去，一把抱住妻子，一头扎进那对肉嘟嘟的奶子里，头一歪就含着一个奶头。妻子的衣服不知怎么被他扒下来，凉床上有两团白光在那里翻卷，就像一个老练的农夫在开垦自己的土地，开得那么仔细那么精心，开得那么如饥似渴，他听到了土地的欢叫声，这种欢叫声绝不同于城市女孩的娇声夸张，而是充满野性的、酣畅淋漓的，夯土样憨实的，是对开垦者的赞赏。

呱……呱……呱呱呱！

家保感到青蛙在工地上叫。他无法入睡，身子成了一个球。他起床朝工地走去。那些鳞次栉比的房屋把空间填得满满，灰色的墙壁辐射出的热浪，一阵阵冲击着他。农村的热不是从水泥砖透过来的，是从田间稻秆的缝隙中辐射出来。带着田里的清凉，也带着稻谷成熟的芬芳，还带着蛙声的欢快。工地的左边是菜市场，右边是收容所，前边是大商场，后边是垃圾场，工地睡在路中间，路被斩断。烈日下他们举起锄头铁锹挖沟，锄头铁锹扬起的泥沙，川流不息的车子扬起的飞尘，当它游过城市上空的时候，城市的光芒、高大的楼房以及污浊的空气已差不多把他们遮住了。他们一身臭汗、蓬头垢面，蓬头垢面成了他们的形象。那些城里姑娘，眼圈涂得蓝影影的，一见他们，白眼比黑眼多，不知她们见到自己的情人是不是也是这样。黄昏时，家保爱看那些穿着花裤的阿婆或嫂子，提着垃圾袋往垃圾站走。家保看她们，像一天难得看到的风景。她们也看着他们，把他们和垃圾场连到一块看了。

家保在工地上寻了一圈，没找到那只青蛙。家保仰起脸想，这只青蛙肯定来自他的老家，只有他老家的青蛙才有这样的叫声。家保老家是个远隔社会的山村，吃、喝、住都靠大山施舍，就像栗子肉紧包在一层硬壳里，深藏在大山的腹地。当然，他们还是以缓慢的节奏进化着。譬如晚上走山路，举把明火把的少了，捏着手电筒的多了，晃得野兽老远就避开；像去山外读了中学的青年，也穿穿西装，打个领带，在赤脚上套一双皮鞋。但更多的则是保存着传统的生活方式，家里的女人养一头猪，一年才有45公斤。看着这头猪在山间奔跑，贫穷和落后就像这头长不大的猪。村民宁肯把自己拴在大山底，也要让孩子到外头读书看世界。他们没有别的出路，只有成群结队进城打工才能赚得回孩子的学费。家保与村民不同，他出来打工想寻找村里没有的东西，这东西不光是钱，至于是什么？家保自己也说不清。

呱……呱……呱……

青蛙在哪里叫？家保做出了决定，要去寻找那只青蛙。青蛙的叫声好像是从对面的那座五星级宾馆出来的。家保熟悉这栋宾馆，他第一次出门打工就是建这栋宾馆。记得这栋楼开始的时候是春天，结束的时候是冬天，整个工程都是在寒冷的冬天完成的。那年刚过完年，家保就在村里上了进城的货车。家保下车走进工地，工地还是一个热闹的地方，有居民房、商场，商场旁边还有许多卖小吃的。只是没过几天，轰隆一声巨响，这些房子、热闹小街，成了一堆水泥砖头的废墟。他用“废墟”两个字来形容它觉得非常恰当，他高中虽然没读完，但“废墟”两个字还是学会了。他不知为什么要炸毁这么好的房屋，农民建栋房子需要一辈子努力，而这里轰隆一声响，没了。家保后来才知道，他们来这里打工，要在这片废墟上建一栋更漂亮的五星级宾馆。废墟左边是火车站，他搞不清为什么要那么多宾馆。这个城市到处是宾馆，尤其是火车站周围，已是星罗棋布的五六个宾馆了。也许这就是城市建设吧！建筑包工头在废墟的一角给他们用几块水泥板做顶，几块砖头糊成墙搭了一排临时平房，一间房住七八个人，一排平房就能住几十个。他们吃喝拉撒就在这平房里。平房外面就是他们的建筑工地，寒风一个劲地往他脖子里灌，吹得他脸生生作痛。家保的工作就是和灰浆，把水泥石灰砂子放到一块和均匀。他缩着头站在寒风中和灰浆。一到晚上就缩进被筒里，听寒风拍打门窗的嘭嘭声，看武打小说打发漫漫长夜。

家保读高中的时候，在学校搞过宣传队，学会了拉二胡。他念念不忘那段光荣历史，历史过去了，惟一使他能回忆和安抚他的是二胡。他来工地，把二胡也抱了过来。高兴时拉花鼓戏，想妻子时拉《江河水》，拉得如泣如诉。有时动情了，坐到门口，对着寒风拉。那年，同村的七叔染上了伤风，只吃了两回感冒药，七叔的钱是盘算过了的，没有多的钱吃药。拖过一段日子后，开始咳嗽，先是稍微有些咳，他忍着，怕工头赶他走。他要赚钱，他有个儿子在城里读大学，儿子每年的生活费和学费要从他手上拿过，儿子有出息是他一生的骄傲。七叔的咳嗽越来越厉害了，咳得背都弯了。就像一棵残年的老树，里面抽空了，只剩一个躯壳。而他的儿子刚进大学，儿子的未来像个无底的口袋，需要不断地往里面填。七叔见偶尔来检查的包工头把背挺得溜直，看上去像个健壮的男人。七叔躲得过精明的包工头时却拖了民工们的进度，七叔经常在民工们休息时一个人上工。那天吃完中饭，出了点太阳。家保坐在门口拉二胡却不见七叔，也许七叔累了，躲在吊车里晒太阳，于是他朝工地望去。发现七叔挑着一担泥沙上架，上到了最高层。七叔只剩一个黑点了，就在这时，蓝天上空，一顶金色头盔从天而降，接着那个黑点飘然下来。家保跑出去，一个裸背的七叔落到了地上。

家保找到包工头，包工头说七叔是在工作时间以外摔下的，不能算工伤，最后赔了一点点费用就草草收场。家保鄙视地盯着包工头骂，你自己也是乡巴佬，你以为你包了个工程就是个城里人了，你不过是被城里人使唤的一条狗。你有本事的话你敢大声和城里人说话吗？到城里来了几天就学会欺负乡下人了。骂完后家保和几个工友用一部板车把七叔拖到火葬场。出来的时候，家保手里捧着一个比一座房子还沉的骨灰盒，可是他不知道应该把七叔送到哪里去。他就捧着骨灰盒慢慢地走，走到出事的工地，家保将七叔放在顶层的平台上，对着七叔拉起了二胡。二胡像在哭，好像二胡患有精神忧郁症，泪水骚扰着工地。

七叔“回家”后，每到傍晚，家保就有一个无边的空洞，他不知道怎样从这个空洞里爬出来。有一天，他莫名其妙地背着二胡又爬到那个平台上面去了。顿时，平台上有串音符像寒风一样在天空中飘来飘去。这时候，工友们就骂，狗日的二胡你别哭了，哭得像我们家乡为死人送葬一样。后来他们又说比起死鱼一样的日子，哭声让他们想起家乡的女人，因为家乡的女人见不到男人总是哭。许多个夜晚，工友们总是边打牌边听二胡的哭声。要是听不到二胡的哭声，便有人骂，狗日的二胡，你怎么能没了呢，你没有了就是说老子不正常。工人们就把情绪砸在钢筋上。家保爱听他们骂脏话，骂完不久，二胡的哭声又会璨然在工地上。工地又热闹起来，二胡的哭声渐起了高潮。

呱——呱呱……

这只青蛙真的狡猾，家保似乎听到青蛙的叫声是从刚建成的体育场传过来的。于是，家保又寻到体育场。那隐隐约约的蛙声，就像一根绳子一样牵着家保，可是家保顺着这根绳子找下去，那蛙声又没有了。这时，家保突然发现体育场的跑道，于是，家保顺着跑道跑，顺着跑道找。他想当运动员是件很潇洒的事，你什么都不用想，只顾往前跑。他发疯地跑，一圈两圈，他没有找到运动员的感觉，倒觉得自己更像一只青蛙，在跑道上瞎跳。当他精疲力竭地倒在跑道时，才觉得天空像有一团团火掉到他身上。这时他才想起昨晚报道今天是高温41度，可他们的包工头却说，要加快进度，迎接十月份的运动会召开。民工们开始白天上个班，晚上加个班。前两天他中了暑，躺在医院打吊针，包工头看都没来看一眼，只是传过话来，出了院，领一个月工资走人。家保想好了，打工仔也是人，不是你喊要就要喊走就一脚踢得开的。他要找包工头谈判。

家保躺在体育场跑道上，想站起来却怎么也站不起来。这时天空中突然飞过一架飞机，家保在家里也经常看见飞机从他村庄上空飞过，他总觉得飞机像一片叶子一样大。而这个时候，他惊喜地发现这飞机跟城市的楼房一样大。家保一阵兴奋，开始噼里啪啦地磕巴，磕巴之后，他忽然想，甚至弄不懂在乡下看到的飞机怎会比城里的飞机小呢？飞机越飞越远，它留下的余音似乎还洒到跑道上。这时，家保突然又听见跑道上响起一阵蛙鸣声，他艰难地爬起来，顺着跑道去找，那该死的蛙鸣却又像刚才飞机的叫声一样消失了。围着家保四周的是灯，灯的海洋。城里那雪亮的灯照得比白天还亮，一直亮到早晨太阳升起。城市的灯比星星还密，可是星星那么遥远，灯那么近，灯近却不是为自己照亮的，它照着城里人。家保看五彩缤纷的灯就像看光亮女人的面孔，全不为着自己的，只有青蛙是对自己叫的。

呱——呱呱呱！

这只青蛙不停地变换着地方，工厂、商店、公寓、立交桥。青蛙和家保捉起了迷藏，家保紧追不舍，他站在停车坪，那些长龙般的车流，一律静静地趴着。白天那些行乞的人，在月光下，横一个竖一个躺在车子旁，像一只只趴着的甲虫。这中间或许也有他们的打工族，他们和自己一样从老远农村赶来，为了几个钱，天南海北地疯跑疯癫。他们建了一栋又一栋高楼，房子建好了，人被赶了出来，门就锁上了。他们干着城里人不想干的脏活累活，城市的建设离不开他们，城市的美丽却与他们无关。他们只是美丽城市里的匆匆过客。这时，家保昂着头去看高楼上的一扇扇窗口，每扇窗口就像一个格子，人就住在格子里，被一格格隔开又被一个个格子锁得紧紧的。格子里的人死了，都没有人知道。哪像村里，祖祖辈辈生活在一块，闷了，对着大山说几句悄悄话。高兴了，仰着脖子喝几碗“苞谷烧”，醉醺醺地倒在火塘边。田垄走来一路人，一路子的人一路子歌。要是村里死了人，那是全村人都知道，全村人都伤心，全村人都来帮忙。

家保就这样迷迷糊糊地找过去，迷迷糊糊中他走进一条巷子，巷口空空，只有漫天横飞的蚊子在“轰炸”，在不停地干扰眼前的寂寞。家保站在巷口冷静想。对了，家保幡然醒悟，这只青蛙应该出现在城市的菜市场，只有在菜市场的青蛙才是活的可以叫的，出了菜市场就是桌上美餐了。

家保匆匆往菜市场赶。菜市场也是一条空巷。那头猛然走来一个人，黑黑的一团，头低得很低，像在寻找什么。走到家保面前突然抬头，问，喂！你听到有只青蛙在叫吗？

拉长她的生命

舒红在写短篇小说，这个短篇跟刊物约好本月15号交稿，她算下时间，今天12号，只剩下三天了，小说才完成一半，时间有些紧。她埋头在电脑上敲字。日光透过窗帘反射到房里，光线一下变得强烈。她思路一转，这个时候该把鸡肉煲上，电砂锅煲鸡最快也要两个小时。她去厨房时望了一眼对面房间做功课的儿子。儿子上高一，个头却像个初中生，身子长得像根豆角，所以儿子从寄宿制学校回来，她都要煲鸡给他补。舒红提起刀，准备将鸡剁成小块煲。她刚剁了几块，厨房壁上电话响，她很不情愿地提起话筒，是个陌生电话，说他读了《小说月报》转载的《午夜火车》，问她怎么对男人野外的艳遇描写得这么细腻，是否有自己影子。舒红笑着说，你还不如说男人在午夜遇到的那女人就是我更符合你的心理。这是个冷飕飕的玩笑，对方没有即时回答，舒红趁机放下话筒继续剁鸡。总有这样的电话，让人觉得好笑。她刚这样想，电话又响了。她没有理睬，专心剁她的鸡。电话很顽固，感应上的那点红像火警，声音又似催命。她不得不将话筒重新提起。还好，电话是她在电视台工作的女友打来的，舒红心情放松少许，就跟她聊了一阵，放电话时十一点了。舒红一声赶快，慌忙提刀，一刀下去，啊呀！鸡没剁正，却把左手食指剁出半边，血顺着指头把砧板染红了。舒红叫儿子赶快喊的士，母子俩去了医院。医生要她住院治疗，原本写作的舒红就这样住进了医院，被安排到双人房。虽说是双人房，实际上只住进她一个人。舒红还是生儿子在医院躺过几天，对住院非常不习惯。第二天她爱人把她母亲从县城接来照顾舒红。

医生开始对舒红进行验血、验尿、B超等全方位检查，只血就抽了四次。舒红有些迷惑，一个手指的外伤要牵涉到身体各个部位？医院的事她是搞不懂的，你执行就是。住院部每天给每个人打出一张清单，第一天清单就是一千多，她倒吸了口气，还好是公费，看来住院也不是一般人住得起的。舒红的朋友知道她住院捧了鲜花来看她。三天下来，她的床头柜、窗台上摆满了花篮。她房内鲜花灿烂，房外惨叫绵绵。骨科往往是今天这个车祸，明天那个事故，大都是手术后发现没了胳膊少了腿而叫得惊心动魄、凄惨无比。舒红躺在床上想，原本生活在自己虚构的故事里，现在倒像一下来到故事中，置身在一个悲壮的场景里。因为能静下心思考，觉得另有一番意义。

骨科有很多看护病人的女人，称之为女看护。女看护有的是亲戚担任；有的是去钱雇用。骨科没有传染病，都可大胆往来。于是，这里就成了个大家庭。往往又是这些女人把串门收集的情况汇报给她主人，躺在床上难挨的主人通过她们的嘴知道谁又住进了，谁的病又比自己惨。这也是一种心理安慰。几个女人集中到舒红房里是鲜花引来的。哇！好漂亮的花，呀！这么多花，可以开花店了。舒红房里不光有花，还有她一个人吃不完的水果。有的女看护甚至举着吊水瓶把病人也带来了。舒红房里的两个床靠西北墙，中间有个活动空间，她们就坐在活动空间，舒红就躺在床上陪她们聊天。躺到第四天，舒红觉得一身骨头哪里都疼，没有一个姿势是舒服的。这天，舒红也由母亲提着吊水瓶，走家串户，活动活动筋骨。

这天晚上，舒红打完吊针，母亲收拾东西正准备回家，房门被一男一女推开，随即推进来一个老奶奶。老奶奶一头银发和一个短小而干瘦身子，医生毫不费力地将老奶奶放到床上。医生对一男一女说，她还在麻药中，麻药醒后会喊痛，你们就给她吃这粒药，再想办法让她喝点牛奶吃点流食。医生走后，舒红弄清了老奶奶身旁一男一女的关系。男的是她三儿子，女的是她大媳妇。三儿子从床底下拖出尿盆，从外面装满水，放毛巾给老奶奶洗脸。舒红说，那是尿盆，给奶奶接尿用的。三儿子似乎没有耳朵，继续给老奶奶洗脸。他洗脸的手很重，老奶奶艰难地扭着头。一会儿，老奶奶哼哼唧唧。三儿子抱着哼哼唧唧的老奶奶抹眼泪。舒红看到一个男人在陌生人面前流泪，心里有些怵。老奶奶的哼声越来越大，三儿子仍死死抱着老奶奶。舒红说，她是麻药醒了，赶快给她吃药吧！三儿子才记起给老奶奶吃药。舒红望了眼缩手站在门边的大媳妇，她四十多岁样子，穿一件枣红色毛衣，身体有些胖，圆脸上戴着金耳环，一双大眼睛骨碌碌转。

门边涌来几个女看护，她们问老奶奶怎么啦。大媳妇说，我婆婆被猪娘咬了。

“被猪娘咬了？”女看护有些惊奇。

“我婆婆跟三弟住，她给三弟喂了一头猪娘，猪娘刚下了一窝崽。早上，婆婆提着食桶喂猪娘，没看见一只猪崽夹在竹栏里，她一脚踏在猪崽上，猪崽尖叫，猪娘听到叫声，跑过来咬住婆婆小腿，撕下小腿一层皮，咬断两根筋，还吃掉小腿几块肉。正巧，村口死了个人，我和三弟都去帮工了。等我们回来，婆婆已倒在血泊里昏死过去。我们送到县医院，医生说婆婆年事已高，因耽搁，失血又过多，要我们转大医院，我们转来了。”

大媳妇说得很平静，像是说件与她无关的事，舒红却听得胆战心惊。舒红又转过头看老奶奶，老奶奶睁开眼睛，好像没那么疼了，但脸上仍是难受的样子。舒红从牛奶箱里取出一盒牛奶对三儿子说，老奶奶可能要吃点东西了。牛奶有镇定作用，她会好受些。三儿子笑呵呵说好呀好呀！三儿子穿着件四个口袋的旧军装，旧军装里面的蓝棉纱内衣油乎乎的，黑长裤上有泥污，赤脚穿一双黄跑鞋。他走到舒红跟前拿牛奶，舒红嗅到他身上有股馊味。

老奶奶喝完牛奶喊尿。三儿子手忙脚乱地解裤，又慌忙拿那个接尿盆。老奶奶从未住过医院，见屋里有人就尿不出。大媳妇把盆塞进被单里，捂着鼻子又退到门边。老奶奶只尿了一点在盆里，其他尿到裤子上。三儿子给老奶奶脱裤子把衣卷起来了，露出老奶奶风干的身子和干扁的奶袋，那只用纱布绑定的小腿，血洇湿了纱布。三儿子给老奶奶盖上被子，去洗尿盆把裤子也放到盆里一块洗。他装了一盆水进来又准备给老奶奶洗脸。舒红实在看不下去了，递给他一个脸盆说，用这个吧！我家很近，明天再带一个盆就是。大媳妇说了句，不好意思，来得急，什么都没带。舒红说声不要紧，就想，老奶奶赤身在被子里，肯定不舒服，舒红吩咐正准备回去的母亲带两条内裤来。

老奶奶洗完脸，轻轻哼了两声，昏睡过去。一会儿，老奶奶的大儿子、二儿子和二媳妇进来了。大儿子一进门抓住三儿子就是几耳光，接着一脚把他踢到门口。舒红惊愕，你怎么打人？大儿子说，我就是要打人，他怎么不去死？闯下这么大祸。舒红就想，别人的家事外人是不能管的，就不再问了。三儿子捂着肚子站起，嘴里喊着大哥我错了。大儿子没有理他，走到老奶奶床前，看着昏睡的老奶奶抹眼泪。

二儿子问："娘什么时候动的手术？"

"晚饭的时候。"大媳妇又说，"我是临时借了村里信用社三千元住进来的。医生只把婆婆伤口处理了，要我们准备两万五给婆婆作植皮手术。"

二媳妇说："天呀！到哪里搞这么多钱？"

三儿子说："医生说，娘的手术要越快越好。"

"废物。"二儿子愤怒地望着三儿子。

大儿子说："我只有存款上的五千元钱，二弟，你那里有多少？"

二儿子说："我和你弟媳两个月没发工资了，我手里只有儿子的五千元学费。"

二媳妇说："学费不能垫进去，儿子开学要用。"

二儿子说："现在顾不了那么多，问题是还差怎么办？"

大儿子说："要不给我东莞打工的儿子去个电话？"

大媳妇说："你就不要去惊动儿子了，他刚建了屋，哪来的钱？"

大儿子说："二弟你求求施工队，要他们把你们的工资开了。

我去找几个朋友看看。”

大媳妇说：“都是些穷朋友，谁会借钱给你？信用社的钱怎么办？”

大儿子说：“总得试试看。信用社的钱借着就先借着。”

二儿子和二媳妇走了，说是明天要上班。大儿子带大媳妇也走了，说是他守的店里没有人。二儿子出门，从袋里掏出50元钱拍到三儿子手里，要他好些招呼娘。他们都走了，房里又安静下来，三儿子倒头睡在老奶奶脚边，老奶奶侧身躺着，一动不动，如一弩弓，双眼紧闭。舒红发现，老奶奶紧闭的双眼有晶莹的东西。

第二天早晨，舒红还赖在床上，三儿子从医院食堂买回两个馍头和一碗酸菜汤。馍头他吃完一个半，把剩下的半个撕成碎块泡在酸菜汤里喂老奶奶。老奶奶吃一口呛住，三儿子轻轻拍她背，老奶奶就这样把一碗酸菜汤和半个馍头吃完。

母亲给舒红送早餐来时老奶奶睡了一会儿刚醒来。母亲今天给她做的肉泥蛋，母亲总是换着花样给舒红进补。舒红刚端起碗，三儿子双手插进袖筒里，眼睛瞧着她。舒红放下碗，把老奶奶的碗拿过来，拨一半到里面。说，请帮帮忙，母亲带多了。这些喂给你娘吃。三儿子又笑呵呵说好呀好呀！我娘是最能吃的，平时她能吃大两碗饭。他端起碗喂老奶奶。老奶奶吃完肉泥蛋，打了个嗝，再躺下时脸上很平静。

医生带了两个实习生来给老奶奶换药，实习生把她小腿上纱布一层层揭开，最终，一只没有皮和肉，只有骨头的小腿露显出来。舒红不忍心看，扭过脸。后来舒红用“惨不忍睹”来形容她当时的心情。医生给老奶奶上药时，老奶奶发出嚎叫，但持续几声就没力气了。医生说，老人家的植皮手术要赶快，败血症会危及她的生命。三儿子呵呵两声，表示知道了。

午餐，三儿子买回小碗冬瓜和一小碟辣椒萝卜。他用开水泡上米饭，给母亲喂冬瓜。喂了几口冬瓜就喂泡饭。老奶奶吃一口，喉咙咕噜几声，三儿子又采取在她背上拍的方法。母亲在这个时候送来了又鲜又嫩的财鱼。三儿子伸长脖子，笑呵呵地望着舒红。舒红说，财鱼对你母亲愈合伤口有好处，你拿这些喂你母亲吧！三儿子看也不看舒红，自己把母亲碗里剩饭吃完，就开始喂母亲鱼。老奶奶吃完又躺下了。

母亲每次给舒红送饭都多装一半给老奶奶，这在母女间达成了一种默契。渐渐地，老奶奶的脸色有了血色，舒红的伤口开始长肉。舒红住这里也是每天只换一次药了。舒红问医生可不可以出院。医生说伤口开始长肉可以回家休息，也可以继续住院观察。舒红说，那就明天出院吧。

那些女看护见舒红明天出院，又集中到她房里，问舒红，出院花带回家吗？舒红说不带。那就拿到我们病房吧！舒红说我走了还有老奶奶！花就放这里吧！于是，她们谈起最近住进一个自杀的姑娘，是为情而割腕，都嘘唏不已，都为这年头还有这种纯情姑娘不值。这时，老奶奶一家人走进来，他们见房里这么多女人很不高兴。舒红借故活动筋骨，把她们带出去。舒红还没走远，就看见大媳妇"砰"的一声关上门。

大儿子说："我跑了两天只借了一千元钱。"

二儿子说："我找施工队，好话说尽才给我们开了三千元工资。"

大儿子说："还差这么多，怎么办？"

大媳妇说："你们也不想想婆婆的状况。婆婆也是83岁人了，活一天算一天。我们借不到钱，就是借到钱也不能把钱丢进这个无底洞。"

大家目瞪口呆地望着大媳妇。

"我说错了？你们是不是觉得我没良心？话虽不好听，事实是这样。"

三儿子说："娘的腿不做手术，会要了她的命。"

大媳妇说："那你拿钱来呀！就你一个窝囊废晓得卖乖。"

三儿子目光有些滞地瞅着大嫂。一时间，大家你看着我，我看着你，都没有了主意。最后还是由大媳妇出了个最绝的主意："我看今天把这些吊针打完，让医生给婆婆多开些药回去吃。"

三儿子刚想反对，遇到大哥严厉的目光，赶快低下头。大儿子挥动了一下他那宽大的衣袖，像是下了个艰难的决心。他对三儿子说，也只能这样了！三弟，你回一趟村，联系表弟车，明天一早你跟表弟车来接娘。娘这里由你大嫂二嫂招呼，我和你二哥明早去办出院手术。说完，大儿子望了眼床上昏睡的母亲，喉咙哽咽，很轻的声音说，娘，就看你自己的造化了。

舒红到晚餐时回病房。晚餐是由她爱人送来一只炖乌鸡，乌鸡里放了天麻红枣桂圆枸杞。舒红看着乌鸡没有食欲，她刚在女看护那里吃了很多玉米花。她把乌鸡倒一半给老奶奶，想想，又全部倒给老奶奶。二媳妇正要说谢谢，大媳妇端过碗，拉二媳妇出门了。

舒红发现床头柜下撒了一些果皮，是爱人给她削苹果撒下的，到底男人粗心，离开时也不收拾一下。舒红把水果刀放到窗台上，把果皮扫进一个碗里，端着碗去洗刷池的垃圾桶。她刚走到洗刷池门口，看见大媳妇和二媳妇站在洗刷池，因是背对着她，所以她们没有看见舒红。舒红听大媳妇说，这鸡炖得多好，里面还放了补品，你吃不吃，你不吃我吃。二媳妇说，人家是给婆婆吃的，你吃什么？大媳妇说，婆婆也是难，活着也是受罪，她吃好了有什么用？还不如我吃了有用。二媳妇说，嫂子，你为什么这样说婆婆？大媳妇说，你看婆婆，她两个大女儿死在她前头，还不是把阳寿赚给婆婆了，看这样子，我只怕也活不过婆婆了。二媳妇说，嫂子，你瞎说什么呀！人家都说你显得年轻。大媳妇说，我不是瞎说，还不是命啊，婆婆不死，接下来轮到你大哥和我，你看我这身体？我是活不过她的……

舒红被这突然的情景蒙住。怎么是这样？怎么会是这样！她简直不敢相信眼前看到的真实情景，如果是别人讲给她听，她还不会相信。多么歹毒的女人。她倒掉果皮，碗也不洗地跑回房。她把碗放到抽屉时，望了眼老奶奶，可怜的老奶奶，接下来会发生什么？您熬得过吗？舒红放完碗，胸口蹦起很高。她想为老奶奶做点什么。她能做什么？她可以凑齐钱帮老奶奶顺利完成手术，手术以后呢？她能改变老奶奶的命运吗？她不能，她只是个作家。作家在小说里可以天马行空，可以翻手为云，覆手为雨，可以改变很多人的命运，而现实中的作家又是多么的软弱无力。她满腹思绪地回到床上，面朝墙躺着。

老奶奶的药水在晚上十点多吊完，大媳妇对二媳妇说，我们走吧！反正婆婆也睡了，我们明天早些来就是。门响了一下，房里又恢复了安静。舒红看她们走了，起身上了趟厕所，回房关灯，忽然一阵响动，像是从老奶奶床上发出，动静很小，还是被她听见了。她一晃头，老奶奶床头竖着个脑袋。她被老奶奶行为吓了一跳，因为惊吓，她结结巴巴地说，你——怎么坐起来了！

"闺女，吓着你了吧！"老奶奶有气无力，木讷的脸上张着两只空洞的眼睛。

"你能说话了！"舒红有些兴奋，同老奶奶住了四天，终于听她说话了。她走到老奶奶床边坐下，因为老奶奶是坐起的，这才看清，老奶奶瓜子脸，皱纹层叠的脸上，耳朵出奇长，像观世音耳朵。

"这几天，我吃了你那么多好东西，将来拿什么还你？"

"看奶奶说的。是我母亲每次做多了，请你吃一点，免得浪费。"老奶奶睡得昏天暗地，心里却明镜般。

"我身上的裤子也是穿得你的。"

"两条旧裤子，快别说了。你来不及没准备，而我家又住得近。你媳妇走了。要不要我帮你做点什么？"

"你真是好闺女，今后会有好报的。"

"奶奶，你要不要躺下舒服些？"

老奶奶没有躺下的意思，她伸出五只鸡爪形手指，往头发上抓了几把，头发经她一抓，理顺了。她拿起床头一顶变了色的黑线帽子往头上戴，戴的时候把整个头发都收进去了，面部显出了几分精神，两只空洞的眼里也有些内容："闺女，我是不是一直在睡？"

"是的。"

"唉！我已把一辈子的觉都睡完了。按理说，三十岁人睡不醒，五十岁人睡不着，我八十多了，是不应该这样睡。"

“你失血太多，伤了元气！”

“其实我就是没劲，浑身没劲。从来没这样没劲过。以前我吃完两大碗饭就上山捡柴或下地扯猪草了。”

这时，舒红像看到一个贫瘠、荒凉、偏远的山村，一条绕山迂回的小路，一弯汩汩流淌的小溪，一栋炊烟萦绕的木房，一个矮小精干的老奶奶挑着一捆柴，或挑着一担猪草，带着浓郁的青草气息走来。

老奶奶忽然说，闺女，你不知道，村里人都说我命好，我三个儿子讨回三个媳妇，生了三个孙儿两个孙女。大儿子还给我生了重孙。当老奶奶告诉舒红，她还生了两个大女儿，她生完老三那年，丈夫在一次集体修堤中挖神仙土被打死了。她一个人带大五个小孩，前两年，她的两个女儿因病先她去了时她无法解释她命好。

“嗯！命好。”舒红的声音哽在喉咙里，心里一阵悲凉。

老奶奶耳朵很灵敏，哽在喉咙的声音都听见了。她听舒红也说她命好，嘴角露出笑容，层叠的皱纹向四周荡漾。老奶奶突然问，我大媳妇年轻吗？村里人说她只看得四十多岁，实际上她有五十多了，她的孙儿都快读书了。我老大给一个店子看门，五百元一个月，老大的儿子在福建打工，她就在村里帮儿媳带带孙儿。

舒红不愿提那个歹毒女人，于是岔开问二儿子。

“我老二和二媳妇都在长沙做事。老二的儿子在城里读大学，每年要一万元钱学费。”

“他们做什么事？”

“老二是建筑工地的民工，二媳妇就在他工地上煮饭,。”

“你就在村里和三儿子一块过？”

“嗯！我三儿媳生孙儿时把自己生没了，我就成了孙儿娘。我把孙儿从月里带到他五岁。你不知道，乡下人有饭吃，可缺钱呀！老三在家种大哥二哥的田，可没钱再讨媳妇。我帮老三喂了头猪娘。我每天用青菜煮米粥给猪娘吃，猪娘顺溜溜地长膘，隔四个月给我下一窝猪崽，每窝都有十几只。为了给猪娘催奶，我把米用水泡馍了给它吃，猪娘吃得奶水直往外流，还不到满月就被人买走了。我把买猪崽的钱存起来想给老三讨个媳妇。可是，我成了这个样子。”

舒红问：“奶奶，我本不想说，你老三是不是有点傻？”

“闺女，你看出来了，受了点屈，媳妇死时，老三是和以前不一样了。最让我放心不下啊！现在我要两万多元钱植皮，他也急呀！我这老不死的，成了他和他们的负担！”

“你不是负担。他们只有你一个娘，他们会想出办法的。”舒红想好了，明天问她大儿子手术还差多少钱，她来凑足。

老奶奶一下子没有了言语，无神的目光凝视前方，像祈盼什么。老奶奶在祈盼什么呢？她忽然弯下身，一把抱住老奶奶，老奶奶身子很轻，轻得像抱起一团衣。她把老奶奶平放在床上，这样舒服些。她给老奶奶盖好被子，回到自己床上，忍不住又回头望老奶奶床，床前静得如同没人。她就这样望着，望着，终熬不过没有声息的老奶奶，眼睛却耷拉下来，人就迷迷糊糊了。她在迷糊中做起噩梦，梦见老奶奶拖着伤腿在那里上上下下。血，从床上流到床下，老奶奶也成了一个血团团。老奶奶一只手摸她，刚摸了两下，手心忽然冰凉，僵硬在她脸上。舒红惊醒过来，太阳照到窗台上，房里进来很多人。有老奶奶家人、有医生，还有那些好热闹的女看护。他们有的拿着担架，有的拿着药。舒红这才弄清楚，他们是接老奶奶出院。

“奶奶不做手术了？”她惊讶地问。

没有人回答，他们开始支担架。

舒红望一眼老奶奶，老奶奶睡得很深，被子把脸都捂进去了。舒红又说了句：“她可能刚睡，昨晚老奶奶说话了，让她多睡会儿吧！”

“我们已办好出院手续，车子就等在外面，不能让她睡了。”大媳妇说罢，走到老奶奶床前揭开被单。大家惊呆了，被单里是血，全是血，老人手里握着水果刀，很锋利的水果刀。水果刀是舒红削苹果的水果刀，放在窗台上。老奶奶就这样不声不息地割腕自尽了。不知老奶奶为什么要这样。也许，老奶奶心里有另外一番话。

爱人接舒红出院快到中午，病房又恢复平静。爱人问她，老奶奶转院了？舒红没有吱声，爱人也不再多问。舒红随爱人走出病房，回头再看一眼病房，几个女看护一人捧一篮鲜花出来，门随即关上，像是一切都没有了声息，舒红眼睛开始模糊，浮现出来的是那把水果刀，很锋利的水果刀……

中篇小说

你要去北京

我是1978年知青大返城的时候，娘从红薯土里捡回的弃婴。那年哥哥只有五岁。

一

火车一声鸣笛又停站了，我赶紧移到窗玻璃前。我和所有回家过春节的大学生一样，买了张北京至长沙坐票。火车对我来说还是挺新鲜的，虽然开学时坐过一次，但不过瘾，因此每听到鸣笛进站，我都会将脸贴着窗玻璃朝外看，看乘客们幸福地上上下下，再听到鸣笛我又跟着走了。这趟车好像专门为我设置的，它傍晚驶出第二天早上到长沙，这样我就有充足的时间转长途车回家。

车厢有些晃动，昏暗的灯光下到处是人，凳底下、过道上以及厕所门口都是蹲着站着的人。他们穿着各色冬装挤在一隅，就像挤在沙丁鱼罐里一样。一个男人突然把一双腿伸到我座位下，然后从一个蛇皮袋里拿出被褥，严严实实盖上，一会儿打出了呼噜。他是北上打工的民工？还是？我想象着我哥哥也和他一样，挤在某个车厢往回赶。这样想着又看了一眼打呼噜的男人，想看出他与哥哥有什么相同和不同。脚边挨着哥哥给我买的小拖箱，里面放了几件衣服和我给哥哥买的一双手套。我从小拖箱里拿出手套，戴到手上。

手套很大，五个指头没有撑起来，我想，要是把哥哥的大手和我的小手一块放进去会怎么样？这样想时很温暖。

我座位离厕所很近，可几次上厕所都没有成功。我只能忍着，嗅着从那里散发出来的臭气。火车到达长沙，我第一件事就是找厕所。从公厕出来买了两个馒头，边吃边找去桃江月亮垭的长途汽车。混在车站里，我发现两种人最多，一种是民工，一种是学生。他们身上虽然没贴标志，但一眼就能看出。我刚坐进长途班车，天就下起了雪，是南方那种少见的大雪。去月亮垭的人不多，车也只有这一趟，车上，我又听到月亮垭特有的方言，这种方言使我感到既亲切又漠然，它使我在北京不能与人交流。

月亮垭十里外有个小镇，叫桃花镇，车停在那里也算到了终点站，我马不停蹄地往村里赶。天有点暗，纷纭的雪下个不停，随着往前走，雪一点点深入一层层加厚。这么大的雪，哥哥一定站在村口等我了。想到哥哥，我加快了回村的步伐。

哥哥叫薛秋林，哥哥也是到了八岁读书才有薛秋林这个名字，但爹和娘以及村里人仍叫他山崽。我一开始就有个很好听的名字“婷婷”，据说是月亮垭学校的老师给我取的。

月亮垭这个名字听起来很有诗意，可村子没有诗意。村子的贫穷是凤凰不停落，兔子不拉屎，麻雀不筑窝。村子的遥远使这里像个原始部落，外面前进了十年，这里才进步一年。这里的人没有见过县干部，就是公社干部也很少来这里露面。村里人就像栗子肉紧包在硬壳里，深藏在大山的腹地，过着远隔外界，与世无争，吃喝都靠大山施舍的生活。他们最大的乐趣就是到村部看一场露天电影或听听广播。

往往是这样，吃过晚饭他们就往村部赶。村部有间仓库那样大的房屋，里面摆了木桌和椅子，既是村里人开会的场所，又是大人小孩玩耍的天堂。房屋顶端吊了盏煤气灯，照得房间雪亮。放电影的晚上煤气灯黑着，没有了电影煤气灯亮着。这时姑嫂们就端个鞋底到灯底下钉，男人带着烟叶和酒来这里抽烟喝酒。闷了，对着门外的大山说几句悄悄话，起兴了，仰脖子喝几碗自酿的苞谷烧，然后醉醺醺地倒在桌子边。

爹带哥哥去村部总要灌上一小瓦缸苞谷烧，在村部雪亮的煤气灯下邀两个男人喝苞谷烧，喝得醉眼蒙胧。哥哥跟爹来村部是为了看墙上那个四方盒子。

爹问，山崽，那四方盒子有什么看头？

哥哥说，不是看，是听，盒子里唱歌。

那个四方盒子是公社安在村部的广播，公社的会议通知和天气预报都是通过这个盒子传播过来。盒子里播送一首《挑担茶叶上北京》，这首歌让哥哥着迷。每唱到“我挑担茶叶——上北京啦！”哥哥都会热血沸腾情不自禁地喊，爹，不知北京要不要你织的凉簟，要的话，我们也挑几床凉簟上北京。

谁要你的竹簟？爹觉得自己很有理，卷起一支烟，点燃，吧嗒吧嗒抽。

难道北京没有夏天？北京不热吗？哥哥有几分不服地说。

于是村里人说，山崽想去北京呀，那还不容易，你家婷婷是北京的呀！你若把她送到北京不就去了北京吗？

哥哥偏着头问，妹妹是北京的，为什么我不是北京的？

爹含糊地说，因为你是你爹的。

于是村里人又神秘地问爹，知道你家婷婷是谁的女崽吗？

爹说，是知青的，包女崽的布写着北京知青四个字。

知青没几个好东西。听人说，他们开始返城了，不是丢崽就是闹离婚。那些和农村姑娘结了婚的知青闹离婚闹得你死我活呢！

爹说，我们总不能见死不救吧！凤凰落到家，带着嘛！

这时，广播里又唱起了《挑担茶叶上北京》：

桑木扁担轻又轻呃，
一路春风出洞庭啰呃，
有人问我哪里去哟，
北京城里（呃）探亲人咧。

哥哥随着旋律唱道：

> 我送妹妹（呃）上北京咧。

逗得村里人一阵疯笑。他们笑他们的，哥哥是认真的。哥哥从小种下了去北京的种子，这颗种子一直在哥哥心里发芽生长。

二

我一直认为哥哥去村部就是去北京。那时，我搞不清北京是个什么地方，但相信那一定是个很好的地方，因为哥哥总是经常提起又无限向往。于是我缠着哥哥带我去。哥哥说等你长大了带你去。

到了大雪封门的晚上，哥哥和爹就特别烦躁。哥哥不是怕冷，而是通往村部的广播线冻结唱不出歌了。爹见哥哥不去也懒得去，就赶我上床，这样可以节省一些煤油钱。我和爹娘睡在一间大房的大床上，哥哥睡在隔壁的一张小床上。往往是这样，第二天早上，爹拿着我尿湿的裤子，经过我身边时把湿裤子叭地一下打到我脸上，我脸上一阵灼痛，但我不哭。我不像别的女孩子受了委屈就哭。我只是对着爹尖叫一声。我喜欢尖叫，好像尖叫比哭更有力量。

哥哥走到我跟前，说我像猪，睡着拉尿。哥哥说我像猪，这还了得！我把在爹那里受的委屈对准了哥哥。我有一双长指甲的手，长得又硬又尖，十个指甲就像十支利箭。我伸出利箭在哥哥脸上狠狠地抓了一把。哥哥一声嚎叫，脸上立即出现十条血迹，深点的地方还流出了血。我虽然出了口气心里仍不甘，见娘在地坪里晒我尿湿的被子，跑过去向娘告状。娘说你怎么像猪？你比任何人都贵气。

娘说我贵气，我在家里真的就贵气起来。全家人吃红薯和南瓜当饭，娘给我吃点白米饭，有时碗里还有蛋汤。我特意把蛋汤喝得嗞嗞响，显示我的贵气。哥哥望着我的碗，默默地扒了一阵饭后，坐到门槛上去吃。爹看了一眼哥哥又用眼角扫着我，嗡声说崽才是自家的。娘狠狠地瞅了爹一眼。爹不再吭声了脸却拉得很长。我怕爹抢我碗里的蛋，赶紧站起来，端着碗，手脚怯怯地绕过爹的椅子走到哥哥身边，挨着他坐到门槛上。我把碗里的蛋拨一点给哥哥，然后说带我去北京。

去北京干什么？哥哥吃惊地望着我。

你不带我去北京？我腾地站起，又把哥哥碗里的蛋拨回来，昂头一口口往嘴里划。

其实哥哥也不知道到北京去干什么，他也是到八岁读书才对去北京有个明确的目的。那是他第一次看到课本里那张彩色天安门图片才有了明确目的。那张彩色图片印着天安门和三面红旗，红旗下有三个军人庄严地敬着礼！哥哥非常羡慕那三个军人。他把那张彩色图片撕下来，贴到墙上，又认真地在图片上面写着：

长大了我要去北京当国旗手

哥哥去学校的早晨，总要学着国旗手的样子，两只手很规则地往胸前摆动。有时边摆边对着墙上的图片纠正动作。我以为哥哥去学校就是去北京，扯着他的衣角跟着去。哥哥甩开我跑了，边跑边说，等我回来背你到山上拾果子吃。

我问，哥哎，什么时候回？

太阳落山就回来！

我去望太阳，太阳正往山上爬，太阳要往下爬哥哥才能回来。我没有人玩，只好找地坪里的鸡说话，鸡一见我扇动翅膀飞了，飞到娘床上拉了坨屎。我举着手喊：好呀！敢在娘床上拉屎。我把鸡赶到外屋，鸡又在爹竹椅上拉屎，我拿根竹棍朝鸡打去，鸡一声惨叫，翅膀扑腾一下飞了。鸡被我打跑了，哥哥还没有回来。我坐在门槛上，伸长脖子朝田埂望去。田垄上有一条狗在那里蹭来蹭去和几只麻雀懒懒地飞。太阳像个球还稳稳地挂在天空。

太阳终于吊在山窝上，远山有风的呼声和蝉在树上叫着快了快了，我听着快了快了的时候，哥哥背着书包一蹦一跳地出现在田埂上。我跑过去趴在他背上。哥哥伸直背，起步时后脑勺往前一伸，脚把地下的枯树枝踩得喳喳响。哥哥的后脑勺鼓出一坨，像水缸里舀水的葫芦。我觉得好玩，用手拍他的后脑勺。哥哥也不恼，嘿嘿地笑。

山上有很多小朋友等他玩。哥哥和小朋友玩疯了，忘记背上的我。我肚子饿了，捧着他的后脑勺用舌头舔，舔不满足又猛地咬一口。哥哥“嘿哟！”地惊叫，把我放下来，喂我米汤。我吃饱了把一泡尿尿到他背上，哥哥脱下衣服，赤膊背着我。小朋友见哥哥光个赤膊，拿根狗尾草痒他，边痒边说，山崽背媳妇，还是背个野媳妇。哥哥怒火万丈地追过去，抓到哪个就打哪个，打得他们脸青鼻肿，直到他们不敢再喊了为止。

我不知道野媳妇是什么意思，因为我不知道我是娘从红薯土里捡回的。

三

哥哥没有回来。我回家的喜悦就像一块掉进深井里的砖头往下沉。哥哥怎么没有回来？不可能呀！我马上想到拥挤的火车。难道哥哥没有挤上火车？如果是这样，哥哥明天肯定会回来。我这样安慰自己开始动手搞家里卫生。我想让哥哥回来看到一个干干净净有点特别的家。我拿起扫帚，家就在我手里，我却感到一点陌生。我先把哥哥房里扫了然后清理自己房间，桌子椅子我用湿抹布一遍遍擦。橱窗里的灰尘，我伸进指头去搔。我十个锋利的指头，曾无数次搔在哥哥脸上，哥哥脸上出现的血痕都是我的功劳。

房里干净了，我把门窗打开透透气，又把苞谷、高粱和未曾去藤的红薯挂到四壁，然后在门框上贴一副对联。这样一来，寂寞的木板房忽然变得温暖无比。我把房里几张竹椅子收拾成一排，我坐在一张竹椅上，并排靠在一起的竹椅子，无声地挨着，就这样，它们像有灵性一样，陪我等哥哥。

太阳在山窝里隐藏最后一缕光，月亮才从黑云里游出来，碎银般洒在山坡上。山坡上的一栋栋农舍偎依，周围还残留各色花朵，俨然像花环围在农舍的脖子上。农舍相望的两座山峰，仿佛睡美人的乳峰。峰顶处凹进一个弧圈，组成个圆月，这个圆月叫月亮垭，山下的村子就命名为月亮垭村。据说月亮垭村是由两个表兄妹发展起来的。很久以前，月亮垭是一片荒无人烟的深山，有两个如花似玉的表兄妹在这里迷路了。他们走呀走，饿了啃一把路边野草，渴了喝口山边溪水。他们走过了春花和夏柳，走到大雪飘飞的时候再也走不动了。他们在一个山洞里住下来，播种，生儿育女。若干年后发展成现在这个四十多户人家二百多个人的村庄。

月光下跑来村里的几个小女孩，她们喊着姐姐回来了。我让她们并排坐到竹椅凳上，给她们分发糖粒子，她们高兴得拍起手来。我问她们读几年级了，她们摇着头。我问她们为什么摇头，她们说女孩子家不要读那么多书。我心里一沉。小女孩吃了一阵糖走了。望着她们从田垄上一节节矮下去，我仿佛看到了另外一个小女孩，她比她们幸运，她读了书，一直读到北京的大学。

我不记得是七岁还是八岁的一个晚上，总之是晚上，我们都睡在床上。门外的牛在长一声短一声地叫。娘对爹说，牛在叫呢，是不是牛没吃饱？爹说不要说牛，人也不一定能吃饱。娘问为什么，爹说村里的禾苗全被虫子吃光了。也不知么子鬼，田里的虫子药都打不住。娘说如果这样下去，我们种的那些红薯只怕会接不上来。爹说这个时候就不要送婷婷读书了，留着钱买红薯当口粮吧！娘说婷婷不能像村里的女崽一样不读书。爹说饭都没的吃，她还有书读吗？女崽读书也是白搭，女崽大了反正嫁人，读再多的书也是赔本货。倒是山崽我们讨米也要送上去，山崽读书代表我们薛家，我们薛家要送出个秀才。娘说还是把猪崽卖了让婷婷读点书吧！床头的油灯发着丁点光，爹坐在床头吸烟，黑暗中的烟头像鬼火一明一暗。娘陪在爹旁，影子拖得很长。我睡在他们脚头什么都不知道。

第二天，娘带着四个人来抱家里猪崽。我拦在猪牢前不让他们抱猪崽，结果他们还是要抱猪崽，等我拿了棍子跑过去他们跑得无影无踪了。我哭着要猪崽。哥哥说你想不想上学？我说想呀。哥哥说不卖猪崽哪有钱上学。可是我不听，我要上学也要猪崽，结果我还是只能要上学。

上学那天我背着书包在地坪里跑，嘴里喊道我要去北京了，我也要去北京了。哥哥说不是去北京，你是去读书。我问不是去北京读书，哥哥说要等你长大了再去北京读书。

我这才知道我这不是去北京。也是这时，我也想和哥哥一样把书读到北京去。

哥哥说，快点，哥哥带你去学校。

我说我还没有穿上娘给我买的新跑鞋呢。我要换上新跑鞋，在那些打赤脚的女崽面前显露我的与众不同。我还要让全村的人知道我是穿新跑鞋上学的。我在那里慢慢系鞋带，鞋带系好了，我对哥哥说，哥，背我到村里走一圈再去学校。

你是学生了还背，不怕人家笑？

我不咧。

哥哥虽这么说，人却蹲了下去，我飞快地爬到他背上。哥哥背起我往村里转，做着早饭的村里人都伸出头来看，山崽，又背妹妹呀！你是背的妹妹还是媳妇呢？自从哥哥治服了那些喊他背野媳妇的小朋友后，再没有人喊他背野媳妇了。哥哥憨憨地说，我是猪八戒背媳妇上学呢。走在我后头的小朋友跟着喊猪八戒背媳妇上学。我趁机扬起脚，显示着自己的与众不同。

学校在大队部，去那里要翻一座山出村再走几里羊肠道。出了月亮垭就开始爬山，哥哥翻到山腰时就像牛样喘气，我挣扎着要他放下。哥哥说也好，这座山实在太高了。我从他背上爬下来，哥哥捏着我的小鼻子说，脸圆得像西瓜，小鼻子还长了一颗西瓜子。于是我去摸鼻子，不知为什么，我喜欢哥哥说我鼻子上长着一颗西瓜子。

我们开始爬山，哥哥一手拉我一手扳着小树往上爬。山上尽上毛栗子刺和尖石头，哥哥光着脚走在前面。

哥哥，脚痛不痛？

不痛，我穿了皮鞋。

在哪里？

是双肉皮鞋。

我笑了，本来没有那么好笑，可是我觉得哥哥是天下最好笑的哥哥。哥哥见我笑，咧嘴唱出：

桑木扁担轻又轻呃，
茶叶飘香歌不停啰呃，
船家问我是哪来的客哟，
我湘江边上（呃）种茶人啰呃。

中午不能回家，我们带了饭到学校吃。乡里的孩子“野”，趁老师不在，追呀打的闹翻天。我刚拿出饭碗，不知从哪里飞来一把沙子撒到碗里，几个同学得意地叫起来，撒胡椒粉啦，吃了肚子不痛！我不服，想使用我的武器像对待哥哥一样对待他们。我刚伸出十支利箭，他们像泥鳅一样溜走了。我气鼓鼓地移到课桌边。哥哥走进来，对着教室里骂起来，你们这些小砍脑壳的，害人害得死的，看我不跟老师讲！哥哥转过头对我说，不要生气了，生气，那颗西瓜子会掉下来。我舍不得鼻子上那颗西瓜子就不生气了。哥哥把他的饭给我吃，我不要。哥哥凑近我说，让我看看，听说女孩子嘴巴小，一口吞不下一匙羹饭，只怕你也不行吧！

你们才嘴巴小呢！你看！我把嘴巴张得大大的。

哥哥赶紧将一调羹饭放到我嘴里。

哥哥又说，我看你吞不下的，保证会吐出来。

我一口吞下了那匙羹饭。

哥哥又说，一次不算，再来。

再来就再来！我将嘴伸得远远的，像小鸭子等着妈妈喂食。哥哥接二连三地将饭送进我嘴里，一盒饭舀光了我这才知道上了当。哥哥笑着说放学后，在教室门口等我，我背你回去。

四

明天就要过年了，哥哥还没有回来。

哥哥是不是还在深圳？深圳也是我从他信里读到的。哥哥说他在一家公司当保安，包吃包住还有工资。我坐在大学教室里，常常想象着哥哥穿制服的那个标致模样。哥哥不要我写信，他说没有具体的地址怕收不到。哥哥每月给我寄生活费，从不提他是如何打工又是如何生活的，只要我安心读书。其实，我在学校比别人发奋，成绩也比别人好，可这些都无法告诉哥哥，无法让哥哥去分享。

门外又开始下雪，前两天下的雪没来得及融又被新雪盖住了。山上的竹子被雪压成了个驼背，小溪的水也流不动了。横搁在空中的电线都成了一根根冰棍。这样的天我在家里却坐不稳了。我要找村里人打听，哥哥为什么不回来。

村庄的门一扇扇紧闭，只剩下一个孤零零的雪地。我敲开那一扇扇门，门内却是热气腾腾，一家人围着火炕喝茶抽烟打牌。哥哥就是同他们一块出去打工，为什么不同他们一块回来？他们告诉我，哥哥不是同他们一块出去打工的。离开一扇扇门时，他们都安慰我，你哥哥会回来的。过年了他不回来能到哪里去呢？所以一定会回来。

月亮垭村没有人相信哥哥会不回来，他没有理由不回来。

我又往村里的翠姐姐家走。翠姐姐应该知道哥哥在哪里，如果翠姐姐不知道就没有人知道了。我走进翠姐姐家，翠姐姐穿件毛衣坐在火炕边。她见到我连忙把我往火坑边拉。我还没等她开口就知道翠姐姐也不知道哥哥的下落。

我问，翠姐姐，哥哥会不会出事？

翠姐姐说，不会，不会。

我说，那他为什么不回来？

翠姐姐说，也许你哥哥在一个工地值班，春节期间更需要保安，春节期间值班工资是双倍的。也许你哥哥赚的钱不多，想到你开学要缴学费就想节省这笔车费钱。也许……

也许什么？

翠姐姐看了我一眼说，也许他给你找了个嫂子，去她那里了。

别说了。我往火炕里压了个树兜，火炕冒出一股浓烟，一会儿燃起了大火。我们坐在火炕边，谁也没有再说话，俩人看着门外的雪花。

离开月亮垭的早上，天上出了一轮太阳。翠姐姐送我出村，一副心事重重的样子。我到小镇快要上车的时候，翠姐姐像有什么重要事告诉我，欲言又止。翠姐姐有什么事要告诉我？我猜不出。车子开动时我从窗口伸出手说，一有哥哥消息，我会和你联系的。其实哥哥在哪里？我们心里都没底。

哥哥考上中学的那天，我正在堂屋里数一群小鸡崽，小鸡崽像绒球在地上滚来滚去，害得我无法数清它们。我开始数第二轮，一个、二个……突然，火坑边扑通一声，爹倒在火坑边。爹满脸光辉地倒在火坑旁，手里还拿着小酒缸。我跑过去拉爹，爹反手抓住我手，嘴里不停地说，婷婷，你哥考上了初中啦！盘古开天啦！你哥是为我考上初中啦！是为我们薛家考上初中啦！是为我们祖宗考上初中啦！我的小手在爹的大手里弄痛了娘也不管。娘只说让他醉，是该醉的时候了。

准确讲爹是为哥哥喝醉的。

月亮垭没有人考得上中学。曾经有个专家来村里考察，得出结论：由表兄妹发展成的这个村庄，男子长得挺拔英俊，女子长得如花似玉，但是没有一个智商高的。

哥哥成了村里的中学生后，也遂成本村父母和年龄相仿男孩子的羡慕对象。村民们对哥哥，推而论之对爹和娘的称赞，唉，同是种田人，他们怎么就生了个秀才呢？每当听到这些话，爹和娘都会笑得合不拢嘴。村里的孩子基本上是拖拖拉拉上几年学就休了学。他们不出村，看不到知识的前途，觉得能到镇上买卖东西算个数就非常不错了。也有看到了前途的，可是他们的孩子考不上中学，越是考不上，越对读书人看得贵重。那些天，只要有人来家里，爹对娘说拿酒来。爹要留他们喝酒，喝酒把哥哥也拉到身边，用筷子沾一点酒给他喝。这样一直延续到爹把那坛准备过年喝的苞谷烧喝完才醒过来。

哥哥考上中学的那年，正是国家实行乡、村、组建制。月亮垭生产队改成月亮垭组，第二年组里实行土地责任制，我家分到九分水田、五亩山。

爹说，我带你们去看我们家分的山。

我们随爹爬上山，山上全是郁郁葱葱的竹子，可是山上除了竹子还是竹子。哥哥说山上怎么没有树，爹对天打了个哈哈。爹说这是竹山，长不成大树。可是竹子全身是宝呀，竹子可以织凉簟，竹叶子可以做扫帚；竹尾巴可以做涮把。山崽，你不是想去北京吗？爹用这山竹子供你读书，你就长劲读吧！读到北京去。

那当然。哥哥晃着脑袋说。

我说哥，我也要读到北京去。

哥哥说，你当然要去北京，你是北京的。

我好奇地问，我是北京的？

爹突然说，回家。

爹把从山上拖回的两根竹子割成几截。他对哥哥说，你是中学生了，爹给你做一张书桌。爹把竹子破开，拼成个长方形的桌面，又把竹子锯成四个一样高的竹筒，桌面刚好搁在竹筒上。

爹又问哥哥，我明天去镇上给你买东西，你要什么爹给你买。

哥哥望了一眼墙上的那张国旗卫士的画片，对爹说，给我买套军装。

爹说，你要军装做什么？

哥哥说爹，你看墙上的国旗手多威武，我可以读书读到北京也可以参军去北京。

爹望了一眼墙上的图画，出了口粗气，嘴里嗡嗡两声，用劲把那四口竹钉锤进桌面。钉完书桌，又用剩余的竹子给我做了个小床铺摆在哥哥房里。两张床并排摆着，中间隔着爹做的竹书桌。

第二天，爹从镇上给哥哥买回一套军装却没有给我买，我嘟着嘴对哥哥说，给我军装穿。哥哥说等我穿小了再给你。好呀！我又使用了我的武器，哥哥又像杀猪般嚎叫，脸上立即出现了十条血痕。我可能比以前抓得更重，用了吃奶的劲。我说哥你给不给，哥哥捂着脸说，这样吧！白天我穿，晚上做作业我脱下来你穿。我又伸出了十个指头。哥哥连连说，好，你先穿。我不是看你比任何人贵气，我早就打你了。哥哥脱下军装往我身上套，扣皮带时把我屁股也包进去了。

哥哥说，穿吧！像个小老鼠装在口袋里。

我不想成小老鼠就把军装脱了下来，我又去拿哥哥的军帽戴。戴着军帽我一下子爬到窗台上，又一下子爬到屋梁上。哥哥说你怎么变得像一条飞天蜈蚣呢。在学校也有人叫我飞天蜈蚣，那是我不走正门进学校总是从围墙上爬过去。我从屋梁上跳下来坐到哥哥身边，看他趴在竹桌上很认真地写字。

五

回到北京，宿舍的同学都争着谈他们回家的感慨，我没有感慨，只有从月亮垭带来一肚子的失落。我只好痛苦地坐在床边无聊地摆弄自己的长指甲，我的长指甲像十支利箭也像十把小尖刀。夜深了，我躺到床上她们还在谈，谈到兴奋时哈哈大笑，那快乐的情景让我非常嫉妒，我恨不得用我的长指甲在她们脸上绣几朵大红花，看她们还能笑得出来。

我和宿舍里的室友关系处理不好，都缘于我的自私和霸道。平时该我打扫宿舍的时候，我借故推了。我不喜欢上食堂打开水，常常把她们打的开水用得精光，使她们经常没有水喝。有次我听到有人说我没公道，这还了得，我用我的利箭抓了她脸一把，谁知女同学的脸不经抓，肿了几天才好，为此我受了同学们的指责，在她们面前我不敢再使用我的长指甲了。

同学们寒假生活足足谈了几天才安静下来。这天，我突然接到哥哥打到我宿舍的电话。

我说，你是哥哥吗？

对方说，我是哥哥。

我握着电话的手有些抖动，我说，哥，你现在在哪里？春节怎么不回家？急死我啦！

对方没有回声。

你怎么不回答我？哥，你来北京吧！我带你看那些国旗卫士升旗。我急促地说，眼泪一下子冒了出来。

对方仍没有回答。

我又在电话里“喂喂”两声。对方说，只要你在北京好好读书，哥就放心了。

哥，你怎么啦？

哥哥那头电话挂了。

哥哥你怎么就挂了电话呢？我还有好多话要对你说，那些话塞在我心头快要爆炸了。这时我又想，哥哥是从哪里打来的电话？电话里是哥哥吗？我觉得电话里的人不像哥哥。电话里的人是个冷漠无情的人，而我哥哥是个热情奔放非常爱我的人。这时我想起哥哥背我的情景；想起枕着哥哥的胸部听着他心跳嗅着他气味进入梦乡的那些日日夜夜。

哥哥读中学不跟我一个学校，我变得一人回家了。有天下雪，我从学校的围墙里爬出来，结果在雪地里滑了一跤。我艰难地爬起来，村里几个男同学站在我面前说，没有哥哥背你摔跤了吧！要不要我这个哥哥背你？我说我哥哥是中学生，你配吗？我拾起书包离开，发现以前那一双双羡慕的目光变成一双双嘲弄的目光。我突然变得孤单了。到现在我也没有弄清，村里的小朋友为什么不和我玩，我也不知为什么哥哥不让我跟他们玩。有时放学背着书包走，也会碰到几个背书包的同学，他们一块蹦蹦跳跳，嘻嘻哈哈地从我身边走过，最后就剩我一个人在路上走。没有人告诉我这是孤独，我认为一个人就是孤独。有时我看到我前头有个人，我会跑起来追那个人，明知道追不上，只是为了跑而不孤独。现在我又为不孤独追前头一个人，刚追到村口，哥哥像从天而降突然出现在我面前。哥哥的军装上面插了支小木枪，他摸摸小木枪又把头上的帽子正了正，往我面前一蹲。这样我反而有些不自然了。哥哥二话没说，熟练地把我拉上背。

我问，哥，谁给你的小木枪。

这是我缴获的狗崽的武器。哥哥歪着头问，我腰上有了枪，你看我像不像国旗手？

不像，他们的枪要比你的长。

我知道，我知道。等以后当了国旗手就有那样的枪了。只是不知道他们是怎么升旗的，以后去北京看看。

雪花夹杂着生硬的小沙子，打在我们身上，也打在那些树叶上，树叶被打得沙沙响。路有些滑，几次差点把哥哥滑倒。哥哥小心翼翼走，脚上只穿了双草鞋，光光的脚丫给雪地里浸了一层浅红，我的脚上穿着娘做的棉鞋。

我说，哥，放下我，我自己走。

哥哥说，我走都费力，你怎么走？

哥哥又走了一节，他发现两只裤腿有些缠脚，把我放下，索性把裤脚卷到大腿上，他刚把裤腿卷到大腿上，哥哥脸色发白，嘴角抖动的响声就像风中的落叶一样。我趁机走到前面去，哥哥追赶到我面前，硬把我拉到背上。

我问哥冷不。

哥哥说你不记得了，哥哥是穿了肉皮鞋，不冷。

村里的翠姐姐从田垄走过来拦住我们，不让我们从这条窄窄的田垄上穿过去。

翠姐姐是哥哥的小学同学。哥哥朝她嘿嘿地笑着。

翠姐姐说初中生了还背个大妹妹，累不累？哥哥说不累，谁叫我妹妹比任何人贵气呢？翠姐姐还要说什么，哥哥从她身边巧妙地绕过去了。快到家时，发现屋门口围了很多人，首先看到村长在那里走动，然后是妇女主任和会计，他们的表情都不对。我扒开他们冲进去，发现地上两床木板，爹和娘分别躺在上面。我爬到娘身边，娘的眼睛鼓起好大，眼珠子暴突出来。我喊声娘。娘好像没听见。我大声喊。村里人说我娘死了。

我说娘死了？娘怎么会死了，早上她还悄悄放了一个熟鸡蛋在我书包里。

他们说你娘真的死了。

我娘真的死了？

我们又说，你爹和娘在山边开垦一块新土，没想到是块神仙土，土从顶上垮下来把他们压在里面，村上的人挑开那堆土，你爹和娘就死了。

突然的变故像天塌下来，从不哭的我这才知道哭。那些天我和哥哥都没去上学，天天在家哭，哭得眼泪鼻涕涂了一脸。哭得整个屋子瑟瑟发抖，哭得树枝树叶落了一地，哭得鸡鸭满天飞。哥哥默默地抱着我，腾出一只手来给我揩泪时发现泪水沿着他的面颊往下流。就在那天晚上，我在黑暗中突然惊叫一声，哥哥不知道发生了什么，从床上仰起赤膊，问我怎么啦。我赶紧将被子裹住头伸出一只手指着屋顶说，你看，你看，上面有蛇。哥哥走到我床边，抱着我轻轻地拍，有哥在，不怕。不怕，有哥在。我躺在哥哥胸脯上，睁开眼睛，没有了爹和娘，我感到屋子好大、好空，空荡荡的。这个空荡荡的屋子只有我和哥哥相依为命了。

也是从那天晚上起，我由哥哥抱着睡，这样一直延续到我读中学。

六

接哥哥电话的第五天收到他的汇款单。汇款单是从广东东莞汇来。看到东莞两个字我欢喜若狂，我按这个地址给哥哥写信，写了满满三页纸，写得情真意切，然后把自己的思念装进去寄走。那些天，我天天盼着东莞的回信，然而信又是石沉大海，我热乎的心又一次掉进冰窟。

班上有个从东莞考来的男同学，叫秦岭。我向他打听情况。秦岭告诉我，那里是个开发区，去那里的民工地址不稳定。我说怎么会不稳定？秦岭见我懵懂无知的样子，非常热情地说放了假，我带你去东莞找哥哥吧！我说东莞那么大，到哪里找哥哥？秦岭说他有办法。

对找哥哥有了着落，那段日子，我做什么都是欢快的。那些天，秦岭天天来我房里跟我讲东莞的建设，从一个小商店说到一条河，又从一条河说到高楼大厦。我人还没有去东莞，熟悉那里就像熟悉我的家乡月亮垭一样。秦岭有时带来一袋水果，有时拿来一盒巧克力。他一进屋，其他女同学都借故走了。他也不在意，进门大大方方坐到我床上，眼睛盯着我看。他来的次数多了，眼里的东西也越来越多，我却感到越来越不轻松。想到哥哥，我不能拒绝这样一个热情的人。有次秦岭来宿舍正好停电，我正要往外走，他伸手把我揽进怀里，捧着我的脸狂吻起来。我又一次使用我的武器，他捂着脸嚎叫着跑出宿舍。第二天我望着他脸上十条血痕想，是他的脸不经抓还是我劲用大了些？秦岭对我宿舍的人说他不再来我宿舍了，说我太狠毒了。那天我把秦岭堵到教室门口问，你真的不来了？他说要来也要等他脸好了再来。

快要放暑假时秦岭又来我宿舍，和我商量订哪天去东莞的火车票。我说越快越好。

我们刚订好火车票，哥哥又寄来一张汇款单。上面写着珠海枫林绿洲小区保安处。我立即向那里去了封信，然而又是石沉大海。哥哥怎么不回我的信？我要去找他问个究竟。

班上没有珠海的同学，我决定自己去那里找哥哥。我订了珠海的火车票。同学们劝我不要去，他们说我这样做是没有理智的盲目，但我还是去了。他们不知道，我找不到哥哥，这个假期怎么过？他们不知道，哥哥对我有多么重要。

那是个大地快要燃烧的季节，从屋后面升起的太阳像一个火球死死地挂在天空，满山滚动着热气。山上的树叶耷拉着脑袋；山下的小花耷拉着脑袋；牢里的猪崽耷拉着脑袋；屋瞻下的鸡咯咯耷拉着脑袋；菜园里的菜叶黄黄地爬在开裂的土地上。哥哥放学后给菜地浇一遍水，还是挽救不了它的生命，眼巴巴地看着它死去。后来村里人告诉我们这是百年不遇的干旱。

哥，我们吃什么？

我们吃酸菜做汤！

酸菜汤吃完了，我又问哥哥，我们吃什么？

我们吃鱼。

吃鱼？我惊奇地望着哥哥。

哥哥没等我反应过来，拉我往村头跑。村里头有棵古银杏树，它是村里的风水树，树干空得像枯巢，敲着里面还会发出空洞的声音，但它比别的树先吐绿后落叶，村里人叫它神树，几百年就站在这里。我们经过银杏树时，喜鹊正含着泥草落在银杏树梢上。野花在银杏旁开得粉扑扑，蜜蜂在花丛飞得“嗡嗡”叫。古银杏树下有条小溪，光滑晶莹的孵石在清澈的溪水里看得一清二楚，那些叫“捧儿”的小娃娃鱼漂到石头上歇息。哥哥举起小石子，朝“棒儿”砸去，“哐”的一声，水花四溅，“棒儿”震昏后，成了哥哥的俘虏。我欢快地捡着鱼，一条、两条、十条……我用一根狗尾巴草穿成一挂向哥哥邀功。

哥，有十五条了。

回家给你做汤喝。

那些天，我们天天来小溪砸鱼，后来砸不到鱼了，我伤心地嘟着嘴。哥哥把我带到一口塘边，从家里拿出竹箕，里面放几粒饭，沉到水里去，等鱼跑进竹箕吃饭时，哥哥把竹箕猛然提出水，那些贪食上当的鱼儿在里面活蹦乱跳。捕获的鱼我全不认识，哥哥坐在塘边告诉我，这是游叼子，这是木脑壳，这是洋令婆。他抓起一只螃蟹，张牙舞爪地对着我，吓得我乱喊乱叫，哥哥咯咯笑，气得我用小拳头捶他的后脑勺。

那个干旱的季节很长，全村人都面临菜荒，想办法捞菜吃。山里的野菜和蘑菇吃光了，小鱼小虾没有了。偶尔活下的猫狗也毫无生气地缩在墙角。后来村里人开始吃盐水汤。吃盐水汤的日子吃得满脸青色，满脸青色的村人没有力量干活，整个村庄变得很安静。

有天，哥哥拿个青布袋出门，见我还在镜子前梳头发，有意停下。我说哥你学校比我远，怎么还不走？哥哥说你先走吧！哥哥在家里磨磨蹭蹭，嘴里哼起顺口溜：

大娘娘打碗汤；二娘娘来喝汤；
三娘娘调羹舀；四娘娘碗来装；
五娘娘烫了脚；六娘娘敷草药；
七娘娘何该搞；八娘娘急得哭；
九娘娘不要急；十娘娘想主意。

我把辫子扎成个马尾巴，背起书包走了。晚上回来我感到好奇怪，哥哥的书包在家里人却不在。到傍晚吃饭，哥哥兴高采烈地回来，手里的青布袋鼓起很大。我问哥袋里装的什么。哥哥不理，他找来个木桶，把布袋里的东西对木桶一倒。我看清了，是大蒜须。我问哥，你去饭店捡大蒜须了，哥哥呀了声。我又问，你没去上课？

我刚从学校回啦。

书包呢？

书包？呃，丢在学校里了。

我从房里拿出他的书包，哥哥不笑了，抓出一把大蒜须去厨房炒，把剩余的大蒜须放上盐，然后像洗衣服一样在木桶里揉几把塞进坛子里。几天后拿出来吃，不光酸、香、脆，而且好看，雪白雪白的像白菊花瓣。在吃盐水汤的日子，大蒜须是个救星，家里不仅靠它走了一截难走的路，而且我养成了吃大蒜须的习惯。

后来一件事让我感到奇怪，哥哥每天同我一块出门，放学后又在村口同我一块回来，哥哥没有时间打理菜园和田土，菜园的菜怎么发芽了，土里的红薯挂上了比别人还好看的花，田里的禾苗也长得绿油油的，只是哥哥变得一天比一天沉默，常常一个人坐在门槛上发呆。更奇怪的是哥哥作业也不做，只一股劲地教我做作业，发现我稍有懒惰就对我吼。

那天我肚子痛没有做作业，哥哥把我按到墙壁，打了我一个耳光。我捂着脸惊异地望着哥哥。这次我没有使用我的武器，我毫无疑义地抓起桌上的书，一页页地撕，边撕边喊不读了，我不读了。书成了片片雪花在空中飘舞。哥哥恼怒了，操起小板凳举起老高，那样子就像要打过来。我勇敢地站在他面前，说，你打呀，我不怕你打。

你怕我打你有鬼，小时候你撕我的书不敢打你，因为你小，现在你是学生，我就敢打你。

你打死我吧！你和爹一样不爱我，我像捡来的一样。

哥哥手里的小板凳突然掉到地上，一脸严肃地喊：谁说的！你听谁说的！你今天和谁在一起，今天是不是和村里人一块回家的？

没有呀，我一个人走的。

没有就好，再不准你乱说了，哥哥爱你。

我不知道哥哥为何变得那样凶，也不知道哥哥的脸为什么一天比一天绷得紧，我见了都有些害怕。直到学校因他长期逃学开除学籍，我才知道哥哥一直在逃学，才知道哥哥让我害怕的原因。这时我到了报仇雪恨的机会，我操起一根木棍，朝哥哥劈头盖脑打过去。

哥哥说，你这样打？你舍得？

我说，你逃学就要打，我要打死你。

我死了，谁供给你读书。

我突然停住了。是呀！哥哥死了，谁供我读书？哥哥死了，家里就我一个人了，只我一个人也必死无疑。我不想死，哥哥也不能死，我还需要哥哥供我读书呢，可是哥哥供我读书哥哥就不能读书了；哥哥不能读书就不是中学生了；哥哥不是中学生就只能和村里狗崽一样当个农民了；哥哥成了农民我又不能在同学们面前炫耀了。我不要一个农民的哥哥，我要一个中学生的哥哥。我又举起棍子在哥哥的头上乱舞。嘴里不停地喊，我不要一个农民的哥哥，我要一个中学生的哥哥。哥哥也不躲藏，只用手捧着头，任我在他头上飞舞。

打了一阵我又想，哥哥要是继续背着书包读书，我就不能背着书包读书了。我如果不读书就和村里那些女崽一样。想起村里那些女崽心里就发怵。我不能成为村里那些女崽，我不可能像村里的女崽一样打着赤脚下田穿着草鞋上山，我比任何人贵气。我要通过读书走出这个村庄。我偷偷望了一眼哥哥，哥哥不知在想什么，定定地望着那堵什么也看不到的墙壁。也许哥哥在回心转意了，我不能让哥哥回心转意就不能再打哥哥了。再打，哥哥要是屈服我就不能读书了。哥哥可以不读书，我可不能不读书。我只能要哥哥不读书来供我读书。我突然丢下棍子，诡秘地跑进房。

就这样，哥哥当了个扎扎实实的农民。其实，哥哥的心一直被一条神圣的缰绳牵着，那就是他想读书到北京去。

七

珠海是个漂亮的城市，那一栋栋高楼大厦看得我昏头转向。我好不容易找到枫林绿洲小区，我知道小区都是私人住宅，但是我却看到这里有很多的树，还有几座小石山，小石山下面流着水，让我感觉这里更像个公园。我不知道怎么找哥哥，跑到门口问保安，问这里有没有个湖南来的薛秋林。他们告诉我，薛秋林曾经在这里做保安，他为了多赚钱，晚上干一份保安，白天到对面建筑工地干一份泥工，他赚了钱不和我们打牌，我们去看电影他也不去，舍不得那张电影票的钱。

我又问他们，我哥哥现在在哪里？

他走一个星期了，据说是去一个什么地方淘金。

你们就没有和他联系？

没有，他走后就和我们失去了联系。

寻找哥哥的线索就像一根丝线一样断掉了，我只能一无所获地回北京等哥哥的信。就在开学的第五天，哥哥又给我寄来汇款单，这张汇款单是从湖北一个乡寄来的，上面只有十二个字，在北京好好读书，不要想哥哥！我拿着汇款单呆了，哥哥怎么又跑到湖北的一个乡？那是个什么地方？我拿出地图册看，上面根本没有这个地方。

这个暑假我决定去湖北的那个乡找哥哥。

这个学期的五一节放假，班上组织郊游，我们去了郊区县的一座竹山，同学们不管来自乡下还是城里，见了这片竹林都装出一副很夸张的新奇，纷纷钻竹林摆出各种娇情的样子在竹子前照相。他们见我站在竹林外发呆，就嘻嘻哈哈地叫我去照相。这片竹林没有我家的竹林好看，在没有哥哥线索的日子里，这片竹林只有让我更加迷茫和沉重。

哥哥在山上嘿嘿地砍竹子，砍得竹屑四散飞溅。那些村里人看到哥哥砍竹子就说，那是山崽，他怎么砍得动一根竹子，他才十四岁。哥哥系在腰上的那条毛巾，砍一下竹子，取下来擦一把汗。擦一把汗又砍一下竹子。一根竹子倒下了，期期艾艾地让葛藤左牵右绊，倒了很久才倒下。哥哥咬住牙，鼓足力气把那根竹子拖回来。竹子拖回来太阳就快落山了。哥哥趁天还有些光，又进山砍一担柴第二天挑到镇上去卖。在我的脑袋里，太阳出来的时候，是哥哥进山砍竹子的时候；太阳落山的时候是哥哥砍柴的时候，只有点灯的时候才是哥哥进屋的时候。我总是在点灯的时候做好饭菜。

哥哥把竹叶子砍下来留着做扫帚；再将竹尾巴按节锯下来，留着做刷把子；然后将竹子锯成几个八尺左右的竹筒子，竹筒子劈成两瓣，去里面的节，然后两瓣劈成四瓣，四瓣劈成八瓣，直到二十瓣，再把每瓣剔出死黄，每瓣再横开十片，十片变成二十片，二十片变成四十片，四十片变成八十片。最后将薄如纸的竹片挽成一个圈，丢进大铁锅和水煮上两小时，再提出来冷了，用刮刀刮去两边的毛细和粗皮。

哥哥告诉我，这样要分出青篾六层，头青二黄，三黄四黄。三黄四黄织晒谷的晒簟，最薄最青的那层才能做人睡的凉簟。哥哥宽肩细腰，蹲在地上用十五片篾打架子时上身倾弓，一弯一直，如一只蜗牛爬行，他身后织出的是一版人字路或骨牌图案。织累了，放开嗓子哼一段：

桑木扁担轻又轻呃
千里送茶情意深
香茶献给毛主席
家乡亲人（哟）一片（啊）心哟

哥哥歇下来时，用绿色和黄色竹片给我织一对小箩筐。边织边说，你要长劲读书啦！把书读到北京去，成为北京人。

我问，北京人很重要吗？

哥哥说，很重要，对你非常重要。

我那天也不知怎么的，心里有一种说不出的烦躁，很懒散，像有一把干稻草在心里磨。我拿着哥哥给我织的小箩筐在家里走来走去，一根横放在地面的树根狠狠地扎了我一下，痛得我几乎昏过去。我觉得大腿间湿漉漉的，一摸，血。我惊叫起来。

让我看看。哥哥跑过来，他见我裤上一片红，有些慌张。

让你哥看什么？翠姐姐从地坪里走进来。她对着我和哥哥诡秘地一笑，哥哥脸上立即红成大虾公。翠姐姐来邀哥哥去村里开会。

哥哥说，你来得正好，有件事正要麻烦你。

哥哥走到翠姐姐跟前，在她耳边咕哝了几句。翠姐姐就拉我进房，告诉我一些女人的事。我们再走出房，翠姐姐笑着对哥哥说，没事，一切都搞好了。我咧，要走了，我还要通知其他人，记住明天按时来开会。

哥哥看她走远了，转过头来，戳着我的额头说，从今天开始你是大姑娘了，再不要疯疯癫癫像个野小子。

我说，哥，我痒，痒死人哪。

哥哥说，哪里？

胸面前。我揭开上衣让哥哥看。

哥哥说，是沙痱子，不要抓，洗个澡就不痒了。

我放下衣服时，发现胸前突出两坨。我说哥，你看，我的奶咪咪像两粒蚕豆，手按它，还有点痛呢？

不要管它。哥哥赶紧把我揭起的衣服盖下来。

月亮垭村召开修路的动员大会，哥哥和翠姐姐坐在台下。村长说，我们月亮垭是个容易被人遗忘的村庄。它的贫穷及遥远是凤凰不落路，兔子不拉屎，麻雀不做窝，就是乡干部也很少在这里露面地方。为什么？是什么原因？是因为没有一条好路。路不好走，谁愿意到这地方来？现在乡政府来了个甘为贫困地区做贡献的李乡长，他上任的第一件事要领导我们修路。李乡长说的，只有路通了，才能向外面发展；只有路通了，才能脱贫致富。我们今天要修的就是一条富裕路。

那些日子，我只看到哥哥和村民们白天黑夜地修路，夏天收割完了就秋冬两季连着修。半年下来，一条崭新的机耕大道通到了月亮垭。路修好了，村里开始了翻天覆地的变化。以前的幢幢木房层层相叠，像表兄妹的紧密血缘，也是这紧密血缘使村里的人没有一个走出去的。如今有了这条富裕路，村里人一个个走出去看世界。青年人从外面回来，身上的衣服变成了四个荷包的国防服，赤脚上也套上一双塑料凉鞋。白天，机耕大道上也偶尔听到拖拉机的突突声。晚上，村民们走路不再举火把了，手里捏着个手电筒晃得野兽老远躲藏。后来甘乡长又组织村民架起了电线，每家每户通了电，个别村民在自家地下打了口井，吃上了自来水。

翠姐姐从这条富裕路出村，回来时手里多了块花布。她拿了这块花布径直走到我家，神秘地对我们说，山里那些龟壳纹路的石头，手指头一块大就能卖钱；那些娃娃鱼、背水鸡，只要是活的，能卖几十块；哥哥说真的呀，哪天让我捉些去卖。翠姐姐又说，还有呢？镇政府有台电视呢！四方一个大匣子，把下面的按钮一转，就有花花绿绿的人影子晃来晃去，还能说会唱。翠姐姐说话的情景好像刚从神话世界走了一趟回来，骄傲得不得了。哥哥也被翠姐姐感染了。

哥哥说，村里要是有台电视机你就不用跑到镇上去看了。

是啊！是啊！翠姐姐展开手里的花布说，我看完电视就去扯花布，结果布扯多了，可以给婷婷做件衬衣。

哥哥问，多少钱？

翠姐姐说，我不是专门为她扯的，要什么钱？

哥哥往椅后背一靠，嘀咕说，只怕是你拿了你娘要你上街卖蛋的钱买的吧！

翠姐姐脸红了，我给翠姐姐端上茶，眼睛盯着她手里的花布眼都不眨一下。

翠姐姐说，你喜欢不？不喜欢我就拿走。

我说，喜欢。

哥哥说，你收下布，翠姐姐也和哥一样喜欢你。

翠姐姐将花布往我身上比了比，嘴里不停地说，好看，好看。哥哥说，我们留翠姐姐到这里吃饭，我去做饭。

翠姐姐说，不啦，我出去一天了，要回家。

哥哥把翠姐姐送了好远才回来。

第二天，哥哥从街上给我买回一个蝴蝶发夹。蝴蝶发夹闪着红光，我夹到头上甩动着辫子，蝴蝶夹就像在头上飞舞，惹得好多小朋友看，我又感到了自己的与众不同。可是第二天翠姐姐来我家，我发现她头上夹着一个和我一模一样的蝴蝶夹，蝴蝶夹到了翠姐姐头上，熠熠闪光，楚楚动人。

你也有蝴蝶夹？

还不是你哥哥送的？

哥哥也给你买了？我的小嘴立即嘟起来。翠姐姐不理我，走进门对哥哥说，出大太阳了。哥哥说，今天太阳真大，有小阳春的感觉。翠姐姐说，立冬了，不会经常有这么大的太阳，我来帮你把被子洗了吧！我见翠姐姐要帮我们洗被子，心里更不是滋味。

那个该死的太阳天，翠姐姐是又洗又晒又缝被子，在我家待了一整天。哥哥也没出门，给她做饭，陪她说话，直到晚上她才离开。她走了，我取下头上的蝴蝶夹丢到地上用脚踩，蝴蝶夹在我脚下粉身碎骨。哥哥似乎知道我为什么生气，把我拉到他跟前。我不甘，趁机又利用我的武器在哥哥脸上狠狠抓了一把。哥哥一声嚎叫，捂着脸说，你，你，你还这样随便抓人，你以为我怕你，今天我要把你的指甲剪了，看你还能抓人？我说你剪吧！剪了还会长的。我勇敢地伸出双手，一副宁死不屈的样子。哥哥从抽屉里摸出一把剪刀，看了看我十根长指甲说，算了，留着吧！说不定你还能防身呢！我趁机说再给翠姐姐买东西，我还要抓你。哥哥把我揽进怀里，笑着说，翠姐姐送布给你，又给我们家洗了被子，哥哥是还礼给她。你课本上不是学过“有礼不还非君子吗”？

说来也巧，只要哥哥把我揽进怀里，我就不生气了。那天晚上，我做了个梦，梦见翠姐姐做了新娘，新郎是哥哥。他们都跑了，不要我了。我被吓醒，向旁边摸索过去，发现我还枕着哥哥的手臂呢！

八

在武汉下火车的时候，天下起了大雨，我冒着大雨转汽车到了那个乡。我向那里的人打听刘坊河怎么走。很快有人告诉我，搭五元钱中巴车就到了。又有人问，你是去那里买沙金吗？那里可有好多人淘沙金呀。我对他们摇摇头。我坐上五元钱中巴车来到刘坊河。发现这里是一条沙河，河摊上挖了很多坑，有几辆货车停在沙坑边运沙子。也有很多男人赤膊站在河里，腰间系个小盒子，手里端个用沙布做的木盆子，盆里装着沙在水里筛。筛出点滴金色的粉倒进小盒子里。

我脱掉鞋子，蹚着水在他们中间挨个找，没有发现哪个像哥哥。我问他们认不认得薛秋林。他们说秋林呀，他在这里干了好长一段时间呢，你是他妹妹吧？他经常和我们说起你，一说起你非常骄傲。我心里有些激动，又问他现在在哪里。他们告诉我，这里走了一批人，因为来这里淘金的人太多，几乎淘不到金。不久前来了个煤矿老板招人，你哥哥就和几个朋友一块跟那煤矿老板走了。

又一次没找到哥哥，我就像一个淘金的人，只淘到了一堆沙子。

新学年开学不久，我果真收到了从江西一个煤矿寄来的汇款单。我欢喜若狂，马上写了信按汇款单地址发去，信又石沉大海。我接着又去了几封信，仍然没有回音。我一次又一次找不到哥哥下落，心里不光为哥哥着急，而且越来越痛恨自己。如果不是小时候的那种依赖和霸道，也许哥哥在北京当兵。

我知道当名国旗手一直是哥哥一大心愿，但是那年我没有让哥哥参加体检，因为我不想让哥哥离开我，我要哥哥供我读书。

那年，乡政府的干部到月亮垭征兵，武装部长响亮地说，这次的兵是开往北京。哥哥得到这个消息正在田里春耕。他擦了把汗，把牛拴到水沟旁，嘴里哼着“我挑担茶叶去北京啦”朝村部跑去。那天我放学回家没看到哥哥，等我看到哥哥的时候是晚上，哥哥带着村里的狗崽、建军崽和满崽兴致冲冲回家。他们也和哥哥一样，属于应征青年，也像哥哥一样要去北京轰轰烈烈地当回兵。那晚他们谈得很晚也谈得很具体，以至我做完作业从里面出来他们还在谈。哥哥坐在爹那张竹椅上，健壮的身子坐得笔直，眼睛望着门外，那副踌躇满志的样子以至我从他面前经过他都不知道。哥哥望着漆黑门外突然说了一句很有哲理的话，他说，门前的方向应该是北方，我目光所不及的北方应该是北京了。于是狗崽他们都朝那个方向望，好像北京果真在那个方向。哥哥更是一副神圣的样子，哥一手端着杯子，一手在竹椅上打着节拍。在以后的日子里，哥哥一回家，总喜欢坐在门口，对着北方的方向望一阵。

我见狗崽他们都往那个方向望，不由也望过去，那里什么都看不到。那里虽然什么都看不到却有一种恐惧涌上来。哥哥就要朝那个什么都看不到的方向走了。他走了我怎么办？我想象不出一个人在房里的恐惧，想象不出我看不见哥哥将会什么样子。我却想到了鱼儿离开了水、瓜儿离开了秧、禾苗离开了土地、鸟儿离开了天空的结果。我不能没有哥哥，就等于鱼儿不能没有水一样。我要把哥哥从那个方向拉回来。

我装着拿脸盆洗脸，把铁盆碰得叮当响。哥哥的目光碰到我时情绪一落千丈。哥哥的情绪影响了狗崽他们，狗崽他们离开时很有些不甘。哥哥送狗崽他们出门时说了一句，明天村部见！哥哥再返回时很大一声喊：婷婷——他的声音在整栋房间响。他见无人应答，又在四间房里跑进跑出也没找到我。哥哥准备到外面去找，刚走出地坪又停下了，他发现屋顶上有个影子。我站在屋顶上双手抱胸，身子往前倾，一副要往下跳的样子。哥哥猛叫一声：婷婷——

我没有作声。哥哥又叫了一声，我站着没动。

你怎么站到屋顶上去了？你这是干什么？快下来。

哥，你去当兵吧！我不下来了。

哥哥当兵不好吗？

你走了，我怎么办？

哥哥突然哑了，哥哥这时才感到他与狗崽们的不同。

我又说，你一直想当兵，你走吧！

哥哥说，哥哥怎么舍得丢下你呢？快下来吧！急死我了。

那么你不去了？我一阵惊喜。

哥哥一下蔫了，突然蹲在地上。

你还是会去的。我在瓦片上走动，把瓦片用脚掀下一块，听到瓦片掉到地上的脆响，我高兴地拍起手来。

你下来吧！我的活祖宗。

我不下来了，今晚就睡这里。我做了个要躺下去的姿势。

哥跟你说，哥不去了。

狗崽他们去你也不去了？

狗崽他们去，哥也不去了。

真的？骗我的是小狗。

哥不骗你，只要你下来。

你不去了？

不去啦！只要你下来。

你真的不去了？

真的不去啦！只在你下来。

你一定不去了？

一定不去啦！只要你下来。

我顺着屋顶的横梁荡秋千一样，荡到竖梁上，顺着竖梁滑下来，一身灰地站在哥哥面前。哥哥拍了拍我身上的灰，去睡吧！再不要爬梁了。我拉着哥哥的手，我要哥哥也去睡。哥哥说，哥这就去睡。到第二天哥哥突然不见了。哥哥把早饭和往常一样放到桌子上，他忘了今天是星期天，我不用上学。

哥哥赶着他心爱的牛到田边，他不给牛装犁，一脚踢倒了田埑上的犁，把牛往田里赶，边赶边举着牛鞭拼命地抽。牛在田里疯跑起来，哥哥跟在后面疯跑，嘴里爆出的声音像牛叫。过路的人望着哥哥，不知道哥哥狂叫着什么，只见牛鞭叭叭地落在牛身上，阵阵嘶鸣声分不清是牛叫还是哥哥叫。田里的青蛙从地里钻出来又躲藏到地里，刚落到树上的鸟也被惊飞。牛终于被哥哥打得倒在烂泥里。哥哥仍拼命地抽，嘴里喊它起来。牛没有站起来，眼睛流出了眼泪。哥哥见牛流泪就抽牛的眼睛。哥哥疯了，哥哥同疯子没有两样。

听到田间发出惨烈的声音我正在吃哥哥做的早饭。我吃完早饭跑过去，才发现哥哥在拼命地抽牛。我喊了声：哥——哥哥突然停住了手里的鞭子，才动手把田埑上的犁装到牛身上。牛也很通人性，见主人不再抽它，乖乖地站起来。犁在哥哥脚下哗哗哩哩，身后掀起的土地散发出泥腥味和青草的甘味。

哥，你还是去参军吧！

哥哥站住了，说，你怎么不去上学?

今天是星期天。

哥哥不吭声，弯腰又去犁田。

哥，我想通了，你去当兵吧!

哥也想通了。你长劲读书吧！把书读到北京去，成为一个北京人。

你真的想通了？我仰着头去看哥哥的脸，想从他脸上、眼里看出他表露出来的不甘心。哥哥把手里的牛放慢了速度，脖子微微硬了硬说，不走了，真的不走了。

狗崽他们体检合格后在县里集训几天穿了身新军装回村。

哥哥说，脱下来，脱下来，让我穿穿。

哥哥穿上狗崽的军装，手不停地往身上摸，嘴里说这才是真的军装，你可以天天穿了。

狗崽说，那还用说，我是军人了。

狗崽他们穿着军装在村里威武了几天才走的。村里人都说，他们去北京啦！那是毛主席住的地方啊！他们活到这个份上，死了也值得。这件事在村里议论了好些日子，刚要冷下来的时候，他们寄来了在天安门前的照片，那份喜色从照片透过来。他们成了村里的名人，村民们把他们的照片一传十，十传百地看，然后一张张贴在堂屋里，很是光彩。

哥哥经常跑到狗崽家看照片，狗崽分在首都卫戍部队，这是哥哥一辈子都想去的地方。后来哥哥再不去看照片了，一个人在地里挖土，一下子到处都有哥哥开垦的土，也不曾看见哥哥种上什么。

九

哥哥在地里开垦，我揣着瓦茶壶，蹲在哥哥干活的旁边。哥哥干活累了，我就同哥哥坐在一块望天上的太阳，听树上的鸟叫，嗅山里的花香。田里的禾苗，在潮润猩红的泥土里散发着腐乳气息，远处的山脉，起伏成一片蠕动驼背。

哥哥突然说，我给你讲月亮垭那对表兄妹的传说吧！

我说，好呀！

哥哥只讲了个开头，突然站起来。

我说，哥哥怎么不讲了？哥哥像是一惊，又随意地望我一眼说，这件衣服不要穿了，换件宽大的吧！我也站起来，一转身，发现哥哥就在我身后。哥哥也许没想到我会突然转身，脸不经意地变了点色。哥哥又说，裤子也小了，做条宽松裤子吧！哥哥说这句话时脸逼得通红，额头冒出些汗珠。

我说，哥，你热不热。

哥说热啦。

我走到哥哥面前，帮他脱衣服。哥哥像小孩一样举起双手让我脱。我把脱下的衣服在小溪里搓一把，晒在树枝上。等日头偏西，山上出现一片暗红的时候哥哥的衣服就干了。我再给哥哥穿衣时哥哥回身朝四周望望。明明知道空旷无人哥哥还是要朝四周望望，就在哥哥朝四周望望的日子里村里正在悄悄发生一件事，这件事差点使我放弃了读书。

那几年，国家突然冒出很多开发区。开发区首先是办工厂和增加第三产业，即服务行业。这样就需求大量的人员来充实工厂和服务行业。而办厂的单位正看准了农村这些既年轻又廉价的劳力。这些劳力只需稍加培训就能动手而且能吃苦耐劳。

月亮垭这一代的年轻人再不是他们祖辈那一代，再不能满足面朝黄土背朝天的日子。他们想去外面看看，所以他们也在到处寻找机会。有商业眼光的商人把眼光盯住了这些正在寻找机会又闭塞的村民。商人通过这条富裕路进来招工，他们惊奇发现，这里虽然穷，但长出的女孩个个水灵，皮肤像绸缎一样细腻，男孩高高大大，有点欧洲人的帅气。

当招工人向村民们说，包吃包住四百元一月，村民人简直像捡了宝。当招工人说每人交240元介绍费时，村民们慌了，他们不知到哪里弄这笔介绍费。招工人又说，也不要你即时给，在你第一个月的工资里扣除。就这样，亲戚朋友一个介绍一个，像一根绳索一样一个牵一个，通过这条富裕路走出去，整个村庄不到一年走得只剩老弱病残了。他们是后方的守护者，他们带小孩照顾老人。哥哥成了村里最年轻的后方守护者。

翠姐姐是在这个时候走进我家。翠姐姐告诉哥哥，她一个亲戚刚办了个化肥厂，需要人做保安，问哥哥去不去，她准备到那里去当工人。

哥哥脸上掠过一层难以察觉的变化。他在我和翠姐姐脸上看来看去，喉咙里却像有什么东西哽着，做不出声。

翠姐姐说，那里是沿海一带，休息时，我们可以去看海。你还记得吗？读书时你说带我去看海。

哥哥眼里突然闪烁一缕光，那是瞳孔缩小聚集的光。也许哥哥此时看到海了，也许他在想象着海。

翠姐姐又说，那里包吃包住五百元一个月。

哥哥的眼光好像从遥远的海边回来，看着翠姐姐，看得很仔细。然后突然说，我很想去，可是我去不了。

翠姐姐诡秘地一笑，望着我。她这一望，我心里反而踏实了。哥哥是舍不得我的。

翠姐姐又有进一步的举动，她说哥哥的鞋子要换一双了。哥哥说还能穿。翠姐姐说怎么能穿？我给你做一双吧！翠姐姐弯下腰，用一只手在哥哥的脚上比画了一番。再伸腰时对哥哥说，我要回去了，送送我吧！

哥哥送翠姐姐出门很晚都没回来。后来我不知道哥哥是什么时候回来的，也不知道他什么时候起床的，总之我醒来就是早上，他做好的早饭放到桌上了。也是从那天晚上开始，哥哥每晚出去，在我睡后才回来。有天晚上我睡不着，想等哥哥回来一块睡。哥哥没有在我的等待中回来。哥哥是不是去了翠姐姐那里？我突然感到翠姐姐像个贼，会把哥哥偷走，我不能让翠姐姐把哥哥偷走，我要把他找回来。

那是个月清星朗的夜晚，星星如透亮的珠一串一串悬在天空，幽静的田野能听见青蛙的叫声。翠姐姐家没有哥哥，我又走到哥哥织凉箪的工棚。工棚的人说哥哥早就回去了，后来我又去几个地方都没找到哥哥。正当我纳闷时发现后山的灰屋里有一星红火，像萤火虫。我走进去，哥哥蹲在里面抽烟。

哥，你躲在这里呀，找得我好苦。我跑过去就往他背上爬。

你长大了。哥哥把我拉下来，望着我。

谁叫你是我的哥哥呢？我又往他身上爬。

不许爬。哥哥厉声说。

哥，你要翠姐姐，不要我了？

回家吧！哥哥站起来拍拍身上灰。

我回到家眯着眼睛假装睡着了，哥哥给我盖被子时说了声好好睡，就去隔壁房了。我爬起床，悄悄走到哥哥床前，哥哥把我猛然一推，我跌坐在地上。

回自己床上去睡。哥哥坚决地说。

哥，让我睡到你这里吧！我往哥哥床上爬。

不行。哥哥脸上的肌肉抽搐了几下。

好呀！你不让我睡？我又使用了我的武器。哥哥一声嚎叫，双手捂脸。我想哥哥这下没办法了。我站在床边，待哥哥来抱我上床。哥哥不但没把我揽进怀抱反把我推到门外，我刚被推到门外，门“砰”地一下关了。门的响动把墙上的泥土震动了，灯泡也震得摇摆不定。

哥——让我进去吧！哥——

我在外头拍门，大喊大叫。然而，任我怎么喊叫，那扇门始终没有打开。第二天早上，我没吃早饭去学校了。

十

大学刚放暑假，我迫不及待地赶到了江西，按汇款单上的地址打听哥哥做工的煤矿。很快有人告诉我，有这个煤矿，好像没开多久关闭了。这样的结果是我潜意识中想到过的，但我还是像走进茫茫荒原一样不知所措。我向这里的人打听这里还有哪些煤矿。他们告诉我这里还有一家叫井山的煤矿。我坐上了去井山煤矿的客车，客车把我拖进一个小镇，我在镇上的一个小店住下，第二天去了叫井山煤矿的山上。山上能看到开采煤矿的洞穴和一些简陋的工棚，但已经荒无人烟。我走到村里向他们打听煤矿的人。村里人说，来这里挖煤的民工，只干了两个多月就走了。

怎么走了？我着急地问。

因为一次塌方被政府查封。

死伤了人没有？我的心快蹦出来了。

死了两个，伤的几个不是断胳膊就是断腿。

有没有一个叫薛秋林的？

姑娘，我们不知道，只知道那次事故闹得很凶。

后来那些人去了哪里？

你到山那边的一个建筑工地去看看，那里正在建一个高楼，好像去了好多煤矿里的人。

我跑到那个建筑工地，建筑工地用钢筋木头搭了个庞大的架子，架子外周用尼龙绳网着，我要头朝天才能看到建筑顶部。远远看去，那些挑泥沙的民工就像一只蜗牛在那里爬行。接下来的一幕我没看到就好了，可是我却赶上了那一幕。一个像蜗牛的民工从顶部摔下来。立即有很多人朝那个方向跑，又有很多人喊，出事了！出事了！等我飞跑过去，那个像蜗牛的民工脑浆涂地仰卧在地上。当这个只在电视里看过的镜头活生生地出现在我面前时，我浑身哆嗦，嘴角抽筋说不出话来。这个民工虽然不是哥哥，但这个镜头已经凝固在我心里了。

从江西煤矿回来，我几乎每天想那个镜头，想那个镜头时总会联想到哥哥，而是越想越怕，越怕越想。直觉告诉我，哥哥也会在某一天出事，虽然这些想法有些莫名其妙，但这种莫名其妙一直困扰我。我开始头痛，注意力不集中，后来我开始不说话，封闭自己。还好，学校生活无须多说话，可我整天不说一句话还是引起了同学们的注意。他们怀疑我是不是在江西受了什么刺激，要不总会有这种反常。后来他们见我一直这样，就往深处猜测，怀疑我是不是被哪个男人强奸了。我没有心情跟他们解释，因为任何人体会不到我是生活在一种怎样的恐慌中。

哥哥寄来这学期汇款单的时候，我已经没有任何喜悦，我仿佛收到的是一颗炸弹，它随时都有可能再次炸掉我找哥哥的线索。

我怀疑哥哥是有意不给我回信，可是哥哥为什么要不给我回信呢？他为什么不给我留下一个可以让我找到他的地址呢？这样一想，我就变得心事沉沉、精神恍惚起来。同学们安慰说，不要失去信心，你会找到哥哥的。我说，那他为什么不让我联系？不回家？不来看我？同学们说，你哥哥一直跟你寄钱，证明他一直在和你联系。说不定今天或者明天突然出现在你面前，给你一个惊喜。我觉得同学们说得有道理，因为哥哥总是在我最绝望的时候给我一点零碎的信息，我就相信这一点，我就抱着这一点相信天天跑传达室，想从传达室等到一个电话或一封信。同学们发现我天天跑传达室，认为我这样下去会出问题，他们开始拯救我。他们拉我游西山，可是没有拉动我。他们又跟我咨询心理老师。其实都无用，除非有一个哥哥的消息，那怕是个坏消息。

北京的秋天开始萧瑟，树上的落叶在空中飘零后匍匐地上，整个校园就像铺了一层黄地毯。秦岭又来到我身边，诚恳诚惶地说，婷婷，你能不能再抓我一次？你不能这样消沉。如果你想要个哥哥，我愿意做你的哥哥。我猛然抬头，朝他笑笑，哥哥在哪里？我像问自己又像问秦岭。秦岭被我吓跑了。我又突然不说话了，和以前一样像个哑巴。这样过了一段时间，秦岭跑过来突然对我说，你哥哥不来看你可能有什么隐情。我说，他有什么隐情？秦岭笑着说，你还能说话呀，你不说话我真怕你的某种功能会退化。我又说了一句，啊！他是否不要我这个妹妹了？秦岭把我拉进他怀里，怎么会呢？怎么会呢？不要胡思乱想。我在秦岭的怀抱里，脑海里闪现出哥哥为我放弃读书的那个憨相，哥哥使劲砍竹子的那份蛮干，哥哥为我放弃当兵的那份无奈，哥哥为我失去翠姐姐那份伤心以及哥哥为我读书卖血和吃青菜糊。我的眼泪像决了堤。我以为我是个不知道哭的女崽，其实，我的眼泪或许只为哥哥一个人落下。

那个夏日把田地烧成一团火，连空中飞的鸟都在叫“热哇热哇”，鸟也流汗了，我却感到格外的凉爽。因为那个夏天我顺利地考上了县一中高中。我将这个消息告诉哥哥时，哥哥正在堂屋里修农具。

哎呀呀！你比我厉害，你是考上县一中的高中啦！不得了！不得了！哥哥放下手里的农具，大声说话放声大笑。他放声大笑时，像地坪里放了挂爆竹，连着响，响到四间屋子都听到，响到对面山上都能听见。哥哥又快乐地修他的农具，嘴里却唱开了：

桑木扁担轻又轻呃
我挑担茶叶出山村
乡亲们送我十里坡哟
都说我是幸福（啊）人

送我去县城读书的路上，哥哥情不自禁地说，北京离你不远啦！长劲读，读到北京去。快到学校时，哥哥又突然问我，你记得路吗？下次回来就你一个人了。我说记住了。哥哥说你说说看。我说要走一截弯弯曲曲的羊肠道，好远好远的。要翻山，翻很多山。过小溪时要不停地脱鞋，卷裤腿才能过小溪，才能到一条马路上搭车。哥哥笑了，笑我说得真多。

农村来的学生都是寄宿，学校专门有一栋房子，每间开一溜通铺，睡十几个学生。我在学校一个月回一趟家，也是从家里拿些钱和带些换季的衣服来。我每次回家，哥哥都跑到村口接我，顺便买了肉给我改善生活。

哥哥说，看你热的，赶快去洗个澡。

那天哥哥给我提桶水，送到偏房门口。偏房是哥哥用竹子和泥做的墙，屋顶上盖的是稻草。偏房只放了洗澡木盆和一条搁衣的小板凳。我脱了衣服，坐在木盆里仔细地擦每个部位。在学校和同学们一起洗澡时都惊讶我农村来的皮肤怎么这么白，她们不知道，我不用做农活晒太阳，我比任何人贵气。我洗到胸部，胸前那对白亮亮的乳房像小白兔样欢蹦乱跳。突然，我身上感到一阵灼热，好像有双眼睛在窥视。我站起来，朝四周观察，发现房顶上好像有个小洞，一双眼睛是从小洞俯视下来，这双眼睛好像在哪里见过。再细看时，眼睛忽然不见了，那个洞也随即消失。我怀疑是否有过洞，又好像明明有过洞，一下子又被什么封住了。我马上笑了，觉得是自己心里作祟。有哥哥在，谁敢有这个胆呢？我放心地洗完澡。

从偏房出来，哥哥手里洗着菜，眼睛却盯着我。我当然不会感到奇怪，在县城读书一个月才回来一次，哥哥自然要仔细看我了。而且这次回来，村里人都说我长漂亮了。

哥，肚子饿了。

哥哥哦哦两声，抓紧洗手里的菜。菜刚洗好。哥哥又问我学校的事，问得非常仔细，我答得非常仔细，他听得也非常仔细。

哥哥问，班上有不有男同学追你。

我脸一下子红了。班上有两个男同学追我，他们为我背地里还打过一架。这些都是班上女同学告诉我的。可我看不上他们，我心目中的男朋友应该像哥哥一样英俊高大。

我说哥，这是我的秘密，不能告诉你。

哥哥不再问，只用眼睛看我，看得长长远远。我有点被他看得不自在起来，但心里还是喜欢他看我的，甚至想听他说句我长漂亮了。哥哥没有说，却说了另一句话。

你的衣服有些紧，要换件宽大的了。

哥哥又是这句话，我嘟着嘴。

天突然下起了雨，哥哥跑到地坪里，赶紧收地坪里晒的菜。哥哥做了干酸菜干辣椒和干豆角，有备无患，这都是当年菜荒的教训。雨越下越大，哥哥收完菜又去追地坪的一只母鸡，追得母鸡满地乱飞。看哥哥在雨中跑动的笨重样子我笑了。哥哥说你还笑，还不帮我一把。我跑过来，偷偷从母鸡后面来个突然袭击，母鸡就被我逮住了。

哥哥说，我去杀了，一半炖了吃，一半给你小炒带学校去吃，好吗？

我说好呀，我最爱吃鸡。

那你就耐心等着，晚饭要晚点吃。

哥哥把一碗黄油泛泛的鸡肉端到桌子上，要我趁热吃，自己匆匆进了里屋。我嘴馋，见到好吃的就什么都不顾了。我大口大口地吃，想把学校里亏欠的补回来，一下子，大碗鸡肉吃光了，才想起哥哥还没有吃，他把自己一个人关在房里做什么呢？走到哥哥门前，门却闩了。这就奇怪了，大白天闩什么门？好奇心促使，我趴到窗口上，看见哥哥在翻我的课本看，边看边吃一个红薯坨。

倏然间，心里有种说不出的愧疚。

翠姐姐在这个时候来了，她怀里揣着一双新布鞋。我看到她怀里的新布鞋，大声朝房里喊，哥，翠姐姐来了。

哥哥从房里走出来，翠姐姐把哥哥按到凳子上，试她做的新鞋。哥哥像傻子样坐在那里任翠姐姐摆布。翠姐姐弓下身给哥哥穿鞋，边穿边说，亲戚家的厂子又来信了，你去不去，我肯定要去的。哥哥没有回答，默默地点燃一支烟。

翠姐姐抬起头说，你看，穿着正好，正好。她又将脚摸了摸。那亲热劲头令我非常反感，我极不友好地看着她。她也不恼，笑着对我说，我也跟你做了一双，等你下次回来就可以穿了。

我说，谁要你做的鞋，土不拉叽的。

你——哥哥狠狠地瞪着我。

我，我怎么啦！我转身走进房，“砰”地关上门。

那晚，我把自己一个人关在房里，哥哥没有追进来哄我。我不知道翠姐姐是什么时候走的，也不知道哥哥是什么时候睡的。也是那次后，再也不见翠姐姐来过我家。

第二天回校，哥哥破例没有送我去村口，我知道哥哥仍在生我的气。

十一

月亮垭下着大雪，我走在村路上，意外地感到了一种声音，这种声音充塞着我的耳鼓，是一种久远的声音。哥哥，是哥哥向我走近的声音。这种声音使我在那段村路上走了好长好长。前面那栋倾斜的矗立在竹山里的生着绿苔的木板房是我和哥哥的家。我把家里的火烧得很旺，坐在火炕边等哥哥。窗外的雪里站着个人，那人背靠这边，他头发结着雪，肩上背一个青布袋，单薄罩衣裹着一个宽宽的身子，他的背以及后脑勺我感到了某种熟悉。是哥哥回来了？没错，是哥哥回来了。是哥哥回来了！我飞奔出去，从心底迸发出一声：哥—— 雪地里那个人猛然回头，然而，撞过来的那双眼睛，瞅着我时那畏畏缩缩的样子又是我非常陌生的，我怔住了。

同宿舍的人叫醒我，婷婷，你又梦见你哥哥了？

我哭了，很伤心的，躺在宿舍的铁床上。

我从县中学回家，发现家里出现了成堆的苎麻，哥哥坐在一片绿色苎麻上面摘那些麻叶，看上去像一幅绿色油画。

哥，家里弄这些苎麻做么子？

哥哥说给毛纺厂呀。县里成立了麻纺厂，需要大批的麻，我还种了几块苎麻呢。这个东西易生，种一季能生长三次。

哥，苎麻有什么用？

用处可多呢？苎麻做成麻坨，麻坨可做纹帐、做衣服；也可搓成麻绳打鞋底、包粽子、系东西。哥哥呵呵地笑，像捡了宝似的。

哥不织凉簟了？凉簟可是我们家的祖传呀。

哥哥一下哑言了，他点燃一支烟，吧嗒吧嗒地抽。

哥——

哥狠狠丢掉手里的烟。你说的正是哥遇到的一件恼火事。现在的人不喜欢这种织的凉簟了，喜欢那种用机子压的骨牌坨凉簟。

哥，苎麻能卖到钱？

当然能卖到钱，卖不到钱哥哥不会做。

那好，那好。只要卖到钱，我就会买很多漂亮衣服了。我想象着穿上漂亮衣服在街上一摆一摆地走过去。我兴奋地笑起来，哥哥问我笑什么，我说没笑什么。

我给哥哥递苎麻秆，故意在他面前晃来晃去，哥哥就会停下手里的活，拿眼睛看我。这时我会夸张地扭一下身子，故意说，哥，你怎么不做了？哥哥就说去洗把脸吧！看你脸上的汗。

我洗了脸去倒脏水的时候，哥哥突然伸手抢过我手里的脸盆。哥哥说，我去倒水。我这才知道我洗脸的时候，他一直站在我的身后等待着。他端着脸盆跳着去屋外倒脏水的样子很帅。我喜欢看他这个样子，可这个样子也只一瞬过去了。哥哥又坐在那幅绿色的油画里，他没有做活却抽着烟。我见哥哥这个样子不由想起了翠姐姐，直觉告诉我，只要哥哥心里有事，肯定与翠姐姐有关。

哥，翠姐姐还来帮你洗衣吗？

翠姐姐走了。

走了，去哪里了？

去深圳打工。哥哥朝村部的方向望过去，望着村上那一个个空下来的房屋时，脸一派茫然。

我说，翠姐姐也要出去打工？其实我对翠姐姐出去并不感到突然，甚至心里有种莫名的喜悦。这时我又假装地问，她还回来吗？哥，怎么不跟她一块去？

哥哥没有吭声。他抓起一根苎麻，剥去叶子，苎麻成一根光秆后又横腰折断，把白色的骨头剥出来，只留下那层绿色的皮。然后又用一把小刮刀，在绿色皮上刮去外表粗皮。最后这层皮就成了丝一样薄。

我问，就这个样卖给麻纺厂吗？

哥哥说，还要把这层皮用石灰水泡，晒干，撕细，搁在膝盖上搓成绳子送到厂里。哥哥懒懒地说着这些。我知道此时这些都不是哥哥要说的话，我也只是找些话来说，把空荡的时间填起来。

屋门口的马根草疯长起来，一根连着一根，散发出一种春的气息。哥哥却拼命地剥苎麻，不剥苎麻了就严严地关上门，把阳光、大山、鸟儿一块关在外面。

这时候的世界似乎风平浪静，无声无息，从表面上看，天上又开始出现了彩虹，庄稼又开始了生长，哥哥又开始了日出而作日落而归。只是到了晚上，哥哥一堵墙似的坐在门槛上，像石头一样沉默。这个时候我会在他面前走来走去，有时会突然叫声哥。哥哥会浑身一震，会搬山移海样把目光移到我身上，漠然的脸上开始有些鲜活。这时我突然发现，哥哥虽然想翠姐姐，但更舍不得丢下的是我。

哥哥吃什么呢？神神秘秘的。那天下午，我从县城突然跑回来，哥哥站在锅边不知吃什么，他一见我赶紧把碗放进锅里，将锅盖捂上。我上前揭开锅盖，啊，一锅青菜糊糊不见一点米星子。我吃惊地望着哥哥。

哥哥说，我正准备去喂猪。

我们家不是还没买猪吗？

我给那几个鸭子吃。

那样的菜糊糊鸭子也不一定爱吃。

你怎么回来了？现在是高考复习的关键时刻，你怎么往家里跑？

哥，给我三百元钱。

要钱干什么？

学校办了个英语强化班，班上的同学都参加了，我怕高考的英语难，想参加这个强化班。

好——的。什么时候要？

现在就带走。

现在就要？

没有钱？

不是。这样吧，你先去报班上课，我明天给你送过来。

哥哥说这话时，没有了往日的平静，脸上有一层不易觉察的愁云。可哥哥在我心里没有解决不了的事，也没有什么事他扛不动的，哥哥的能力只差把天上的月亮戳下来了。但我万万没有想到，县里的麻纺厂已垮台，苎麻不再需要，哥哥又陷入了一种危机。

哥，我回学校了。

哥给你做饭，吃了再回学校。

不咧，我下午有课。

我跑到学校按哥哥交代的先去上强化班的课。

第二天上午，学校安排高考生去县人民医院进行体检。我们班整队赶到医院，发现前面的班还没体检完，老师要我们自由活动一个小时。我看到其他同学到街上去买吃的了，我没有钱就在医院周围走动。我看到医院有个窗口排着长队，不知是干什么，我走过去看，意外地发现哥哥排在队伍里。哥哥来这里干什么，他病了？我向哥哥走去，看哥哥随队伍移到医生面前。医生问，你叫什么？哥哥说叫刘勇。哥哥什么时候成了刘勇？我正要喊哥哥，哥哥突然挽起了胳膊，医生举起针头又突然停下了。医生说，你不就是那个薛秋林吗？你昨天抽了血今天怎么又来了，你不要命了？哥哥说，医生你看错了，昨天的不是我，我是刘勇。医生说，你骗不了医生。哥哥说，医生，就这次，求求你了，就这次。

我再也看不下去了，跑上前喊了声，哥——

哥哥见是我掉头就跑。那样子仿佛做了坏事被人当场抓住那样狼狈。我小心谨慎地跑在他后头，轻声地、几乎是自言自语地说，哥，那个班我不参加了，那种班是骗钱的，对我学习没多少帮助。

哥哥不着声。

我又喊了声哥。

哥哥站了一下。我试图伸出胳膊去抱住他，他却跳到了回村的长途车上。他背对着我，一直到车子开走。我回到学校，主动取消了那个强化班。

第二天早上，班上有位同学问我晚上为什么不去上课。我说，那样的课没多少意思，我不想上了。那个同学说，那你为什么交钱？我说交钱？谁交钱了？那同学说，你哥哥呀！我看见你哥哥交的钱。

这下把我弄糊涂了，哥哥是怎样搞到的钱？

十二

我感到哥哥出事了，这种感觉我从江西回来它就像一件又破又湿的旧棉袄一样粘在我身上。

这年春节回家，仍然下着雪，我坐在老屋的门槛上想哥哥出事了，想着想着我会对着雪突然尖叫起来，好像只有通过这样才能从恐惧中解放出来。

雪下得很大，山上竹子压成了一张弓，地上结了一层厚冰，我要在这么个雪天回北京，走上来时的村路，几次差点滑倒。我站稳定了定神，向村口望去，却意外地看到山坡上有一只鸟从结了冰的树上摔下来，在地上蹦跳几下立即断了一条腿。这个镜头让我心里一阵紧缩，突然感到哥哥就像这只鸟。这种感觉顽固地在心里不走。回到学校后我又无缘无故地想起那只鸟，想起那只鸟我就忍不住流泪。

我以3分之差高考落榜。落榜的那天，我躲在房里生气。我辜负了哥哥的期望，我不能把书读到北京了。哥哥说没问题，复读一年把那3分挣回来。我说，我为什么要复读一年，万一又考不上呢？那又要浪费钱？那几天我反复在想一个问题。甚至想我为什么一定要考学校？我也可以出去打工呀！村里打工的人都显出了成绩，他们不是把旧木房掀掉盖起了水泥楼房，就是把大彩电搬回村。以前要爬十几里山路，去镇上才能看到的西洋景，现在坐到家里就能看到了。而我和哥哥仍在破败的木板屋相依为命。我十八岁了还依赖哥哥生活，我为什么就不能赚钱来回报哥哥呢？想到那些和我一样大的女孩子穿着高跟鞋在田垄上一扭一扭，委屈的样子很幸福。我为什么就不能穿那样的高跟鞋呢？

我知道说服不了哥哥，我一不做二不休，偷偷离开月亮埡，跑到友谊宾馆去工作。我的工作是站在大厅做咨客，我发现我穿上旗袍站在大厅迎接客人是多么的自如，好像我天生就是吃这碗饭的。我甚至还后悔没有早些来，浪费了那么多大好年华。我很满意这里的工作，这里包吃包住还一个月给我四百元钱。我想好了，发第一个月工资就给哥哥买双皮鞋。哥哥还没有穿过皮鞋。我这样想的时候，大堂经理对我说，门外有个人找你。我笑容可掬地朝大门走去，刚走出几步就收住了脚步。透过大厅玻璃，发现哥哥蹲在门外的花坛上。

哥，你怎么来了？

你让哥急死了，去来也不和我说一声。

我说你会同意吗？

哥哥将烟蒂狠命地往地上按，我知道你读书苦，你就再考一次，这次就算你为哥考吧！

哥，你打死我也不考了。

如果再考不上你就死了这份心。

哥，你就饶了我吧！我已经和他们订了合同，回不去了。假若哥要我去北京的话，我可以去北京打工呀！

你睁开眼看看，几个打工成了北京人？我是要你成为真正的北京人，成为有知识的北京人。哥哥又突然一句，本来你就应该是北京人。

哥你说什么？我本来就是北京人？

不和你多说了，跟我回去。哥哥大声吼，眼睛直直地望着我。我没有看过哥哥发这么大的怒，但我没有屈服。

好，你就在这里。哥哥朝北的方向意味深长地望一眼，转身走了，走得一歪一歪。我望着哥哥渐渐消失的背影想，哥哥不会再来了，我让哥哥彻底伤心了。其实我自己也伤心，我比任何人贵气不到哪里，我也是个打工妹。

第二天，我刚站到大厅里，发现有个人蹲在门外的花坛上，那个花坛正对着门，也正好是我能看到的方向。我心里一沉，又是哥哥，哥哥又来拖我回去，怎么办？怎么办？我看到保安在那里走来走去，心里一亮，要是哥哥硬要我回去，只好请保安帮助了。心里有这个准备我就安心工作了。我跑进跑去地送客人上楼下楼。奇怪的是，哥哥只蹲在花坛边，并不真正走拢我，好像我是他一个完全无关的人。整个上午过去了，他就这样蹲在花坛边。

第三天哥哥又来了，手里提个塑料袋，袋里的烤红薯看得清清楚楚。他吃着红薯，不吃红薯时就抽烟，烟一支接着一支地抽，他被包围在烟雾里。第四天，第五天，哥哥都蹲在花坛边，背对着我所在的大门。

我走过去说，哥你要在这里住下吗？

哥哥笑笑说，我在这里也不碍你的工作。

你等吧，等得天荒地老我也不会回去。

这句话刚说完，天下起倾盆大雨，我想这个雨下得好，这雨可以把哥哥赶走。当我回到大厅再转头时，哥哥仍蹲在那里，身上的衣服全湿了。我撑了伞跑过去，他不理，一任雨淋在身上。我只好又回到大厅里。雨越下越大，天好像要塌下来，我又跑过去送伞，哥哥把伞丢了。我没法，就请保安去劝哥哥，哥哥却像一尊神，丝毫不动。

那场雨连续下了两个多小时，大厅里的人围着门口看哥哥，像在看一个傻子。我也在看哥哥，表面上在看一个与自己无关的人，实际上心急如焚。我忘记了我的工作，忘记了周围人对我的不满。大堂经理喊我去吃饭，我没动，喊我送客人去房间我也没动。我站在大厅里，看着哥哥，哥哥看着我，那场雨像发了疯似的下个不停。就这样看着，终于，我向哥哥跑去，大堂经理在后面喊，你去哪里，丢下那么多的客人不管。我没有停住脚步。大堂经理又说，你还要不要这份工作？我仍没有停住脚步。我走到了哥哥面前，哥，我们回去。

哥哥抹了一把雨水，笑了。

十三

焦灼、悲伤以及我对未来生活的茫然，让我无法冷静下来，我胡思乱想，渴望用我的一切来换回我过去的生活，那时我是快乐的，尽管有时也忧伤，但那是种美丽而模糊不清的忧伤。我知道，我的复杂心绪是哥哥传染给我的。我千万次问自己，是谁把哥哥送到我的面前，每每如此，我觉得有些对不起我的爸爸妈妈，因为我对哥哥的思念已经远远超过了给我生命的人。为什么？我无法自圆其说。

每到这时，我也会莫名其妙地想起月亮垭那对表兄妹的传说，这个传说并不美，但很实际，我用这个传说来对照自己，最大的区别是我不想创造月亮垭，只想离开。我不是为了自己，而是为了我的哥哥。哥哥想方设法让我离开月亮垭，真正离开了，又感到哥哥并不想我离开。我还真弄不懂哥哥。那段日子，我对哥哥满脑子的迷惑。

哥哥，这是我的录取通知书吗？哥哥打着赤膊，满身大汗地从田里跑回来，他卷起身上的背心嘿嘿地笑。我手上的通知书快在我手里揣烂了，我既怕它是假的又怕它不翼而飞。于是我又问哥，哥，是不是邮递员搞错了，是不是有和我同名同姓的人。哥哥仍然朝我嘿嘿地笑。哥哥没有回答，我心里更加没有信心了。在家乡我连电子手表是什么都不知道，也是我去县城读中学才知道的。我竟考上了北京师范学院，这简直有点天方夜谭。

哥哥不笑了，他说你要是考不上，还有谁能考得上呢？

哥哥这句话给了我力量，他一直就是这样。这下，我对着镜子反复照，如果说外面的世界像这面镜子，在这面镜子里，我看到了自己的价值。我觉得我将起一个质的变化。那些日子，做任何事情都是快乐的，我沉浸在一种快乐中。我把坪里的鸡撵来撵去，在几间房里跑进跑出。不跑了也会像哥哥一样，坐在门槛上朝前望去。前面是山，山那边呢应该是北方。北京在北方。

哥哥说，你就要去北京了，北京可是全国人民的首都，是红太阳升起的地方呀。我说是呀是呀。哥哥又说你要坐火车去北京。我长到二十多岁连火车是什么样都没见过，现在你要亲自坐火车去北京，去看比县城更大的世界了。我说哥咧，你可以坐火车去北京看我呀，我们一起去天安门看升国旗。哥哥说那当然。这是我多年的愿望，当不了国旗手，我可以去看他们升旗。哥哥说完，走到牛栏边，手里抓一小把稻草，弓下腰，给那头心爱的牛喂草，样子很专注。

我突然觉得我就像哥哥喂草的那条牛。

婷婷——哥哥的声音，我回头看，他正倚在门口，手里拿着一个带拖的箱子。哥哥从镇上给我买回一个带拖的箱子。他要我把衣服装进这个箱子里。我接过箱子，对哥哥做出一个开心的笑。

明天就要动身了，抓紧清衣服吧！哥哥说着，帮我打开箱子。我瞧着他轻轻地拉开拉链，然后慢慢地把背带套到箱子的两边。我开始往箱子里放衣服。

你真要去北京吗？

我猛然抬头，奇怪地望他一眼。哥哥双手插进口袋里，身子有些弯地站在我身边，默不作声又很细心地看我清东西，好像刚才那句话不是他说的。

凤凰总是往亮处飞的。哥哥又补一句。

哥，你怎么啦，我是你妹呀！

哥哥莫名其妙地望着我，突然冒出一句，我是你哥吗？“哥”字使他的嗓音变得呜咽，眼睛一点一点地暗淡下来。

你不是我哥？我笑了，笑得眼泪冒出来。哥哥没有笑，轻巧地帮我把装好衣服的箱子合起来，回头凝视我一下，再回过头时说了声，早点睡吧！哥哥从我房里消失了。我茫然地站在房中间，把房里的灯加大，发现哥哥那边房没点灯。家里为了省电钱，哥哥在我上县城读书时又点上了煤油灯。

我说哥，你就这样睡了吗？

哥哥没有回答，他那边像在整理床铺，木板发出压榨的吱吱声。

我又说，哥——

我心里荡漾着一种情绪，好像这种情绪突然就来了，在我刚才清衣服时没有，在我刚才点灯时没有。我很想哥哥走过来，走近我。在这个秋夜，我等待着，张着一双企盼的眼睛等待着，却又不知在等待什么。

木板墙像娃娃嘴歪着，白皮纸糊着的木格窗，在夜风的拍打下，发出嘶嘶的声音。

睡觉吧！

哥哥的声音，干净利索。倏然间，好像有股风从木格窗口钻进来，钻到我身上凉飕飕的。我孤零零地在这间房里，感觉好空，越来越空，我的整个身子仿佛腾空而起。可是我知道，我心已经飞出月亮垭，因为这个，我觉得很对不起哥哥。这种感觉很奇怪，我迷迷糊糊，房门口传来哥哥的呼喊。是哥哥，我惊喜地爬起。

哥说马上出发。

我嘟着嘴出门，发现外面还是漆黑一团。哥哥提着我的行李独自走在前面。秋后的田野一片空旷，鸟儿被哥哥的脚步声惊飞。我走在哥哥后头，琢磨怎样主动和哥哥说第一句话，可又不知说些什么话。哥哥宽阔的身躯在我前头晃动，我默默地跟在他后头，一直到上汽车，也没说上一句话。我们在省城找火车站时，费了不少周折才找到。哥哥把我的行李放到行李架上。我说哥我要走了。哥说到了学校不要节省钱，把需要的东西买齐。我说我走了你怎么办，哥哥说你跟同学一块出去，同学买什么吃你就买什么吃，你不比同学差。

哥——

你就安心读书吧！

我说哥你来北京玩，你也可以看到我们村的狗崽。

哥哥一听狗崽，脸上呈现出了一种复杂的表情。哥哥也知道，狗崽那年当兵后，留在了北京。

列车员在车厢里不断地喊送客的人赶紧下车。哥哥走下车跑到窗口前，我从窗口伸出手向他告别时，手正好够着他的头。就在开车的一瞬间，我摸了下哥哥的后脑勺，没想到这是最后一次摸他的后脑勺了。随着车的开动，车厢里响起了孙悦的《一路平安》。哥哥向前小跑着，泪水一下子涌出来。我是第一次看见哥哥流泪，哥哥使劲地擦泪，身子拼命往前倾。我忘了和哥哥招手，只呆呆地看着哥哥。哥哥有一米七八，胸部宽宽的，腰板挺得溜直，那件褪了色的汗衫，没有盖住他一身肌肉，露出的胳膊肌一瓣瓣往外鼓，脚上那双塑料拖鞋仿佛承担不起他的重量，往一边歪了，但他走路很精神。哥哥是村里女孩子的偶像，他随便往哪里一站，女孩子都要鼓着眼睛看他，眼睛鼓出火来。

十四

就在我等待哥哥新的线索的时候，哥哥又从湖南平江寄来了汇款单。我知道平江在湖南的岳阳，那里还有个世界著名的洞庭湖，它使我非常向往。但是现在，我觉得哥哥就像洞庭湖的一滴水，淹没在茫茫人海。我知道再给哥哥写信他也不会回信的。恰好这个时候学校正在定实习去向，于是我便争取到平江去实习，尽快赶到那里去寻找哥哥。同学们在讨论去哪里实习时，我便向学校请示要求去平江一中。同学们都很支持我，并把我寻找哥哥的经历向学校汇报。我的请求很快得到了学校的批准。

我在平江实习的两个多月里，尽管我每天都在打听和寻找哥哥的下落，可是哥哥从平江传递给我的那丝希望又像洞庭湖的风一样飘得无影无踪。

两个月的实习结束了，我不得不返回学校。这天，我拖着哥哥给我买的那个小拖箱来到汽车站。汽车站前面停了很多等客的摩的，我夹在摩的中很不耐烦地走来走去，突然一辆摩的从我身边开过，我发现摩的司机的后脑勺有点熟悉。摩的绕了个弯在我前头停住，车上的乘客下摩的后，摩的司机从驾驶员室出来，缩作一团地傍在摩的旁跟另一个摩的司机说话。我实在无法相信在这里看到一个和哥哥这么相似的人，但是这个摩的司机缩着一团的身子又无法让我把他与哥哥魁伟的身子连在一起。但是我不甘心就这样离开，哪怕他不是我哥哥我也想再仔细看看这个特别像我哥哥的男人。于是我绕过一些人朝摩的那个方向走去。那部摩的就在我前面了，那个摩的司机背对着我继续和人说话。这时我越往前走，那个背影越清晰。那个背影越清晰我心跳得越快，因为我已经清清楚楚地认出来了，他就是我哥哥。我来不及走到他跟前，从心底迸发出一声：

哥——

被我喊哥哥的那个摩的司机慢慢转身，转得非常的艰难，几乎要倾倒下来。他右边腋窝里支着一根拐棍，全身落在左腿上，右腿的裤管里空荡荡的。

生活照样进行

1

卓雅躺在产床83个小时。她无言地咬着牙，流着泪，感受着难以承受的痛苦，她尽可能地去体会一个女人的伟大，用这种感觉来抵消那皮肉撕裂的痛楚。终于，在那一阵歇斯底里的呐喊声里，一个小生命来到了人间。她成了一个实实在在的母亲。

卓雅一摊烂泥堆在床上，昏沉沉地睡了过去。

“吃点什么？”卓雅母亲的声音游丝般飘进她耳里。时间似乎流逝过去许久，卓雅努力睁开眼皮，看到母亲洋溢喜气的一副脸，嘴角都有些变形。卓雅笑了，无力的手放到母亲手上，轻轻摇头。

卓雅是难产，婴儿横在腹腔，医生没有对她诉说种种危险，只叫她丈夫来一下。卓雅摇摇头，丈夫石恒远在北京，正为他的画展上蹿下跳，怎能顾及这里？她从产床上伸出一只手，签了自己的名字。医生看过她几眼，就动手在她两腿间剪开一条口子，婴儿才算没闷死在腹中。后来，医生又在剪开处密密缝了11针。

这几天，卓雅总是怀疑那线是不是长进肉里了。身子其他部位都恢复了正常，惟独臀部不能着力。躺累了想坐一下也不行，一坐就像扎在针尖上。卓雅在一家文学杂志社工作，她的同事和一些作者提着东西来看她，她也只能侧着身子与他们说说话。

母亲又在望着卓雅笑，不停地将一些东西往她嘴里塞，边塞边唠叨："你要不停地吃，吃好了小孩才有奶。"

卓雅30岁了，石恒28岁，结婚五年一直未要孩子。关于孩子，夫妻之间有过多次讨论。卓雅暂时不想要孩子，她觉得他们家不宜过早要孩子。卓雅是省内被认为有前途的青年作家，创作势头正旺。石恒不甘落后，每天研墨作画不辍。他有个夙愿，要在北京办一次画展。卓雅的婚姻一开始就属于那种不食人间烟火的两个艺术因子的组合。卓雅深爱石恒，爱石恒画板上的那些色彩。结婚后她开始调整自己，以一个妻子的身份出现在石恒身边。石恒没意识到这一点，就是他没有把自己调整到丈夫的角色。他可以拿几个小时与卓雅一块侃艺术，却吝啬几分钟去帮卓雅洗洗碗，或者及时送上几句安慰的话。他眼里只有画，他的全部精力、财力、物力都在为北京办画展这条漫长的路作铺垫。石恒领到工资，先把他需要的颜料、宣纸、书籍满足后，才将剩下的钱给卓雅经营生活。卓雅接过所剩的几元钱，总感到两个搞艺术的人不宜搅在一起成家。这种感觉时刻困扰着她，觉得石恒更像一个朋友或一个情人。

卓雅感到石恒只宜做一个朋友或情人时，石恒似乎又像一个丈夫了。当两团肉体聚在一起，石恒积蓄的力量像火山爆发。那粗犷的雄性力量彻底征服了她，也给她带来了无限的创造力。卓雅在帮助石恒构筑理想之塔，一度忘记了自己。

现在，卓雅最希望看到的就是石恒，她想看看升级为"父亲"的石恒会有什么新的定位。

石恒出现在卓雅床边，望着苍白虚脱的卓雅，心里有几分内疚。卓雅临产这个月，他紧锣密鼓地筹备画展，因为太投入，他没有照顾卓雅。今天看到卓雅这般模样，才感到生小孩对女人来说并非容易的事。

“石恒！你回来了！”卓雅从昏睡中醒过来，惊喜地坐起，下身的刺痛牵扯她嘴角一咧。

“躺着，别动了伤口。”石恒按下卓雅。

卓雅望着石恒鼻梁微微发黄，就知道一种喜气罩着他。这不仅是一种得到儿子的喜悦，还有一种成功的喜悦。

“去婴儿室看看你儿子吧！这下你妈妈该百分之百地满意了！”卓雅母亲说。

卓雅的婆婆见卓雅几年肚子没动静，后来知道卓雅是做了人流，婆婆怀疑卓雅不要孩子是不愿和儿子过一辈子。她专程赶来省城，含沙射影地数落了儿子一番，意在让媳妇听清听明。卓雅母亲虽然理解女儿，女儿是自己身上掉下的肉，但老是做人流，今后还能怀得上吗？身体垮了可是一辈子的事啦！卓雅母亲吃不好睡不安，夜里做梦都在想这件事。她不理解女儿做女人与自己做女人竟会这么不同。其实，卓雅也不轻松，几次不小心怀上了，哪怕吃药、用工具还是怀上了，人的生命力就是顽强。卓雅每次做人流都要恐惧一番，现在想来都有些后怕。

石恒再回到卓雅身边，脸上笼上了一层黑云。

“看到儿子了吗？”卓雅问石恒，神色带着期待，她想听石恒几句对儿子的评语。

石恒沮丧地坐到卓雅床边，烦躁地说：“不知他们怎么搞的，儿子进了新生儿病室！”

“什么？你说什么？”卓雅惊得两眼发直，身子挪了一下，想下床，疼痛又把她挪回原地。

“儿子今天发高烧，总退不下来。医生说儿子还有轻度肺炎、肠炎。”石恒低下头，一脸疲惫，顺手拿起桌上一个红富士，咬了一大口。

他还有胃口吃苹果！卓雅望着他那一张一合的嘴，堵在心里的那口气转化为一种更深沉的东西埋下了。

2

卓雅出院遇到了一个残酷的事实，她没有奶了。孩子在患病期间，医生不让她喂奶，乳房胀了十多天后，再也不流奶了。卓雅知道母乳才是最好的营养，何况孩子正在康复中。她没有别的办法，只能买奶粉。

“妈妈，你先去买一听奶粉来，小孩我先带他睡。”

“石恒呢？怎么不见他落屋？”蹲在卫生间洗尿布的母亲说。

“妈，他刚从北京回来，一些事没理清，去吧，我一人带得了小孩。”

石恒从北京办完画展归来，评家蜂起。省画院、省美协又联合为他搞了一次汇报展。一时间，电视里有石恒的影子，广播里有石恒的声音，报纸上有石恒的名字。只有这个家难得有他的声音和影子。然而卓雅抱着孩子，坐在初春的阳光下，沐浴着丈夫成功的喜悦，心中仍然一片灿烂。

石恒好容易回了家，一头扎进画室。电话铃响，卓雅拿起话筒，是找石恒，卓雅推开门，只见烟雾弥漫，呛得她连连咳嗽。

“电话。”

“说我不在！”

卓雅放下电话，望着使劲抽烟的石恒，摸不着头脑。

母亲从厨房出来，听见石恒讲电话，“石恒呀，你刚回，电话就追过来了，这一向都是你的电话，卓雅成了你的话务员了。卓雅‘坐月子’要吃好睡好，安安静静地休息好，但卓雅这个‘月子’坐得不安宁了，你们那部平时不响的电话，现在一天到晚闹个不停，有时深夜了还有人打电话来。我看你还是多在家待一点。”

“你们烦不烦！”石恒把烟使劲朝烟缸一拧，起身从画室拿出一卷东西，出门了，把满脸疑惑的卓雅扔在客厅。

母亲叹了口气，走进卫生间，又伸出头喊："卓雅，你将沙发上石恒那件外衣拿来洗，脏得要命，还要穿！"

卓雅待在客厅还在想石恒的古怪模样。母亲又说了句呆子，自己出来拿衣服，清口袋时清出一封信，递给卓雅。卓雅打开信，一下子什么都明白了。信是石恒哥哥写来的，石恒父亲酒后摔了一跤，高血压中风，刚脱离危险期，现在正住着院。医生说病愈后也是个半边瘫。已花费6000多元，还需要一大笔医疗费。

卓雅这下急了。对月年工资才几百元的卓雅来说这不是个小数字。

卓雅去过石恒家乡，那简直是个醉乡，有喜事了总是备上一大缸酒。公公给她的印象是嗜酒如命。婆婆是个阿弥陀佛的样子，遇到公公喝酒，只是躲到一边瞧着，目光里流露着畏惧和担心。石恒兄弟姊妹七个，他是老三，下面还有两个弟弟没工作，除石恒在省城工作外，其他都在县城的父母身边。他们总认为在省城工作要比家乡好，哪怕是扫大街洗厕所摆烟摊都是好的，钱自然也比他们多，一旦家里有事需要用钱，总希望在省城工作的兄弟多出些。卓雅很明白这种心态，也知道孝顺二字并不是写封信打几个电话说几句安慰话，对于一个即将瘫痪的老人来说，钱是他们的第一需要。

卓雅打开柜子，拖出里面一口皮箱，从皮箱里拿出一个荷包打开，卓雅脸色变了。

"找什么？"石恒一脸黑进了门。

"家里出了这么大的事，你怎么不告诉我？"卓雅抖着信说，"我找存折，取一点钱赶快寄回去！"

"不要找了！"石恒点燃一支烟，从抽屉里拿出存折丢给卓雅。卓雅打开存折，张开的嘴几乎合不拢了，上万元的存折变成了几十元。

"去北京办画展前买宣纸及裱画用了3000元，去北京办画展的场地费、请新闻评论等用了7000元，回省请客用了2000元。本想告诉你，看你怀着孩子，现在又坐月子，怕你担心我就没告诉你。我想把这个数字存进去再告诉你，谁知又出了这号大事。现在我还借了别人4000元哩!”石恒满脸疲惫。

卓雅按住心头慌乱，问：“你家里怎么办?”

石恒从口袋里掏出1000元。

“哪来的?”

石恒没有回答，径直进了画室。卓雅追进去，才发现正面墙壁上出现了两块空白。那里原来挂着《寂静》和《生存》两幅画，是石恒最喜欢的画，记得吴老板出3000元一幅他都舍不得卖。卓雅明白现在急需用钱，也只能这样了。

石恒将未抽完的半支烟狠狠往烟灰缸里一拧，抽身走进客厅，“叭”地一下打开了电视机。

电视机里正播着“文艺之窗”的节目。女播音员的声音很有磁性：从九嶷山下来的青年画家石恒，山川的灵秀给了他艺术的灵光。他选择了山，恰似一个寻矿者在造物主的怀抱里上下求索，经历千辛万苦终于找到了金矿。他画山画水画树，渗进楚文化的狂醉与狂怒的因子。于是他的山成了喊着的、叫着的、跳着的，他的水成了涌动的、流泻的、奔腾的，他的树如戟、如剑，让你看着就是一种精神、一种锐气。电视里的画面是石恒的山川系列。古朴风雅，幽远博大，水墨淋漓，苍润浑厚。电视镜头突然定格在山川系列的那幅《寂静》上。主持人解说道：“这幅画大胆开拓，删去山的突兀与峥嵘，砍去山的喧哗与逶迤，沉甸而稳健。似人化的山体，略去了山脊的树，却更表现出雄性和雌性的刚柔相济。峭壁上的飞瀑，呼吼着向你扑来，又倏然卷去，然后似一股摧不毁的气势，向前奔去。而另一幅工笔风景画《生存》，则具有愉眼悦目的装饰之趣，其奇特的造型、静远的境界和深沉的色调，更具远古文化的神韵。”

石恒一支烟接着一支烟，在霭霭的烟雾中，用一种古怪的眼神望着荧屏上那已经不再属于自己的那幅《寂静》与《生存》，眼睛里有一点点湿润的东西涌动着。

3

石恒父亲完全瘫痪在床了，生活费由工作的几个儿女分摊。

卓雅只好给刚回家的母亲去电话，告诉母亲，保姆就不请了，她决定自己带孩子，反正有半年产假。她没有告诉母亲她要省这笔保姆费寄到石恒家。

卓雅从未带过孩子，她是家中独女，可以说掌上明珠。她父亲曾经是县里的父母官，她是在父母的百般呵护下，坐在那栋冬暖夏凉的县委大楼度过的。今天她也成为母亲，虽然有一些思想准备，那些思想准备是何等的不堪一击。首先，她抱着一条柔弱的生命，作为这条生命的创造者和保护者，却不知怎样让那张红嘟嘟的小嘴不发出一些惊天动地的声音。孩子随时都会哭，卓雅不知道孩子为什么哭，有时哭不完全是饿了，可又不知哪里不舒服。望着久哭不止的孩子，她也跟孩子一齐哭起来。

卓雅从新华书店抱回一堆育婴方面的书，从中找到一些哺育方法，照葫芦画瓢。冬天起床之后，坚持给孩子洗一个热水澡。婴儿泡在温水里，毛孔张开，有促进皮肤光亮且不易感冒的效果，而且能带来一天的好精神。每个早上卓雅烧水，同时烧起一盆木炭火。只听见铜壶的碰撞声接水的哗哗声婴儿的哭声糅杂一起。石恒非常烦躁地坐在床头，他对儿子伸着拳头："还哭还哭！"他想吓住儿子，却不知道儿子还只是一堆什么都不懂的肉团团。

"你不能抱抱?"

"你有儿子还有不有我?"石恒抱着儿子去看卓雅买回的几个红塑料球和红摇铃，果然儿子不哭而且笑了。当然他不知道卓雅买这些红色玩具用意。卓雅认为儿子多看红色，心里明亮没有阴影，这对儿子成长有好处。

卓雅成了一只陀螺在家里团团转。对于没奶吃又是大病初愈的婴儿要百倍呵护。卓雅把儿子上午、下午、晚上吃什么，一一列成表，钉在厨房墙上。鱼泥、肉泥、苹果泥、蛋饼、香蕉糊，卓雅样样学着做。喂过牛奶后就开始观察大便，发现大便呈拉面状，就像捡了宝一样连说："好屎，好屎！"一向注重打扮的卓雅，不得不一天到晚穿件宽大的家制毛衣，那些颜色明丽、款式活泼的服装统统冷落在柜里。

石恒回来，看到厨房冷锅冷火的："怎么搞的？"

"我是你妻子，不是你保姆。"卓雅从凉水中掏起那堆尿片，才发现自己那双只会握笔的纤纤素手，已被凉水浸得红肿，指头节骨也粗大起来，手背裂开了一道道血口子。

"好，你慢慢做。"石恒说完进房了。

"喂，你去药店买一点黄连，顺便请吴婆婆来。"卓雅想给儿子尝一点点黄连，既败毒，又让他从小知道先苦后甜。请吴婆婆来给儿子理胎发，好让儿子以后长出漂亮的黑发。

"你听见了没有？"卓雅看不见动静，抱着儿子追了进去。石恒已一个"大"字写在床上。

"你！"卓雅有团火直往上蹿，却咬咬嘴唇压下去了。她有些莫名的怨，怨自己，怨床上的他，怨怀里的这个不安静的小东西。她心烦、委屈、懊恼，又不知道该如何排遣。她忽然理解一些女人为何要唠叨了。家里那些不起眼的家务事，琐碎而磨人，只有妻子在品尝，就只好唠叨了。聪明的男人默默地听着，妻子在她唠叨的时候把家务事也做完了。愚蠢的男人顶几句，顶不过，就乖乖和妻子一道品尝做家务的滋味。卓雅是个知识女性，她不会去唠叨，她学会了克制自己，正因为这样，她在后来的生活中，变得不能正视自己，把自己搞得心力交瘁。卓雅退到厨房，她忽然想起有位恶毒的作家写过这样一句话："厨房属于阴性的。"她想让男人也生生儿子，休休产假看。

吃饭时，卓雅把闹钟有意闹响。石恒哈欠连天出来，在儿子额上蜻蜓点水般吻了一下，就双手抱胸，望着桌上的菜皱眉头，最后还是抓起筷子，很响地嚼着饭。吃完，饭碗还在桌上打转，人就进了画室。

卓雅刚端起碗就感到困，没有一点胃口。儿子是个夜哭郎，晚上不睡白天睡。卓雅一个个通宵陪着儿子玩，白天又有做不尽的家务。不知不觉，眼皮下奁，身子往沙发上一歪就迷迷糊糊了。儿子尖利的哭声，又把卓雅吵醒。她抱起儿子一看，屎尿一屁股了。卓雅倒水给儿子擦身换衣，儿子身上舒服了才安静下来。

卓雅穿过画室去阳台上晒尿布，发现画室里进来了一个小伙子，正把一叠小品画放到画桌上，说："我在文化巷摆了一星期，无人买，就是八九十元一幅也没有人要。问询的人都问有没有裸体画像，石老师你是不是也画一些裸体画？"

石恒望望卓雅又看看小伙子，使劲地抽着烟。

"我走了，石老师。"

石恒送走客人，回来抓起那叠画跑进厕所。一股烟从厕所里飘出，立即满屋纸臭。

"石恒。"卓雅抱住丈夫，"你还是搞创作吧！不要画这些小品画了，日子艰苦点并不可怕，钱我们慢慢还。"

石恒慢慢抬起头，望着她，沮丧的脸上带着一种感动。突然，他将她小心翼翼地抱进房，打开灯。幽蓝的灯光下，卓雅洁白一团躺在床上，蛋黄色床单，映在她那富有弹性的胴体上，华贵而柔软，她的眼睛也和灯光一样，幽幽的，脸颊微微发烫，嘴唇温润。猛然，石恒像一座沉重的山脉压在她身上，他全身像触电般痉挛着，但石恒力不从心。没有了过程，仿佛完成了一项尴尬的任务，倒在一边沉沉睡去。

卓雅只感到从高高的山峰坠下低谷，孤零零地躺在他身边。

4

卓雅推开窗户，一股热空气迎面扑来。卓雅只感到今年没有春天，好像昨天还穿着毛衣毛裤今天就可以短衣短裙了，就像姑娘们的青春那么短暂。这个季节，卓雅开始了产后上班。

又是个上帝安排好了的白天，晨光漫不经心地一如既往地洒向人间。卓雅开始洗脸刷牙，一切梳洗完毕后，望一眼还在床上的石恒、儿子，推着自行车出门了。临出门随手拿了一个尼龙袋子，记得编辑部要分发消夏的白糖。

她把自行车从三楼搬到一楼，轻轻吐口气，朝前看看路上。路上清洁如新，行人稀少，路边几棵梧桐树的叶子僵硬地挺着，不见一丝风儿。不灭的路灯像双惺忪且疲惫的眼睛，漠然地注视着她。她把袋子系在自行车龙头上，骑车走了。

卓雅在编辑部门前把自行车锁好，打开办公室门，进行每日必不可少的卫生工作。日光已从走廊那头斜射进来，投在水磨石地上一点点向前移。按平常经验，她搞完卫生，喝上一点热茶，日光就会轻轻掠过门柜从走廊的一头溜出去，文联才会出现她以外的身影。

她在自己办公室桌前坐下，拿出一个大部头稿子。这个作者向编辑部五次投稿了。他来信说，他50岁，副教授，酷爱文学并写了20年小说，不见成果。精诚所至，金石为开。卓雅下决心从这部著作里筛选几个章节争取用一下，她看得很认真。为了不损坏原稿，她特地用铅笔修改。搞编辑这行最喜的是安静，最难得的也是安静。

楼梯和走廊响起脚步声，以及茶杯、热水瓶和打哈欠的声音。卓雅认真工作的情绪破坏了。她已经感到脚步声从楼梯口上来，然后分布到了各个办公室。

电话铃响，她提起话筒，找自己的，声音有点熟悉，又一时答不上来。

“你不记得了，我是吴的。”电话那头显得很热情。

“哦，你好！”卓雅记起来了，一个写诗歌的青年，二十五六岁的样子，北方人，在一所大学里教书。一年前他搬着他写的一本诗稿来找卓雅，卓雅选择一组发表了，诗发出后反应不错，吴的就跑到编辑部来认识卓雅。卓雅记得他个子高高，留一个刷把头，穿一套舒服的休闲装，一双大眼睛，眼神幽幽的，嘴里还时不时蹦出几句诗来。

“你好吴的，最近又写了不少诗吧？”

“你们编辑部出的一套丛书中有我的一本诗集。”

“不错啊！祝贺你。”

“没办法，既然选择了文学这条路，哪怕是死胡同也要走下去。卓雅你休产假去哪里了，我几次都没打听到你。你还在写散文吗?”

“我的散文都写在小孩身上了。”

“不能这么说，你有了天下最神圣的母爱，它会激发你更多的灵感。卓雅我想见见你，现在是下班时间，我们一起吃顿饭。好吗?”

卓雅犹豫了一下，一想到儿子，就感到一身的责任。“我看下次吧！下班后家里还有一些事。”

“我等你。六月阳光如火如荼/盼你黑发是云裙是云/让我在你的投影里/流浪成旋风。”

卓雅放下电话想，还是诗人充满激情。离开办公室时，她记住了把白糖装好。

卓雅住报社大院，石恒在这家报社当美编，他们编的报纸是周报，不用坐班，一周只划一次版，一两天时间就够了，大量的时间属自己支配。办公室在一楼，家住三楼。办公居家一个院子一栋楼，颇像市场中前店销后店产的味道。石恒上班下几十步楼梯，想绘画就上几十步楼梯。通常石恒从办公室打个转就把自己关在画室里。卓雅发现石恒一下楼梯就懒得上楼了，几乎每天都不上楼画画了。他只是吃饭时才上楼来。电扇拼命地摇，他边吃边喊：“太热了，太热了！”

卓雅正手忙脚乱地炒菜，大汗淋漓。石恒走进厨房，帮卓雅把浸在水里的白菜洗干净淘起来，然后双手抱胸，一字一句道：“有事和你商量。”

“什么事不能吃完饭再说?”卓雅用毛巾揩了一下汗。

“不行。”这时的石恒是眉开眼笑的。

石恒从北京回来还从未这么笑过，今天是不是捡宝回来了？卓雅关掉煤气灶，放下锅铲，“你说吧！”

“深圳来了个大老板，要买下制片厂的那块荒地建影视乐园。”

“这与你有什么关系?”

“有关系，今天一个朋友介绍我去兼职设计图纸，他同意给我每月980元，搞得好奖金不封顶。

“980元一月？那以后还有不有时间画画？”卓雅怕丢失艺术。

“卓雅，艺术固然可贵，可先要生存，想到我们欠账，想到添人进口而骤然增加的开销，你就不能‘不为五斗米折腰’了。钱不是万能的，没有钱是万万不能。家里请了小保姆，工资虽说只有100元一月，还得供她吃供她穿，相对我们两口子的工资来说，也是不小的开支。”

卓雅听石恒这么说，自然不敢说潇洒话。她能理解现代文人的“著书皆为稻粱谋”，可在卓雅眼里，只要有一口饭吃，还是要把艺术这朵花培养好。“我不反对，可艺术也不能丢。”

“画室像个蒸笼，谁进得去？天凉了再说吧！”

这餐饭石恒吃得有滋有味，卓雅却有说不清的感觉。

5

卓雅抱着儿子去晾晒尿布，望着挂在尼龙绳上旗帜一样飘扬的尿布，不由苦笑。也许，女人在这排旗帜下变得更像女人。听着长风掠过尿布的哗哗声，她无言地摇摇头。

哄儿子睡觉后，卓雅走进了石恒称为画室、卓雅称为书房的房间。这个两个人共有的艺术天地只有十五个多平方米。一半是一张书桌和三个大书柜，书橱的书基本上属于卓雅，另一半是石恒的大画桌。两个人同时使用这个天地就拉上中间那块墨绿色绒布帘子，房子就一劈两半，各据一方净土。房子的四周墙都是画，一幅紧挨一幅。石恒认为只有看到这些画他才有艺术激情。卓雅生孩子后就很少坐下来创作，那条帘子就很少拉上，整个房间就全让给了石恒。现在石恒怕热，家里又有了小保姆，卓雅就有了重新走进书房的机会。她也不用拉那帘子，整个房间就是她的天地。而卓雅只有在这里，才稍感到一种宁静和踏实。

卓雅顺手拿起书柜里张爱玲中篇小说集，封面落满灰尘，卓雅想张爱玲在我家受委屈了。她拍拍灰，随手翻开《白玫瑰红玫瑰》。主人公振保说，他生命里有两个女人，一个是他的白玫瑰，一个是他的红玫瑰。一个是圣洁的妻，一个是热烈的情妇。也许，每一个男人都有过这样两个女人，至少两个。

石恒已站在她椅子后面，目光从她肩膀上俯视着。接着一双大手握着她的肩，又从她的衣领里一步步向下移，触到了那个敏感区域。卓雅认真的状态被破坏，她无论如何看不下去了。石恒双手一用劲，索性将卓雅托起，搂进了卧室。他迅速脱掉衣服，那黝黑的皮肤在幽蓝的灯光下通体透明，隆起的肌肉一股股向她显示力量，她觉得有一股无法抗拒的东西在体内涌动。很快，他进入了她的体内，他把她带到了一个梦幻的巅峰。卓雅只感到这是她生小孩以来最疯狂的一次，但她没想到这也是他们之间达到极限的最后一晚。

她和他躺在床头。石恒点燃了一支烟，很有倾诉的欲望。

“你图纸怎么绘的?”卓雅也有了好情绪。

石恒将自己坐正了些，“我把影视乐园大门从西边开，西边正好临街又不和制片厂的门一个方向。门是法式门，进门中间一条小河一直流到底，河的两边是青石板铺路，叫明清仿古路，街两边是儿童乐园、吊脚楼、小吃一条街，到最里面是欧式建筑，欧式建筑里一层是游泳池，二层是健身房，三层是卡拉OK，四层是情侣茶座。设计高明吧?”

“你给老总看图纸没有?”

“看了，老总看完，又同几个副老总研究一番后拍着手对我说，好！好！好！我们去量地，你可以马上做模型。”

“你可是从没绘过图纸啊！”

“这很简单，比创作一幅画容易多了。”

石恒很有兴致地谈着老总以及自己的未来。卓雅却想着成家生子后，钢筋水泥结成的家，成了她的出发点和停泊地。红玫瑰那份热烈就永远不如白玫瑰给男人带来的那种长久安宁和幸福。卓雅虽然从理论上不承认这点，她的行动与所有女人没有两样。

6

卓雅星期天待在书房里，构思一篇叫《潜流》的小说。她拿起笔写：那个黄昏，如果没有那场雨，卫坤不会认识小玲的。小玲如果不在那个黄昏散步，也不会遇着卫坤。卫坤看到她的第一眼就把小玲刻在年轻的心坎上了。

卓雅想描写一下城市，突然发现她对她生活的城市提不起精神来，她不喜欢这个城市，竟在这个城市待了八年。卓雅的不喜欢这座城市又说不出理由来，她曾经想只要待久了，就会待出一些感觉来，然而她在这座城市生活了八年还未找出种种感觉。好像只觉得平淡、寡味，像跟一个不痛不痒的人谈恋爱。

手提包里BP机响了，卓雅回电话是一个陌生声音："你是卓小姐吗？刚才是报社记者刘伟呼你，他临时有事走了，他叫我告诉你，他请你今晚去南山宾馆聊聊天。"

也好，去聊聊天，找找灵感。卓雅与刘伟有半年没见面了，看他最近有什么新闻。卓雅冲了个凉，穿上一件宽松衣服上路了。到了宾馆门口，门口站着一大群人，中间站着刘伟。刘伟没一句寒暄，拉着卓雅介绍，这位是同县的副县长，这位是商业局的局长，那位是跟你打电话的兴隆电脑公司的总经理任智，他和你还是老乡呢！卓雅和任智握手有种在哪里见过的感觉。

"好，大家都认识了，上车吧！到南天夜总会潇洒去。"刘伟手一招，停在宾馆前的几部轿车打开了车门。

卓雅坐在夜总会舞池的一边，茶几上摆满了越季的水果。彩灯闪烁，吼着的流行歌曲轰着双耳。刘伟和县长谈县里的经济形势，也和任智聊几句股市的牛股、熊股。刘伟又几步蹿到卓雅身边低声耳语，最近又有什么大作，送我拜读一二。卓雅觉得刘伟真累，像个蹩脚的演员，滑稽可笑。

"卓雅，你不认识我吧，我十年前就认得你，我们还是校友呢？只是我比你高一届。”任智捧着茶杯，望着对面的卓雅。

“是吗？怪不得见面有些面熟。”

“那年五四青年节，你在台上朗诵你写的诗，我在台下听，那时我就想有不有机会认得你，没想到十年以后在这里相遇。你说这是不是有缘？”

“应该说是有缘。”

舞池有几对舞伴翩翩起舞，任智向卓雅发出了邀请。卓雅站起来，应着音乐旋进舞池。尽管是校友，卓雅还是有些放不开，心一急，脚应不上拍子，背也出汗了。一曲刚跳完，卓雅有些气喘。刘伟发现了，马上喊道：“不跳舞了，太累了，我们还包了一个包厢，去唱歌。”

卓雅拿起手提包，任智拉着她的手一走进包厢，包厢的人一齐望过来，然后说：“来，我们给你们点一首‘夫妻双双把家还’。”卓雅有些尴尬，但也没推辞，拿起话筒就唱，唱完后，一一握手与朋友告别。

卓雅噔噔噔走出夜总会。刘伟和任智紧跟下来。

刘伟：“卓雅，出什么事了，怎么突然要走？”

任智：“你怎么就走，不多玩玩？”

“不了，家里有事。”

卓雅招手的士，上车时，任智递上一张名片：“希望下次有机会再见到你。有什么事要帮忙，请打电话。”

“谢谢！”

卓雅自己也不知道为什么突然要走，她只是感觉再待下去会无聊。

7

卓雅上班的这家刊物属文联主管，自然和文联各个部门一块上班了。由此美术、摄影、舞蹈、音乐、文学等艺术人才应有尽有，也格外地热闹。卓雅在编辑部工作了八年，以前和自己在这里苦心经营的八位编辑，下海的下海，退休的退休，借调的借调，如今只剩下主编、美编，和她一个文学编辑苦苦支撑着刊物。快下班时，印刷厂小刘送来了这期刊物的校样，说明天就要。卓雅皱了一下眉头，把校样放进袋里。11万字的稿件，够她一个晚上忙的了。

卓雅去推自行车，发现后胎瘪了，推到传达室门口打气，半天胎还是软软的，再一看，胎被划了一个大口子。谁这么缺德？卓雅火冒三丈，愤愤然把汽筒抽得“噗噗”响。突然，汽筒跟前冒出一双白网球鞋。桌雅抬头，喊了声吴的。

“去你办公室，说你刚走，我就赶快追出来。怎么，车坏了？”

“嗯！不知哪个缺德鬼用刀划的。”卓雅把汽筒一丢。

吴的俯身用手去捏车胎，然后不容回答地说：“你等等，我推去修。”

吴的双手一推，单车推出好远。很快，吴的推着一辆摩托过来了，“单车要明天才能修好。今天就用这部摩托送你回去。”

卓雅望了一眼没有吭声，吴的将帽盔往卓雅头上一罩，然后拿出车后工具箱的备用帽盔给自己戴上，跨上摩托，见卓雅半天没动，回头催促说：“上来呀！我的小姐。”卓雅犹豫了一下，侧身坐上摩托。

“不能这样坐。”吴的把她另一条腿搬成个骑马式，“我车开得很快，你那样会甩下来。如果你害怕就抱住我。”吴的轻巧地跨上车，一蹬油门，车子猛地一颠簸，卓雅身子往前一倾，双手本能地搂住了吴的。吴的脊背宽宽的就像一堵墙横在她面前，她贴在上面就有一种踏实感。卓雅这么想着，有点难为情，想松手又不敢。车子吼着奔跑像腾云驾雾。直到吴的说：“是这里吗？”她才睁开眼连连点头，又有点疑惑：“你知道我家？”

吴的狡黠地笑笑，问：“卓雅，石恒怎么样了，是不是又画了一批新画？”

“他？他可能心思不全在画上，有些事也是没办法的。上楼坐坐吗？”

“改日吧！我不想见你家石恒。”

“你人小鬼大。”

吴的甩甩头发，挥着手吟咏：九月以落叶为风景 /枫枝上读你的紫色瞳孔 /把自己读成/ 紫色雕塑。

卓雅挥手上楼。

卓雅见石恒吃饭时还没有回来，问小保姆：

“石恒打电话回来没有？”

“叔叔打了电话，说要晚些回。”

卓雅匆匆扒了几口饭，一头扎进书房，从书房出来已是深夜11点多。她把校样放进袋里，给儿子喂完牛奶就哈欠连天了。石恒还未回，她想等等，可眼皮往下一耷睡了过去。

石恒推开门，脚步有些不稳。他是被杨总用小车子送回的。

石恒下班去领那980元工资，被杨总叫住一块吃晚饭。那是一个一流的酒店。同去的还有其他公司的几位副老总。那餐宴席让石恒大开眼界，嚼在嘴里的乌鸡、水鱼鲜嫩可口，与家里的粗茶淡饭简直是无法比的。石恒吃的时候注意看了一眼杨总，杨总似乎无暇顾及他，拿起他设计的乐园图纸与几个老总交谈，谈得十分投机。饭后，开车去了夜总会。杨总手一摆，穿超短裙的小姐马上送上了反季水果、鸡尾酒、银针茶，还有空运来的美国提子，琳琅满目。石恒觉得艺术在物质的冲击下简直不值一提。他边将美国提子丢进嘴里边想。

从夜总会潇洒出来，杨总用小车送他。一路上杨总对他说，通过一个月的考察，我们认为你是个有才华的青年，是个干企业的枭雄，应该出来闯一闯，机会难得！当然机会也不是每个人都有的，如果你那边工作不好交代，干脆打个报告停薪留职怎么样？单位如果要出停薪留职费归我公司负担，你如果专职在我这里上班，工资加到1500元。乐园建好后归你总负责。一时间，石恒不知身在何方，人也有些飘飘然，心中有种“士为知己者死”的冲动。

石恒没有开灯，径直摸到床上。人躺下了，却怎么也睡不着，他去摇卓雅，卓雅睡得很沉。石恒兴奋不已，在卓雅耳边叫了几声，卓雅仍然一点反应都没有。石恒就拥到她身上了。卓雅迷迷糊糊地感到有人强暴她，她放声喊，嗓子干涩得只能发出“嘶嘶”气声。她抽身想跑，腿是软的，她用劲挣扎，想给对方一记耳光，却挥不动手。她醒了，眼前是石恒那副变形的脸。

怎么能这样？怎么能这样？卓雅紧咬嘴唇狠狠地想，嘴唇咬出了齿印。这时，石恒已从她身上滚下来，烂泥一堆死睡过去。醒过来的卓雅却怎么也睡不着了。

8

编辑部开会定了个铁任务，每个编辑要完成1万元广告费，回扣是百分之五十。回扣还是诱人的，问题是到哪里去拿呢？卓雅看稿子都在想1万元钱。

贸易公司的电话响了。文联为了搞活，撑起了贸易公司、艺术公司，办班、音乐大赛等，到年终一结账，一人打发100元算增加收入，一问，都说亏了。

贸易公司的人在电话里大谈生意，声音由高到中到低，大约谈了四十分钟左右，贸易公司的人才发出朗朗的笑，也许双方都觉得有利可图，生意谈成了。

他们满意了，卓雅不满意。她注意力无论如何也集中不了。旁边一张办公桌空了三年，是一位同事下海了，已是拿大哥大的总经理了。她无意发现，那张桌子锁着的抽屉里爬出几只蚂蚁。这些蚂蚁朝着一块比自己大几倍的东西从桌子的这一端向那一端运动。当蚂蚁经过一只玻璃杯时，整个形体被夸张放大得像一只黄蜂。蚂蚁是顽强的，它们具有超乎寻常的团结，然而一个小姑娘仅用几口唾沫就能置它于汪洋大海中而使它濒临绝境。卓雅不觉想起儿时，自己曾用唾沫淹死过无数蚂蚁的生命，那时的她好伟大好了不起，能掌握蚂蚁的命运，在天真的恶作剧中，透射出无意的残酷和满足。

日光透过百叶窗反射到办公室，光线一下变得强烈。走廊里的热空气不时溜进办公室转一圈再出去。这时走廊里有各种谈话声：

“你在夜总会唱歌，平均是这个数吧！”

“没有没有，唱一晚也很累，毕竟是第二职业。”

“据说港台来了一批画商，住在哪里？”

“来了不会漏掉你的咯，放心。”

“房子，文联房子怎么个买法？”

“哟，你怎么穿一条纱裙？一点不精神。”会计穿得一身亮地走到卓雅跟前。

“凉快，随便。”卓雅看会计那身，少说也得七八百。会计有个会赚钱的老倌，她自己也在外面兼职会计，进些女人家用的钱。人是不能比的。卓雅400多元一个月，再加编辑费，一起才500多元，穿得好衣又吃不了饭，还有一个半岁儿子喝牛奶。

“最近友谊商场到了一批真丝套裙，只要400多元一套。去买套吧！不要太亏了自己。”会计拍拍她肩膀走了。

卓雅感到有些无聊，拖过一张晚报，先是从本市的一些新闻看起，然后是广告、招聘，有的招聘薪水1000，还有2000的，真是诱人。卓雅想自己要是停薪留职，坐到一家公司里会是什么样子？这么想着，很快文联只剩下她一个人了，她还没有想出到哪里拿广告来。

卓雅关上门回家，电话突然响了，卓雅又打开门，抓起话筒："哪位？"

“你是卓雅吗？我是你的校友任智，你还记得吗？”

“任智？哦！记起来了，是任总经理。”

“忙吗？”

“不忙，只是为广告的事发愁呢。我们当编辑的也要完成1万元钱的广告。”

“我给你做广告怎么样？”

“你想做广告？开玩笑吧！”

“这样吧，我们一块吃晚餐，谈谈？”

“我，我晚上小孩离不开，我明天来你公司怎么样？”

“你明天到南山宾馆来谈。”

卓雅骑上自行车，驶过街口的汽车门窗反射出夕阳的光辉，来来往往的人们一身如金特别生动，自行车铃声一阵阵过去又一阵阵过来。她汇进车流，那飘逸的灰色连衣裙，使很多目光追过来。卓雅大方地朝他们笑笑，一口气骑到离家不远的坡上，然而她再也没有力量往上冲了。

9

卓雅带着杂志和广告合同书，向主编讲了一下，直奔南山宾馆。

卓雅走进606房，任智一身休闲服在等她，茶几上准备了瓜子和水果。卓雅进门就把杂志、广告合同书递给任智。任智随手翻翻：“好，好。我就做你们杂志的封底广告，过几天我叫秘书通知你们来公司拍照。”

“还是校友知道我的难处。”卓雅很感激。

“这没什么。卓雅，这么多年你一直在编辑部干，没想到换一个单位？我看好多文人下海也干得很不错。”

“我也想过，可我能干什么呢？任智我倒想问问，你是学冶金的，在有色冶金研究所干得好好的，怎么搞起电脑公司来了？”

“咳！说来话长。”任智从茶几上拿起葡萄，“来，吃葡萄。”

“你也吃！”卓雅接过葡萄，分一半给任智。

“那年我在有色研究所工作，干到工程师一级了，我丈母娘突然犯病，要开刀住院，要交一笔昂贵的医药费。为了治病借了很多钱，可研究所的项目都没经费开展，常常是工资都发不下哪来钱还债，就这样我停薪留职出来。开始我在一个中外合资公司干，那公司对我不薄，高工资加上完成一笔业务可以提成。我拼命干了两年还清债，还存了一笔钱，后来发现大公司有好多小业务不接，我觉得可惜，就这样我贷了一些款，办了一个小公司，后来业务做不过来就发展几个分公司，几年下来就有了今天的这个样子。”

“你真不简单，我们的校友中没有几个像你这样努力的。”

“谢谢！”

“你小孩多大了，你妻子做什么工作？”

“我小孩六岁。妻子在家炒股，玩麻将。”

“你妻子会炒股？”卓雅一点不懂股，所以感到有些新奇。

“唉！我把妻子从小县城调过来，先想能照顾一下我的生活，谁知她整天泡在麻将桌上，小孩病了也不管，后来小孩进贵族学校后，她又爱上了股票，不分白天黑夜地炒股，哪管我们爷儿俩。”任智抽了支烟，“我虽然事业上成功了，可精神上一片赤贫。有时找一个人聊聊天都找不到。”

“你也不容易。”

“卓雅。”任智激动地握住她的手，“如果有时间，来我这里坐坐，我很想和你说说话，有时听听你的声音也踏实。那天我去刘伟报社，突然发现他的玻璃板下压着你和几个人的合影，我简直要疯了，上帝有眼，终于让我和你在这个城市相遇了。”

“我会常来看你的，今天我本想和你多聊聊，不巧，编辑部等着我回去发稿，我们改日再聊，好吗？”

卓雅不用任智同意，走出了房间。

卓雅回家，小保姆神色惊惶地迎上来，“阿姨你才下班？叔叔好像出了什么事。”

卓雅直奔卧室，有两个小青年守在石恒床旁。“怎么回事？”

“嫂子，石老师下午和吴总吵了一架，吃晚饭时一个人喝闷酒，喝完以后我们发现他出来摇摇晃晃就送他回来了。”

卓雅送走客人，打来一盆热水，给石恒擦脸。石恒喉咙一硬，一口熏人的东西喷出来，溅了卓雅一身。卓雅刚背过身，石恒一把抓住卓雅，嘶哑着嗓子喊：“卓雅，我受骗了。卓雅，狗养的杨总跑了！”

石恒的手指透过她衣服已抓进她肉里，而他眼里冒出的火足可把她燃烧。卓雅忍受着，她是妻子，她有义务分担丈夫的痛苦。

“卓雅你知不知道，我办完停薪留职后，立下军令状20天做完所有模型。杨总说完成模型后可以领5000元奖金和单位停薪留职的5000元。为了报答杨总的恩情，我拼命做模型，半个月关在房里没出门，中途还由于休息不够，昏倒在房子里。我只在医院输了半天液又关进屋里做模型，却不知外面天翻地覆的变化。直到模型完成后去找杨总，才知公司已经改朝换代。会计说杨总去深圳了，不知什么时候回来。我向会计领钱，会计说账上没钱。我等了几天，直到公司开会才知道杨总走了，永远走了。他把这里的一切卖给了吴总，我向吴总要工资和停薪留职费。吴总两手一摊，说杨总没留下话也没留下钱，还说你如果继续留下来为他做事，他给同样的待遇。”

“那杨总去了深圳什么地方？”卓雅也感到很突然。

“我不知道。为了弄清杨总在哪里我打了吴总一个耳光。要不是几个保安拉我回来，事情还不知闹成什么样子。”

石恒像一只蔫茄子，躺在床上了。

石恒怎么办，他向单位怎么交待？一个画家一旦离开了自己的画板就会找不到自己，会变得自己什么也不是。卓雅明白这些，一时又找不到合适的语言来安慰他。卓雅能做的只是抱住他，反复说：“你还是回来上班，画自己的画吧！”

夜色从长长的窗幔透进来，只见黑暗中，石恒的喘息显得越发地沉重。卓雅双手放进他的手心，轻轻地拉着。她记得石恒曾经对她说过，在他心慌意乱的时候，只要卓雅拉住他的手，他就感到踏实有力量。然而卓雅拉住他手的一刹那，心里感到一阵难受。卓雅想，当我心身疲惫的时候又有谁来拉我的手呢？卓雅似乎看到她的情感正抛向一片沙漠，未来有如一种无法抓获的空虚。

10

冬天在不经意中匆匆走来，横在卓雅和石恒面前的是刚过秋的萧条又面临冬的寒冷了。这个冬比以往冷，卓雅围上那条从鄂尔多斯大草原寄来的纯白羊绒围巾，似乎挟着草原的风送来喃喃私语：亲爱的朋友，南方的冷不会像北方，如果你感到冷就围围它吧，它会给你温暖的！卓雅双眼湿润了，她感到他仍在等她，在等一个不会给他结果的女人。

卓雅坐在书案前想继续写那个小说，却写得有些不顺，百无聊赖地翻着桌上的画册，那是石恒在北京美展作品的摄影。作品的照片还在，而墙壁上的作品如风中柳絮，四处飘零了。门被推开，“嗖”的一股冷气袭向全身，卓雅不由一阵哆嗦，不用回头，她知道背后是谁。

“你还能静心画画吗？”

卓雅这句话唤起石恒某种冲动，一种久违了的创作冲动在这个黄昏出现。石恒走近画桌，一声不吭地在卓雅身边铺开宣纸，举起毛笔，手腕悬空，双唇紧闭，几笔勾画出一个裸体男人面对一个裸体女人。就在他画最后一笔的一刹那，他望望空空如也的四壁，苍白的脸上掠过一种恍如隔世的沧桑。卓雅就在那苍白的脸上仿佛看到了象牙塔坍塌的废墟。

石恒将笔一甩，摆出一副大义凛然的样子，“不画了。我要独立办一个公司。”

他向目瞪口呆的卓雅解释说：“文人下海，要发挥一技之长才行。这几天我老在考虑自己做什么合适，终于找到了自我价值实现的最佳途径：办广告公司。”他眉飞色舞的脸上眼睛盯着远方，远方好像有一堆金子在那里闪闪发光，只等他伸过手去。卓雅定定看着他，似乎看到一个执意往死胡同奔跑的人。世界上有很多女人想改变男人，也有很多男人想改变女人，事实上谁也改变不了谁。卓雅一言不发向厨房走去。那里有一堆碗要洗，小保姆抱着小孩就不洗碗了，洗完那堆碗后要给儿子洗澡，然后再去写那个小说。

石恒并没有因卓雅的含糊而失去信心。他毕竟是个有名气的画家，依他的名气才气很快得到社会承认。省里一个总公司同意他承办一个下属广告公司，总公司拨两万元作为开办费，并提供房子与办公用品。

石恒情绪亢奋，早上一起床就站在镜子前，将头发一绺绺往后梳，喷上摩丝，然后换上那套很少穿的隐格西装。蓝红相间的领带打在白衬衣上，一反那不修边幅的艺术家派头，对卓雅说了声："我走了。"

以后，卓雅不断接到他的电话。"有事中午不回来""走不开""晚饭不回家吃了""一些事未办完，要晚些回，你和儿子早一点睡。"……石恒越回越晚，卓雅的睡眠也越来越少。石恒半夜回来，草草洗漱，匆匆爬到上床就像个刚爬上一座高山的孩子，疲惫不堪地蜷缩在她的身边。

一天，石恒带回三个男人。他们一进屋和卓雅点点头，算是打招呼，然后钻进了画室。

卓雅从保姆手里接过儿子，吩咐泡三杯茶过去。自己就站在门边，听见里面笑语不断："这幅画我喜欢，挂到我那大客厅适合。"

"这幅只怕有10米宽吧！这么大幅画，怎么也裱得这么好，我拿这幅。"

"我喜欢这幅群山的。"

他们手里都捏着个大卷筒。石恒送他们出门时心虚地往外屋瞧瞧，卓雅正张着大眼睛望着他。石恒扬扬手中的画卷："回来再说。"

卓雅赶紧进画室，壁上三幅画取走了。卓雅清楚地记得，这三幅画是他的命根子，是他的灵感之泉。

卓雅一屁股坐在凳上。

石恒送走客人进门来，轻轻绕过卓雅身边，拦腰抱住她："卓雅，我跟你说，与将来要成就的大事相比，那些画真的算不了什么。现在我办公司，许多方面要仰仗他们，画嘛，今后可以再画。"

"这可是你的心血啊！"

"这算什么，这只能是我利用的工具。"他见卓雅还要说什么，急急说，"舍不得孩子套不住狼。我办公司也是为了这个家，为了我们的孩子，我们两个穷搞艺术的不想办法，只能守一辈子穷。"

卓雅从牙齿缝里挤出几个字来："我不管，我不准你从家里拿走画。”

卓雅对石恒的画看得比自己什么都重要，这一点，石恒不会明白，其实连她自己也没弄明白。也许与她从小爱画，与石恒恋爱中又有一半是喜欢他画的缘故吧！

“好。我听你的，再不拿了。”

石恒抽身走了。

11

石恒带回了一个令人欣慰的消息：他筹办的金梦广告公司成立了。石恒递给卓雅一张名片，名片上的“青年画家”头衔上罩着总经理兼业务主管的字样。名片烫着金边喷着香水，很是气派。

这天，石恒带回了三个男人，一进门就说：“卓雅，晚餐多煮三个人的饭。总公司的几间办公室还未安排好，先在家里谈一些事情。”

卓雅放下写着的小说，赶紧进厨房了。

一餐丰盛的晚饭摆在桌上，石恒拿出一大瓶卓雅为他泡的蛤蚧酒。桌上的四位食客连好吃都顾不上说，只顾低头吃，吃得满嘴流油。直到一个个打着嗝，捧着茶，拿着牙签剔牙时，才腾出嘴说话。

“石恒，你大胆干，我们为你卖命，不出一年，为你妻子买部小轿车是没问题的。”三双眼睛直直地望着卓雅。

卓雅避开他们的眼神，去收拾桌上的碗筷。

石恒经不起赞扬，脸上红滋滋地说：“弟兄们努力，大家发财！”

这餐饭在发财上打上一个句号。

以后卓雅下班回来，见他们几个坐在沙发上，好像专等卓雅的晚餐。石恒像一个虾子弓在门边，胡子拉碴的，像一个小老头。卓雅感到商海这个巨大的磨子压着他，他一天天在萎缩，变小，只剩下一个空壳了，她觉得自己应该为他承担点什么。

卓雅从编辑部借回200元，小保姆说："阿姨你中午不回来，叔叔让你放一些钱在我手里，给公司人做中饭。"

几天下来，装米的大铁桶底朝了天，那瓶15斤装的药酒也只剩了一些药渣渣。卓雅想，这样还要坚持多久呢？卓雅也发现，他们在一块并非有那么多的大事要商计。家里既是公司，又是食堂，还是聊天喝茶看电视的俱乐部，石恒似乎很难控制这局面。每天他们很晚才走，他们一走，石恒精疲力竭倒床酣睡，把一屋子的烟屁股和瓜子壳扔给卓雅收拾。

卓雅收拾房子时把石恒画桌上的画笔和颜料收拾到画柜里，反正他没时间画画了。卓雅打开柜子，发现柜子空了，在北京参加画展的80多幅画已经所剩无几了。

"石恒，你的画呢？"卓雅大步跑进卧室。

没有回音。

卓雅拼命摇他。

"为公司成立跑工商局、税务局、上级领导送人了。"石恒一脸烦躁。他背朝着她，又睡过去，

"你这败家子，怎么不把你人送掉！"卓雅将他一推，石恒整个人滚下床，额头撞在床角上，划破一条口子，石恒一摸，出血了。"你，你，你少管老子的事，你这臭娘们儿。"

石恒又爬上床睡过去了。

"你骂人？"卓雅气乎乎地站在他面前，半天没有回音。卓雅见石恒一声不吭，又一脚踢过去。石恒猛然坐起，像一头发怒的狮子扑过来。卓雅自知过分，赶紧跑回书房，砰的一声关上门。

卓雅呆坐在四壁空空的书房里，眼睛向一面空墙望去。那里曾经挂着一幅画，有山有水有云有土的《永恒》。这是一幅曾经给他和她带来美好憧憬的画，高傲得像公主样的卓雅也是因这幅画走近了石恒。

那一次美编小张把石恒带到她跟前，要石恒给卓雅刊物插图，卓雅递过插图的稿件，简略说了一下插图的要求，在整个过程中，

卓雅没有发现石恒让她亲近和特别的地方，自然也不愿意向他多投去一眼。石恒再来送插图时，将一份请柬悄悄夹在图里面。卓雅在编排插图时发现了一张市群众艺术馆美展的请柬。卓雅学过美术，也疯狂画过一阵画，于是这个叫石恒的名字引起了她的注意。

那是个星期天，卓雅穿一条银灰色真丝裙走进市群艺馆，她首先看到的是石恒的《永恒》。卓雅眼前立即展现出一个充满梦幻、神秘和诱惑的世界。那造型符号奇特，特别是灵性十足的小树杈令人想起京剧中的兰花指，那些兰花指奇怪地在她心中活起来。她在搜寻石恒，石恒落寞地站在他的另一幅太阳画底下，独自承受那逼人的光芒，困顿的眼里是不熄的火花。卓雅拽了一下飘逸的连衣裙，突然涌起想抱住他的渴望。她感到一股无法制止的情绪像洪水般在她心中恣意流淌。

离开艺术馆的路上，石恒给卓雅推着自行车，选一些行人稀少的地方走。卓雅说："你那幅太阳画吝啬色彩怎么吝啬到那个程度？整个画面与'绿'无缘，只感到那圆圆的太阳像火球挂在上面，给人炙热。难道你要用火的色彩宣示你与命运抗争的气魄？"石恒莫名一笑，说出一句并非幽默的话，他说它是他童年和少年的写照。他给她讲述了他童年的故事。当石恒再给她讲起他的青年故事时，卓雅成了她的妻子。

如今，那些画已不存在了，石恒也离那种情感越来越远。

12

卓雅接到任智秘书的电话，要她去拍广告。卓雅带着美编小张去兴隆电脑公司。小李守候在门前，"刘总开会去了，由我来协助你们的广告工作。"

小张拍公司全景时，卓雅坐在办公室翻小李找来的资料，她发现任智这个企业从管理、用人都是很科学的，而且是一个很有前途的企业。卓雅把产品的合格证书、获奖证书和他在省里评的劳模证书要小李都复印一份，这都是广告要用的材料。卓雅刚把这些材料装进袋子，小李递给卓雅一张万元支票，卓雅接过支票，心里有些激动，这张支票太及时了，可以说是雪中送炭。这张支票可以拿5000元回扣，用这5000元去交石恒的停薪留职费，石恒也许会好受一些，石恒已在床上躺了三天了，不知用什么办法让他振作起来。

“卓老师，你还有什么要求吗?”

“没有了。其实用不着这么早开支票，广告出来了开也不迟。”卓雅发现自己有点失态，赶紧补上这番话。

小张拍完广告进来，同卓雅说了声有事先走了。

小李说：“卓老师，刘总散会了，他在南山宾馆备了饭菜等你，我已备好车，请你在楼下上车。”

卓雅走进606房，房里的小方桌上，摆了一碟基围虾、红烧蛇片、拔丝香蕉和一盆汤。卓雅在他对面坐下。任智赶紧将自己的凳子拖过来，与她并排坐下。“今天要喝一杯酒。”任智给她倒了一杯五粮液，同时给自己也倒了一杯。卓雅用手捂着杯子。

“就喝一口吧!”说完自己先喝了一杯。任智又给自己倒满，卓雅为了表示意思，喝了一口。

“这样吧！你不喝白酒，就喝红酒。”任智打开一瓶法国梅洛红葡萄酒，给她倒了一杯。任智举起杯子和卓雅一碰，一口喝完，又给自己倒上一杯。“我好长时间没这么高兴过了。”

卓雅说：“你还能行吗?”

任智又喝完杯里的酒，舌子打颤地说：“行，行，行。”

卓雅拿过他的酒瓶：“你不是想和我聊聊吗？你这样喝还能聊吗?”

“卓雅，你不了解我，我心里有多苦。”

“任智，我刚才看了你的材料，在我们学校中没有几个像你这么有成就的。我佩服你。你能谈谈你这几年的创业史吗?”

“你愿意听吗?”任智眼睛重重地落在卓雅身上，卓雅身上冒汗了。

“任智你不愿谈就算了。我能帮你做点什么？你帮了我这么大的忙。”卓雅避开他火一般的眼神。

“你能帮我，只有你能帮我，不但能帮我，而且能拯救我。自从夜总会见到你，就感到只有你能拯救我。”

“我只怕没有这么大的能力。”

任智突然把卓雅揽进怀里，“你有这个能力，只有你有这个能力。卓雅，请不要拒绝我，我太苦了，我和我妻子已半年没有那种生活了。”

“任智，你喝醉了。”

“我没醉，卓雅，我们现在认识是不是晚了一点，但我可以用我的全部生命来赔偿。”

“任智，对不起，我实在不能这样，我不能欺骗你，也不能欺骗我自己，我对你还没有这种情感，这样对你我都不好。”

“我不逼你，我等你，我们可以慢慢培养感情。”

卓雅从他怀里挣脱出来，“任智，你需要冷静。我走了。”

离开宾馆，卓雅径直去了兴隆电脑公司，对小张说：“这张支票暂时放到你这里，广告还一时安排不上。”

卓雅走出公司大门，长长嘘了一口气。但一想到任智的精神状态，又轻松不起来。

13

“卓雅，今天我们早点吃晚饭，我有个应酬，你陪我一块去。”石恒告诉卓雅，公司打听到有一批健身器广告可以做，计算了一下，如果能成功，公司至少能赚三万元，不过这要私下交易。在石恒手下做事的杨老总打听到信息，说这事只要省委一个老干部点点头就行，省委这位老干部在他那里兼顾问。他们还打听到，这个老干部是个收藏迷，收藏书画、古董什么的，业余时间还喜欢拿起毛笔扫几下，画些冬梅夏竹。石恒想拿一幅画当敲门砖，去打通那位老干部。

石恒信心十足地卷着自己一幅画，带着卓雅去省委。一路上石恒开玩笑说：“身边有这么漂亮的小秘，我一定会财运高照！”

“你位置还没坐稳就想到小秘了。”

“有你在不敢想。”

“贫嘴。”

找到老干部家，老头子见是省里著名青年画家来了，且手里卷着画，高兴得不得了。他把石恒拉到沙发上坐下，安排卓雅和他妻子到里屋聊天。他像遇到了知己，他们从西洋画到国画，从卢浮宫到敦煌壁画，从齐白石到刘海粟。石恒一谈到这些就把什么都抛到脑后。石恒觉得老头子知识面广、艺术品位高。老头子觉得石恒有前途，后生可畏。直谈到深夜才恋恋不舍分手，并约定有机会再谈。

“石恒，你今天找老头专谈美术?”出门后，卓雅问。

“啊!”石恒猛捶一下脑袋。

第二天，石恒又赶到老干部家。偏不凑巧，老干部带妻子儿女回老家度假去了。一笔生意泡汤了。

石恒卷进生意场的日子，卓雅看见的不是钞票，而是令人战栗的陌生与狂躁。

卓雅没有像平常那样大包小包地提菜回来。她简单炒了几个菜，把饭菜摆到桌上，带儿子进屋睡觉去了。石恒见桌上无酒，菜也少了荤菜多了小菜，脸上有些架不住，他黑着脸下楼买了一瓶酒上来，可几个老总都用手按着杯子表示不喝。石恒的脸再也挂不住了，大声叫：“卓雅。”

石恒叫了两遍，卓雅才出现在石恒身边。

“这菜怎么吃饭，快去炒两个下酒菜来。”

卓雅站着不动。

“你怎么站着不动。”石恒把筷子往桌上一砸。

“好！我给你去炒，我给你去炒！”卓雅把桌子一掀，“哗啦”

一下，客厅里像丢下了一颗炸弹。

“你，你……”石恒抓住卓雅就打，被几个人拽出门。

房里一片狼藉，小保姆抱着儿子不知什么时候出去了。家里出现了从没有过的安静，她思想一片空白，只感觉冷，一种彻骨的冷。但却又有一种轻松，沉重的轻松。

14

刊物临时抽出两个版面，换一篇报告文学。卓雅留下来修改报告文学。卓雅修改得不耐烦，那是什么报告文学，纯粹是一堆材料，自己写一篇还来得快些。卓雅从办公室出来感到头很重，一看表11点了。赶快回去睡觉吧，明天一早还要赶到印刷厂发排。卓雅骑车穿过一扇扇紧闭的门，到家门口已一身汗了。小保姆焦急地站在门口张望，看到卓雅，赶紧迎上来。

“阿姨，冬冬不见了。”

“你说什么？”

“我去看电影，把冬冬放到裁缝店刘姐家，看完电影去接冬冬，刘姐和冬冬都不见了。”

“我不在家，你怎么能丢下冬冬去看电影呢？和谁去的？”

“我——我——”

“还待着干嘛！还不去找。”

电话响了，是吴的。

“听你保姆讲你今晚加班，——怎么没声音？听见没有？”

“儿子不见了。”卓雅嘶哑着声音。

“什么？卓雅别急，等我。我马上就来。”

卓雅站在大路上等吴的，吴的摩托还在一百多米处，卓雅跑上去，吴的一个猛刹车，“现在我们去哪里找？”

“先去舞厅吧！”卓雅坐上摩托。

吴的车开得很快，卓雅紧紧抱住吴的，身子还在发抖。吴的空出一只手来握住她的手，“不会出问题的，卓雅。”

卓雅和吴的一家家歌舞厅找，找了几家仍不见人，卓雅心蹦起老高。卓雅今天编的一篇稿子就是拐卖儿童的纪实文学。

“卓雅！”吴的捏着她的手，手冰凉，“不会有事的。”

“已经出事了。”卓雅声音有明显的哭腔。

吴的看了看表，12点多钟了，“我看先回去看看，说不定已回去了，如果不在家，我们再作安排。”

“我听你的！”卓雅已失去了主张。吴的刚说完，前面走来三个黑影，“卓雅你听有小孩的声音？”

“冬冬，是冬冬。”卓雅从摩托上跳下来，喊着冬冬。她跑上前抱住冬冬，对刘姐说：“你带他去哪里了？我们好找。”

“我们看电影了。”那刘姐小声回答。

“你怎么不打个招呼呢？要是出了事，谁负得起责？”

“我两个朋友临时送票来，是晚上10点多钟的，当时小保姆又不在。所以我只好带冬冬去了。”

“好了，总算找到了，时间不早了，回家吧！”吴的打着圆场。

吴的把卓雅送到家门口，把冬冬抱下来。卓雅一脸疲惫，勉强送了个笑容。

吴的盯着她的脸看：“卓雅，你最近发生了什么事？这么憔悴！”

“没有。”卓雅背过身去。

“没有？你为什么躲着我？”吴的扳过卓雅双肩，“看着我回答。”

“我为什么要躲你！我的事你不懂。”

“你难道对我一点感觉都没有？你是不敢正视你自己，你看你把自己搞成了什么样子，看了真让人心疼。”

“我的事你管不了。”

“我只希望你快乐。我读了你最近发表的几篇散文，感到就像你的脸一样苍白无力。我希望看到过去那个充满自信的女作家。”

“吴的——”

“好吧！我不问了，你上去吧！”

吴的向她招手，嘴里吟哦：十二月夜长无梦 /你袒开真实的胸怀 /让我在你的胸怀里 /蜷曲成一颗原始胚胎。

那天晚上，卓雅看到吴的招手的样子特别生动，眼睛特别亮。

15

卓雅埋在书稿里，感到那一排排字像一排排影影绰绰的爬虫，头脑木木的。石恒有两个月没有回来，卓雅两个月失眠，整天整天地陷在烦躁和不安中，她没有向朋友倾诉的习惯，这种事也没有必要向外张扬，她一个人默默地承受忧郁，感到体力精力透支的厉害。她强打起精神编完稿子，起身去卫生间时眼睛一黑，头撞在书柜角上，眼角立即渗出了鲜血。

卓雅再坐到编辑部时，脸上出现了一条明显的口子。

“卓雅你怎么啦？是不是和石恒打架了。”同事小张来拿稿件。

“没有。”

“还瞒呢，你眼角都有被人抓的血痕。”听小张一嚷，另外几个同事也跑到卓雅办公室。

“如果石恒欺侮了你，我们帮你打他一顿。”

“你看我是个被欺侮的人吗？”卓雅勉强装出个笑容。

她这一笑，同事们更加盯着她脸不放过。卓雅知道，编辑部近来发生夫妻打架的事，前两天，有一个家属举着菜刀上编辑部告丈夫的状，说用这把菜刀结束他丈夫。这几天又有一对夫妻互相怀疑对方有第三者而离婚。同事们对别人夫妻间的事好像特别关心。

卓雅突然一阵烦躁，几乎叫了起来：“你们看什么？如果真的和石恒打一架才痛快呢。”同事们面面相觑，一个个走了。

同事一走，卓雅把桌子的抽屉推进抽出，抽得一片响。卓雅倒真想和哪个打上一架才好。挨到下班，卓雅拖着软绵绵的身子回到家。小保姆迎上来，惊讶地问："阿姨你没给冬冬买蛋糕呀！说不定叔叔也会回来给冬冬做生日。"

哦！今天儿子周岁生日，石恒也回来？两个月没回家的游子也要回来了！卓雅锁好自行车，跑到商场，先为儿子买了一盒蛋糕，然后拐进菜场买了一只鸡，还配一些其他菜，都是石恒喜欢吃的下酒菜。石恒喜欢喝卓雅的乡里谷酒泡药，卓雅又泡了一大瓶，只怕那枸杞子和红枣已把酒泡成红颜色了。

天上一片灰蒙，给人的感觉干冷干冷。卓雅夹紧围巾，提着大包小包往回赶。回到家还未等她坐下来就闻到一股烟焦味。这是哪来的味？她发现一床尿湿的被子放在电烤炉上烧焦了，她几步蹿上去拔下电源。

"呃！给你说过多次了，电炉上不能直接烤被子，会着火的。"卓雅揭开被子，已经几个大窟窿了。卓雅又发现儿子在桶里玩水，一双手和衣袖浸在水里，嘴巴乌青，鼻涕满脸，裤裆里全湿了。卓雅不由得火气上涌。但她又忍下去了。今天是儿子的生日，开心些！卓雅倒水给儿子洗澡换衣。这时，小保姆才从里屋的电视机旁跑出来。小保姆见卓雅在招呼小孩，自己就下厨房了。

快6点的时候，卓雅已做好一桌丰盛的饭菜。儿子迫不及待地拿了一只鸡腿，卓雅望着儿子，儿子转动着一双小眼睛，一个翘天鼻一副天不怕地不怕的样子，这个样子时刻提醒卓雅儿子父亲的存在。

桌上的菜凉了，卓雅端去热了一次，时针敲响7点时，楼梯口仍没有响起她熟悉的脚步声。卓雅叹口气说："我们吃，不等了。"卓雅点燃蜡烛，然后切蛋糕，每人碗里放一块，给石恒的那只空碗里也放了一块，自己没有胃口吃蛋糕就装了一碗饭。卓雅夹块鸡肉放进嘴里嚼，结果是一个鸡食袋子，满嘴都是沙子、草、霉米和小虫子。卓雅一阵恶心，不停地呕吐，苦胆都呕出来了。

"你这做不得事的，把食袋子也炖进去了。"卓雅筷子一摔，跑进厨房洗刷。

"我——我——我……"小保姆淌出了眼泪。

卓雅从厨房出来，终于找到了发泄的对象，“我什么！你是不是不想干了，不想干了就滚。”

小保姆把筷子一放，眼泪汪汪跑进卧室。接着儿子也一颠一颠跟进去。

“好，你们都不吃了，我收场，收场。”卓雅砰砰地把碗碟一个个叠起来，叠得很高。进厨房撞到门角掉下一个碗，一声刺响。卓雅更烦了，索性把手里的碗砸在地上，全部粉碎。

走吧！都走吧！都走吧！卓雅把自己重重地摔在沙发上。卓雅从来都觉得自己是一个非凡的女人，可当她撞在现实的黑墙上却又无能为力。她企图改变一切，却发现一切都不能改变。企图毁灭一切，却发现一切都不能毁灭！拼命撕扯的，只有自己的灵魂。现实的孤独与痛苦，对于卓雅来说比想象中的更残酷些。有时，她真想逃避，真想在道德上做一种不义的选择。

16

双休日，卓雅因昨晚的心情不好还赖在床上。小保姆背个袋子站在她床边，“阿姨，我家里有事，要我回去一趟。”

卓雅知道她还在生她的气，也不好说穿，就给了一些路费钱，叫她快去快回。

小保姆走了，卓雅就不敢再赖在床上了。她把儿子散在地上的玩具捡到一个箱子里，然后准备儿子的早餐。

电话铃响了，是吴的打来的。他们去月亮岛游船，问她去不。卓雅没好气地回答他，我哪有你洒脱，丈夫不在，小保姆走了，我要带小孩，洗衣，搞饭吃。

卓雅放下电话，就去清洗衣服，她想趁儿子还没醒先把厕所洗了再洗衣服。她走进厕所把龙头打开，结果龙头打开就关不上了。她找来一把钳子拧，怎么也拧不紧，水哗哗地把儿子也吵醒了。儿子拼命哭，卓雅心里烦，这一下她老想骂人又没有对象。她丢掉钳子，满头大汗地去抱儿子。她给儿子喂过早餐后，把儿子放到沙发上，再看卫生间，已水漫金山了。她拿起电话拨114，问自来水公司的电话号码。等找到自来水公司要他们派一个修龙头的人来，他们说没有这个业务。这时儿子又哭了。水的哗哗声，儿子的哭闹声，卓雅烦躁得不能自已。再看儿子，他已哭得脸色发紫。就在这个时候门敲响了，卓雅从沙发上抱起儿子去开门。

"吴的！你不是去月亮岛玩了吗？"

"你不去我还去什么？"吴的从背后拿出一束玫瑰花，"周末快乐！"

卓雅接过花脸就红了。她从没收过玫瑰花，虽然她是个作家，虽然在电影里文学作品里看过无数男人送花的浪漫镜头，轮到她还是第一次。卓雅捧着花，心里涌动着一种情绪。

"要我一直站在外面吗？"

"哦！进来吧！屋里很乱，我不知道你会来。"

吴的换了鞋子问："卫生间声音怎么这么大？"

"水龙头坏了。"

吴的走进卫生间旋即又出来。他奔出门，随后听得"轰"的一声摩托发动的声音。卓雅还在发愣时，吴的提着一个新龙头进来了。他捡起地上的扳手，几下就换好了龙头。吴的一身透湿从卫生间出来。卓雅一阵感动，"你冲个澡吧，我去找一套衣服。"

卓雅打开衣柜，想找套石恒的衣服，心里又有些犯急，不知他能不能穿，他比石恒高。

"卓雅——你这热水器怎么只有冷水？不出热水？"吴的在里面喊得很急切。

"不可能的！不可能的！"卓雅说着"不可能"就丢下衣服，推门进了卫生间。

"啊——"吴的已一个裸身在里面。卓雅以为吴的说没热水还未脱衣。吴的也不知道卓雅会突然进来："卓雅我——"吴的见卓雅双手捧着脸，转身就走，轻轻拽住她的胳膊，大巴掌又伸过来握住卓雅的手，握得热烈而坚定。卓雅闭着双眼，身子不停地颤抖。吴的轻轻一拉，他把卓雅拉到了怀里。“卓雅，我爱你！”吴的在卓雅耳边说得很轻很温柔，眼睛里的光却像火一样灼人。卓雅僵在他怀里，吴的一粒粒松开她的衣扣，动作勇猛而果断。当一团白光出现在壁镜里时，卓雅突然看到了壁镜里的自己，她惊叫一声，用力推开吴的，跑出来，把自己紧紧关在书房里。

吴的一身疲软地离开了卓雅家。

小保姆去了五天才回来，卓雅在家里请假带了三天小孩，她想说小保姆两句又怕她再冲气回家，要是这样，她又得请假，假请多了编辑部要扣她奖金。

卓雅把家交给小保姆有种如释重负的感觉。

卓雅回房换衣服，发现玫瑰花瓣蔫蔫地耷拉着，她把花拿出来，灌了一杯清水再插到花瓶里，想了想，又在花瓶里放了一勺盐才匆忙出门。

卓雅在编辑部还没坐稳，小胡送来了这期校样。卓雅打开校样就看到吴的的诗。吴的在这期开了个专栏，按主编说诗是文学的精血，主编写过很长一段时间的诗，现在人老不写了，但他很欣赏吴的诗，说他是见到的诗人中最有才华的一个。卓雅摊开了吴的诗校样，准备先读一下他的诗。

小胡说：“吴的的诗写得真好。可是吴的出事了。”

“出什么事了？”

“前几天他一个人在一家店里喝酒，喝到打烊时他还要喝，喝得人事不省了。他被一个女人拉进出租车，拉进了那个女人家，后来女人的丈夫回来了，把他狠狠揍了一顿，还告到学校去了。”

“怎么会是这样？”卓雅的心快蹦到喉咙口了。

“其实吴的什么都不知道，酒醒时才发现睡在一个女人身边。据说他这次评副教授就为这事泡汤了。”

小胡走了。卓雅心里突然冒出一句话：当一个人往一个方向走，行不通时，就会出现枝杈。卓雅没有心思看校样了，她合上校样时，脸上挂满了泪花。

17

卓雅楼下死了个老头，鞭炮声和哀乐声夹杂着流行歌手，在无奈的苍凉中呐喊。卓雅想，一个人就在这种呐喊声中走了，彻底走了。这老头前天还在买菜，卓雅了解这个老头，他当过兵，上过朝鲜战场，后来也当过官。从北到南，在成为老头之前，有过许多辉煌，而今天照样说走就走了。卓雅又想，这个老头生前刻骨铭心地爱过吗？可爱又怎么样！照样是“如花美眷，似水流年”，照样是花开花落，新来老去。留在泥地上的印迹被后来者踏没了，被岁月的雨水冲平了，留在亲人心目中的影像也日渐模糊，像散向天空的烟雾，越散越淡越散越淡，终了，淡成了一个“无”字——其实连这么一个字也没有，什么也没有。

这真是人生莫大的悲哀。

已是深夜两点了，卓雅还迷迷糊糊想着这些。一阵电话铃吓了她一跳，半夜会是谁呢？卓雅抓电话的手有些犹豫。

“是石恒家吧！”

“是，哪位？”

“我是印刷厂保卫科的小肖，你家石恒欠我们1.5万元的印刷费，如果两天之内不还清，我们就打上门来。”

“怎么回事？能不能说清楚一点。”

“石恒欠我们的印刷费，说是等木工厂的广告费来了就给我们。结果木工厂用3万元的五夹板抵了账。石恒把这些木板批给一个建筑包工头，这个包工头说明天送钱来，结果半个月没有人影。我们的印刷费等不得了，年底要关账，石恒必须想办法还清。”

卓雅拿着话筒，呆了半天。她的心被一种难以忍受的自责所抓住，那天她要不是掀翻那桌菜，他不会出走的。她在他最需要支撑和安慰的时候把他气走了。两个多月来，没有给他打一个传呼让他回来。如果让他回来，共同商量，也许不会发生这些事。虚荣、斗气、自尊害了他也害了自己。卓雅在一遍遍研究他离开这个家的性质，仿佛他的种种危险是她一手造成。她仿佛看到几个青年端着刀冲进她家，乱挥乱砍。

卓雅内心深处荡漾起对石恒的不尽怜爱。石恒到了山穷水尽的地步，她再不能无动于衷了。卓雅东挪西借也要帮石恒还清这笔款，但是往哪里借呢？她把所有的朋友从脑海里筛选一遍，得出的结论是，她的朋友都是舞文弄墨的，拿不出几个子儿，而借得起的几个朋友，又担心你这舞文弄墨的还不起。

卓雅想到了家，只有回家向父母开口了。第二天一早，她准备去赶早班车。她望了一眼儿子，觉得儿子脸红得有些不正常，用手一摸，烫人。卓雅抱起儿子往医院跑。医生说小孩已烧了很长时间了，怎么才送来，很危险，要住院观察。卓雅守在观察室，儿子高烧两天未退，卓雅觉得一个人无法承受，心急火燎地跟石恒打传呼机。

石恒未回电话，却被横抬着进了医院。

石恒摔折了两根肋骨，躺在病床上动弹不得。卓雅望着石恒有种说不出的陌生感，她觉得自己也陌生了，她自己找不到自己了。那个天真烂漫、生活得单纯的卓雅已经粉碎，生活重新塑造起来的是一个陌生的卓雅。

卓雅在医院门口张望，晚饭过去两小时，还不见小保姆送饭来。其实卓雅见小保姆从家里回来就感觉有些不对，是怎么个不对卓雅又没心思细想。她又转到病房，石恒这边喊“哎哟”，儿子那边喊“妈妈”。卓雅想到的是责任，除了责任外，卓雅没有一点情绪安慰石恒了，她自己甚至都需要哪个来安慰才好。卓雅把孩子托给一位病友，自己急匆匆往家赶。

卓雅在繁华的路段上，迎面碰上她从前的一个女友。女友光彩照人，亲热地叫着卓雅名字：“卓雅，真想不到碰见了你这位女作家。”

卓雅一怔，她不敢认这位女友了，那副雍容华贵的派头简直令她惭愧。她想自己只怕变成老太婆了，她从女友惊讶的脸上感觉出了这一点。

卓雅很不自在地与女友寒暄了几句，急急告辞。卓雅赶到家里，感到有些不正常，喊一声小保姆，无人答应。她跑到厨房，冷火冷灶的，跑到书房也不见人影。只见书房放照相机的抽屉打开着，照相机不见了；跑到卧室，卧室小皮箱打开着，那条项链不见了，只剩了一个首饰盒；再看那敞着的衣柜，那件卓雅平时舍不得穿的红黑格子呢外套也不见了。卓雅腿一软，眼睛一黑，再没有力气检查东西了。她忽然觉得什么都不想做，什么都不重要，她只想躺下，好好睡一觉。于是，她摸到卧室床上躺下，没有开灯，月光映在桌上那幅裸体男人和裸体女人的画上。

生活照样进行着。

铺满沙砾的大戈壁

一

不远处一位年轻干警朝我走来，你是薛子汉吧！我点点头。他握着我手说，我是大红山派出所来接你的干警沙其垒。我打量这位即将成为我战友的沙其垒，一米六五的个子，宽背肥腰，脸上紫黑，一双鼠眼；塌鼻梁下的扁嘴巴，笑得像一个歪茄子，杵在地上的双腿像是两截树墩，放裤腿边的两只手像十根粗短不齐的红萝卜。我想，他爹妈制造他时是不是草率了一点。

我弓身坐进吉普车，沙其垒脚踩油门，半个屁股坐在驾驶员位，手转动方向盘，车一溜烟驰出市区。我问沙其垒入伍几年了。沙其垒说，我是2005年的内蒙古兵，到现在三年，在你面前算是老兵。我说，看年纪跟我差不多。沙其垒说，我是高中毕业的兵呀！

沙其垒把车拐进一个集贸市场刹住，对我说，下车，买菜去。我说，菜要从这里买？沙其垒说，不买菜，三天下来，所里要闹菜荒了。我问，当地不种菜？沙其垒告诉我，我们生活的地方雨水少，年降水量二百毫米，蒸发量却达四千毫米，根本种不出蔬菜。

沙其垒把车后座和后厢塞满萝卜白菜土豆蒜头，“嘭”地关上门，说，我们回派出所。车拐出菜市场往西方向走。沙其垒哼着蒙古长调，把车开得行云流水。车窗外，蔚蓝的天上，白云一团团移动，车在蓝天白云下风驰电掣。渐渐，我发现前方没有柏油路，也没有路牌，更没有辨别方向的标识和建筑物，只有一望无际的沙漠和裸露在沙漠里的沙砾。沙漠里隐约有车轮碾过的车辙，我们的车像是沿着这些车辙行驶。

车轮擦着沙砾掀起嚓嚓声，一个上午，我没有看到一棵树、一株草、一朵花、一只鸟、一个人。在这百花盛开的春天，见到的仍是寂静的沙漠和沙漠里裸露的沙砾，心里不由一阵凄凉。

还有多远？我问。

沙其垒不以为然地说，远着呢！阿拉善是内蒙最西端的一个盟，大红山派出所又是阿拉善最西边的一个边防派出所，辖区最北端距外蒙仅几十公里。

这么远啊！我心一发冷，不再吭声，再没有说一个字。

沙其垒微眯双眼，哼着蒙古长调继续往前开，蔚蓝的天空忽然变成一片昏黄，风呼啸着从前方赶来，铺天盖地，掀起的沙砾，一浪高一浪，螺旋式升腾，疯狂地涂抹着车子，车子像盖着一层锈渍斑斓的黄布。这时，沙其垒睁大眼睛辨路，脖子像骆驼样往前一伸一伸，车只能像蜗牛一样爬行。

狂风开始猛烈蹂躏戈壁，掀起的沙砾像一头昂首发飙的雄狮，怒吼着，又像一条腾空飞舞的巨龙，狂舞着。雄狮、巨龙朝车子扎过来，车子摇晃不停。沙其垒立即刹住车，说我们遇到沙尘暴了。

沙尘暴？我张大眼睛惊叫。沙其垒说，阿拉善出现沙尘暴后，成为我国沙尘暴源头，也是我国最大的沙尘源地。我说，那怎么办？那怎么办！沙其垒说，赶快藏到后排车座下，给沙尘暴让一条去路。

沙其垒把车停到山边，我把身子藏到后排车座下，车身剧烈颠簸，沙鸣声震耳欲聋，我身子不停抖动，双手紧捂耳朵，死死闭住眼睛，嘴里不停地说，我会死吗？我还活着吗？千万不要让我的人生还没开始就死在沙漠。

好像一个世纪过去，我听到沙其垒喊，你还活着，沙尘暴走了。

我从后座底下爬出来，一身如鼓，我口袋、脖颈、鞋子和嗡嗡响的耳朵塞满沙子。我掏着身上沙子问，还有多远？

沙其垒说，翻过前面那座山，马上到。

经过一阵飞沙走石，大地披着一层黄沙又复于平静，天空又碧蓝如洗，想到马上就到，我吹起了口哨，摇晃着头，想让自己从惊骇中放松出来。

车在颠簸中翻过三座山，听沙其垒说过三个马上就到，他依然奔波在大戈壁山峦间。太阳渐渐往西走，山脉像水墨画样朦胧地呈现前方。走了快一天，我仍然没有见到一棵树、一株草、一朵花、一只鸟、一个人、一个建筑物，我心里产生巨大恐惧，巨大恐惧中忽听沙其垒说，要命啦！我回到原地。我说，怎么叫回到原地？沙其垒高声说，迷路了！你懂不懂。

迷路了！我下意识掏出手机。

沙其垒赶忙把车熄火，说打什么打，这里是盲区。

盲区？这个时候遇到盲——区。我话都有些说不全了。

沙其垒不理我，从车台抽屉拿出罗盘针，在沙漠里辨认，又抬头看了看天，擦把汗说，先吃一点东西吧！运气好半夜可以到所里，运气不好两三天。

两……三天！我舌头打结，像傻子样僵在那里。

沙其垒递给我一包饼干，吃吧！冬日刮朔风，夏天晒毒日我都不怕，怕就怕迷路、坏车。要命的是迷路和坏车我们干警都遇到过，一个有十年以上兵龄的老司机照样迷路。

我大声惊叫，怎么会迷路？

告诉你吧！阿拉善高原是群山环绕，大部分地区被流动沙丘的沙漠覆盖。沙尘暴后丘陵会漂移，缠绕在表层的道路就没有了。曾经一位宁夏司机车陷入沙坑，打断后桥半轴，司机嚎啕大哭，43公里的路6天后才逃出去。沙其垒说完，咯吱咯吱嚼着饼干。

沙其垒的话让我越来越害怕，我有一种世界末日来临的感觉。

沙其垒咽下最后一口饼干继续开车。他绷着脸，锁着眉，像是漫无目标地开着世界末日的车。旷野一派暮霭，车轮擦着沙砾的嚓嚓声像是一个垂死人挣扎的剧烈跳动，我的心脏快蹦到喉咙口。

终于，沙其垒松下绷紧的脸，指着前方说，看见那个小院了吗？那个小院就是我们派出所。我顺着沙其垒指的方向看到了戈壁深处一束灯光，望着灯光我没有兴奋却有流泪的感觉。

我们在凌晨四点走进大红山派出所，当我看见小院门口站着惊喜万分的干警官兵时，眼泪哗啦啦流出眼眶。这时，一个大个子，长方脸，小眼睛，皮肤黑得像李逵，神情又像宋江的男人走到我跟前，说让你受惊了，沙漠中一旦迷路，有时几天走不出来。

沙其垒告诉我，这是吴所长。

我双脚并拢，向吴所长敬了一个军礼。

吴所长拍拍我肩膀，微笑着说，有惊无险，让我们新干警早点见识戈壁也好。沙其垒，带他休息一会儿，很快有饭吃。沙其垒望着朝厨房走去的吴所长说，所里指导员一月前调走，吴所长还临时兼着指导员职务。

一条大黑狗突然窜到我后头，两只前腿搭住我臀部嗅来嗅去。沙其垒拍着黑狗带我去厨房，走进厨房我才发现，小院除大黑狗外只有八个人。

吴所长系着围罩在厨房揉灰面，他抓起的一坨灰面像玩杂技样在手间甩来甩去，甩成一团面疙瘩，面疙瘩在菜刀快速滑动中变成一片片树叶，欢快地跳落沸水锅，在沸水锅腾上腾下变成一片片透明的面片。吴所长从锅里捞起一碗面片给我，说先吃一碗面片垫底。他又去炒菜，边炒边问我，会做饭菜吗？我摇摇头。吴所长说，所里没有炊事员，哪个干警值班就归哪个干警做饭。所里的干警个个能做饭菜，今后你就慢慢学。我连连点头。

干警们把热腾腾饭菜摆上条桌，就在条桌两边坐下。吴所长拿出一瓶酒，每人碗里倒上一点酒，大家举起碗，吴所长开始致欢迎词。我发现吴所长说话舌头有点大，但说起话来非常响亮。他说的普通话是纯北方语系，后来我才知道吴所长是东北爷们。

吴所长致完欢迎词敬我酒，我说我不会喝酒。吴所长说，到了大戈壁不会喝酒就无法生存。刚来的新干警都是先不会喝，后来到遇着什么事过不去喝点酒就过去了。当然，要等你在大戈壁工作一段后才琢磨出我的话。我说，从今天起学会喝一点酒。吴所长点着头，炯炯有神的眼睛落到我身上。我赶忙端起碗抿小口酒，感到酒是从喉咙里割下去，我眯了眯眼睛，干咳两声看其他干警，他们抿着嘴冲我笑。

吴所长一口喝完碗里酒，端着空碗走到沙其垒跟前，说迷路后，你怎么回的？沙其垒说，我找正方位凭感觉开回的。吴所长拍着沙其垒肩膀，说好样的。遇上沙尘暴就只能找准方位凭感觉了。还好车没坏，要是车坏在沙漠里，等待你的不光是饥渴寒冷，还有野兽袭击。沙其垒说我算是不幸中的万幸。吴所长又给自己倒了一碗酒敬干警，干警们开始喝酒，我又抿了小口酒，觉得这口酒没有那么难受了。干警们一一给我敬酒表示欢迎，我喝完干警们敬的酒，欢迎仪式结束。

我被安排和沙其垒、曾柯一个房。曾柯是河南人，三十岁，一米七八的个子。宽胸窄腰，国字脸上高鼻梁，大眼睛，略厚的嘴唇轮角分明。沙其垒站在曾柯身边成了一个鲜明对比，曾柯的五官像雕塑家雕刻出来，又像是模子里铸出来的，而沙其垒像是他爹妈不经意弄出来的。曾柯举手投足都有军人风范，沙其垒像是竖着一个圆铁砣。曾柯大学里学计算机，所里是外勤干事，所长的得力助手。

我在曾柯对面床铺床单，他捏着我脸说，这张白白嫩嫩的脸，不出十天变黄，不出一个月变黑，那时你才像我们边防干警。我突然想到，所里的干警不光是脸黑手黑，衣服露出肉的部位全是黑的，这一定是漠风雕刻太阳润染的功劳。

沙其垒盯我看了一会儿，突然问我有不有女朋友。我笑而不答。沙其垒说，你不说就是有。房里三个人，曾柯都要结婚了，我连个女朋友都没有。我赶忙说我也没有啊！沙其垒狡黠地一笑，大学里就没有一个女朋友？谁信？我说信不信由你。我累了，睡觉。

我躺在床上想起了胡琴，胡琴与我是大学认识的。她在湖南师范大学读新闻系，我在湖南大学读建筑系。有次，师大请著名作家韩少功回母校讲课，我去师大听课，无意间和胡琴坐在一起。散课后胡琴把手机丢在座位上，我拿起手机追她，她却进了厕所。我站在厕所外等她，她从厕所出来我们就认识了。湖南大学和湖南师大都在长沙岳麓山下，岳麓山成了我们谈论文学和做着作家梦的宝地。我们都有当作家的志向，谈论得最多的是作家要有生活，我们一起嘲笑那些没有生活的作品。胡琴决心当一名记者深入社会，她举出许多从记者走上作家的例子。胡琴在学校发表过诗歌散文，毕业后顺利进报社当了一名记者，实现她从记者到作家的梦。我想当一名作家从军营开始，从小渴望骑骆驼走过沙漠走过大戈壁。

二

早上起床房里就剩我一个人，我套上军服，扣着衣扣走到小院，深深吸了口气，我没有感到早上的清新和春天的湿润，却感到空气里有种粗硬的东西扑面而来，像给脸上涂了一层厚粉，一摸，黄沙。太阳像一个红球挂在天空，像无数支火箭射下来，身体里像捂了火一样灼热。昨晚被送进小院我就没弄清东南西北，我沿着小院往外走，小院外是无边无际的漠海，派出所像是漠海里的一叶孤舟。

大黑狗摇着尾巴跟在我身后，像是身后跟着一个拖着鼻涕虫的小兄弟。大黑狗有半人高，一身黑毛的头上却有一小撮白毛，生在耳朵旁，非常亮眼。我摸了摸那撮白毛，拍它屁股时发现它是一条公狗。我看它身长黑毛又是一条公狗，给它取名："黑雄"。我去厨房，黑雄跟到厨房。

沙其垒围着一个大围裙在厨房洗碗，我装一碗饭坐到桌边去吃，黑雄就蹲在我旁边，两只玻璃球眼珠望着我。沙其垒说，所长交待让你睡好了，带你去牧区熟悉情况。我说了声好，埋头吃饭。饭刚吃了几口，突然腹胀，我捧着肚子往厕所跑，黑雄跟着我往厕所跑，它蹲在厕所外像哨兵一样给我放哨。我从厕所出来舒服了一下，刚坐到桌前端起饭碗，肚子又鼓胀，我放下碗又往厕所跑。一个早餐我围着厕所跑了四次，黑雄亮着玻璃球眼睛给我放了四次哨。第四次我从厕所出来终于明白一件事：我在拉肚子。

我问沙其垒，你和我吃同样的东西，你不拉肚子，为什么我拉肚子？沙其垒笑而不答，提着菜去蓄水池，我追到蓄水池问。沙其垒从蓄水池掏出一盆水洗菜。我望着盆里水大叫，水怎么是蓝色的，妈呀！水黏稠稠的，这水怎么来的？洗了菜能吃吗？沙其垒说，这水是在戈壁滩上挖一大坑，是坑里常年蓄下的雨水和雪水。不管这水有多脏，戈壁上的人离开它就无法生存。不信你试试。你可以不喝这水，但这水做出的饭你不能不吃。我说，看着就恶心，怎能吃？沙其垒拍着我肩膀神秘地说，水不但恶心还整人呢，再强壮的汉子灌进一碗水，用不了两个小时就坐不住了。

我又明白一件事，我拉肚子是蓄水池水害的。

我说，派出所就没有别的水了？沙其垒说，离派出所3公里外有一眼泉水，苦咸不能入口。泉水和蓄水池水一样，喝了之后第一反应是腹胀如鼓，然后是面如灰色，一泻千里，没有半年工夫不能适应。我说，怎么不想办法解决吃水问题？沙其垒告诉我，想过用拉水车送水进来。拉水车等于救命车，水由嘉峪关消防支队提供，可拉水人说，马鬃山，倒灶鬼日的地方，吓死个人呢，不敢去，经常换人还是经常没水送进来。吴所长为水的事跑了无数次，上级终于又有解决水的新办法，送一套净化水设备，等着吧！

我这才松了一口气，松口气有什么用？现在我拉肚子，一个上午拉得昏天黑地，吃止泻药也不顶用。我提一捅水去洗拉脏的屁股。沙其垒问，你提这么多水干嘛？我说，洗屁股。屁股拉得快成粪缸了。沙其垒做了个倒回去的手势。说现在是涸水期，没看到池里只有浅浅一层水吗？

我倒回去大半桶水，提着小半桶水去浴室洗屁股，我像挠痒痒一样使劲挠，屁股太脏了，不这样使劲挠会洗不干净，可是挠了一气后反觉得屁股黏黏稠稠，原来是这黏稠的水洗不干净。

沙其垒在外面喊，洗完了吗？洗完了我们去牧民区熟悉情况。

沙其垒用摩托带我走了小半天才到牧区。沙其垒告诉我，牧民家离派出所最远的有140公里，牧民与牧民之间有的也要走上半个多小时。我每到牧民家第一件事就是上厕所，一天我都在解决肚子问题。沙其垒看我苦着一副脸，说没事的，拉上七天就好了。

我们从牧区回派出所，沙其垒的摩托一路狂飙，飙了两个多小时回到所里。我精疲力竭走进宿舍，躺了一会儿给胡琴打电话，结果没有信号。沙其垒说，你要到西头那块空地打才有信号。我跑到西头空地打却是忙音。我打开手提电脑，把迷路和遇沙尘暴的惊险写成一份邮件，我没有写拉肚子，怕胡琴笑我软弱。邮件刚发出去，屏幕上立即显示："发送失败"。我诧异地望着沙其垒。沙其垒说，傻吧！你也不想想，这里怎么会有网络？我们发邮件都是跑到支队或边境的企业单位发，那些地方才连了网线。当然你可以用手机发短信。我把迷路和遇沙尘暴的惊险用手机编成短信发给胡琴。

胡琴回短信：太吓人了，也太刺激了。你们也太勇敢了。她一连用了三个"太"字。我回短信：大红山派出所坐落在海拔1700米的戈壁滩上，在我们管辖的土地上却只有65户常住居民，其他都搬到外地了。一个联合国人类学专家考察后得出结论，这是一个不适合人类居住的地方。胡琴回短信：而你们在那里居住，多么伟大的军人啊！我回短信：伟大谈不上，我们是特殊材料做成的，而我是特殊材料中的特殊材料。

胡琴回了一个亲吻的画面，我摸着手机上画面一步步朝厕所走去。

三

连着几天拉肚子我身子瘦下去一圈，每次蹲厕所起来身子立不直。窗外有一根树枝伸进厕所，像是专供我拉肚子准备的，拉完肚子没一丝力气，我就攀附树枝慢慢站起来。也是这该死的拉肚子，我被留在派出所值班。从空荡荡的派出所望出去，除了漠风黄沙，就是无边无际的戈壁滩，我就像戈壁滩里一粒寂寞的沙砾，黑雄也是在这个时候成了我的朋友。肚子越拉越凶，我捧着肚子对黑雄说，这样下去我会不会死！千万不要让我死，我才23岁。我到边防当干警还不容易呢！最初从网上发现边防总队到大学招生我立即报名。总队政治部对报名者进行筛选，过了关的才能参加全国公安现役部队统一考试，成绩合格者总队才与学院签就业协议书，审档时又有小部分考生淘汰才到部队进行6个月军事训练，完成一名地方青年到军人的转变。我是过五关斩六将才到大红山派出所啊！我不能刚到派出所就死掉。

黑雄滚动着像玻璃球眼珠对我吠，像是告诉我：坚强。

我拉肚子拉到一天晚上突然不拉了。我算了算，一个星期。呀，沙其垒说拉过七天就好，果真好了。我身子慢慢直立起来，走路也不像前几天摇摆，可是另外的事发生了，我浑身瘙痒，嘴唇干裂流血，喉咙感觉被什么东西塞住，想咳又咳不出来，两边脸肿得像发酵的馒头；又像鼓起的两瓣屁股。一想到屁股，又感到前几天连着拉肚子，屁股就像个粪坑。我看到沙其垒开车去戈壁外办事，想跟车去城里洗个干净的热水澡，于是我跑到吴所长办公室泡请假。我说吴所长，您看我的脸、我的喉咙。我咳嗽呢！我想跟车出去看病。

吴所长拍了拍我脸，说看什么病，吃几片药就会好。吴所长从抽屉里拿出几片消炎药，倒了一杯水说，先把药吃了。曾柯在这个时候跑进来向吴所长汇报：电厂的冷凝管被盗。吴所长说，一吨价值十几万的黄铜管，就是插翅也飞不出去。曾柯说，我怀疑冷凝管案子是内鬼。吴所长说，这还了得，立即破案。曾柯拿了吴所长桌上摩托车钥匙。吴所长对我说，去，跟曾柯去电厂办冷凝管被盗案子。这段你就跟曾柯好好学。

我们一到管辖区，曾柯就派人把辖区的几个出口盯死，锁定对象找赃物。曾柯对我说，管辖区以前是安静的，集中驻居牧民很少，但管辖区以外的牧区型向经济型转变后，各种人和各种矿业单位进驻阿拉善，外来人口多了作奸犯科之徒也就多起来，给我们工作带来了难度。

曾柯带我在管辖区几家废品收购点转悠，遇到收废品的外地人就和他们唠嗑，问有没有人买铜管。都说没有。曾柯又问，听说有人卖铜管吗？也说没有。有一家收购点房里是空的，一个老头在房间打扫。曾柯眉头一展，进门坐到老头臭气熏天的床上，笑着对老头说，知法犯法罪加一等。

老头说，我又没犯法。

曾柯从床上跳下来悄声对我说，这个老头，八九不离十。我说，他房间什么都没有呀！曾柯说，他床板上突出一坨像是铜管。

我走到老头面前问，你床上突出一坨是什么宝贝，我看看行不行？

老头说，是我床板梁断了，放了一根棍子搭起。

曾柯掀开床垫，拿出一截黄铜管。说这个大戈壁，除了电厂有冷凝管，怎么你这里也有一节冷凝管？其他的藏到哪里了？

老头连连说，我不知道，我是回收别人的。

曾柯依旧笑着说，买赃窝赃罪加一等。

老头脸色一下变了，说不敢不敢。

曾柯还是笑，说包庇罪犯，与犯罪者同论。

老汉脸色灰白，汗珠滴了下来。说，我……我不知道，我收了，外面来人运走了。

我说，老头啊老头，你可是真敢收啊，就是因为没这些管子，全旗停电半个月。

曾柯立即跑到门外，他看到地上的痕迹说，车还没有出大戈壁，他掏出手机调动警车堵截。曾柯放下手机，又吩咐我上摩托往电厂赶，赶到电厂我们看到黄铜管子被追回。

我把曾柯破案的故事立即写成一个短信发给胡琴。胡琴回短信：公安干警的故事太精彩了，等我把手边的报道写完去你们边防。我忙回短信：你以家属来探亲？胡琴回短信：谁是你的家属，我以记者身份采访边防战士还不成？我回短信：你来吧！你会笑着而来，哭着回去的。胡琴回短信：小看我了。不深入兵营，无法写出兵们。

我说不过胡琴，她伶牙俐齿，太适合当记者了，上帝真有眼，如果她不当记者简直就是一种浪费。

四

吴所长对我说，你给大队管理员打个电话，要一万公斤蔬菜。我说，这么多蔬菜呀，怎么吃得完？吴所长说，当然也捎带牧民的蔬菜算在里面。我说，牧民也吃不了这么多呀！吴所长说，冬储呀。入秋了，这个时候是冬储白菜的最好时期。边防派出所路途遥远，新鲜蔬菜还没拉到所里就烂了，整个冬季和春季的菜都要在这个时候准备好。储菜是件大事，工作考勤有一条，派出所必须腌制八种以上蔬菜。冬储搞砸了，挨骂事小，挨批事大，谁也马虎不得。

我电话打过去，一辆八吨的东风大卡车呼啦地来了。沙其垒和一位干警随大卡去戈壁外拉菜。曾柯提了个行李箱从宿舍跑出来，曾柯搭顺车出戈壁，然后转火车回家结婚。沙其垒朝曾柯当胸一拳，一脸羡慕说，就你有喜事！曾柯说，别闹了，快上车，迟了我赶不上火车。沙其垒吩咐那位干警上车。那位干警兴致勃勃地说，好长时间没出戈壁了，终于可以出戈壁看看了。我看那位干警往车厢爬也跟着往车厢爬，吴所长一把拉住我说，下来，留在所里腌菜。

我很不高兴地望着大卡车一溜黄烟走了。

第二天吃过晚饭，一卡车萝卜白菜土豆进小院，蔬菜把小院堆成一座小山。吴所长跑进每个房间喊，洗菜洗菜，赶快来洗菜。

我们把萝卜白菜洗干净放到厨房长条形桌上。这个长条形桌吃饭是饭桌，不吃饭是干警们的会议桌。小院那座小山包的菜让我们洗了一晚，长条形桌堆满洗净的蔬菜。

干警们喊，吴所长，就等你入缸啦！

吴所长哈哈走进厨房，说腌菜是技术活，有讲究，不是谁都能动的。比如有的人手就臭，好好的菜，他一沾手就坏了，不是酸就是咸，不是咸就是苦。只有我的手好，怎么个好法，这独门秘籍不能外传。

干警们说，所以就等你这手好的腌菜。

吴所长嘿嘿笑着把袖口挽上去，双手浸进水里，边洗手边对我说，这个所没我腌的菜还真不行。你还没吃过我腌的菜，告诉你，我腌的菜吃得你睡梦中还梦着吃。

吴所长把姜、花椒、辣椒、盐熬成姜汤，晾凉了，把要腌的大白菜压上大石。他告诉我，用石头压出来的菜，味道很特别。吴所长搬出五口大缸，把压干水的大白菜往缸里丢。吴所长正干得踌躇满志，手机响了，他洗了下手说，又是娘们儿打来的。

吴所长通话的对方声音很大，旁边人听得清清楚楚。对方说，你什么时候回家探亲？你丢下患病的女儿我一个人陪在医院治疗。吴所长说，不是我不休探亲假，现在北京奥运会召开前夕，外来人口大量涌入，要进行流动检查登记，安保工作重走不开。对方说，瞧你那熊样，和你搭档的指导员提升走了，你还在那里傻干。吴所长不服气说，又不是我工作没干好没提，上级不是说了么，这是个重点派出所，怕出事。对方反诘道，就你能，你在那里待一辈子吧。吴所长说，上级不是说了嘛，这个所暂时没有合适的人选。对方说，你有本事别让我和女儿受罪！吴所长说，让你受苦了，过了这个非常时期我就回来。吴所长把手机关了接着腌菜，蔬菜腌到很晚还没腌完，吴所长叫我们去睡觉他来收场。

半夜我起床上厕所，发现吴所长躺在小院柴堆上，手里提个空酒瓶，脸朝着天空，一副半醒半睡样子。黑雄蹲他身边，像一个忠诚的哨兵眼睛亮亮地向四周转动。我曾听说，黑雄还是一条幼狗时，吴所长遇到它为救一只小羊跟大鹰搏斗得奄奄一息，大为它感动。吴所长对它一声唿哨，小黑雄就乖乖跟他进了派出所。吴所长给他疗伤，伤好了它就没有走了。长大的黑雄曾经为拦截一条狼进入小院战得遍体鳞伤。

我绕到吴所长身边想，要不要叫醒他？我犹豫了一下回宿舍，回到宿舍我又不放心，我叫醒沙其垒，告诉他吴所长躺在柴堆上。

沙其垒说，吴所长苦恼时就是这种样子。嫂子在大专院校教书，她想吴所长离开戈壁都快想疯了。吴所长能治理一个所，可拿嫂子没办法。吴所长女儿得病，他跑前跑后联系女儿住院，现在情况特殊，他只有把对女儿的牵挂埋进心头。

五

沙其垒去牧区帮牧民运菜正好我休息，我换一身便装，避开所里人，悄悄跑到牧民区。沙其垒一惊，说你怎么来了。我嘿嘿地笑。沙其垒马上会意，叫我坐到副驾驶室。他把一捆背包带丢到车上招呼牧民上车。

一位牧民问我，有女朋友没有？

我说，没有。

牧民说，就到这里找吧！这里有羊有地，还有骆驼，骆驼多的地方女人多。

沙其垒悄悄告诉我，有女人来把握机会，军人特有的风采也吸引女人。我笑了笑。沙其垒又说，军人有时也是很无奈的，大戈壁找对象不容易，碰上哪个女人就哪个女人。我说，在这里人都碰不上，只能碰上骆驼。沙其垒说，你就找骆驼去。

我哈哈大笑。

大卡车喷着黄尘，跑了快一天才出大戈壁。我渐渐看到了树、村庄和村庄里的人。路边上站着几个姑娘，沙其垒眼睛直了，发出“喔儿”的声音。过了村庄看见高高的祁连山，山上白皑皑的积雪，和远处城市的建筑。傍晚时分沙其垒驰进酒泉市，牧民闹哄哄去吃饭又闹哄哄进一家牧民小旅店。

我趁机找到一家干净招待所，跑进卫生间，迫不及待拧开喷头，哗啦啦，喷泉从头到脚，享受，真是享受。我开始洗屁股，粪坑般的屁股要得到彻底清洗。屁股终于清洗干净，我全身舒服地从卫生间出来，四脚朝天躺在床上喝自来水，喝了一肚子自来水，感到这里的自来水都是清醇甘甜。

早上太阳还没出来，沙其垒就带我们去集市看菜，预定好的土豆、萝卜、大蒜、圆葱、白菜、西红柿，菜农头天晚上准备好了。菜农说，上去跑吧，踩烂一个，白送一车。我站在白菜上使劲跳，没烂一个，果真结实。我趁牧民装菜去小店买回十几瓶矿泉水。

车装完菜牧民们爬到车顶上，沙其垒上车顶盖苫布，拿出背包带把牧民们在车顶上拴牢，这样人掉不下来。沙其垒跳进驾驶室又伸出头朝车厢说，你们抓好车栏杆啊。我知道，去嘉峪关拉菜，七八百公里路，安全系在沙其垒一人身上。

大卡车喷着黄尘回戈壁。

沙其垒给牧民送菜回所里已是晚上，吴所长站在小院门口等我们。吴所长对我说，你来一下我办公室。我跟在吴所长后头走进办公室。吴所长说，你怎么一声不吭出了戈壁？我说，我休息。吴所长说，休息也要请假。我说，如果我请假，你会批吗？吴所长说，那你进城干什么了？我说，帮牧民们去拉菜。吴所长说，不仅仅帮拉菜吧！我没有吭声。吴所长说，说吧！我说，为了到招待所洗个热水澡。吴所长噗地笑了，说这里的水不能洗吗？我说，这里的水洗不干净。吴所长说，娇贵。再这样，给你纪律处分。我低下了头。吴所长说，回房休息吧！

我把矿泉水给每个干警两瓶，干警们说，这是戈壁上最好的礼物了。有的干警把矿泉水保存起来，像是把这瓶水留作生活的期盼。我的情感没有他们那么缠绵，一下子喝光了剩下的几瓶矿泉水，真他妈的过瘾！我把几个空矿泉水瓶丢进垃圾桶，手机嘀咕一声，进来一条短信。

胡琴短信：你在做什么？我本想告诉她拉菜、喝矿泉水，可我不想让她把伟大军人与拉菜喝矿泉水连在一起。我回短信：破案。我们在边境破一个大案。胡琴回短信：你真伟大。我回短信：我们的伟大是你想象不到的伟大。

发完短信我笑了一下，我哪有那么伟大？都快挨一个纪律处分了。

胡琴短信又问：看到了“千年不倒、倒了千年不朽”的胡杨了吗？

我本想说，胡杨，这里哪有胡杨？这里除了漠风掀动的沙砾铺满一动不动的大戈壁，还有什么？不到七十户牧民分布在这里，根本见不到牧民。但我不能这样说，我不想影响我在胡琴心中的伟大。我用短信写了一段文字：这里遍地是胡杨，六千多万年历史的胡杨，是世界上最古老的一种“活着的化石树”。走进胡杨林犹如走在历史的节拍上，千姿百态的胡杨树无论你从哪个角度看都是那样的昂扬、纯美。

胡琴回短信：你太幸福了。

我回短信：要养精畜锐，明天继续破案。

回完短信，我无声地笑了，是的，我太幸福了。幸福得快要哭了。美丽的公主，你犯了一个错误，我这个方位离胡杨还有两百多公里，你去做美梦吧！

六

派出所的管辖区还有一条铁路，通往一个极其秘密的军事基地。那天公安局发来一份协查盗窃案件函：刮沙尘暴时一辆被迫停驶的军列被盗，丢失了大量军用物资，请大红山边防派出所协助破案。

吴所长对我说，还有这样的窃贼敢窃军用物资，走。我带你去把他们宰了。吴所长说这话小眼睛滴溜溜转，他转一圈就是一个“点子”。据说那滴溜溜转的小眼睛很厉害，哪个窃贼遇到他滴溜溜转的小眼睛都会浑身发抖。吴所长说话有点舌头大，但声音非常响亮，遇上哪个在逃的窃贼，只要他对窃贼一声“站住！”窃贼吓得屁滚尿流，想跑都跑不动了，那样子就像《水浒》里黑旋风李逵。

吴所长把我带到铁路边上，我看出他心里也没底，要是外来人员作案，半天时间，早跑得无影无踪了，可我又相信吴所长的厉害，他曾经为军事基地找回失事的无人飞机，连丢失在沙漠里的黑匣子也被他找回来。

吴所长和我对几十个外来人员进行排查，整个上午，我们排查得又饥又渴。吴所长说，你去对门搞瓶冷饮解解渴吧！我走到冷饮店拿了两瓶冷饮，吴所长小眼睛滴溜一转，指着几个外地民工悄悄问我，排过了吗？我说，不是我们上午排查的那几十个。吴所长压低嗓子说，就这几个，你赶紧把他们排查一下，排查后把他们带到对面办公室。吴所长又朝他们骂了句：狗日的。

我排查这几个民工，他们满不在乎地说，不知道，刚从外地来不久。我把几个民工带进办公室。吴所长挑了其中一个民工，带到另一间房里与他单独聊。

吴所长说，听说你们那里的农村人从来不扎裤带？就拿一根绳子在腰里一拴了事。那个民工说，是，本命年还得系红腰带。吴所长问，你的腰里怎么不拴根绳子。那个民工哑言了，他的腰里系了一根崭新的军用牛皮带。吴所长说，军用皮带除了部队，还真没地方买。给你两分钟时间，仔细想一想。

吴所长拿了民工皮带走到另一间屋，他把皮带撂在桌子上，跟另外几个民工说，他都招了，你们还等啥，谁招得快，罪行轻，招得慢的，罪行就重啊。吴所长小眼睛滴溜溜在民工们身上转，民工们吓得浑身发抖，一个个招供。

我赶忙给胡琴一个短信，一个特大军用物资盗窃案无意中被吴所长破了，线索就是民工腰里系了一条军用牛皮带。胡琴回短信：吴所长像不像神探。我回短信：不能单用神探形容，但吴所长让我佩服得五体投地。

我和吴所长凯旋，黑雄摇着尾巴在院门口迎接我们。我给黑雄带回两截猪肠子，它吃一口望我一眼，望我一眼又吃一口，非常亲热。我摸摸它那撮亮丽的白毛，它突然抬头，望着小院外。

曾柯提着行李箱走进小院。

我问曾柯，你怎么回了？假没休完。曾柯说，奥运召开前夕，外出干警都要回岗。我又问，嫂子怎么没跟你来？曾柯没有理我，径直进宿舍躺在床上。要是在过去，他从来没有在整好的床上随便躺下的习惯。看他反常和一副疲惫不堪的样子就想，结个婚也辛苦，路上的车马奔波又把他累得够呛，好好休息吧！曾柯躺到吃晚饭我喊他，他说不饿不吃饭了。沙其垒说，曾柯刚回就想新娘子，想得饭都不想吃。我踢了沙其垒一脚。沙其垒一声尖叫，你干嘛踢我，还踢这么重？我说，不说话没人当你哑巴。我虽然说着沙其垒，可我心里也琢磨，曾柯虽然一路劳累，也不能脸上没一点喜色。

吃过饭我和沙其垒回宿舍，曾柯仍然躺在床上。沙其垒突然问，曾柯，你结了婚好像不是那样开心呀？曾柯没有理睬沙其垒。沙其垒又问，曾柯，出什么事了？曾柯翻了一下身，朝沙其垒挥了挥手，说我没事，你忙你的吧！不用管我。我不知道这个直通通不拐弯的沙其垒还要问什么，就说沙其垒，你车子好像没熄火。沙其垒说，不会吧！我说，去看看吧！沙其垒很不情愿地出去了。

我走到曾柯床边坐下，坐了一会儿，看他不愿意跟我说话，我就在房里打扫卫生。沙其垒大大咧咧进来，说车子没有没熄火，你又在糊弄我。我望一眼曾柯，两指头放到嘴边对沙其垒“嘘”了一声，沙其垒立即不吭声。

情绪低落也是一种传染病，我和沙其垒在这个晚上也觉得没味，做什么事都没劲。沙其垒把床铺弄得噼里啪啦响，响过一阵脱衣睡下。我把灯先熄了，也一不做二不休地睡下。曾柯在床上翻来覆去像煎烧饼。到下半夜，他悄悄起床，穿衣，出门，我打着手电筒偷偷跟在他身后。

曾柯爬上大红山，大红山是戈壁里一座红色的山，离派出所不远，处在天山余脉的大马鬃山脚下。南面是海拔1854米的大红山主峰，北面是飘逸的鬃尾，东面朝向戈壁。在戈壁当兵的人忍受不了，或遇到过不去的事，爬到“大红山”，对着戈壁大声呼喊，或大声痛哭。那声音有的像鬼嚎，有的像狗吠，还有的像猫叫。嚎过吠过叫过之后，默默下山，继续在这寂寞的漠海里工作。

曾柯坐在大红山上，我捏着手电筒坐在他身边。我们就这样坐着彼此没有说话。坐了一会儿，我不忍地说，如果我有什么过不去的事我一定是第一个告诉你。在这寂寥的漠海，我应该也是你倾诉的对象。

嗨，什么事都瞒不过你。

曾柯告诉我，他的对象是家里介绍的，2007年休假回家，他对女方说我是当兵的，趁这次休假把婚事办了吧！女方说时间太短我不了解你。没谈成，他在回部队车上接到老师电话，给他介绍另一个女朋友，人在车上回不去，后来通过电话和女朋友谈了八个月。八个月谈下来都不知道对方什么样子，2008年1月才见面，一见钟情，双方定下七月结婚日子。这次专门回去结婚，婚礼只差三天举行，所有请柬都发出去了。晚上他接到命令，奥运会召开，三级战备，务必回所。女朋友生气说，你如果不结婚回派出所，我们永远别再结婚了。他不顾女朋劝阻，义无反顾地回所了。

我想安慰他却不知怎么安慰，而我又觉得，在这里任何安慰都显得苍白无力，他能回来本身就做好了不需要任何安慰的准备。我低头玩手电筒，我把手电筒一开一关。手电筒一开，灯光引来一群小跳鼠，它们踩着树叶沙沙跑来，顺着光线往上跳。我又把手电筒一关，它们又踩着树叶沙沙窜回树林，我再把手电筒一开，它们又踩着树叶沙沙跑回来了，我望着小跳鼠哈哈大笑。

前面突然出现一束电光，光线到我们跟前才知道吴所长打着手电筒寻来了。我们没有惊讶，好像知道他会寻来一样。吴所长一声不响地坐到我身边，我们三个人坐成一排。

夜色笼罩着大红山，吴所长的手电筒默默照着前方，我们顺着光线望过去，望到小院和小院旗杆上的红色国旗。红色国旗在夜风中哗哗飘动。每天早晨，太阳还未升起，我们就在这杆旗下：

稍息——

立正——

向右看齐——

我们唱着："我们的队伍向太阳，脚踏着祖国的大地。"歌声从队列响起，在晨曦的微光里，穿越戈壁层层漠浪，在苍茫绝域中回响。

七

中秋节，牧区派来几个代表与我们干警共度佳节。吴所长亲自下厨准备饭菜，我们把长条桌摆上月饼和酒。傍晚时分，牧民带着烤羊肉来了。长条桌我们干警坐一边，牧民坐一边。吴所长端起一碗酒，说牧民与我们干警共度中秋佳节，我代表全所干警对你们表示热烈欢迎！吴所长先干完碗中酒，接着他每讲一层意思喝一碗酒，连喝几碗酒后吴所长满脸通红。我敬酒时也一口口喝，把自己的脸整得比吴所长的脸还红。

一位年轻女牧民说："光喝酒不行，我来唱首歌吧！"

干警们眼睛齐刷刷望着女牧民，女牧民乌黑的头发梳着无数条小辫子，身上的彩条民族服把她脸蛋衬得分外俊俏。她摆了摆民族服，用汉语说，我来唱《十五的月亮》怎么样？

好哇！干警们鼓起掌来。

女牧民唱着《十五的月亮》，干警们沉湎在思念中，女牧民唱完，吴所长的眼眶湿润了。女牧民说，轮到干警们来一首了。牧民们拍着手说，干警们来一首！干警们来一首！

吴所长喊，曾柯上。曾柯被吴所长拉起推到前头。曾柯说，我唱首乌拉特民歌《鸿雁》吧！吴所长喊，报务员拿马头琴来。

曾柯在一阵悠扬的马头琴声中唱：

鸿雁　天空上
对对排成行
江水长　秋草黄
草原上琴声忧伤

鸿雁　向南方
飞过芦苇荡
天苍茫　雁何往
心中是北方家乡
天苍茫　雁何往
心中是北方家乡

那位年轻女牧民突然伸开双臂，弓腰伴舞。她轻盈优雅的步子，围着曾柯一圈圈转。

鸿雁　北归还
带上我的思念
歌声远　琴声颤
草原上春意暖

曾柯唱到，鸿雁／向苍天／天空有多遥远／酒喝干／再斟满／今夜不醉不还。眼里有晶亮东西闪动。中秋往深处走，蒙古族出身的沙其垒为大家跳起蒙古舞，他虽然跳得不专业却让我领略成吉思汗子孙们的风韵和大草原阔广的胸襟。

曾柯在晚宴结束时，捧着一瓶阿拉善小骆驼酒回宿舍。阿拉善小骆驼酒灌下去像酒精。曾柯把小骆驼酒倒进茶怀，沙其垒拿出茶杯倒小半杯酒陪他，我也用茶杯倒了一点点。曾柯边喝边嘀咕，吹吧！吹就吹吧！我不稀罕。女人，爱人，妻子，我都不稀罕。我知道，曾柯女朋友正式和他摊牌分手，边防派出所二十七八、三十的大龄青年，不是他们找不到对象，也不是他们长得不英俊，而是休假时间短和女朋友缺乏时间交流，现在的女人不会见两次面就把自己命运交给一个总也见不到面的男人。

曾柯把自己灌得烂醉，酒流到地上他浑然不知。我把曾柯扶到床上，他对着床边墙壁吐了一墙壁。沙其垒从未谈过恋爱，触景生情，他把自己灌得满地打滚，嘴里不停地说，你们都有女朋友忧愁，我连个女朋友忧愁都没有。三人喝酒二人醉，三颗心灵的依附和内心的痛楚全包围在这间屋里，我想起了胡琴，准备给她发短信却发现手机里有她两条短信：让我们共处一个明月吧！吻你，我最可爱的边防战士。另一条：什么时候让我去看大戈壁？我要在明月下骑骆驼走过沙漠，走过戈壁滩。我没有给胡琴回短信，仰望天穹，想着胡琴那双调皮的大眼睛，亮晶晶地滚动，和那双修长手臂挽着我脖子。我轻轻哼起：鸿雁／北归还／带上我的思念／歌声远 琴声颤……

一轮明月挂在天穹，皎洁月光碎银般从窗口洒进房，三个孤寂的身体枕着月光沉沉睡去，明天的太阳依旧照亮这个房间。

八

我发现铺满沙砾的大戈壁不长茅草却长胡须，胡须长得倒像茅草，一丛一丛，硬邦邦，板刷样齐齐冒出来，我一次次斩草除根，它又一次次冒出来。野火烧不尽，春风吹又生。现在我和干警们没两样，脸黑手黑，胸部露出的胸肌也像刷了一层漆，黑亮黑亮。我那张南方白皙精致的脸，变成一块疯狂地生长胡须、粗糙的黑土地了。

这天，我又在房里对着镜子刮胡须，刮胡须也像传染病，曾柯和沙其垒跟着刮胡须，三个人成为三国鼎立。锋利的胡须刀在脸上游走，房间里就能听到嗞嗞的剃刀声。胡琴就是在这个时候走进大红山派出所。

当她从吉普车跳下来，一双高跟马靴和一条超短皮裙出现在我面前时着实把我吓了一跳。她怎么突然来了？我简直无法相信，更让我无法相信的是她居然动用了部队车子送进来。后来我才知道，她在军区工作的父亲有个战友在支队，她动用了她父亲战友的权力。

胡琴抖了抖裙面上的沙子，往小院一站，又从包里拿出报社介绍信扬了扬，大大方方说，我怎么不能来，别忘了，我是记者。

所里突然来了个漂亮摩登的女记者，而这个漂亮摩登的女记者居然是我的女朋友，干警们既兴奋又惊讶还露出几分羡慕。他们赶忙把以前指导员家属住的房里收拾干净，帮胡琴把行李箱拖进房。

胡琴一进房就开始大洗特洗。爱干净的她怎能忍受这么多沙尘？沙其垒站在门外不断地给她递水倒水，那股热情劲我倒成了个多余人。

胡琴走进戈壁正是阿拉善特大干旱时期，在水贵如油的大旱，怎能由她这样洗去？我准备制止她。吴所长拉住我说，把我的水匀给她吧！反正我脏惯了。你看你那娘们儿脸上嫩得能捏出水来，怎能容得下这些沙尘？我说那怎么行？不能由着她来。吴所长换种口气说，没事的。这么个女记者有勇气跑到这里我都被感动了，我爱人和我结婚十年都不愿意来。吴所长端出自己一盆水，沙其垒和干警们也把自己的水献出来，这样就纵容她大洗特洗。

胡琴洗完后就大睡特睡，好像她来这里是专门睡觉。我站在门边喊她起床却被沙其垒制止。沙其垒说，别叫她，你看胡琴睡觉样子像不像个天仙！我说，那我们走吧！沙其垒站在门边不动，说，你听，好像没有一点声音，不像我姐姐睡觉，鼾声如雷。沙其垒眼睛贼亮，竖起耳朵听里面的声音。我拽着沙其垒说，走吧！走吧！沙其垒边走边说，你女朋友太漂亮了，我长这么大还没见过这么漂亮的女人。特别那双眼睛，妈呀！就像天上星星那么亮。我说快点，我们还要去牧区呢。沙其垒突然说，胡琴能不能让我抱抱？我捅了他一拳，说你想女人想疯了吧！沙其垒说，看到这么漂亮的女人不疯才怪。

自打胡琴进小院，沙其垒一直跟着我，像是监视我有图谋不轨。

胡琴起床已是第二天晚饭时间，我把“沙其垒想抱抱”当作笑话说给她听。胡琴一脸认真说，沙其垒太可爱了，我要拥抱我们的边防干警。

胡琴换上一条花格裙，嘴上涂抹上鲜艳口红，高跟马靴“磕磕磕”走到我房间，伸开双臂拥抱沙其垒，又伸开双臂拥抱了曾柯。她走过我身边应该拥抱我了，但她没有。她高跟马靴“磕磕磕”走进厨房，看到坐在桌边的干警们站起来，她伸开双臂一一与他们拥抱。胡琴与他们拥抱时没有忘记自己是个记者，她第一件事就是采访干警，把我晾到一边，显示着她是因公而来。

胡琴面对面采访干警，她想听听这些沙窝窝里干警怎么说，可干警们对自己真实的戍边生活表达不出来，拘谨的干警一下子无法和胡琴沟通。胡琴在这个时候才顾及到我，我才成了她采访中补充的最好对象。

我带胡琴来到大红山，胡琴面对山岩沟壑，念起边塞诗：校射羽书飞瀚海，单于猎火照狼山。我告诉胡琴，我们所处的位置要比狼山远得多，我们是在狼山的背面。胡琴圆着眼睛问，我们就在狼山背面，那陨石会不会光顾这里？我告诉她陨石经常光顾这里。

真的呀！胡琴大眼睛一闪一闪。

胡琴拾起一块彩色石头说，真漂亮。我告诉她，这叫五彩石，岁月给平凡石头镀上的颜色，也是千万年的寂寞打造出它的美丽，让它炫若朝霞。胡琴说，你们就像五彩石，在大戈壁独自品味寂寞和孤独，我要好好写你们。

我把胡琴带到一堆用五彩石镶嵌的名字面前，她念着罗成宝、刘山……我告诉胡琴，第一个在大红山留名的人是罗成宝，他是大红山派出所第三任指导员，那年他从大连城来这里，媳妇只到半道就扭头回去了。他只身到大红山派出所，跑到大红山哭了整整一天，哭完用手在山上辟出一块空地，用五彩石镶嵌自己名字。后来干警们难忍思念之情或离开之日，用五彩石镶嵌自己名字。勒石铭志成了一种精神寄托，一天天，一年年，就有了一百多名干警名字。有的名字走了，有的名字却永远留在了这里。

胡琴眼眶红了，回到派出所她一个人躲在房间写文章，她再从房间出来就对我说，我想把文章写得惊天动地，我要挖掘一下你们的豪言壮语。趁晚餐全所干警聚集桌前，胡琴提着笔记本电脑，高跟马靴“磕磕磕”走到干警中间，她问一位干警，你的理想是什么？最想要的是什么？

那位干警摸着脑袋告诉胡琴，我没啥理想。胡琴又说，就是你最想做的是什么？那位干警有些羞涩地说，只想到旗里去洗个热水澡，来派出所一年多了，还没有正规洗过一个热水澡呢。

胡琴傻了，难道这就是理想，那也太容易实现了吧？洗不上热水澡，对于她来说是不可想象的事，也是不可想象的痛苦。胡琴不肯罢休，想刨根问底。她说，在派出所不是天天洗热水澡吗？也没觉得有多困难。难道这也算是理想？

我赶快告诉胡琴，水是大家匀出来的。为了你，大家把水主动献出来了。我们生活的地方，一年也洗不上几次热水澡，顶多拿热毛巾擦擦了事。如果要想美美地洗个热水澡，那要去几百公里外城市才行，还必须摊上个出公差。

胡琴无法想象地望着我，她想知道我这个爱干净的人到边防的日子怎么过的，她起身走到我房里观察，发现我与其他干警没有两样。我换下来的衣服没有水洗，撂在床下，过几天拿出来和身上的进行对比，结果是把床下的那套换上，过几天再对比一次，再换一次。

胡琴问我，怎么变得这样了？

我摆了下双手，笑而不答。

曾柯告诉胡琴，薛子汉刚来时每天要洗几次脸刷几次牙，还特别喜欢洗澡，他的水不够洗漱就去泉水那里打。派出所三公里外有一眼又苦又咸的泉水，骆驼喝了都直喷鼻子。现在遇上大旱，泉水眼也干涸了。我们这是到二百公里外拉的水，每人每天分配的水也就一脸盆。

胡琴低着声说，原来这样啊！你们怎么不早告诉我。那什么时候才能有水啊！

我说，要等戈壁滩下雨，草木繁茂，驼羊有草吃，我们才有足够的水洗衣。阿拉善今年有半年未见滴雨。千里戈壁，草木枯零，水库干涸，驼羊死亡。牧民不得不含泪将养家糊口的羊贱价卖出去，卖羊如同卖血，最低价到了50元一只。

胡琴哽咽着声说，这里的艰苦到了我无法想象的地步。曾柯，我先采访你。曾柯说，你采访吴所长吧！吴所长在这里时间最长，他来时才25岁，有一头浓密的黑发，13年来他饮用这里含氟含碱超标的“苦水”，才38岁头发就开始脱落，稍稍谢顶。

胡琴流下了感动的眼泪，她才知道自己的采访像鹅毛一样轻飘，决定把稿子重新写。胡琴那天写得很晚，第二天早上我去喊她吃早餐，她双眼布满血丝，伸了个懒腰把电脑推到我面前，说你看文章，我去吃饭。胡琴披一件外衣去厨房了，我在电脑里看到这样一段文字：

……阿盟边防支队艰苦恶劣是个不争的事实，基层11个边防派出所有8个处于无人区，生态环境的恶化和生存条件的恶劣让这里赢得了一个令人不寒而栗的称呼：生命的禁区，人类生存环境恶变的癌瘤。从巴彦浩特，经乌力吉，一路走去是气势恢宏、苍凉雄浑的大戈壁，这里不光一切生存需求压缩，还有最难熬的精神孤独。在这荒凉之地和苦寒寂寞的漠海里，我们见不到一个颓丧心情，也没有一个干警撂挑子不干工作。大红山派出所吴伟明，戍边13年，就像戈壁滩上的石头一样，默默奉献；外勤专干曾柯是破案能手；沙其垒车开得最好；士官薛子汉的饭做得最有花样……大戈壁下的边防阵地始终飘扬着一面旗帜，旗帜的下面凝聚着一股巨大的力量。

胡琴捧着一束树枝走进来，我双脚一并，嘴里一声：“敬礼!”胡琴往后一退树枝掉到地上。我说，胡琴同志，你写出了边防干警的伟大，也写出了你对边防战士的感情。我代表边防战士也代表我个人向你致敬。胡琴说，行了行了！吓我一跳。

胡琴把树枝捡起插到一个空酒瓶里，走到我跟前挽住我脖子，说吴所长放你一天假，你带我去看胡杨吧！我笑了一下。胡琴说你笑什么？我说，胡杨没有花了，开花季节早过了。胡琴说，花没有了，去看“千年不倒、倒了千年不朽”树啦。我说，哪有树？我都没有看过胡杨。

胡琴双眼瞪得溜圆，那样子我生怕她眼珠子会掉下来。我知道我的西洋镜被识破，我只好实话实说，这里离胡杨有几百公里，我们怎么去看？胡琴说，几百公里？你不是说这里遍地是胡杨吗？我搔了搔头，想给她解释，胡琴根本不让我说话。我说了句，你不可理喻。胡琴说，谁不可理喻？你跟我说清楚，是谁不可理喻？胡琴很固执，还有点得理不饶人，我根本说不过她。

我们争得面红耳赤，发现吴所长站在门外。吴所长笑着走进来，说明天沙其垒开车，你带胡琴去看胡杨。你来了还没见过胡杨，也应该去看看，学学胡杨精神。我说，所里车子这么紧张，还是以后再看吧！吴所长说，执行。

那晚我睡到半夜，发现窗外悄悄下起了雪，怎么会突然下雪呢？不是说要11月才有雪吗？现在才10月份。我望着窗外想，只要天亮不下雪，情况也不会太坏。

第二天天没亮，沙其垒睡得正酣，我偷偷起床，发现小院被雪严严实实地覆盖，黑黢黢的天还在继续下雪，而且雪越来越大，我在雪地里焦虑地走来走去。

第二个起床的是吴所长，他第一个反应就是叫醒沙其垒，要他赶快送胡琴离开大戈壁。

沙其垒带胡琴离开不到半个小时，天下起暴雪，沙其垒无奈地把车开回派出所。

我对胡琴说，只能等这场雪过了才能走。胡琴问，这雪什么时候能过？我说，如果雪不停，一个月困在这里的事也有。我们前任指导员的家属遇到过困一个月。胡琴跺着脚惊叫，一个月！我的妈呀！她望着下个不停的暴雪在房里走进走出。我说，我要带你去牧区牧民家喝奶茶，了解牧民生活。胡琴摇着头说不去。我强忍内心不安，给胡琴唱一首《远方的朋友请你不要走》，劝她安心留下。她不理，仍焦躁不安地在房里走进走出。接下来的日子，她畏缩在房里不吃不喝，每天昏睡，红润的脸蛋很快没有血色，人又开始咳嗽。

吴所长见胡琴这个样子，跑到我们房对沙其垒说，雪可能会有一个月，胡琴这样下去会生病，你冒险也要把她送出去。

胡琴坐进车，望着我们悄然泪下，说此地不可再来，但不可不来。面对一个缺乏生存条件的孤独世界，凡人是挺不过的，你们了不起。

胡琴离开大红山那天我没有送她，所里接到边境办案紧急任务，必须尽快赶过去。我和曾柯只带了两件换洗衣出发了。

九

派出所管辖的地区是中蒙边境，我们担负的中蒙边境的治安管理有一百多公里，邻国偷渡者先到中国转蒙古然后去韩国。以前这些案件发生在东部区，现在开始西移，解放军边防连队抓到偷渡者和破坏边境者都要交给我们处理。

深入边境第一天我就给胡琴打电话，没反应，再打，仍是没任何反应。妈的，这边境是盲区。我心一急尿就涌上来，我站在界碑下，一把尿撒过国界，哗——啦啦！我喊着，一尿尿两国，“轰炸”偷渡者来缓解没有信号的郁闷。

我们在边境堵住了四个偷渡者，被我们堵住的偷渡者我们不能处罚他们，我们没有行政执法权，我们只是把他们送回国。我从边境办了半个月案出来，发现手机有无数胡琴电话和短信，我赶忙打胡琴手机，胡琴手机忙音，我又急忙翻看胡琴短信。

第一个短信：沙其垒送我那天被雪困在支队，我是七天后才坐班机回湖南的，那些日子我患着重感冒，回到湖南就住院打吊针。

第二个短信：我打吊针，旁边有一位女孩也在打吊针。女孩的男朋友围着她团团转，而我孤零零看着吊瓶一点点往下滴。我想要是你也在身边多好。我从医院出来瘦了五斤，单薄的身子风都吹得动。

第三个短信：你怎么不回我短信？打你电话说又不在服务区，急死我啦！不会出什么事吧！

我赶忙把这次特殊行动编个短信发给她。胡琴没有回我短信。她可能在采访，采访的地方也是盲区。我收起手机和曾柯提着拖箱去搭回大红山的车。车子还没有来，我们在旁边集贸市场买了两麻袋土豆。我们这样顺便带两袋土豆回所里就可以解决所里一个月菜。前段所里天天海带做菜，干警们放出的屁都有一股海带味。

我们每人扛一袋土豆挤上一部大客车。

大客车在大戈壁奔驰，远处传来的闷雷像连珠炮轰鸣，其实在这里听到的闷雷不是闷雷，是沙鸣声，这里有世界上最大的沙峰，也就有了世界最大的鸣沙区。沙峰在沙鸣声中出现海市蜃楼，我知道那是远山在戈壁的热气里产生的倒影。我想着这些物化反应，大脑塞得满满的。忽然，大客车在沙鸣的轰隆中，在戈壁热气的倒影里滚进万丈沙潭。

从沙潭里恢复知觉我发现我头枕着土豆，黄沙盖住我整个身体。我从沙潭往外爬发现我的手臂有轻微骨折，又发现曾柯的脖子砸了个口子流血，他用洗脸毛巾抹干血，又用洗脸毛巾捂住脖子。我再看周围，才知道瞬间发生悲惨的一幕：车子滚进万丈沙潭，车上人有的断了腿，有的伤了腰，有的砸破了头，还有的当场晕死过去了。大家都躺在沙潭里等着援救。

我和曾柯刚被救援车送回所里，吴所长从牧区匆匆赶来，说你们怎么样？据说车上的人都进医院了。我正准备说曾柯的伤，曾柯踢了我一下。曾柯说，我们没事，只一点皮外伤。吴所长说，要不要检查一下，内伤是一时发现不了的。曾柯说，不用了，我们是军人，不像他们经不得摔。吴所长说，那就好。吴所长又对我说，你就这次办案写个报告给我，我向公安局那边汇报。我连连回答好。

我见吴所长又去牧区了，找出一瓶红花油药，问曾柯要不要擦点药。曾柯说没你娇气。我说你不当回事就不管你了，我给自己手臂抹上一层红花油后给胡琴打电话，仍是忙音，我把手机丢到床上，移到桌前写报告。熬了一晚上，我把案情写成一份详细分析报告。

第二天早上，我把报告战战兢兢交给吴所长，吴所长看完报告惊喜地望着我，说看不出，一个学建筑的把案情分析得有条有理，头头是道。小子文笔也不错，写东西上道。所里正少一个写写画画的人，这任务就交给你吧！

我第一次得到领导器重，干警们说我有两个杆子，一个枪杆子，一个笔杆子。我把干警们说我有两杆子发短信给胡琴。胡琴终于回信息了。胡琴不甘落后，她回短信：可惜你那里不能上网，我写边防干警文章在《湖南日报》和《解放军报》发表了。

我回短信：祝贺你！我在这里向你致敬礼！

胡琴回短信：把手放下来，我不要你傻乎乎举着手。

十

食堂开始上餐水煮土豆片，下餐小炒土豆丝，吃得干警的嘴上都起泡了。这天我们正吃着土豆丝，吴所长提着一捆苦菜对值班干警说，吃吃这个苦菜吧！还能败火。我们这个所的干警，要先吃到身体需要的蔬菜才能工作，可我们有两个多月没吃蔬菜了。

吴所长亲自下厨，把苦菜做成苦菜肉丝汤、凉拌苦菜。吴所长把苦菜凉拌得碧绿清爽，我们吃得特别香。饭后，吴所长又把厨房的坛子这个揭开看看，那个揭开瞧瞧，终于从十几个坛罐中发现一个空坛子。他说了声，原来你躲在这里呀！提起空坛子去洗，洗净后晾在那里，又捡起地上的苦菜对值班干警说，把这些苦菜用开水焯一下，晾凉，装进坛子，再加干姜、辣椒、盐。一定要兑干净的老盐水泡起来，十天就可以吃了。

吴所长带我去追一个窃案，他上了车还是不放心，又从车上下来，亲自指点值班干警做了苦菜才走。

吴所长再上车就把眼睛闭住，任沙其垒怎么开就怎么开。前些天下了雪，路上有些积雪，沙其垒转弯时车一滑，翻了过去，我和吴所长都甩到了地上。沙其垒从地上爬起来，灰头灰脑地站在我们面前。吴所长说，检查看看，有坏的地方没有？沙其垒发现引擎上的传动皮带断了，他接好传动皮带车又开动了。

车子路过牧区时遇到一个难产妇女，吴所长说，先送这个难产妇女去卫生院。车在路上又坏了，难产妇女在车上叫得歇斯底里，把我们吓坏了。沙其垒满头大汗倒腾车子，招呼产妇的妹妹小花花拿出手帕给沙其垒擦汗，沙其垒又把车子倒腾好开起来，开得飞快。产妇一到医院，孩子顺利生产。小花花抱着婴儿出来对我们说，母子平安，谢谢你们。

沙其垒偷偷跟我说，看小花花身上香香的，腰杆软软的，抱在怀里一定像抱布娃娃一样轻，她给我擦汗时我真想抱她。我说，我去试探看。

我走到小花花面前悄悄说，沙其垒哥哥怎么样？小花花咯咯地笑，然后说，人我喜欢，就是生下的儿子比兔子高不了几寸。

我走到沙其垒面前悄声说，她不适合你，我们走吧！沙其垒一脸的不高兴地开车，走了一段引擎上的传动皮带又断了，再接，反复多次，四十多公里路走了快一天。

引擎上的传动皮带在天黑时又断了，我用手电为沙其垒照明，沙其垒倒腾到半夜也没有倒腾好。吴所长发现前面有一辆绿色车停在那里，旁边还冒着烟。吴所长说，估计是部队的车也抛锚了，走，过去看看。

果然是几个解放军战士给边防连队送供养的车坏了，两天了，救援的车还没有赶来。他们穿着大衣，围着一个火堆，用梭梭柴烤土豆吃。梭梭的火力特别大，他们把握不住火候，土豆外面烧得黑乎乎，里面却夹生没熟。一位叫萨娜的牧民女孩正在教他们怎么用梭梭的余火煨土豆，烤出来的土豆才好吃。

吴所长看他们脸上糊得满嘴脸的黑灰和土豆泥，对我说，唉！还是几个十七八岁大孩子，他们准是饿急了。你去车上拿些火腿肠、馒头、羊肉、大蒜、饮料和咸菜送给他们。

两部车子坏在大戈壁，大家围着梭梭柴，啃着食物，各自聊起家乡好吃的东西：南方的大螃蟹，北方的炖羊肉，中原的荤素火烧，西部的牛肉拉面，东北的杀猪菜，等等，聊得不亦乐乎。

沙其垒没有参与我们聊天，他拿出一块抹布在旁边擦车。沙其垒虽然长得粗糙却极爱干净，破车经常被他擦得一尘不染。沙其垒随着擦车的节奏哼起蒙古小调，萨娜被沙其垒的歌声打动，她从包里拿出一块抹布帮他擦车。

我看到萨娜擦车的样子很安静，不像小花花那么活泼撩人，我悄悄对沙其垒说，这个适合你。沙其垒说，萨娜长得不算丑，就是没文化。我扯着沙其垒耳朵说，有文化的姑娘挤得了奶吗？有文化放得了驼羔吗？沙其垒将抹布懒懒地丢到车上，说我明白，我的爱情要像我坐在驾驶位上的屁股，结结实实，稳稳当当。我说，她家骆驼多，先打好物质基础吧。就你那个样子，穷球打得炕板子响，还瞎挑啥呢？

沙其垒干笑两声说，只准你找胡琴那样聪明漂亮的女朋友，我就不行？

我说，从今天开始不准说胡琴，只准说萨娜。

沙其垒说，你今天怎么啦！吃了枪药？

你们别闹了。吴所长说着，双手捂着肚子痛苦的样子。我走到吴所长跟前，您怎么啦！吴所长说，我肚子已痛了几个月，感觉不怎么厉害，可这次夜里一冷，觉得撑不住了。我说，赶快去车上休息。我和沙其垒把吴所长扶到车上，援救车来了，我们把吴所长直接送到总队医院检查。

十一

吴所长只去了一天就从医院回所里了。

他回所里正赶上我们吃晚饭，我们问他怎么就回了，不到医院休息几天？吴所长嘿嘿一笑，说什么事也不会有，我还真想病一次，让那些漂亮的小护士伺候我几天。曾柯说：你们不知道吧！所长是顶天立地的爷们，怎么会想让那些小护士伺候。吴所长说，嗯啰，在医院我吃饭都不香，还是同战友们一块吃饭香。吴所长装起一碗饭，吧叽吧叽嚼着。我手机突然嘀咕一声。吴所长说，胡琴的短信吧！看青年谈恋爱的热乎劲，真让老同志羡慕。我连连说不是不是。吴所长说，还狡辩，脸都红了。说真的，你们哪个谈好了，我给你们举行婚礼。沙其垒说，好呀！可惜轮不上我。吴所长说，怎么这个熊样？说不定第一个婚礼就是你的。吴所长还想往下说，接到友邻派出所警情报电话，一位地质界老专家黄贵生探矿在戈壁走失。

警情就是命令，时间就是生命。吴所长说，全体干警立即集合。

我们一排整装待发地站在小院地坪。吴所长讲了他的搜救计划，我们立即加入搜救队伍。两天两夜下来我们没有找到黄贵生，我说，在这无边无际的漠海里，黄贵生要不走出去了，要不淹没在黄沙中。吴所长告诉我，我们所处的位置是黑帐房、白沙窝、狼心山、野马泉、疙瘩井、旱水沟、歌德坑、布和巴特尔沟，如果用线段把它们连接起来就像一条条被死亡包围的路，黄贵生离开这些点和线根本走不出戈壁。许多年前，国民党一架飞机在这里迫降，机上人员因走不出这片大漠而全部死亡。

我们连着三天三夜搜救，仍然没有找到黄贵生，我们一个个筋疲力尽回到所。黄贵生单位负责人王书记也失去了信心，认为黄贵生在这荒无人烟的戈壁滩活着的可能性不大，王书记通知吴所长停止搜救，他带来的几个人准备撤退。

吴所长一把拉住王书记，说秋天的戈壁滩对人生命威胁相对较小，黄贵生还是有希望的，只要有一丝希望我们都不能放弃。王书记感动地说，你们这么有信心，我们没有理由失去信心。吴所长说，在搜寻中，我发现一个沙包旁有人躺过的痕迹，虽然模糊不清，凭我判断，可能是黄贵生在这里休息留下的，我们不能放弃这个唯一线索。王书记握着吴所长手说，请你安排下一步搜救吧！

吴所长带领全体干警，围绕这个线索层层向外排查。排查的工作异常艰辛，吴所长饿了啃一口冷馒头，渴了喝一口路边水，双脚磨出了血泡，他依然跑在搜索队伍前面。晚上吴所长发起了高烧，他凭着过硬的打踪（步法追踪）技术，经过99个小时搜救，徒步60公里，终于在一片平坦的戈壁滩上发现了奄奄一息的黄贵生。吴所长吩咐干警们护送黄贵生去医院，他自己一瘸一拐回派出所。

我们把黄贵生护送到医院回所里已是晚上八点，我和干警们正端起碗吃饭，手机嘀咕一声，胡琴发来一条短信：今天我去看刚生宝宝的同学美芬，美芬说，我们做单身女人不觉得，女人一旦结婚生孩子了，再强的女人还是需要身边有个人。军人虽伟大，可军人的妻子难熬啊！美芬的话很直接，我却有一种情绪涌动。今后我和你结婚了，就是我和我们的孩子长期见不到你，漫长的分居生活考验我。

我立即回短信：军人的妻子是难熬的，你准备好了吗？胡琴回短信：我不知我准备好了没有。昨夜我做了一个梦，梦见我带着一个孩子，在一个风雪交加的夜晚孩子病了，我一手撑着雨伞一手抱着小孩跑医院；我还梦见我抱着孩子探亲，大雪封路，像指导员家属一样困在戈壁一个月。我又信心百倍地回短信：如果你困在那里，我会变成一架飞机把你送出去。她回短信：我认为我很坚强，其实我和一般女孩子没有两样，我也是平凡女人，也有脆弱的时候，当我从外地采访回房，看到四壁空空，再看人家成双成对出入我面前，心里也会有酸楚。

我又信誓旦旦地回短信：我不会让你孤独，三年后回到你身边。

我发完这条短信，突然发现，我把这里只是当成一块通向自己成功的跳板。本科大学生到部队是副连职中尉，从副连到正连正常是三年。我想努力那么三四年提拔回城，可见我从骨子里没想在戈壁久待。我想，只要不是傻兵，都会有这个想法吧！

她回短信：我等你三年，就怕三年等不回，像你吴所长一样，来时有一头浓密的黑发，十年后头发开始脱落，稍稍谢顶。我又坚不可摧地回短信：不会的，就是二十年我也不会谢顶，我是特殊材料中的特殊材料。胡琴回短信：我从内心敬佩军人，我可以像我母亲一样成为军人的妻子，但我不知能不能忍受天各一方的日子。

我回了这样一条短信：我的大记者，不用天各一方，你也可以来这里工作呀！

胡琴没有回短信，她准是被我这个短信吓着了。她怎么会来大西北工作？我这个傻瓜。我把手机丢进口袋发现刚才还在吃饭的干警一个个走了，只有沙其垒朝我诡秘地笑着。他也起身要走，我突然没有了吃饭的食欲，跟着沙其垒回宿舍。

十二

派出所接到牧区电话，一位五十多岁的牧民，刚给儿子完婚便急不可待地自缢。我立即赶到现场，发现婚礼刚散，葬礼开始。据我调查死者早想死，他的行为是恶劣环境给牧民带来巨大痛苦造成。

我看到新娘新郎脱下婚服换上丧服给长辈送终，心情不由悲伤起来。这里除了漫漫黄沙和大戈壁一动不动的石头，还有什么？早迎黄沙、漠风，夕见的还是黄沙、漠风。被漠风掀起的沙砾铺满整个大戈壁，这就是我们天天看的景。干警们最近不怎么说话，我也变得越来越不想说话了。干警们没有新鲜事，也就没有新鲜的话可说，天天一个样子，件件事都是旧的。这些日子我给胡琴发短信，她没有回一个短信。没有她的短信我是非常难受的，我都有些不知怎么笑了，脸上快僵成一块石头。

天瓦蓝瓦蓝，群山重重叠叠，我一步步往派出所走，脚踩在沙漠里软软的，像是踏在无声无息的棉花上，这时，我是多么希望有点声音。哪怕迎面来点风扬起一点沙砾，或飞过一只鸟落下一片鸟毛。来些烈日烘烤，或洒落些雨丝，我都会感到不那么孤寂。然而什么都没有，只有自己咚咚响的心跳声。这心跳声是多么的孤独寂寞。偌大的荒原就我们这些傻兵是活物，不停地弄出点响动，像是大漠的心脏。我哼出了几句诗：

如果你想寻找寂寞
请到戈壁来
如果你想寻找孤独
请到沙漠来
黄沙的孤独声，
将寂寞的戈壁灌溉无穷。

就在我万籁俱寂万念俱灰时候，手机里跳进一个短信。我一看是胡琴的，欢喜若狂，然而，这个短信却适时地触到了我的痛处。

胡琴短信：这些天母亲住院全是我跑上跑下，父母就我一个女儿，如果我跟你去大西北，父母怎么办？你还是早点想办法往南方调吧！趁我父亲在位可以帮你找找关系。

这个短信我应该高兴，我捞到一根离开戈壁的希望稻草，但我高兴不起来。我既没有在这里干一辈子的准备，也没有想让自己马上离开的准备。然而，边防熬人，边防熬人最终无法逾越的是寂寞孤独。在这铺满沙砾的大戈壁我能否坚持下去？我心一下子乱了。

沙其垒的摩托迎面驰来，我不分青红皂白抢下他的摩托，踏上油门走了。我听到沙其垒在我身后大喊大叫，感觉他追了我一程，我不顾一切地狂奔。

眼前是刀刃般的沙峰，耳边是沙漠的轰鸣声。我不知要去哪里，也不知道到了哪里，只知道一路狂奔。忽然，摩托不听我使唤，我轰然倒下。我再骑上摩托，人飘飘然又倒下，我再爬起发现我到了大红山脚下。我摔开摩托，磕磕碰碰去爬大红山。我爬到大红山顶上，对着天空“哦——哦——哦”吼。苍穹之下的“哦哦”声显得那么微弱，像大戈壁的一粒沙砾被漠风吹得无声无息。我筋疲力竭地把身子摔在地上，突然，发现吴所长也在山上，他背对着我，默默朝北方向磕三个头，他转身我发现他满脸泪花。吴所长父亲三天前去世了，现在中央两会期间，三级战备，他无法回去。

我挣扎着站起来，叫了一声：吴所长！

吴所长看到我在这里有些惊异，赶忙擦了把脸说，我先下山，你也在山上不要久待，夜马上要来了。

我说，吴所长，节哀顺变。

吴所长说，谢谢！

吴所长背过身，向我摆摆手，独自下山。

望着吴所长一点点消失的背影，我心里涌出一种情绪：军人，军人与常人不同的地方就是国家需要在哪里，军人就在哪里。

漠风掀起的沙砾像刀一样刮着我的脸，星星笑着一闪一闪出来了，如斗的繁星中有一颗天狼星像是贴着我头逶迤而来，又像擦着我肩呼啸而去，我像是站在银河的一个渡口，对着天狼星狼一样嗥叫，嗓子哑了我还未罢休。

十三

过年从正月初一到十五，牧区的牧民就排好了号，挨家挨户请全所干警到家里吃年饭。牧民们的意思，麻烦干警一年，感恩在这一天，双方彼此都极重视这餐年饭。吴所长准备好了砖茶、好酒、方糖和水果罐头，还有本地好烟和蓝色哈达。出发前，吴所长要干警着装整齐：崭新的军装，锃亮的皮鞋，笔直的裤线，还有年轻的笑脸。

我还在系好大头军鞋，吴所长推了我一把，说快点，不能让牧民们等得太久。

吴所长说这话时已在这里过第13年，也是最后一个年。支队已下命令，过完年就去支队报到。

我们一到牧区，牧民们穿着节日盛装站在自家门口迎接。干警们献上礼物和哈达。牧民致新年问候语：“新及了赛新及了赛”。然后干警们鱼贯进入牧民家。餐桌上敬酒的过程，就是牧民们对干警们做的事，大到舍身救命、头痛脑热、跌打损伤、女人生孩子啥的也靠所里派医生。小到谁家的热水瓶坏了，烧水壶漏了，牧民吃菜、油盐酱醋茶，日用百货等，一件件浮现脑际。这时的派出所像是苏木旗盟政府的总称，敬酒的过程就像一份特殊礼物献给边防官兵。

初五我们轮到一家饭店。饭店不大，几间用红泥土盖的简易房子，外围有个围墙，但饭店干干净净。一个二十多岁女孩穿着盛装弯腰施礼，她以主人公的身份欢迎我们。吴所长对我们介绍，她叫其木格花蕊，这家主人的女儿，大学毕业分在牧区学校教书。

“其木格花蕊”，我一直对少数民族的名字好奇，总觉得少数民族名字比汉族名字直接形象，也更显自然和热烈。我开始打量女孩，瓜子脸，杏眼，柳叶眉。笑起来，弯弯的柳叶眉给人柔情似水，婀娜多姿身段又像流动的音符，韵味无尽。我曾听说过，大漠里的空气使阿拉善女人就像戈壁里干燥的土地一样，缺少水的滋润，多了干燥的鳞角，少了韵律和温柔，而以眼前这位其木格花蕊论阿拉善女人不温柔、缺少韵律也许是个误区。

曾柯望着其木格花蕊说，好像在哪里见过？其木格花蕊说，我可知道你，破案专家。曾柯嘿嘿一笑，说不敢当。其木格花蕊请我们入席，吴所长说，你们年轻人和其木格花蕊坐一桌，我去和老人坐一桌。按所长分配，我和曾柯跟其木格花蕊坐一桌。窗台上有一本诗集，我翻了翻问，你喜欢诗歌？其木格花蕊说，你以为我们老师只会给学生认生字吧！我说，不是。印象中女孩子喜欢看一些时尚杂志。其木格花蕊毫不掩饰地说，我不但喜欢诗，还学着写诗呢！曾柯说，女诗人呀！其木格花蕊说谈不上，只能说是诗歌爱好者。曾柯又问写过一些什么诗。其木格花蕊不回答，只咯咯咯地笑，目不转睛地望着他。曾柯手机突然响了。他接上级通知，支队来车接吴所长去医院。我问，什么病？曾柯说，不知道。

曾柯脸色有些灰地走到吴所长那桌，对正在给牧民敬酒的吴所长笑嘻嘻说，上级来电话，你必须去医院休养一些日子，好像血压有点高，可能是想让你享受一次漂亮小护士伺候的待遇吧。吴所长说，不去享那个福，闻不惯医院那股来苏味。曾柯说，好，不去。吴所长说，这就对了。他又对桌上人说，来，我们继续喝酒。吴所长端起一碗酒，曾柯抢过酒杯，说我来替你喝，我看饭店的酒不多了，今天我还没喝够。曾柯干完吴所长杯中酒就凑到他身边坐下。吴所长又端起一杯酒，曾柯又抢着喝了。吴所长吃惊地望着曾柯，说你想把饭店的酒全喝了？不让我喝？曾柯说，不是，是你要先让你的部下喝足，你才能喝。干警辛苦一年，牧民感恩在这一天。也就是我们干警喝酒在这一天。

吴所长又给自己倒了一杯酒说，这是杯答谢酒，你不能喝。曾柯又抢过杯子，说我来答谢，曾柯喝完杯中酒，说，我——曾柯话没说完溜到椅子下了。

我们把曾柯抬到房间休息，曾柯吐了一地。其木格花蕊打一盆水给曾柯洗脸，曾柯见是其木格花蕊，说，我——其木格花蕊说，好受点没有？刚才吐了一地，肠子肚子都吐光了。饿了吧？我去给你下碗面。其木格花蕊门帘一掀出去了。

其木格花蕊再进来端了一碗面，说吃了它会好受些。曾柯拿起筷子就吃，吃得满面流油。其木格花蕊给他轻轻捶背，说你这样会噎着，慢慢吃。曾柯脸红了，更快地吃完碗里的面。

其木格花蕊拿过他手里空碗走了，曾柯盯着她背影看。我说人都走了。曾柯转过身冲我笑了笑。我说你是不是看上其木格花蕊了。曾柯马上否认，说我还期待回家呢。我家三代单传，父母只我一个儿子，他们退休后我就是他们的依靠。

其木格花蕊给我们每人送来一杯茶，我望着这个前不着村后不着店的大戈壁问：你们怎么没有离开，这个区已迁得差不多了。其木格花蕊说：离开？我从蒙古包到苏木小学，再到旗里中学都是派出所的巡逻车接送。北京吉普有时能塞好多个孩子，麻雀似的一串跳下十多个。我就是这样从小学到初中到高中，最后读大学走出荒漠到城市又回牧区工作，我还未想过离开。我问，是不是舍不得这里？其木格花蕊笑了，是啊！有你们干警在这里，他们也舍不得走，我家在这里几十年了。吴所长对其木格花蕊说，在家休寒假吧！来我们所里玩呀。其木格花蕊说，好呀！吴所长又对我们说，回所吧！

天空飘着雪花，旷野漆黑一团，一辆吉普车穿着过夜幕驰进饭店。

吴所长说，怎么回事？这么晚还来小车？他又盯着曾柯看，说是不是你搞的鬼？曾柯做了个鬼脸。吴所长说，不去。跟你们说了，我闻不惯医院那股来苏味。曾柯嘿嘿一笑，几个干警围住吴所长。吴所长说，我真的闻不惯医院那股来苏味。干警们一齐上去，连推带拖把吴所长送上了车。

车子慢慢驶离饭店，干警们一排站在门口，目送吴所长离去。

十四

我第一次认真看吴所长房间，发现房间的沙发是用石头砌的，上面放了些布垫。这样的沙发冬天冻屁股，热天烫屁股。我又发现吴所长窗前的书桌只有三条腿，有个腿是用石头垒高的。书桌两边的四个抽屉垮下三个。我一看就知道，抽屉的螺丝松了导致滚珠错位。我是学建筑的，这里没有营房给我设计我就来设计房间。我用几块木板做成一个长条形模子，把旧棉絮放进去铺均匀压紧，用一块印花粗布蒙到棉絮上，小钉子密密钉紧，一张自制沙发成功了。

我欣赏自己一番战绩后又把吴所长三只脚的书桌翻倒地上，找到一根和桌子腿大小一致的树棍钉到缺腿上，裁去长的部分，四只腿平衡了。我把垮下的抽屉一个个抽出来，抽屉里有脏稀稀的烟蒂和空笔盒。有一个抽屉只放了一张阿拉善报纸，报纸发黄，内容说原古日乃边防派出所一名干警，将一位被汽车撞倒的垂危妇女送入医院，留下一些钱悄然离去。被救的妇女及家人在报纸上登找救命恩人消息，时间长达两年之久，还走访了不少边防派出所都没有找到救命恩人，但在她心中永远感谢的是阿拉善的戍边干警。现在吴所长珍藏的这张报纸，也就是珍藏了一个军人的情怀。我把抽屉的螺丝一个个拧紧，报纸重新放进抽屉，书桌翻过来，稳稳当当放到窗户前。

其木格花蕊在这个时候走进宿舍。

其木格花蕊的出现令我非常惊讶，一个男人盲区突然进来一个漂亮姑娘，仿佛一缕温馨的阳光射进来，可惜这缕阳光不是冲我而来，而是冲曾柯而来。

我拿出茶杯反复洗了洗，给其木格花蕊从新安装的饮水机倒了一杯水。其木格花蕊端着茶杯欠了欠身子，坐到我对面。其木格问，曾柯呢？我刚想说曾柯去牧区了，小院响起了摩托声。我说，你看，谁回来了。其木格花蕊眼里掠过一阵惊喜。

曾柯端着头盔走进来，看到其木格花蕊喜不自禁地说，昨天我出丑了，谢谢你的照顾。

其木格花蕊说，不用谢。你不是为了所长也不会喝那么多酒。

曾柯放下头盔，其木格花蕊捧着茶杯坐到他对面问，你去我们学校了？

曾柯说，你怎么知道？

其木格花蕊说，这么大的事，师生中传开了。

曾柯说，唉！那个教师才二十二岁，只因无法调离戈壁，忍受不了这里的痛苦，躺在沙丘上喝药自刎。

我说，如花生命，花季年华，怅然凋落于漫漫黄沙。

我在为花季少女叹惜时，猛见其木格花蕊含情脉脉地望着曾柯，望得曾柯都不好意思。其木格花蕊突然走到曾柯床前，把床上几件脏衣服放进一个空桶。曾柯说，我自己能洗。其木格花蕊说，做大事的男人不要拘泥这些小事，让女人去干这些事吧！其木格花蕊一句话说得曾柯一愣一愣。其木格花蕊顺手把我和沙其垒的脏衣服也放进桶里。

曾柯说，我带你去泉水井洗。

看曾柯带其木格花蕊走出小院，我心里动了一下，有异性关怀是一件非常温暖的事。

其木格花蕊和曾柯提着一桶干净衣服回所里，曾柯赶忙从房里拿出一根粗尼龙绳在两棵树间系牢，其木格花蕊把衣服搭到尼龙绳上，曾柯就在下面把衣服扯平。他们这样一唱一和，配合得那么默契。和煦的阳光照在他们脸上显得格外甜蜜。

这天，其木格花蕊以一首诗表达她对曾柯的爱情后，她就像一只小鸟天天飞来，帮曾柯洗衣叠被，送来戈壁滩最好吃的东西。夕阳下，他们策马扬鞭，骑着骆驼缓缓走过戈壁；节假日，他们去两百公里外看胡杨，把一度郁闷的曾柯一点点带出来，带到阳光地。曾柯也像换了一个人，眼睛亮晶晶，脸上荡着笑容。

其木格花蕊学校开学刚离开曾柯，她与曾柯又开始情话绵绵短信不断。这天深夜，曾柯和其木格花蕊一直通着短信，尽管曾柯把声音调得很低，但手机的嘀咕声还是能听到。我说，曾柯，这个冬天值，收获了爱情。曾柯感慨道，以前谈的两个女朋友，那不算真正谈爱，只有现在才算真正谈恋爱，真正尝到谈恋爱的滋味。我说，其木格花蕊疯狂地爱上你，不光被你的外貌吸引，军人的形象也吸引她。曾柯说，其木格花蕊也吸引我，她婀娜多姿的身材，像戈壁上摇曳的胡杨，她热情洋溢的笑脸，像碱水湖边幽幽含苞的马兰花。我说，曾柯，什么时候也变成诗人了。曾柯说，你忘了，我是诗人的男朋友。

沙其垒从被窝里伸出头，说，一个军人有人爱多好。我对沙其垒说，你也有人爱呀，萨娜不是来找过你吗！沙其垒说，萨娜哪能和胡琴比？胡琴那漂亮那肉嘟嘟嘴唇，妈呀！看着就想亲一口。我说，做梦去吧！沙其垒说，我还真做过梦，那天我送她出戈壁，她就坐在我身边，真想亲亲她。可是胆子还是小了一点，只要胆子大一点点就好了。我说，长得虎背熊腰却胆小如鼠。沙其垒说，好，我胆小如鼠。下次吧！下次捕到机会替哥们亲了。

我哈哈大笑，说，料你也不敢。

十五

医院对吴所长病情进行再次复查，结果是肠癌，癌细胞已全面扩散，病情到了晚期。这些日子他能撑得住令所有人都感到惊讶。吴所长治疗期间，曾柯被任命为派出所代理所长，负责所里的全部工作。

吴所长在医院从雪花飞舞的冬季住到春季，我一直想去医院看望吴所长，曾柯一直不给我这个机会，而他自己去看了几次。曾柯这天又匆忙去医院，据说吴所长病情进入危险期。我在沙其垒的配合下，爬进车后排躺在座位底下。车开去几公里，我从后排底下升出一个头。曾柯一怔，说，你！好吧！看了不准哭。我说，好。就在后排座位坐下来。曾柯又说，真的不准哭。我又说好。刚说完这个“好”字，眼泪哗啦流出来，幸亏曾柯看不见后排。我抹了下脸上泪，问吴所长怎么得了肠癌？曾柯说，水造成的。戈壁山的水喝久了，骨头酥，掉牙，就是骆驼跑着跑着仆地不起，骨头酥断了，有些骆驼肉里都有结石。我说，太可怕了。曾柯说，现在好了，吴所长为我们解决了吃水问题。

吴所长病床前站着一排大队领导，我从人缝中见到了吴所长，他下巴胡须蓬乱，瘦得面目全非，但他精神还好，不像进入危险期的病人。吴所长从人缝中发现了我，他向我招了招手。我走上前想说句安慰的话又不知怎么说，不听使唤的眼泪又流出来。吴所长先说话了，你小说写得怎么样了？大戈壁任你写啊，可惜我看不到了。他一脸遗憾地望着我。

我很惊讶，吴所长怎么知道我写小说，我一直是偷偷进行，无数次的退稿弄得我快失去信心，终于功夫不负有心人，《解放军文艺》准备发表我一个短篇小说，我想等发表后拿着小说向他汇报，没想到什么都瞒不住他。我连忙说，看得到的，《解放军文艺》这一期就发表我一个小说。吴所长伸出双手握住我，说我没看错，你成功了。祝贺你。可我是真的看不到了。我不知说什么，只是呆呆地望着吴所长默然流泪。吴所长说，发表作品是件高兴的事，哭什么？

曾柯一把将我拉到后面，对我说，你先回所里吧！吴所长关心的暖气事，现在有个老师傅愿意去所里安装暖气，你就跟沙其垒回去办这件事。我隔着人墙见不到吴所长了，我还是望了很久才下楼梯。

沙其垒接到老师傅我们就上路，进入大红山有三条必由之路，地方司机视三条路为“鬼路”，知道的一次也不肯走，走过一次决不走第二次。

车子开到100公里，路边一辆翻车，司机的手臂断了，血淋淋地等待援救。老师傅吓得脸色惨白，嘴里连说，我不想去了，我不想去了。

我问，你怎么啦？老师傅说，你们翻车怎么办？我在那里生病怎么办？我死在那里怎么办？

我说，不会的。我们会对你安全负责。

老师傅才安静下来。

车子进入戈壁滩，老师傅又被荒凉的景象吓得魂飞魄散。他喊停车。沙其垒不理他，把车开得飞快。老师傅威胁沙其垒，你不停，我就跳车。近乎疯狂的举动把我吓坏了，我打电话向曾柯汇报。曾柯说送老师傅回家，你们明天回所里。

沙其垒送完老师傅又把车子开到医院，我再次走进吴所长病房。病房静悄悄，只有曾柯一个人守在吴所长身边。吴所长睡着了，睡得很安详，看不出快要走到生命尽头的人。

曾柯悄声对我说，他现在还活着完全是靠毅力。医院对他病情保密，但他对我说，我得的不是一种小病，也不是一种好病。看来他已意识到自己的病情。上级首长问他是否让家属来院照料，你想他怎么说？

我说，那还用说，赶快叫他家属来吧！

曾柯说，他坚决反对。

我说，他怎么不要家属来照料？

曾柯说，我也感到纳闷。

曾柯再没有和我说话，也许曾柯和我想同一个问题，吴所长怎么不要家属来照顾？

十六

早春的一天，山上还存着积雪，吴所长突然回到派出所，据说是他自己要求回所里的。

吴所长是一个人回到派出所的，我和干警们都很纳闷，他的家属怎么没有来？

曾柯伺候在吴所长病床前，他一直紧紧攥着吴所长的手，担心他跑了似的。曾柯安排我见吴所长是吃晚饭时候，我匆忙进门踩到了黑雄，黑雄吠了一声。这几天黑雄一直蹲在吴所长门外，像一个忠实哨兵，我抚摸了一下我的朋友黑雄才走进吴所长房间。

房里有些昏暗，我走到吴所长床前还没说话，吴所长却看出我心乱。他说，感情出问题了吗？我点了点头，觉得这样回答不好，又摇了摇头。吴所长又说，军人，很多事要比常人做出牺牲，军人的伟大也就在这里，军人是特殊材料炼成的也是在这里。我又连连点着头。吴所长又说，我们这个所，干警们能坚持睡在这里，就是奉献！吴所长说完这句话没有了力气，他似乎是费了很大力才说完的这句话。我眼眶又红了。在部队，权威来自表率，每天所长总是第一个走向工作岗位，最后一个走进餐厅，最苦最危险工作总是在所长手里。

曾柯说，你赶快走吧！让所长休息。

我看到曾柯眼睛布满血丝，知道他有几天几夜没合眼了，我走到他跟前悄声说，我来招呼吴所长，你去睡一下。

曾柯把我拉到一边，命令你，赶快去厨房吃饭。

我从吴所长房里出来发现黑雄不见了。黑雄呢？刚才还在这里。我里里外外地找，不断地叫它名字，嗓子叫哑了都不见它的影子。我走出小院，走出很远了，不光没有看到黑雄，连一只鸟都没有见到，就有些灰心丧气。

我回到小院发现黑雄又蹲在吴所长房门口。你去哪里了？什么时候回来的？害得我好找。黑雄将头埋在两腿间不理我，我说饿了吧！我赶忙给它拿来食物，它不吃也不动。我从厨房里夹点菜给它，它也只望我一下又低下头。我说你受伤了？我检查它身体，脚和腿弄得很脏，凌乱地掩住了原有的光泽，但它没有伤。我拍了它头一下，它只悲恸地叫一声又低下头。我想激怒它，狠狠踢它一脚。它趔趄一下站起，紧闭嘴，两只前爪紧紧地扣牢地面直盯我，像一个斗士随时和我搏击，可它的斗士勇猛只一瞬间，他双脚趴地又躺下了。黑雄伴我一年了，从来没有这个样子，我有些莫名伤感，难道黑雄和人一样得了忧郁症。我忽然从它悲恸的眼睛里捕捉到一种神奇的呼唤，那是一种渴望自由的呼唤。我把它扛到肩上，它健壮的身体压得我脖子受不了，我把脖子弯曲一边往外走，直到走不动了。

前面是一条通往牧区的路，黑雄可以沿着这条路跑到牧区寻找它的同类伙伴。我把黑雄放到路上，它站着不走。我用脚踢它，黑雄急速地喘息，睁大眼睛，可还是不走。我又丢一块石头撵它，黑雄只是轻轻抖动一下黑毛，转动一下弯曲的脖子。我捡起路边一根树棍对它屁股猛抽，黑雄像是意识到什么，亢奋地叫了两声，两只眼睛盯着前方，迈开四脚，箭一般地往前跑。黑雄越跑越快，越跑越快，直到黑雄消失在山峦尽头我才开始回所里。

我回到所里吃饭总习惯往后望，以前身后总有一双玻璃球眼睛望着我，现在身后空空如也。望着空空的身后我尽量克制自己不去想黑雄，我扒了几口饭，呆呆看干警们吃饭的样子。晚上躺到床上，我似乎听到小院嗵嗵嗵的声音，再仔细听，什么声音都没有。小院异常安静，安静得像人躺在墓穴里一样。以前的夜里，黑雄在小院里跑来跑去，嗵嗵嗵，均匀而有节奏的声音搜索每个角落的可疑分子。我想着黑雄很晚才睡着。

第二天早晨6点，我们站在红旗下准备唱军歌。曾柯从吴所长房里跑出来，抹着眼泪对我们说，今天早晨不唱歌了，告诉同志们一个不幸消息，我们的吴所长刚才去了。你们轮流进去看吧！

曾柯终究没能拽住吴所长，干警们一下子寂静，接着就有低声抽泣，后来一个干警控制不住哭出声来，全所干警便一下放开喉咙痛哭。我哭得眼泪鼻涕一把把时，曾柯把我从队伍里拉出来，说你去写悼词吧，你文笔好。

是。我敬了个礼。

大家轮流看过吴所长后，曾柯忙乱了一阵子后，吴所长面部已被白布遮住。

当天下午，我看到大队的几个参谋干事和大校首长来了，可我还是没看到吴所长的亲人。我拉住支队一个领导问，吴所长的亲人怎么还没来？支队领导嘶哑着声说，吴所长没有亲人了。吴所长妻子八个月前离婚，带女儿去了美国，而他唯一的父亲也在半年前去世了。我的眼泪又止不住流下来，我看到一位面孔严肃的大校首长也在掩面而泣。

午后的大阳落到屋顶，似乎凝固在那里，风呼啸而来，掀起的沙砾铺满整个戈壁。我们全所干警在小院默默站成一排，几位大队领导站在前面。曾柯在吴所长跟前读我的悼词，吴所长随着悼词和梭梭柴烈焰，他的肉体和灵魂化作一缕缕青烟在漠风中吹散。

最后，曾柯按照吴所长临终嘱咐，用白布包了一些骨灰埋葬到大红山，我用五彩石规范地镶嵌了五个字——吴伟明所长。

十七

我和曾柯去支队办事，沙其垒打我手机神秘地告诉我，他今天和萨娜领结婚证。我心里一怔，沙其垒和萨娜恋得不温不火却这么快领结婚证了，可又想结婚对沙其垒来说是件大事，了却他父母的一桩心愿。我说，特大喜事呀！你小子不声不响就领证了。沙其垒说，找不到胡琴那样的女孩，找个能结婚的算了。我在电话里对他吼，不能这样说。萨娜屁股滚圆，羔羔子（乳房）大，准能给你生两个胖大儿子。沙其垒嘿嘿地笑，说你就等着做干爹吧！我说，你结婚我送你两个娃娃吧！沙其垒说，好啊！选最漂亮的娃娃。我说选和萨娜一样漂亮娃娃。

回大红山时我特意找到一家陶瓷店给沙其垒选娃娃，选了一个漂亮的女娃娃，长得有点像萨娜。我选男娃娃时就不能照沙其垒那个熊样选，我选了个比沙其垒英俊的男娃娃。我怕瓷娃娃打碎，要了泡沫塑料包牢装进包里。

曾柯从支队回来就在桌前整理材料，我纳闷了半天，见曾柯捧着一捆材料去办公室了，我才有机会凑在沙其垒身边探听情况。我说，曾柯怎么翻箱倒柜地整理材料？沙其垒说，曾柯要调到城里一个派出所当所长。沙其垒又强调，我也只是听说。

曾柯从办公室带回很大一张表格进来，对我说，子汉，把你在《解放军文艺》发表的作品给我一本。我说：我的作品要填到表格里面？曾柯说，做资料。让新指导员和新所长对我们干警一目了然啦。我心里闪过一个念头，曾柯真的要走了。

沙其垒突然问：你是不是要走了？

曾柯笑着说，要走也要给你办完婚礼才走啊！沙其垒，星期天给你办婚礼怎么样？

好哇！沙其垒高兴得跳起来。

曾柯铺开表格，用粗碳墨笔把干警们所取得的业绩一项项填进去，一直填到半夜。我躺在床上睡不着，我似乎又听到小院嗵嗵嗵的声音。黑雄在牧区应该找到自己的幸福了吧！

第二天清早，我们还没到集合时间，曾柯趿着拖鞋去厕所解手就听到他嘶哑着声喊，黑雄，你怎么啦！你怎么就不动啦！你给我站起来，你是我勇敢的哨兵呀！我来不及穿衣，趿着鞋往宿舍外跑，边跑边喊，怎么啦？怎么啦？黑雄怎么啦？

黑狗一动不动地躺在吴所长房门口，我怎么也没有想到黑雄回来了，它应该去寻找它的幸福啊！而黑雄要回来也就回来，怎么就死了呢？它昨天还是活蹦乱跳。我突然想，黑雄是不是舍不得吴所长想跟吴所长一块去，或者是黑雄忠于职守，死都要站好最后一班岗，我的眼泪就掉到黑雄身上。

这时，火辣辣的太阳从地平线升起，我抹了一把泪扛起黑雄，黑雄软绵绵倚在我肩上像是没有了重量。曾柯提了一把锄头跟在我后头，我们一块把黑雄扛上大红山。曾柯在吴所长旁边找到一个平的地方挖了一个坑，我们把黑雄埋进坑里，平地立即升起一个小丘陵，我在小丘陵上用五彩石镶嵌了四个字：卫士黑雄。

曾柯就站在小丘陵边仰望天空，我发现曾柯仰望天空时眼里含着泪。曾柯告诉我，五年了，一纸调令真实地放在他面前，他却拿不定主意，是否真的愿意离开大红山，尽管他知道自己最终会要什么，但刻骨铭心的融入是他对大红山有了不愿离去的依恋，也许这就是大戈壁的魅力吧！

曾柯捡起一堆五彩石，在一排干警名字旁边蹲下身，一笔一画地镶嵌自己名字。这时，刀刃般的沙峰被漠风掀起，哗啦啦！狂飙的沙砾铺满整个大戈壁。我们开始下山，开始翻越这座漠山回派出所。曾柯说，入警时我被分配到艰苦地区，天天想着离开那里，支队领导对我说，既然你不喜欢艰苦地方，那一定会喜欢更艰苦的地方，那就去大红山吧！我带着绝望和恐惧激起的勇气走进大红山派出所，然而，沿途的荒凉让我心悸，意志的崩溃让我逃跑，我逃跑三天，到第四天我自己跑回来了。辛苦跑了三天我才明白一个道理，凭自己的任何力量是无法跑出大戈壁的。也是在这时我发现大戈壁是个挑战自我的地方，这里的艰苦不但不能让它摧毁我的意志，反而要激起我无穷的勇气。

我怎么也没想到曾柯在临走前和我说这么多，这似乎不是他的性格。我们踏着漠山回所里，我突然感到，我们边防干警的工作就像翻越这座漠山，但最终要翻越的是自己精神的那座高山。

十八

在这个艳阳高照的星期天，沙漠里迎来一场最热闹的婚礼。头天晚上，干警们把所里唯一的家属房布置成漂漂亮亮的婚房，吃过早餐，曾柯带着全体干警去给沙其垒迎亲。

小车和大卡车接来萨娜父母和一群牧民。萨娜父母走进派出所就找厨房，他们要亲自下厨打造一场婚宴，用接待首长的规格来表达对婚礼的敬重。

桌上摆满了大盘小碟，不管是凉菜还是热菜按牧人的婚宴习惯一律双份。婚宴上最辉煌的亮点——烤全羊。大红山要吃到烤全羊不容易。极度缺水的大红山不长草，牧民的羊没有草吃，只得啃沙棘梭梭骆驼刺，这样，羊的生长期要比草原上的羊慢许多，牧民们一般只养骆驼不养羊，羊成为稀贵物。而烤全羊又是草原地区特有的传统美味，是招待贵宾或举行重大庆典必上的一道佳肴。

热腾腾的烤羊抬上来，羊头缠绕着红绸带，羊身静静睡在托盘里。牧民们的蒙古长调响起，古老的节拍敲击出肃穆的仪式：萨娜父亲和沙其垒父亲在烤羊上切下第一刀。干警们接过他们的刀在羊背上划下去，把分解的烤羊一块一块送到客人碗里，在众人的赞叹声中饕餮开始。

沙其垒和萨娜端起酒杯来到曾柯面前敬酒，说曾柯，你离开大戈壁高升，祝贺你！

曾柯举起酒杯说，还是我祝贺你吧！就你小子狠，干警们天天在戈壁里跑，娶个漂亮老婆不容易，你娶到了。

沙其垒嘿嘿地笑，歪茄子脸笑得更歪了。

沙其垒和萨娜走到我跟前敬酒，说子汉，所里下一个婚礼就是给你办了。

我像鸡啄米一样点着头，一仰头，将一杯酒喝进肚里。我又倒一杯酒回敬新郎新娘，祝你们幸福恩爱，白头偕老。

沙其垒喝完他杯中酒，又去喝萨娜手里的酒。

我说，内蒙古女人是很能喝酒，你不能代替。

沙其垒悄悄告诉我，萨娜不能喝酒，怀小孩了。

我又一惊，说有你小子的，一枪就中。

沙其垒说，我是什么材料和速度，军人的材料和速度是超卫星的。到时你就等着做干爹吧！

我说，我还可以做教父呢。这时我想起牧区那个难产牧民，我对沙其垒说，萨娜生孩子一定要送她去医院，不要像牧区那个难产牧民，吓死我们了。

沙其垒说，萨娜不会去医院生，她会自己生。

我说，她自己生？什么叫自己生？

沙其垒说，蒙古女人都是这样。

沙其垒给我讲了一个故事：一位怀孕的牧妇依然出外放牧，寒风中要生孩子了，她没有惊慌，也没有呼救，牧妇平静地捡起戈壁上一块锋利的黑石片，切断连接孩子的脐带，用羊皮袍包裹孩子放在颠簸的驼背上，迎着寒风回家。

多么勇敢的蒙古女人。我说着，掏出手机给胡琴发了个短信：多么勇敢的蒙古女人。

胡琴回短信：什么意思？

我愣了一下，我和胡琴僵持了半年。我没有打算就这样离开边防，而胡琴需要的婚姻必须建立在现实的基础上，在这个处处充满危机的大戈壁无法产生我们的婚姻。一样宝贵东西正离我一点点远去，我想极力挽回，但不知道怎么挽回，我又端起了酒杯。

婚宴进行到最后变成了曾柯敬干警酒。他每敬干警一杯自己喝一杯，哗啦一下他喝了十几杯酒。我知道他这样会喝醉，但在这个场所不好劝他。曾柯的调令揣在他口袋里，他敬每个干警一杯酒也有他舍不得干警的情义在里面。我是个性情中人，曾柯喝一杯我陪他喝一杯。这个时候的我仿佛要把一辈子的酒喝完，我知道这也有我舍不得曾柯走的情感在里面。

曾柯拍着我肩膀说，怎么样，练出来了吧！记得你刚来时不会喝酒，照这样喝下出你会超过我。哈哈哈！曾柯笑着，身子一点点往下沉，眼看曾柯的身子就要溜到桌子下，我赶忙扶住曾柯，扶他到床上休息。曾柯又对我说，胡琴怎么样了？你小子好好把握，不要像我。曾柯说着，一脸难过地把头歪到一边去了。我知道，曾柯那位柔情似水、婀娜多姿的其木格花蕊，也就是被曾柯深爱，跟曾柯轰轰烈烈恋爱一场的女朋友，最后还是为了能离开大戈壁弃他而去，嫁给教育局一个干部了。其木格花蕊走时流着泪对曾柯说，我不是不爱你，但我必须这样。

我望着一脸难过的曾柯，他明天将去一个新单位赴任，愿曾柯明天找到真正爱他和他真正爱的人。

外　婆

一

外婆是我出生后第一眼见到的祖辈。也是我后来能见到的唯一祖辈。我的外公、祖父、祖母在我出生前相继去世。记得那是个腊月，窗外飘着鹅毛大雪，窗内炭火融融。我在母亲的腹壁里躁动起来。不知是不想出来，还是因为出生是一件很艰难的事情，直把母亲搅得死去活来我才磨磨蹭蹭地钻出那个生活了十个月的温馨海洋。我一落地，外婆抱着我放声大哭，那副伤心的样子弄得在场的三亲六眷莫名其妙。我浑浑噩噩的什么也不知道，只是通灵似的同外婆一道哭起来。母亲便喊道："妈，你这是怎么了呢？"

外婆这才用手绢抹着眼泪说："我应该高兴才是，这外孙女命硬。"

"孩子她外婆一定是想起自己的出生了。"有天，母亲对父亲说。其实谁也弄不清外婆为什么在全家人兴高采烈的时候嚎啕大哭。外婆这一辈子有很多事别人都弄不懂。

曾外婆生外婆时是第九胎，前八胎都像母鸡下蛋一样快，轮到生她时，她硬是赖在娘肚里不肯出来。折腾半天人出来了，却把胞衣丢在了娘肚里，一家人都慌得像天要塌下来。接生婆也没策，只得把外婆撇一边，手忙脚乱地将自己一只手伸进肚里硬是把胞衣抓了出来。曾外婆总算没事了，再看那个外婆，已是面青嘴紫，屋里就只听得呜呜的哭声了。接生婆还算见过场面，她一声不吭，倒提着小外婆，在屁股上用力拍了两巴掌。“哇——”外婆一哭，脸上立即泛起了血色。接生婆抱着外婆仔细端详，说：“这孩子命硬，今后会与众不同的，好好带着。”

外婆在兄弟姐妹中最小。她有六个姐姐两个哥哥，全家人像星星捧月亮似的呵护着她。外婆天生乖巧，嘴巴也甜，一天到晚喊着爸爸妈妈哥哥姐姐，全家人见了她就忍不住要捏她的脸蛋蛋。

哥哥下地干活。

姐姐下湖割苇。

外婆却在芦苇里捉蝴蝶。

外婆头上插着一朵栀子花，举着一根竹竿，竹竿前头拴了个沙布口袋，撞上的蝴蝶就网进她的沙布口袋。蝴蝶在芦苇里上下翻飞，外婆猫着腰一蹦一跳。一只黄蝴蝶贪恋她头上栀子花的芳香，在她头顶翩翩然然。好漂亮的蝴蝶啊！外婆兴奋得脸蛋红扑扑的，她连忙伸过竹竿。黄蝴蝶像是有意跟她捉迷藏，在她头上兜个圈往前飞，她向那团扑朔迷离的黄追去，追啊追，追过那片芦苇地，黄蝴蝶突然不见了。外婆噘着嘴四下里寻找，只发现前面有一栋漂亮的房子，外婆眼泪都要出来了。蝴蝶一定藏在房子里，外婆走近房子，身子闪在墙边上偏着头往里看。里面有几个姐姐在绣花，那丝线在姐姐手里嗞嗞作响，绣屏上有一只黄蝴蝶，蝴蝶翅膀上两个圆圆的花斑，像眼睛一样望着外婆。是刚才那只蝴蝶哩！外婆好奇地“呀”了一声。

“这是谁家的姑娘，长得这么漂亮？”绣庄老板娘问。

“东村徐家的七妹子秀梅。”有个绣女认得外婆。

老板娘说：“怪哩，徐家人都长得粗鄙，偏这七妹子生得这么水灵，是个美人坯子。”

后来外婆天天跑到绣庄，趴在门槛上看她们绣花。老板娘和绣女们就说这妹子真是长得好哩，长大了不得了！外婆脸就红了，躲了起来。过一会儿，外婆又趴在门槛上了。老板娘问："你喜欢绣花？"

"喜欢。"

"叫你大人送你来学吧。"

外婆从那天起就不去绣庄了，她成天围着曾外婆转。曾外婆去菜园扯菜，她就提个篮子去菜园，曾外婆挑着小菜去赶集，她也拿着秤杆跟了去。那天菜卖完了，所得不多。曾外婆用这钱买了油、盐、火柴，还剩几个铜板。外婆鼓着眼睛瞪着那几个铜板就是不敢望她娘。

"给你买块糖吃吧！"曾外婆说。

外婆摇了摇头。

"要不给你扯块花布做衣裳？"

外婆还是摇头。

"那你要什么？"

"我要学绣花。"

曾外婆惊讶地望着外婆，说："那哪是我们这种人家学得起的？"

外婆一下就眼泪汪汪了。

曾外婆抱住外婆："以后再说吧。"

外婆长到十三岁那年走进绣庄。她学手艺的代价是全家人勒紧裤腰带省下几升白米。

外婆案前摆着布绷子，绷上绣伴。缎子上先由画师打好了图样，可那只是个轮廓，自己还得按小图配线绣出层次，绣上几针就得换线，粗的细的和各种颜色的丝线在外婆手里绣得得心应手。师傅随便给一个图案，外婆一绣就活，缎上绣的花，刺的朵，活灵活现，那些鸟呀，虫呀，鱼呀就像随时要从绣屏上跳出来。

老板娘是个有眼力的女人，很快发现了我外婆的天赋。她将我外婆放在自己身边，专绣那些高档绣品。

日子在外婆的针眼里一点点流逝的时候，外婆家乡正闹着湖区常有的"大肚子"病，她的六个姐姐都患上这病，先后走了五个，只剩下一个大姐姐。曾外婆赶紧托人在长沙找了个人家，将大姐嫁了。外婆在一家人惊慌中却长得一天比一天鲜艳，十四岁已出落得一朵水芙蓉样子。

“我想接秀梅回去。”一天黄昏，曾外婆赶到绣庄说。

老板娘还没答话，外婆抢着说：“我不想回去。”

“秀梅回去也会得‘大肚子’病的。”老板娘望着外婆，很是惋惜。

曾外婆低着头，不停地搓着手，说：“我知道，秀梅在家从没下田做过事，可家里没人手。”其实曾外婆家已让几个“大肚子”病人弄得冷火秋烟了，再也拿不出一粒米来交给绣庄。曾外婆是个要强的女人，不想在人家面前说得可怜兮兮。

老板娘知道曾外婆的难处，也可怜外婆。叹息几声，猛然想起什么，眼睛一亮，说：“这样吧！我弟弟在长沙城里做事，那里有个不要交钱的学校，就让秀梅去读书吧，也好让她自己养活自己。”

曾外婆谢了老板娘，领着外婆回了家。那正是盛夏的黄昏，漫天萤火，遍地蛙鸣。

许多年后，母亲总是对我说，要是你外婆不出去读书，她的命运就说不准了。说不定也患上“大肚子”病夭折。这也许就是接生婆说的命硬吧！在以后生活中外婆走过的每个险境都证明了这点。

二

我四岁的时候，有天吃饭，吃到一半，母亲就把我拉到房里，把我梳洗打扮了一番，还让我换上了平时不常穿的红衬衫。记得衬衫的袖口上滚着嫩绿的花边，其实我知道那是补丁。只是为了好看，两边袖口上都滚了这花边。母亲就这样拉着我去了河边。我听到河面有汽笛鸣响，随即一条大洋船靠岸了，一个四十多岁的女人从船舱里出来，她穿一条暗绿色旗袍，布坨坨扣子排在左边，左胸还挂了一条红白相间的格子手帕。她取下手帕，揩了揩眼睛，又夹在左布扣子上，然后从一条窄窄的跳板上一晃一晃下来。母亲对我说，那是你外婆，你外婆从长沙坐船来了。我扬着小手，喊着外婆扑上去。我快扑到外婆跟前时，外婆并不像平时大人见我一样，赶紧蹲下身来抱我。她手臂轻轻将我一挡，只用几个手指拉住我，只是她看我时眉毛眼睛都在动。“哟！小外孙多像她母亲！你看这眼这鼻子完全是一个模子倒出来的嘛！”外婆很开心地笑着。我也笑，只想笑得甜一点，好让外婆抱抱我，可一直到家，外婆只是用手指牵着我的小手。

母亲在县财政局工作，我们就住在机关大院里。外婆进门就问母亲：“你的办公室在哪里？”

母亲正忙着做饭，就说：“没多远，叫娟儿带你去吧。”

外婆把袋里的衣服全部倒出来，我发现外婆的衣服全是旗袍，各种颜色各种式样堆上一床。外婆重新叠好，小心地塞进袋子。我已走到门口了，问外婆去吗？外婆回头说声就好，提着袋子随我出了门。进了母亲办公室，外婆并不怎么在意这里的陈设，而是从袋子里取出旗袍，压在办公桌的玻璃台板下面。以后外婆每天晚饭后都不忘去压一条旗袍。

外婆走在街上，好多妇女回头叽叽喳喳，说我外婆的旗袍好看，那么熨帖。外婆的鞋袜在我家是专门用一条凳子搁着，谁也动不得，仿佛谁动了就会有雷电闪过。有时扫地不小心弄了点灰上去，外婆就取下身上小手帕反复拍打，或者拿去洗了。外婆过分的讲究让父亲反感，但父亲也不作声，只冷眼看着。外婆在家里照样挺着身子走来走去，并不在意谁对她怎么样。外婆住在机关大院里格外亮眼，母亲的同事总说她漂亮、年轻，就像母亲的两姐妹，这些我全不懂。我在大院里很惹人喜欢，见人就叔叔伯伯爷爷奶奶地叫个不停，我这样真好，可以赚来好吃的好玩的，有些叔叔还会抱着我兜圈子。可外婆在我家的那些日子，不管我怎么叫她，她从来不抱我。记得有一次，我拿着铅笔在桌子上乱画一气，画坏了母亲的账本。母亲扇了我一巴掌。我放声大哭。外婆见我哭了，赶紧走过来。我越发撒娇，叫着外婆外婆扑了过去。外婆像是怕触电似的，身子一闪，用手臂挡住我。外婆没有抱我，只是用几根手指牵着我去了街上，买了一些好的吃东西哄我不哭。

父亲暗自看着这些，总在母亲面前嘀咕。每次母亲想说说，又觉得说不清楚，脸涨得通红。

外婆回长沙的那天突然对父母说，你们工作忙，让我带走小外孙吧！我喜欢这个小外孙。父亲半天不作声。外婆急得眼泪婆娑，父亲才把哽在喉咙里的话咽了下去。父亲后来总是说起，一个连孩子也懒得抱的女人，怎么带得好小孩呢？

外婆牵着我上船，父母揪着心。

外婆家也是好玩的。未出嫁的小姨拉着我逛动物园，带着我满街买东西吃。上街前，外婆都要从一个红匣子里拿钱，让小姨买东西给我吃。我有吃有玩的，很快就忘记父母了。只是晚上睡觉的时候，我很想能够像家里一样躺在母亲怀里，听她讲着故事，不知不觉地进入梦乡。可躺在外婆身边，外婆总是一个背脊对着我。我老是在冥冥的黑夜里睁大眼睛，想象着狼外婆蹑手蹑脚走进来的样子。

我在外婆家住到五岁，父母亲来接我，父亲问我：还想不想在这里过？我说："白天就在这里，晚上回家跟妈妈睡。"

父亲听了难过地对母亲说："叫你早点把孩子接回去，你硬是拖到今天。"

"孩子这不是很好吗？"母亲说。

"很好？"父亲从鼻孔里哼出一句话来。

母亲说："她外婆从小生活在绣庄里，养成了洁癖。后来嫁人，几个小孩都是奶妈帮着带的。"

父亲愤然地说："我说她是姨太太的德行！"

"你，你，你怎么这么说呢？"母亲憋出了眼泪。

那年，外婆提着个旧箱子，从长沙回到家乡。她并没有马上回家，却径直去了绣庄。老板娘见她大吃一惊，问："你怎么回来了呢？才一年呀！"

"学校出事了。"外婆低着头。

女子学校是洋人办的。学校的一切对外婆来说都那么新鲜，老师讲的都是些外婆从来没听过的东西，外婆学得很用心。外婆留着齐耳短发，穿条黑色裙子，在校园里走过，就像谁家的千金小姐，在无忧无虑地学习。可是好景不长，学校出事了。

事情其实很简单。学校一位年轻勤杂工打了老厨师一个耳光，老厨师感到很委屈。老厨师想到自己几十岁的人，还被一个年轻人欺负就想打他，但一想到那勤杂工牛高马大，又怕打不过他，可不打又不解心头之恨，厨师咬牙切齿，终日想着对付办法。于是，他晚上偷偷摸进勤杂工房，划燃一根火柴，想烧掉他的蚊帐。恰恰房间的窗子打开着，大风一刮，火舌马上舔着了旁边的床铺，风助火势，很快学校就是一片火海了。大火越燃越烈，烧掉了整整一条街。那就是当地有名的一场大火，老辈人说了几十年。就这样，学校没有了，学生只得回家。

老板娘摸着外婆的手，说："孩子你真是命苦啊！躲过了一难又是一难。"老板娘思忖片刻，说："这样吧，我店里正好缺个人，你就帮我看店吧！"

外婆一早打开店门，里里外外打扫。她那拖地长裙就响进响出。洒扫停当，外婆就捧着个绣屏，端坐在柜台前。

桃花江的水从绣庄前面缓缓流过，外婆的日子就像桃花江流过的水安静而从容。外婆已脱去了学生的那种稚气，身子不再单薄，脸蛋不再寡黄。她的胸脯、臂部好像是一夜间圆滚，鲜嫩起来，她浓密而柔软的发丝一缕缕下倾，时而梳成两条辫子，时而结个巴巴，再夹上一个闪亮的蝴蝶夹。街上小伙子有事无事往绣庄跑。外婆以为他们是来送绣品或者买绣品，总是灿烂一笑，脸上泛出两朵红晕，两个酒涡。那两朵红晕两个酒涡把人都醉晕。可是外婆就像天上的月亮，对谁都有温情，可谁也难摘到手。

外婆那条拖地的黑裙子，散着米汤浆的清香，整日里咔咔咔地在店里响进响出。她那对黑醋栗子眼睛亮闪闪的，嘴里还时不时唱上几句学校里学的歌。小店因有了外婆，生意越来越好，老板娘总是一边数票子一边打哈哈。

这天，外婆关店门时，发现门边还坐个后生。那后生长得文文静静，是个读书人模样。外婆曾听老板娘说起过这位少爷，姓詹，祖上当过大官，民国以后，家道衰落下去了。可瘦死的骆驼比马大，家里仍是富足。这条街上有一半的店铺是他家开的，有绸缎铺、南杂铺、当铺。他住在乡下，乡下还有一片良田。每天早晨，他骑一匹白马来，黄昏时再回乡下。

每天早晨，詹少爷骑马经过绣庄，总要慢慢跳下马，把马拴在门外一棵歪脖子树下，然后不紧不慢踱到绣铺门边，懒懒地倚在门边，点上一支当时还算稀罕的纸烟，也不说话，只是望着外婆绣花，眼睛眨都不眨，直到有人送绣品来了，他才挪身子，转身解了马，办他的事去了。外婆慢慢地注意他了，这人不像有钱人那样的骄横。外婆有时也客气地对他笑笑，请他进店坐坐。他总是摇摇头，说走就走了。

当夕阳从街口完全退去的时候，外婆的绣房还是通红明亮的。那扇窗户正在临街的转角上。外婆做事的时候，总是不止一次地抬头去看那扇什么也看不见的窗户。如果哪天早晨后不见詹少爷的影子，外婆就心神不定，做事老是出错，不是扎了手，就是用错了线。只有他来了又走了，她才能安静下来。要是下了雨，外婆就一边望着门外，一边在心里骂着老天爷。

一天，詹少爷的影子又出现在她的眼睛里。詹少爷没有去拴马，他牵着马径直走到外婆跟前。从不说话的詹少爷破天荒地邀请外婆到镇边的仙人岩去玩。那里风景美丽，是人们常去游玩的地方。外婆脸上飞起了红云。詹少爷把外婆抱上马，在满镇人惊愕的目光下，骑着马嗒嗒而去。

外婆就这样离开了绣庄。

外婆离开绣庄就再没有回来过。

外婆成了詹少爷的妻子。准确说，外婆只是他的小老婆，没有办喜事，也没有进他乡下的家门，过上了所谓的姨太太生活。

三

那一年，是我们家和外婆家最不顺心的日子。“文化大革命”正热火朝天，到处在抓黑帮，父母皆不能幸免。父亲当了个芝麻官，又说家庭历史不清白。母亲呢是臭老九，也被革命群众揪出。大字报一墙一墙地贴着，还有漫画。有一幅漫画上画着一条狗，狗身上写着父亲的名字，听大人说，父亲是“保皇狗”，是跟着县长屁股后面转的。那些日子，父母亲经常被拉出去和一些走资派游街。记得一根涂黑了的绳子拴着十来个人，我母亲走在最前面，父亲走在最后面。母亲提着一面锣，走一步敲一下，还要高声喊“都来认清黑帮黑线黑走狗啊”。后来，父亲被隔离审查，母亲则到了“五·七”干校劳动，我们三兄妹成了无人管让人吐唾沫的对象。就在我们三兄妹孤苦无援的时候，外婆带了她三个孙子到了我家。母亲觉得外婆来得正是时候，我们三兄妹正好没人带。母亲和父亲一商量，决定让外婆带着我们去乡下父亲的老屋避避风。

记得那天是坐卡车去的乡下。外婆和我们都坐在后面的车斗里，母亲随车送我们。公路坑坑洼洼，外婆弓在车斗里，就像锅里炒着的豆子颠来簸去。外婆感到有些难受，就将一条大毛巾扎在头上，低着头，双手扶着车板。我叫了一声外婆，外婆回头懒懒地看了我一眼，并不应我。我很不高兴，嘴噘得老高。卡车走了差不多一天，把我们抛到一个小镇上。我们还得走十几公里山路才能到老家。父亲老家是桃江县一个比较偏僻的乡村。母亲牵着我交待：“现在街上很乱，你和哥哥住在乡里，要听外婆话。”

父亲的老屋背靠着山，屋前是条弯曲的小路。左右都连着人家。爷爷奶奶去世后，伯伯一家住过这屋子，后来伯伯家新修了屋子，这屋子就一直空着。外婆领我们来了，伯伯过来看我们，带了些吃的用的东西来。大人们说起城里乡里的事情总是叹息不止，我那会儿不懂事，便早早爬上床呼呼大睡了。

第二天一早，母亲收拾东西要回城里，外婆的眼睛红红地望着母亲，外婆一定是昨晚哭过。母亲一走，外婆冷冷地对我说："去，和你哥哥一块上学去。"她说完就进屋去了。望着外婆的背影，我感到很孤独。那年我才六岁。

晚上，我和小表弟跟外婆睡一张大床。外婆还没有睡下，坐在床头默不作声地抽烟。我虾着身子睡在外婆的脚边，一动也不敢动。小表弟吵着要母亲，外婆理也不理，只抬手拍了一下床板，小表弟就不吵了。油灯幽暗，只见烟头一闪一闪，我有一种凉瑟瑟的感觉。

礼拜天，大哥同村里伢儿上山玩去了，二哥带大表弟到小溪里去捉鱼虾。我在家陪着小表弟玩。到中午时分，外婆开始做饭。她将一块大格子手帕扎在头上，往灶里大把大把地塞柴。很快屋里烟雾弥漫，让人睁不开眼睛。我被呛得眼泪直流，赶紧往外面跑。外婆仍在往灶里塞柴，拱着屁股吹火。这时隔壁的七姑妈过来了，接过外婆手中的火钳，往灶里拨了两下，灶里的柴马上燃起来了。火燃了，锅里却冒着烟。外婆一揭锅盖，嗬！忘记加水了！

外面的太阳很好，我带小表弟去晒谷坪晒太阳。刚满两岁的小表弟只知道哭，我便从口袋里摸出个纸做的毽子踢，哄他开心。村里一些光屁股拖鼻涕的伢子妹子走拢来围着我，拍着手为我数数，快数到二十时，毽子被鞋子咬住了。原来鞋底鞋面分了家，五个脚趾齐刷刷露了出来。小朋友们哄地笑了。我气得一屁股坐在地上，扒下鞋扔得老远。外婆颠着脚跑过来了，发现小表弟坐在草丛里一身泥水，手里还提着一条小菜花蛇。外婆一声惊叫，小表弟赶紧丢掉菜花蛇，外婆拉起小表弟就跑，边跑边骂："你这小法西斯！"又狠狠瞪我一眼："回去！"

我想这一下完了，外婆肯定会打我的。想起外婆打人的样子，我就不敢回家。外婆打人的样子很吓人，她不是用竹笞打，而是拿着什么就是什么。有次她手里拿大洋瓷碗，大表弟惹她上火了，她就把洋瓷碗砸了过去，大表弟头上顿时鼓起一个包。还有一次她正炒菜，二表弟让她生气了，她便一锅铲砍去，二表弟头上立即鲜血直流。

快吃饭时，我饿得不行了，才硬着头皮往家里走，想象不出外婆这会儿手里拿着什么东西。我推开门，外婆正搬着一把椅子，完了，外婆那把椅子砸过来，我的头肯定会开花的。我倚门靠着，人都快站不稳了。“还不吃饭？你这小法西斯。”外婆对我喊了一声，又忙她的事去了。我这时才松了一口气。小表弟已换洗得干干净净，跑过来拖我。

外婆最喜欢骂的一句话是你这个小法西斯。我不明白，法西斯在外婆心目中是什么概念，她不止一次骂过我们，或许骂过别人大法西斯。到后来我才明白，法西斯不仅仅是一种诅咒，而是中国的一种灾难。

晚上，我和两个哥哥围着一盏油灯做作业。三个表弟围着我们看热闹。外婆就坐在不远处的门边守住，谁也不准从这里出去。我望一眼外婆心里都有些紧张。外婆坐在背亮处，嘴里抽着烟，一团黑影，一星点红火，一明一灭，很是孤独。

外婆每天都要换上一双绿色长筒靴，提个大竹篮，去伯伯菜园摘菜。伯伯说过，想吃什么菜就去菜园摘。其实那时候我们能吃到的菜也就是伯伯菜园里的小菜。外婆一路走过，就有女人指着她的背影笑，笑外婆大晴天也穿雨靴，乡下女人多半是打赤脚。女人们又说外婆这么大年纪了，还穿着双绿雨靴，太花哨了。可她们笑归笑心里却在羡慕。终于就有人问外婆的雨靴在哪里买的。外婆说：“这双雨靴我跑遍长沙城才买到的。在长沙是柏油马路，用不上。这里我怕踩蛇怕踩牛屎，还真少不了它哩。”

外婆和村里人熟识了，也互相走走。村里习俗，来了客人，喜欢打擂茶喝。几片老木叶茶，一抓花生、绿豆、芝麻，混合在擂钵里擂，待擂钵里擂出白花花的浆来，再用新鲜井水一冲，一碗甘甜可口的擂茶就成了。村里人爱热闹，一家擂钵响，周围的人都会往这家跑。主人也不厌客，人多了就多加一碗凉水。

外婆不喜欢喝擂茶，但村里人只要有喝擂茶的机会，都会叫她去。外婆也总是高兴地去。外婆穿一双板鞋，白颜色的塑料底，黑色绒布面子，走起路来嗒嗒有声，别人老远就知道她来了。外婆一出现，别人就望着鞋，稀奇物一样。村里人出工都穿自己打的草鞋，在家就穿女人做的千层底布鞋。他们见外婆的鞋子不但好看，还可以踩水，发出好听的声音，很是羡慕。外婆就说：“我写信回去，让我儿子买几双来。这鞋很便宜。”外婆说着接过主人递上的擂茶，喝上一口就皱起了眉头，她不习惯生绿豆苦味，不喜欢生花生腥味。外婆看着村里人要喝上三大碗才过瘾，而自己一碗擂茶都喝不完，但她照样很高兴。

突然一天，外婆也在家里弄擂茶了。她把擂钵擂得天响，村里的女人见外婆也打擂茶了，格外高兴。外婆的擂法自然不得法，她们就教她如何使暗劲。闲下来，外婆就给她们说城里的高楼呀，火车呀，电灯呀，电话呀。村里女人连县城都少得进，何况是省城。听起来就像听神话一样，总是问个不停。说到奇处，女人们就摇头，说哪有这事！有时我放学回家，还见外婆讲得有声有色。

在村里当会计的王老头总爱到外婆这里坐，一坐就是老半天。外婆总是递过她抽的沅水牌香烟。这在那时算是贵重的香烟。他总舍不得抽，只是看看嗅嗅，然后夹到耳朵上，仍抽自己的水烟壶。他有时也让外婆尝尝他的水烟袋。那水烟壶像茶壶，金黄而锃亮。烟锅里装上烟，然后用一根黄麻秆子作点火的媒子去点烟，一抽，烟子闷过水壶，哗哗作响。外婆抽着水烟同王老头说着话。王老头吸烟时会呆呆地望着外婆，外婆也会羞涩地背过头去。我从前没有见过外婆这种情态，也从来没见外婆这么开心过。那一段，我见外婆脚上换了一双黄色花袜子，灰色的罩衣里面穿了件碎花衬衣，露着领口，很亮眼。

我发现每次要开饭的时候，王老头才回去，外婆总是送他到门口。外婆望着他的背影，半天不回眼，身子微微前倾，好像整个人也要跟了去。我跑过去对外婆说：“人家走都走了，还看什么？做饭吧，外婆！”

外婆愣了一下，骂道：“吃饭吃饭，只知道吃饭，饿牢里放出来的。”

由于我的讨厌，王老头不再来了。外婆在家开始骂骂咧咧，不是骂小表弟不认真吃饭，就是骂大表弟不爱惜衣服，要不就是说我大哥不挑水。有时她洗碗，洗得心烦了就把一叠碗全掀在地上。我站在她面前，她恶狠狠地望着我，直到我消失在她眼前。

我开始怕外婆了。我还不懂外婆心头的淤积，外婆的压抑，外婆的苦难就是通过骂人、打人、摔东西一点点发泄出来，在当时也是外婆唯一的发泄方式。

有天，我放学回家，正巧碰上灶上的饭开锅了，锅里的蒸水直往外冒。我一个劲喊外婆。外婆躺在床上说："你也该学着滤米汤了。"我丢下书包，学着外婆的样子，从碗橱里拖出一个木盆，将滤米汤的箧箕放在上面。可灶太高，锅子又重，我踮起脚才把锅子端起来。不料身子一歪，一锅饭全部撒了，翻滚的米汤烫得我哇哇叫。我拼命地跺脚，脚上的饭粒就是跺不掉。我忙去脱鞋袜，可袜子一掀，连脚皮都撕下来了，只见红红的一片没皮的肉冒着热气。

外婆跑了出来骂道："你硬是半点事都做不得！"外婆不停地嚷，满屋子找药水，把抽屉拉得天响。外婆找来药水胶布，往我面前一放，就袖起了手。我痛得连哭都哭不出一句整的，只是呵呵哈哈地喘着粗气。我不敢看自己的脚，只把脚伸给外婆。外婆却冷冷地望了我一眼，并不给我上药。我颤着手自己去上药包扎，我像一下子长大了好几岁。

晚饭我不吃不喝，生气地爬到床上去睡。蒙眬中看见外婆的油灯移到我床头，她人坐在我旁边，眼睛却望着别处。我从心里恨着外婆。

第二天，外婆带来村里的一个哥哥，要他从今天起背我上学。我不想上学，也不要别人背。外婆拿眼睛瞪着我。我躲过外婆的眼睛，爬到那哥哥背上。看哥哥背我迈出门槛，外婆在我身后说："女孩子要是小时候好好读书，说不定会有点别的出息的。"

外婆从骨子里看不起女人。那是因为她自己没有快快乐乐做过一个女人，也没有干过一番事业和实现过自己的抱负。她为生存压抑着自己，那是因为她的生活像汹涌的波涛从未平静过。

突然有一天，舅舅把外婆和三个表弟接走了。

那个冷漠、古怪的外婆走了。

四

读小学五年级那年的暑假，母亲打发我去长沙看外婆。

外婆住在一个居民院的二楼。那天我去的时候，她正在煤炉上烧辣椒。那煤炉是舅舅从厂里捡回的废铁桶改的。外婆一见我，赶紧把几个烧焦了的辣椒捡进碗里，拍拍身上的灰，关上炉门，再提壶水放在炉子上。外婆问了我几句家常话，就忙她自己的事去了。外婆看上去老了许多，头发白了一大半，背也开始驼了，两只眼睛陷了进去，像两个黑洞。一件灰白的衣服罩着她干瘦的身躯。

外婆家没有什么大变化。舅舅舅妈显得很忙，没工夫理我。我那叫伢伢子的大表弟读四年级了。他唱着歌回来时，我几乎认不出他了。在家里，他是外婆的帮手，帮外婆洗碗、打酱油，有时还给外婆捶捶背。外婆当他是心肝尖儿，什么好东西都给他留着。有时他贪玩老不回来，外婆就站在楼梯口张望，不停地唠叨："怎么还不回来呢?"

有一天，伢伢子很晚还没有回来，舅舅说："大概是和院子里的几个同学到哪里疯去了，不要等他了，吃饭吧。"于是大家吃起饭来。外婆端着碗又放下，我望着外婆那心慌的样子，就想起了自己小时候脚被烫伤的事。心想外婆从来没有这么关心我，内心很是嫉妒。那会儿我不知道一般老人都重男轻女。我只是为自己不平。突然，我把为伢伢子留的菜倒进自己的碗里，说："不要等了，伢伢子回不来了。"外婆狠狠瞥了我一眼，起身开门出去。望着外婆那生气的样子，我很得意，大口大口嚼着本是留给伢伢子的菜。

天黑下来好久了，外婆才领着伢伢子回家。伢伢子一身是泥，鼻子里淌着血，脸也肿着。外婆铁青着脸，一声不吭，给气虎虎的伢伢子洗脸洗手换衣服。舅舅舅妈见外婆这样子，也不敢问。将伢伢子收拾干净，外婆进里屋去了。舅舅这才问伢伢子到底是怎么回事。伢伢子就抽噎着讲了。原来伢伢子遇到几个烂仔被他们围住，骂他是地主的孝子贤孙。伢伢子是最爱奶奶的，听人家骂他奶奶就同他们吵起架来。他们人多势众，抓起伢伢子就打。后来见外婆去了才一哄而散。

舅舅半天不作声，只是沉重地叹息着，离开了饭桌。舅妈就说："只怪我们出身不好，今后你要灵活些，躲着他们，听见了吗？"

外婆每天清早就换上她那双绿雨鞋，吃力地提着一桶水，抓起一把扫帚，去冲扫公共厕所。那个公厕又脏又黑，臭气熏天，我每次进去都要捂着鼻子。外婆弓着腰，憋着气在里面一遍一遍地冲洗，遇到熟人上厕所，她还露出笑脸，好像很乐意干这事情。我知道外婆原是最怕脏的，就连小孩都懒得抱。她扫完厕所，还得扫街，从巷头扫到巷尾。舅舅从不去帮一下外婆，有时他远远地望见了外婆在扫街，就低头而过。只有伢伢子有时去帮一下外婆，但外婆也只是让他接接空桶、扫帚，不想真的累着他。望着外婆扫厕所扫街道的样子，我就觉得外婆的确已经老了。可我不明白，为什么要让这么一个老人干这种活呢？我不由得可怜起外婆来了。直到有一天，我无意间发现外婆扔在椅子上的衣服，我才恍然大悟。那件衣服上别着一个白布符号牌：地主分子。

我对外婆的感情有些复杂了，外婆发现了我的秘密，目光总是躲着我。

有天，外婆准备出门，她细心地洗了脸，换上一条黑色旗袍，然后躲进里屋，打开柜子，抓起一坨手帕包着的东西，对着镜子往脸上轻轻扑。外婆走后，我偷偷溜进房，打开柜子，拿出外婆往脸上扑的那个小包闻了闻，有股绿豆的清香。我身上轰地一热：外婆在抹绿豆粉！外婆是涂脂抹粉的资产阶级！我很愤怒，我不能和资产阶级生活在一起，我得回去！

我突然说要回去，外婆感到很惊讶，她留我多住些日子。可我说什么也要回去，外婆也只得依了我。"明天让伢伢子排队买些香干子你带回去吧。”

那时候，熏制的香干子还是很紧俏的食品，凭票供应，每人每月十片。我和伢伢子一块去排队。每当我们轮到前面就有人插进来，把我们挤到后面。插队的人还恶狠狠地说：“土匪孙子，到后面去！”伢伢子捏起拳头回骂了一句。这下不得了啦，几个人劈头盖脑地朝他打来。外婆突然到了，她把伢伢子拉出队伍：“我是叫你来买香干子的，不是叫你惹祸的！给我回去！”一路上，我和伢伢子都不理外婆，外婆没有吱声，泪水悄悄从她眼角里流下来。

“外婆是土匪婆婆，地主分子。”我回到父母身边后，跟母亲说。

母亲正在做晚饭，她停了手问：“你说什么？”

我又重复了刚才的话。母亲脸一青，举着锅铲就朝我挖过去。我脸上立即破开了一条两寸口子，鲜血汩汩而出。那天晚上全家人谁都没有吃饭。

五

“那个土匪就是你外公。但他并不是真正的土匪。”母亲对我说起了外公和外婆的故事。

詹少爷带走外婆后就成了我的外公。外公让外婆住在小镇西头的一栋新修的四合院里，没有带她回乡下。外婆倒是很想去乡下拜一拜公公婆婆，也好有个名分。可是每一开口，外公总是神色黯然地摇头。外婆是个乖巧人，知道其中必有难言之隐，讲过几次之后，就不再提起。外婆是读过洋书的人，她脑子里想的事情同别的女人不一样，对外公也格外理解。

外公从此不再朝来暮归了。要不是外婆常提醒他要回家看看，他几乎忘记了乡下还有老有小。

外婆每天都去洗那匹本是很干净的白马，洗过了还要用梳子梳。外婆还用白缎子绣了几个吉祥物配在马背上，白马更俊了。她做这些事的时候，外公总是搬把竹椅，躺在上面望着外婆。

一天，外婆对外公说：“你是个男子汉，在外头有你自己的事情要做，不要天天守着女人。”

外公说：“我舍不得把你一个人放在家里。”

“这样吧，我们一起去照顾那些生意。”外婆说。

第二天，外公就带着外婆出了门。街上人来人往好热闹。外公引着外婆挨个儿去了自家的店铺，叫过那些伙计来认识外婆。外公让外婆见些人之后，就私下告诉她，这些人当中谁对詹家不忠、谁偷懒、谁吃里扒外。外婆听了不以为然，只说：“这年月，生活要相安，相安才无事。”

詹家的当铺场面很大，又是老字号，远近闻名。门面两边立着一对威风凛凛的石狮子，大门用红漆漆得发亮。见了这气象，外婆就问：“当铺里面一定很宽敞吧？”外公却说：“当铺女人家弄不懂，就不要进去了。”外婆平生上过绸缎铺，进过南杂铺，就是没见识过当铺，还真的想去看一看。可外公硬是不想带她去，她也不好勉强了。她随着男人往前走，却忍不住回头望一眼那片气派的当铺。

外婆再出门时，外公总让她仔细打扮一番，免得让人看轻了。外婆坐在梳妆台前结发髻，外公站在旁边傻看。外公突然拿出一枚玉佩给外婆带上。玉佩是鸡血色，状如蟠桃，很是爱人。外婆捧着玉佩问：“这么漂亮，哪里买的？”

“在我当铺里买的。”外公望着光彩照人的外婆得意地说。

“当铺？你家当铺里尽是好东西？”外婆又想起了当铺。

“收拾好了我们就出去吧！”外公像没有听见外婆的问话。

外婆倚着外公走在街上，外公的头昂得更高了。外婆身段儿好，蛋黄色旗袍穿在身上，富贵、高雅。外婆做过绣女，读过洋书，见识不一般。外公进绸缎货，都得同她商量。什么花色的料子好销，她一说就准。她还常写信给长沙的同学，打听绸缎行情和衣着款式。每新到一批料子，外婆就先做一套穿上，好像亮出了一块活招牌。她要么一件玫瑰色缎面旗袍，外披一件乳白无领衫；要么一件碎花绸子旗袍，外配羊毛马夹。她就这么在店里一亮，惹得镇上的女人都来扯布，有的人还会找外婆讨衣样子。外公的生意更加红火起来。

外公对外婆百依百顺，可他对外人脾气并不好。看到店铺里不顺眼的事，他总把伙计骂得狗血淋头，甚至把人家赶走。外婆见了，总要在旁边转弯子，为伙计说几句好话，留给人家一个饭碗。有时遇上要饭的，外公就说人家是懒鬼，要伙计轰人家走。外婆总是拦住伙计，从柜子里拿出几个铜角子舍给人家。外婆总是这么处处替人家着想，外公的脾气也好起来了。后来外婆怀了孩子，外公在房里走路都轻手轻脚了，生怕惊动了外婆肚子里的孩子。那些日子，外公每天晚上总是轻轻抚摸着外婆的肚子，猜着里面是男孩还是女孩，说不论是男是女，都要送这孩子好好读书，让孩子长大了有出息。而外婆想得多的则是这孩子生下来像谁。她希望这孩子不论是男是女，都得像她男人。她相信只要像她男人，是男就伟岸，是女就俊俏。

外婆满心甜蜜地怀着孩子，却突然发现外公好像心神不宁了。这一段外公显得特别忙，每天清早匆匆出门，晚上很晚才回家。进屋后又不认真同外婆说说话，总是烦躁不安地在家里踱来踱去。外婆挺着大肚子坐在一边，望着外公着急的样子，心里发慌。

外公踱到窗前站住了，外婆上前抚摸着他的腰背，说："有什么大事？让你这么不好过？说出来，让我为你分分忧吧。"

"没什么事。"外公说。

外婆望着外公一副不放心的样子，外公就说："我准备关掉城里的一些铺子，带你去长沙过安稳日子去。"

外婆感到意外："俗话说，家有千财万富，不抵一个烂铺。这么好的铺子，说关就关？你一定是有事瞒着我。"

外公就笑笑："没有事。只是同几个生意上的朋友有些'麻纱'。我会扯清的。你安心把肚里的孩子养好，我就放心了。"

从这个晚上开始，外婆心里就不踏实了。白天显得格外的长，只巴望天快些黑下来，好等外公回家。天黑了，她的心更是悬了起来，听着门外的每一个动静。那天半夜，外婆终于听到了白马的叮当声。外公回来了。外婆挺着大肚子去开门。门一开，外公就像被抽了筋似的倚在门框上，脸色惨白，嘴里喷着酒气。外婆很惊慌，忙扶了外公进屋。还没来得及问是怎么回事，有人扔了石子进来。外公一惊，从坐凳上蹦起，就想往外冲。外婆堵在门边，不让他出去。外公说："没事的，我去和他们了断一下。"

外公硬是要出去，外婆拦也拦不住，就帮他把帽子扶正，掸了掸他身上的灰尘，望着外公消失在夜幕里。

外婆坐在床上一个通宵，没有等到外公回来。

第二天，外婆在家再也坐不住了，她挺着肚子，一步一挪地去了街上。见外公家的几个店面都关着门，她越发害怕了，一定出大事了。她拐了个弯，来到当铺，当铺门也紧关着。她上前敲开了当铺门，管家伸出头来，吃了一惊，问："太太你怎么来了？我正要去找你呢。"

"告诉我，出了什么事？"外婆问。

"没什么事。"管家说着，神色分明有些紧张。

外婆进了门说："你不告诉我，我今天就不走了。"

管家支吾一阵，说："少爷被几个土匪捆走了。"

"土匪？"外婆脸色顿时白了。

"少爷不让我告诉你，现在麻烦来了不告诉你也是枉然。"管家无可奈何的样子。"一年前，少爷被这伙土匪搁了。他们见少爷是个读书人，留住他当师爷。他不肯，土匪就说要杀了他全家。没有办法，他只得同意自家的当铺帮他们销赃。从那以后，这伙土匪抢来的东西就都从这个当铺过路，再变成响当当的元宝。"

外婆一阵晕眩，管家扶住了她。

"少爷虽然同意了，也只是躲避当即的杀身之祸，他叫我无论花什么代价都要摆平这件事，日后金盆洗手。我上山去了好几回，好话说尽，也不知花了多少钱财，这伙土匪太难对付。少爷见你要生孩子了，更是急着要了结这事，说一定要在孩子出生之前把事情搞得干干净净。昨天我和少爷同山上派来的人在酒馆里谈了一上午都没谈好。少爷说可以让出家产的四分之一以后两不相干。他们说你那家产能供我们几十号人马吃喝多久？还是同我们合伙吧！这样才是细水长流。少爷说让我家产的三分之一吧！他们说做不了主回去问李大头了。我就陪少爷在酒馆喝闷酒一直喝到大半夜我才牵着马送他回家。”

“难怪少爷回家就有人扔石头进来。”

“可是少爷再出门就被请上山去跟李大头谈。外公知道此去凶多吉少，但没有办法只得听天由命。”

“后来呢？快说。”

“我陪少爷去了山寨，李大头生得高大，进门总得躬腰，免得门框碰了头。他不用对你怎么的，只需望你一眼就会让你全身发麻。他对我们哈哈一笑说詹兄你好大的架子！同我们兄弟合作好好的干嘛反悔？反悔你就告官吧。李大头的笑声让人发冷。少爷说李大哥，我也做了你两年老弟，说什么告官不告官的话？我只是和兄弟不同，你们赤条条来去无牵挂，我是上有老下有小，过不得这种脖子上扛刀的日子啊！李大头说，你们读书人就是歪点子多。你知道我们是不可能下山去安安逸逸享受一份家业的，就拿你的家产来哄我们。我们只能要白花花的银子，你还是好好地为我们开当铺吧。少爷说我就把当铺让给你们，你们派人去经管，这样还省事些。李大头这下不笑了，脸一横：你哄小孩？莫说我们的人露不得脸，就算露了脸，谁保证我们兄弟不出事？你是读书人，一方绅士，有头有脸。别人总不会想到你万贯家财是个土匪吧！少爷再次让步，让出一半家产，今后就谁也不找谁。李大头想了想说，我们兄弟一场就依你的吧。不过我们只要票子不要房子和田产。你就把你家产折成票子给我们吧。李大头闲着眼睛琢磨了半天，算出一个账来。少爷一听，这哪是他一半家产？全部家当变卖干净也凑不上这个数字。李大头来火了，又不是我要你的家产。我只是让你做我们的兄弟，可你自己不干。现在是三条路，一是你回去照样经管我们的当铺；二是你就按这个数付钱给我们；三是我们不做兄弟了。少爷吓出了冷汗。前两条做不到，后一条就是让他死。所谓不做兄弟了就是要杀人的行话。少爷一直担心的就是这一条。少爷只好要我下山带你走。”

外婆知道了事情的来龙去脉，一下子变得镇定和刚强。“给我备一顶轿子，带我去找他。”

管家眼睛瞪得老大：“怎么？你好大胆啊！”

外婆变得执拗，连眼泪都没有一滴。她两眼望着窗外，像是望见外公在那里受难。管家见她这样，只得依了她，备了轿，随她一同去。外婆一行先坐船过河，再走旱路。走了一阵就才到湖边，这时天黑了。他们找了好久才找到一只小船。船老板先是不肯划，说天黑风高，怕出事。外婆说尽好话，出了高价，才说动了船老板。深秋了，湖面的风冷飕飕的刺人。外婆缩在船的一角浑身抖动，感到腹中的胎儿使劲地踢蹬她。要是有外公在身边，胎儿在里面闹，她会娇娇地哎哟一声，外公就会拍她的脸蛋，摸摸她的肚子，说些心疼的话。可这会儿她浑身憋着一股劲，似乎天塌下来她一只手撑起。好不容易上了岸。下面又是崎岖的山路。管家提着马灯在前面引路，轿夫只道慢点慢点，看不清路哩。

到了土匪的山寨，已是次日清早了。管家先让外婆在山下等着，他独自上去看看。一会儿，管家下来面色土灰。外婆知道出大事了，不顾一切地要上山去。管家拦也拦不住，只得跟在后面。

寨门紧闭着，只有几条汉子挎枪站在外面。

大门打开，他们把外公带到一个露天大灶前。灶的大铁锅上放着一个大蒸桶。这蒸桶是煮饭用的，山上几十号人马，只蒸个大半桶饭就够吃了。望着蒸桶里冒出的滚滚热浪，外公脚都软了。

一个汉子说：“你摇摇头，我们就再商量一下。”

外公没有摇头。

几个汉子就上前一把抓住外公，将他五花大绑起来，塞进了蒸桶。他们把外公的头露在外面。

“一下死不了的。你要是受不住了，还可以摇摇头，我们放你下来，再商量。”

不一会儿，外公就受不了啦，厉声叫了起来。可他就是不摇头。深秋的天宁静得空洞、恐怖。外公的惨叫在大山里回荡。大蒸桶急剧地摇晃着，外公的惨叫慢慢微弱，消失，蒸桶却还在一阵一阵地摇晃。

“叫你们李大头出来！”外婆举起手，挺着大肚子，两眼血红血红。几条汉子面面相觑，不去理地。

外婆大声骂：“李大头，你这砍头的、枪打的、雷打火烧的！你出来，你跟我出来！”

没有一个人应她，只有山谷发出阵阵回音。

“李大头，你只要出来，我咬都要咬你几口！我要吃了你，我要喝你的血！我就是报不了仇，我肚子里的孩子也要向你报仇！我要教我的子孙来喝你的血！”

外婆直骂得喉头发沙，出不了声了，两眼一黑，晕了过去。

李大头一直没有露面。这伙土匪什么事都做得出，却不敢面对一个怀孕的女人。窖里一扇门突然开了，一扇门板推出来，随即窖门砰地关上了。

苏醒过来的外婆，她叫轿夫把外公的尸体绑在轿上抬着，自己走着下山。他们在路上走了一天。外婆一路上再没想别的，只想着自己肚子里一定是个儿子。她要把这儿子养大成人，让他去亲手杀了李大头。

外婆请管家找来风水先生，选了一块好坟场，厚葬了外公，外公葬后的第三天，外婆提前生孩子了。那个早产的孩子就是你母亲。

“我的孩子，我的孩子。”外婆只叫着这句话，眼泪一坨坨下。外婆成天搂着孩子守着那栋房子，靠微薄的积蓄度日。曾外公来过几次，想接外婆回娘家过，好歹有个照应。外婆不肯回去，她舍不得离开这屋子。在这屋子里她随时都能听到男人白马的嗒嗒声。

外婆成天搂着孩子想外公。她想那晚要是拼死拦着外公，不让他出门，可能就不会有事。要不就是她本来就不该嫁给外公的。是她让他改变了自己，不想再干那些黑良心的事情。要是就让他按原来的活法，外公也不会死的。外婆总认为外公的死是她造成的，晚上一挨床就做噩梦。从此以后，她不敢用蒸笼蒸饭，也见不得别人用蒸笼蒸饭。

外婆大门不出，终日待在这栋小屋里，她认为只有这间房子里装满了外公。外婆有时也会鬼使神差似的把头伸出大门，呆呆望着屋前的小路，总想着有那么一天，外公会突然骑白马回来。

要不是曾外婆病危，外婆的那栋小屋也许会成为她终身的牢笼。

六

读初中时，我对外婆的身世膨胀成一种愤怒。那是上初二，我在学校是品学兼优的学生，我的作文多次刊登在学校橱窗里。学校准备在我们班上发展第一批团员。我领到入团志愿表。我家的社会关系我弄不清，回去问母亲。母亲当时不作声，好半天她才说："你外公是恶霸地主，解放初给镇压了。你外婆是你外公的小老婆。"我听了只觉得满脑子嗡嗡响，就像天要塌下来咧。我不明白，早几年母亲对我说过，我外公是被土匪害死的，她今天怎么又说外公是被镇压的呢？我想让母亲说个清楚，可母亲就是不肯说。我如实填了表，入团自然成了泡影。

团组织那张神圣大门离我远去，外婆的身世像一块石头，压在我身上，使我不堪重负，使我很不光彩。这年暑假，母亲叫我去长沙，我一听就火了："打死我也不去长沙了。"

说这话时是晚上，正停电，母亲摸黑坐到我身边，拿着我的手说："不入团就不入团吧。要紧的是你自己要知道自己是个好人。外婆和母亲一辈子就是这么过来的。"

那年，外婆抱着孩子匆匆赶回家，曾外婆已经咽气了。

为了给曾外婆治病，家里已欠了一屁股债。曾外公带着两个儿子佃着大户许家的几亩地种。外婆的这两个哥哥都还没成家。一家人的肚子都难得饱，哪有钱给他们娶媳妇？曾外公父子三人没日没夜地劳作，也没能让家里的日子好起来。一家人总是愁眉苦脸，唉声叹气。

外婆本想回镇上住，可看到家里这个样子又不忍心走了。她带着一岁多的孩子，在家帮着父亲照料家务。外婆一个人在家做事，有时独自哼几句，不太成曲调，只是随口咏叹。母亲有时听着曲子酣然睡去，有时听着曲子又哇哇大哭。

阳春三月的一天，许老爷坐着青缎篷轿子，正在自家的田里转悠。忽然听到女人哼曲子，不是他耳熟的山歌，好生奇怪，就循声而去。许老爷听说过徐家满女，知道这女人年轻时醉倒一条街，又在大城市上过洋学堂，还在街上跟大名鼎鼎的詹少爷享过清福，如今是新寡独居。只是不知这女子长得到底怎么个模样？

许老爷从轿里拱出来，推开外婆家门，问："你是徐家满女吧，你爹呢？"

"下地去了。"见是生人，外婆头也没抬。

许老爷望了外婆一会儿笑道："哦哦，你爹不在家啊，好吧！我走了。"

许老爷上了轿，一个人忍不住哈哈大笑。他这辈子还从来没见过这么漂亮的女人。同这女人比，自己的老婆简直不算女人了。那婆娘进门十多年了，屁股一拱就生个女儿，已连生四个女儿了。就连听她放屁都担心她会放出一个女儿来。这会儿他暗自得意，相信自己能把这女人娶到手，让她为自己生个胖儿子。

当天晚上，曾外公喝得醉醺醺回家，进屋就喜滋滋地叫道："好了，好了，来运气了。"外婆问："运气？"曾外公说："是啊，运气来了。许老爷看上你了，要和我家攀亲。"

"不！我不去许家！"外婆将门一摔把自己关进了房里。那时外婆心里全装着詹少爷，只想早点把她和詹少爷的孩子养大成人。

曾外公老实巴交，一辈子待在乡下，没有见过世面。许老爷叫了他去，说要娶他满女做小。要是同意了，今后就是亲戚了，欠的账就不要还，佃着的那几亩地就作聘礼相送。曾外公想自己女儿反正是寡居在家，迟早要找个人家。许老爷家大业大，女儿嫁了过去，生个一男半女的，日子会好。自己能有几亩地，两个儿子成家就有望了。这么一想，他便答应了。他哪会想到女儿不依呢？

曾外公突然老泪纵横起来，说："你爹不中用啊！你两个哥哥还没成家，你这孩子也只这么大，今后怎么过？"

"你勿管我，我明天就带着女儿走！"外婆狠狠地跺着脚说。

曾外公长叹一声，不再说什么，就蜷在了女儿的门外。

外婆连夜清理好自己和女儿的衣服，打成两个小包袱，想带女儿离开这里。外婆一拉开门，就看见爹蹲在她门边睡着了。外婆望着爹，爹才五十岁，头发就掉了一大半，一身骨头只剩一张薄薄的皮包着，就像门外那棵落了叶的酸刺树。外婆的泪水一滚而下，脚步再也挪不动了。

那天，曾外公和外婆一起走出家门。那天是下雨的早上，外婆打扮得好漂亮并不打伞，任雨水淋在身上。

那天，许老爷热热闹闹摆了几桌酒席，娶了我外婆。我母亲随了去，这许老爷也就成了我现在的外公。

许家是当地最大的乡坤，方圆几十里都是他家田土。许家大院是一片有三进天井的大瓦房，壁板用桐油刷得发亮，几里路外都能看见。

许家外公倒是个上进的人，常常在外打点他的家业，一月下来没有几天时间在家里待着。外公不在家就苦了外婆。外公的大太太特别凶悍，清早往屋中一站，把佣人支来支去，骂个不停。她总是这个屋子骂到那个屋子，整个大院里就只听见她的叫骂声。外婆夹在中间大气不敢出，事事都小着心。有时候大太太也骂母亲，外婆要么装着没听见，要么火上加油为大太太帮腔，骂母亲就是不听话，惹大娘生气。母亲那会儿叫大太太作大娘。吃饭时，外婆带母亲坐在一个角落里。外婆尖着筷子夹一点菜给母亲，还忍不住看看大太太的眼色。母亲自小吃东西很刁，可她进了许家以后，不管自己喜不喜欢的菜都得硬咽下去。母亲从来不敢自己去桌边夹菜。外婆平日里话也不多，对家里人总是笑，只有到了晚上才抱着母亲流泪。

外公还是喜欢外婆的。外公一回家就问："秀梅呢?"边问边往外婆房里跑。走进外婆的房间，外公感到暗香扑鼻，心旌摇荡。外公总感到这个女人身上有股天然幽香，让他待在外面总是心神不定，只巴望早点回来。外公每次回来都给外婆捎些东西，几件漂亮衣服呀，几个好看的发夹呀。外公出门看戏、串门子，都带上外婆。可是外公外面的生意总是做不完，在家待不了几天，又得出门。外公一走，外婆的日子又暗淡起来。

春日里一个难得的晴天，外婆在门边洗头发。头发太长，旗袍的领口给打湿了，腻腻的很不舒服。外婆就解开领口，脖子上挂着的那块桃形鸡血玉佩露了一半，在太阳下红艳艳。大太太从门边经过，一眼就看见了这块玉。外婆感觉到了什么，抬头望了望大太太。大太太却死死望着外婆胸口上的玉佩，目光冷冷的像生了刺。外婆下意识地捂住了胸口。

黄昏时，外婆去洗澡。她将玉佩取下，挂在澡堂壁上。望着闪闪发光的玉佩，就想到了詹少爷的话。他说过，这是一块活玉，与人的血脉相通。人生病玉就发黑，人健康玉就发亮。想着这些，她就取下玉佩，想洗澡也戴着它。大太太突然推门进来。

"就是这块玉，是老爷送我的那块。"大太太惊叫着。

外婆把玉握得死紧。

大太太指着外婆的鼻子责问："这块玉是老爷家的传家宝，是我和老爷结婚时母亲送我的，怎么在你这里?"

外婆使劲摇头，说："不，这是我死去的丈夫送我的。"

"哦哦！我知道了！这块玉被强人抢了。想不到你男人原来是土匪!"大太太恶狠狠地说。

"不！不！他是好人！他是被山上土匪活活蒸死的!"外婆流着泪喊。

大太太逼近外婆："把玉还给我!"

"不!"外婆退到澡堂的角落里。

大太太发起泼来，啪地扇了外婆一耳光。外婆也恶了起来，双手去抓大太太。大太太的脸上马上就起了几道血痕。

“你们给我住手!”正在这时，外公出现在澡堂里。大太太仗着自己有理，偏着头向男人发脾气。外公一把提起大太太，扇过一巴掌。大太太顿时瞪圆了眼，怔怔地望了男人一眼，边哭边走了。

外公低声对外婆说：“你起来吧。这块玉我早就发现了，的确是我家祖上传下来的。你就好好戴着它吧!”

这晚外公没有回外婆房里，只在她房门外走来走去。第二天，大太太病了，全家上下都有些慌乱。外婆望着对门大太太屋里进进出出的人，她心里有些虚，再也不敢戴那块玉佩了。

第二年，外婆给许家生了一对双胞胎女儿。虽说也是女儿，却是外婆生的，外公也高兴。外公文墨不多，就给老大取名金枝，老二取名玉叶。有了许家骨肉，外婆觉得腰杆子硬些了。她想做些自己想做的事，也想理些家事。大太太却冷冷地瞟她一眼，说：“不要以为你生了许家人就站稳了脚跟，你没有生下个儿子，等于白费!”听了大太太这话，外婆仍旧直不起腰。

就在外婆进许家门槛的第四个年头，她生下一个儿子。许家顿时像开了一锅水，整个屋子里都冒着热气，全家上下都围着她转，外公给儿子取了个名字叫天国。外公回家回得更勤了，进屋就抱着儿子一边打哈哈一边对外婆说：“秀梅，你还生几个儿子吧！生他十个八个才好哩!”

也怪，自从外婆生了儿子，大太太脸色好多了，还经常同外婆说些体己话。大太太一直没有生出个儿子，外公对她越来越冷落，一个月很难进她房里一次，她变得憔悴而衰老，外婆变得鲜艳而光彩。

许老爷家大业大，佣人厨师一大批，大事小事被打理得井井有条，这都是大太太的功劳。可下人们最会看事的，如今见大太太在家里不行了，就有些不听她使唤。大太太不得不搬出外婆来管家。但大太太仍死死抓住家里的钱匣子，大小开支都得她说了算。外婆管的事，无非是给下人们排排工，看看几个孩子是不是打架，孩子们上学是不是按时回家。家里来了客人，外婆就出面陪陪。外婆是见过世面的人，给许家添了许多光彩。

一个春日的午后，外婆独自去了屋后的山坡，迎着阳光望着一棵树出神，那树上有一束茸茸的花在风中摇曳。外婆这么站了一会儿就觉得头晕，回家就躺下了，什么东西都吃不下。外公知道秀梅又怀上了，他请来算命先生一算，又是个儿子。外公连夜去县城为未来的儿子订做了一对银圈。

外公照样很忙，不过他再忙也得三天两头跑回来，看看外婆，摸摸外婆的肚子。眼见着外婆的肚子一天天大起来，外公成天哼着花鼓戏。一天，外公又要外出，外婆有些不安，她算着自己快到日子了。外公就说："我这次出去最多十来天，你在家好好养着。我这次回来就不出去了，一直守着你生孩子。"

外公走后的第二天上午，寒风吹得人脸上生生作痛。突然，轰的一声巨响，村里人吓得作鬼叫。

"日本鬼子来了！"村里人尖叫着，四处逃遁。

日本人的飞机低低地飞着，像是快铲着许家大院的屋檐了。炸弹在屋前的田垄里又一次响起，漫天烟雾和泥浆。外公不在家，全家老小就没了主心骨。大太太向来厉害，这下却吓得脚发软。她忙清理了所有首饰、古董，抱了钱匣，带着她生的四个女儿，租了一条船，回娘家躲难去了。

外婆身无分文，带着四个儿女、挺着大肚子，同村里人一道往山里躲。几天几夜，老老少少几百人，就那么抖抖索索地蹲在山上的林子里，不敢生火，也不敢走动半步，她没吃的没喝的，又冷又饿。只能死死搂住儿女躲在一棵大樟树下。树下有一块麻石板，晚上，外婆把匆忙带的一床薄棉絮垫在麻石板上，娘儿五口蜷在上面。

那天半夜，天上响起尖利的枪声。外婆肚子一阵剧痛，孩子早产了。一块逃难的人慌了神，山上就连剪刀也没有一把，她们硬是用指甲掐断了脐带。恭喜你，是个儿子！外婆听到儿子哭了几声就昏死过去了，等外婆苏醒过来，儿子死了。

日本鬼子走后，村里人才把外婆抬下山来。这时外婆瘦得只剩一张皮。外婆这辈子除了恨李大头，就是恨日本人。她后来骂，最歹毒的话就是你这法西斯！

外婆被人抬下山的第二天，外公才从外面回来。望着面黄肌瘦的外婆忍不住哭了起来，再摸摸外婆的肚子哭得更伤心了。

从此以后，外公不太出远门了，天天守在家里。可一家人的心情再也好不起来。大太太变得古怪，外公变得冷漠，外婆越来越感到孤独。

我母亲慢慢长大了，好像也在这时家里人才认真看一看我母亲。外婆见家里人看着我母亲，心里一阵难受，这孩子黄皮寡瘦，眼神躲躲闪闪，像受惊的小老鼠。外婆觉得对不起詹少爷，自己没有能力，让女儿跟着自己过着寄人篱下的生活。这孩子不是许家的骨肉，在这家里不会有出头之日的，得让她出去读书，詹少爷说过，要让孩子好好读书，让孩子长大了有出息。外婆坚定了信心，拼命也要让孩子读书，读多多的书，读得比自己有出息。外婆趁外公高兴的时候，第一次开口向外公要了几个钱，打发我母亲去了长沙。

全国解放了，外公被视为恶霸地主，第一批就镇压了。许家的田产分给了村里的农民。许家人被赶出祖居大院，住到宗祠的一角。

没有了外公的疼爱，也没有了家产，大太太还成天骂骂咧咧，摔东摔西。全家老小恓恓惶惶的，整个家庭笼罩着幻灭的气息。外婆带着金枝、玉叶和天国离开了许家，投奔长沙姐姐家。

那炸豆子一般的枪响，像梦魇一样留在外婆的心里，后来她听到真的炸豆子的响声也心惊胆战。

就是那啪啪的几声脆响，外婆再一次成为寡妇。

七

我再次去外婆家，是因为家里收到外婆的一封信。

外婆亲手给母亲写了封信，先是说她思念外孙女，再告诉我们一件喜事，她已经平了反，摘掉了地主帽子，街道上还为她开了个平反会。光这件喜事写了三页，把个老人新生的喜悦都倾泻在纸上。外婆还说，她现在很忙，居委会让她当卫生监督员，负责一条街的卫生检查。还说春节居委会要开联欢会，她参加了老年人的节目，合唱《没有共产党，就没有新中国》。信是外婆亲手用毛笔写的，蝇头小楷工工整整。我们这辈人毛笔字都缺乏修炼，因此我对外婆一下子景仰起来。我想象得出外婆那会儿的神气劲，戴着红袖章，提着撮箕，拿着扫把，在街上转悠。碰上随地吐痰的、乱扔纸屑的，她就上前去说人家几句。外婆十分严肃地批评人，我想，那个人一定无地自容。

母亲看着信，不知是高兴还是伤感，眼泪止不住往下流。妈妈说，外婆当年在长沙读过书，肚了里还是有些墨水的。要不是学校起了火，她也就不会回老家了，也就没有这么多坎坷。后来外婆孤儿寡母的去长沙投奔她姐姐，娘儿四个住在一间九平方米的房间里，只图如何把孩子们嘴巴塞满，哪知道怎么带他们？

外婆去长沙以后，她姐姐给她在一家兵工厂找了份事做。那会正抗美援朝，外婆做的工作就是给志愿军缝被子。外婆一早就起床，把金枝、玉叶和天国锁在家里匆匆赶去工厂。外婆走起路来，挺着胸，双腿笔直，碎密步子动得飞快。她再怎么背时倒运，走在外面也不愿是一副阿弥陀佛的样子。厂里给大家定了基本任务，一人一天缝五床，多缝的就另加报酬。外婆只想多赚几个钱，一天缝六床。

黄昏时分，外婆怀揣着刚拿到手的几个钱，直奔菜市场。她得计算着用钱，就选了最便宜的菜买了。提着菜往回走，她只差没倒下去了。她打开房门一看，傻了眼。金枝抱着弟弟天国，天国哭着要饭吃，玉叶软绵绵躲在床上，外婆伸手一摸，滚烫滚烫。玉叶病了，发着高烧。

外婆顾不得送玉叶去医院，马上打开炉门做饭。孩子们已一天没吃东西了。可她做出的饭半生不熟。外婆将煮好的饭放在一边，再去炒菜。做菜她也不里手，只是把小菜掺水煮了，成了一锅汤。可等她端上菜，金枝和天国早吃完一碗光饭。外婆吃过一碗饭，再去盛饭，锅里只剩下个饭勺了。外婆记忆中佣人们做的饭那么香喷喷的、软酥酥的。外婆不由得留恋起许家来。虽然受大太太的气，孩子们还是能吃好穿得体面，现在要靠自己填饱三个孩子是多么不容易！

吃了饭，外婆碗也没来得及洗，背上玉叶去医院，看了医生，拿了药，仍背着玉叶回家。

第二天一早，外婆又锁上门去兵工厂。她打算今天一定再多缝两床被子，晚上买半斤肉回去。外婆在那里飞针走线，想着自己这些年经过的事情，想着锁在家里的孩子，叹息自己命苦。她想着这些，再没有多少伤感了，只是一次又一次地咬着牙。她想再怎么也得让孩子们长大成人。她满脑子心事，手脚却格外麻利，这都是当年做绣女的功底。一天下来，她竟缝了九床。她起身时，只觉两眼一黑，差点儿倒下。这时她才想起自己一天没有起过身，就连水都没喝上一口。她领了钱，扯扯衣角，挺胸出了工厂。

外婆飞快地赶到菜市场，买了半斤肉。回到家里，孩子们闻到了生肉的油腥味，馋得舔起了舌头。外婆早累得不行了，真想休息一会儿再做饭。孩子们望着她手里的肉，喉咙直咕噜。她顾不得自己劳累，马上做饭。

饭菜上桌了，金枝和天国盛饭时几乎要抢起来了。玉叶本已病得连水不想喝了，见炒了肉也勉强吃了一碗饭。孩子们夹了菜，边吃边望着桌上菜碗，生怕碗里的肉飞了。望着孩子们这吃相，外婆心尖尖都在痛。

玉叶的病没有马上好起来。外婆没有办法照顾她，只是买了药回来，让金枝在家照顾她吃。后来玉叶的病是怎么好起来的都不太清楚了，只是她慢慢能下床能吃些东西了。玉叶的病好了很长一段时间外婆才发现她背有些驼了，这才想起玉叶的背是在床上睡驼的。

不久，志愿军胜利而归，兵工厂不再需要缝被子。外婆没有事做，她像只觅食的母狼成天在街上转悠。只要能挣钱，她什么活都干。

那天外婆从市政府宿舍提了满满一竹篮衣服，准备提回家去洗，走过宿舍大院门口，见有人围着看什么。她是不好看热闹的，只挺着身子走自己的路。她只想早点把这衣服洗完，再揽点别的事做。可她听人在叽叽喳喳，像是有什么大事，便忍不住回过头去看了一眼。原来墙上贴着毛纺厂招工的消息。她的胸口猛然跳了起来，心想总算有个机会了。她忙回家放下衣服，先去市政府报了名。这回只招十个女工，报名的人却黑压压一大片。外婆生怕录不上，面试过后就在家悬着过日子，还算老天有眼，过了十天，有人通知外婆，她被招进去了。后来外婆想，那天她幸好看了墙上贴的告示，要是依着自己性子，挺着身子走过去她的机会就没有了，那就不知要到哪年哪月才有个正式工作哩！

有了固定工作，外婆才猛然想到应该送天国上学。天国去学校报了名，编座位时把他编在最后排。因为他在班上年龄最大个头最高。天国整个小学阶段全是坐在最后排。后来他总是玩笑说，班上同学的脸相他不太清楚，但每个人后脑勺他几乎都画得出来。

外婆四十出头，仍然很有风韵。她戴一顶纺织帽，额前不留一根刘海，显得很精神；穿一件灰色工作服很是精致。也许她那双做过绣工的手就是灵巧，学起纺织来也特别快。不出三个月，她的手艺在所有女工中就算出类拔萃的了。她织出的布又平整又匀称，看不到接头的浮纱。外婆很快被升为组长，后来又当了班长。

厂里有个干部姓刘，长得高大，个性开朗，喜欢说笑话，山东人，是个南下干部。大家平时都叫他刘干部，休息时，刘干部随口说个笑话，车间里就热闹喧天了。刘干部每次检查工作到外婆车间就不走了。有次，他走过外婆身边，问：“听说你儿子病了？我这官僚主义，今晚一定去看看。”

外婆忙说：“没什么，孩子的病好多了。谢谢领导关心。”

晚上，刘干部提了两斤红糖、一斤蛋糕，敲了外婆家门，外婆一开门，这山东汉子平日的幽默劲儿全没了，嘴巴也不利索了，站在门口就说：“和我结婚吧。”

外婆早猜到刘干部对她有心了，但没想到他说话连弯子都没转一下。外婆也不知道请人家进来坐，只转身去厨房倒茶。外婆端了茶出来，见刘干部已坐在她床上了。事实上屋里没地方让人家坐，屋里只有四张凳子，金枝、玉叶和天国在屋里做作业，占了三张，还有一张上面正放着个竹篮。外婆见男人坐在自己床上，心里有些慌，她递茶的手都有些发抖，差点烫着人家了。

“我拖儿带女的，不想连累你。”外婆低头绞着手。

刘干部的眼睛红红的像喷着火。他放下茶杯，握住外婆的手，说：“我正没孩子，我喜欢孩子。”

“对不起刘干部，我，我有说不出的难处，我不能嫁给你。”外婆抽出手，结结巴巴地说。

刘干部面色讪讪的，搔耳抓腮，埋着头走了。外婆忙关了门，不敢去望刘干部那高大的背影。

晚上，外婆独自睡在床上，想着刘干部那火一样的眼睛，胸口怦怦直跳。外婆的感觉在夜里便虚幻、朦胧起来，刘干部和詹少爷两个人的影子总是叠在一起。她似乎觉得刘干部有点像詹少爷，那身板那脸相，只是詹少爷年轻多了，当时只有三十岁。而刘干部四十多了。刘干部的老婆去年过世了，没有给他留下孩子。可外婆自己也说不清楚，她不想同刘干部结婚。

八

走进外婆家，外婆的三个孙伢子都工作去了，只剩下外婆一个人。外婆发胖了点，高挑的身材显得很丰满，人也显得比当年精神多了。人一精神话也多，外面参加的活动也多了。外婆从外面回来总是平静安详地坐在我对面，拉着我的手微微笑着，表现出对我浓浓的爱意。有时她要我给她讲一些国际国内的新闻，她似懂非懂却听得有滋有味，有时还会插进几句没头没脑的话惹得我一阵大笑，外婆一点不恼。她毫不掩饰对那些事情的无知，她用爱的目光看着我，像看待一个极有见识，极有身份的人。嘴里还念着女人不比男人差，我的外孙女就是有出息。我最受不了的就是这个，外婆一生经历过无数艰难困苦，在我面前却变得那么渺小委琐，多少次我想大叫一声：“外婆，我是你的外孙女呀！”

后来我调到长沙一家杂志社工作，我把一切办好后去外婆家。外婆正同几个老太太打麻将。外婆穿着一件乳白色真丝短衬衫，头上梳着发髻，乌黑而水亮。这年外婆已六十多了，不再戴着红袖章上街转悠。外婆见了我，高兴地笑了起来，说：“啊呀！我的宝贝外孙女来了。”外婆笑的时候，露着整齐而雪白的牙齿。外婆这么大年纪了，牙齿还这么好，真让我暗暗吃惊。外婆让我先坐，她手上的牌没人替。外婆边打牌边介绍这几位老人，说这是张婆婆，这是李婆婆、吴婆婆。我就一一叫了婆婆好。这些婆婆就说徐婆婆的外孙女长得好也懂事。我对外婆说，我已经在长沙工作了，今后可以常来看您老了。

“那好啊，外婆老了，你是看一回是一回了。”外婆说这话时，脸上满是笑容。我觉得奇怪，是不是所有人到了老年，对死亡都如此豁达？

我说：“外婆这么健旺，会长命百岁的。”

“活那么久干嘛？要把世上的罪都受完了才去死？”外婆笑吟吟说着，双手将麻将轻轻一推，和了。几位老太太就摇头晃脑地掏票子。

洗牌时，外婆起身为我倒了茶，笑着说：“怠慢我的外孙女了。”外婆拍拍我的头，又回到麻将桌上。她边抓牌边同我说话，问问我家里的事情。见她那从容的样子就知是老牌仙了，几个老太太其乐融融，场面很让我感动。外婆拿起手边的烟嘴，装上一支烟，点上。烟嘴是白色的，玉一样透明，有一支烟那么长。望着外婆嘴上高高翘起的香烟，我猛然想起她从前抽烟的样子。我印象中，外婆总是黑夜里坐在一个背亮的角落闷头抽烟，那烟头一明一灭，很伤感很孤独。

几位老太太见时间不早了，说明天再打。外婆却很不过瘾似的还要留住她们。张婆婆就伸个食指点着外婆道：“你这个地主婆，谁陪得起你?”外婆乐呵呵地拍了张婆婆一板，说：“你才是真的地主婆啊！你儿子月月给你那么多钱，就舍不得输一点给我?”

老太太们说笑着散了。

听她们开口闭口“地主婆”，我觉得很刺耳。这曾经是个多么可怕的字眼啊，如今却成了老太太们口中轻松的笑谈。可毕竟那是我们经历过的历史，就不能给我们留下半点沉重？也许这些老太太才是真正的历史学家吧，她们不再理会过去那貌似严肃的是与非、功与过，她们只关心麻将桌上抽象的输和赢。百姓就应该过得像个百姓，这样就好。可我外婆这辈子大多时候就连百姓一样的普通生活都过不了。

那年中秋，外婆让我去她那里过节。我一个人孤身在长沙，过年过节都在外婆家。我去的时候是下午，舅舅和舅妈还没回来，外婆仍是在打麻将。我发现李婆婆和张婆婆没来，来的是两位我从没见过的婆婆。我随意问起，外婆就说：“李婆婆病了。”她还没来得及说张婆婆怎么了，吴婆婆就说：“真是病来如山倒啊。李婆婆前些日子在这里打麻将，还那么健旺，说倒就倒了，这老不上路的，如今是屎尿都在床上，儿媳一天骂到晚。”

老人们就感叹起来，说老了就不值钱了，气氛有些不对劲，连摔牌的声音都不那么响亮了。外婆就说：“我到了那日，决不拖累谁，我不想把这世上的嫌讨尽了才死。”

吴婆婆笑道：“你莫要嘴巴硬，人到了那一步，谁知道?”

“你看着吧。”外婆笑眯眯地说。

吴婆婆又感叹道：“还是张婆婆会想些，找个老头子，有个伴儿，小病小痛，也不要看儿子儿媳的脸色。”几位老人便笑起来，说张婆婆也真是的，七老八十的了，找了伴还像年轻人那样形影不离，麻将也不来打了。

我无意间注意到，大伙儿说起张婆婆找老头子时外婆猛吸了口烟，一张脸立即就湮没在烟雾里，等烟幕散尽，我发现外婆的脸色不太好，似乎有些忧郁和怅惘。外婆已寡居三十多年了。一个守了大半辈子寡的女人，某方面的情感也许早已是一眼枯井，但偶尔有人丢块石头进去，枯井也会发出沉闷的声响吧。

舅舅舅妈下班回来了，老太太们说散就散了。我帮着舅妈做饭，外婆一个人在客厅里抽烟，烟嘴照样高高翘起，我总觉得这会儿她抽烟的样子同我过去印象中的一样，像是抽闷烟。

晚饭刚上桌，就听得隔壁张婆婆家吵吵闹闹。

舅妈说："我过去劝劝。过节热热闹闹的吵什么？"

舅舅却说："别去多事了。这也是张婆婆自讨的，年纪这么大了，找什么男人呢？丢人现眼的。"

外婆突然噎了一口饭，半天回不过气来。

"你怎么这么说？"舅妈说。

"不能这么说，难道年纪大了就没有爱的权利？莫说张婆婆，就是外婆也可以找个伴，寻找自己的幸福。"我不由得也发表自己的看法。

"你讲话怎么没礼节了，是不是书读多了没地方用？"舅舅不高兴了。

"这是封建礼节，不能束缚现代人。"我也不服气。

外婆阴着脸，像谁的话都没听见，悄悄放下碗进了里屋。

星期天我再去看外婆。慢慢地外婆家里没有麻将声了。据说自从张婆婆不来玩麻将外婆也不玩麻将了。外婆一个人坐在桌子边，好像在看桌上的台历，又好像在望窗外的人群，眼神呆呆的。我喊外婆她没有听见。我大声叫外婆外婆，她才回过神来，懒懒地对我说："你也不小了，该找男朋友了，不要老是来陪外婆。"她没说几句就懒得理我了。有段编辑部忙，我没来得及去看外婆。外婆叫表弟去单位找我，说我谈男朋友就把外婆忘了。我赶紧带上我的男朋友小张去看外婆。外婆拉着小张的手，眼睛直直地望着小张，目光逼人又固执。虽是冬天小张却出汗了。我忙拉小张坐下，泡了茶来。我先给外婆递上一碗说："外婆先喝。"外婆才将目光从小张身上拉回来，手抖得茶都满出来了。多年以后，我想起外婆那天的表情，让我很费琢磨。

以后我去看外婆，外婆不再坐在桌子旁而是躺在床上。床上被子叠得整整齐齐，她就和衣躺在上面，两眼望着天花板。后来外婆变得头也不梳，衣也不整，丢三落四了。街上有活动来邀她，哪怕是她最喜欢的她也不去参加。舅舅见这样子很着急，以为外婆患了老年痴呆症，买了药来。可外婆都没吃，全部丢在一个纸箱里。舅舅就有些生气了，背地里说外婆要是摸麻将，什么毛病都没有了。我总觉得舅舅不理解外婆，不理解外婆那枯井的眼睛里的内容。当然我也弄不懂外婆，可我又隐隐感到外婆那目光有幽怨而伤感的东西。外婆是在想我的外公詹少爷？还是在想我的舅舅的生父许老爷？以后这漫长的岁月她只能咀嚼过去。而过去哪怕是一星点儿甜蜜的东西，让她长年累月地咀嚼，都成了苦涩的了。

九

外婆离开我们已有十四个春秋了。

又是清明节，外婆的晚辈们为她上坟。我们一家，舅舅一家，我的两位亲姨妈一家，还有四位和我舅舅同父异母的四个姨妈家，一共八大家庭几十号人，可谓浩浩荡荡。

外婆过世那会儿还兴土葬，她的墓在长沙城西的一座山上。这是一个大好的晴天，各家约好在山下乡政府门口会面。几十个人往那里一站，弄得乡政府的干部虚惊一场，怕又是群众集体上访来了。

平时各有各的事，亲戚们难得见面。每年为外婆上坟倒成了大家联络的方式了。上山的路上，母亲他们八兄妹拉家常，我的表兄妹们也有说有笑，小一点的娃娃们就打打闹闹。倒是像一个旅游团。

我老远就见外婆的坟上长满了青绿的芭茅，很漂亮，我就想起外婆那水亮水亮的头发和她的音容笑貌。外婆就像在这几十号人马中间望着我们笑。舅舅把纸幡放在外婆的坟头上，在坟前摆上供品，然后点香，烧纸，祭酒，放鞭炮。舅舅先跪下作了揖，然后大家挨次作揖。有跪的也有没跪的。祭奠还没结束，就有小孩跑来抢供品吃了，自然挨了大人的巴掌，便又有了小孩的哭闹声。我跪下了，向外婆长揖三次。

行过礼，大家像卸下了某种心理负担似的，在旁边的草地上吃带来的食品，晚辈人轻轻地谈论着家中大小变故。长辈们又用沉重的口气谈起外婆当年的死。

那是一个闷热的夏天，外婆感到心脏热得快要蹦出来，就准备去医院。舅舅和舅妈都上班去了。外婆强撑着身子，把自己的几双鞋从床底下拿出来，洗得鞋面和鞋底都发白了，再晾在阳台上。然后又打了盆水，把桌子凳子擦得干干净净。她这才进了房，在梳妆台前端端正正坐下，平息一下心跳，再来梳头，梳了一个发髻扣在脑后。又找了个发网套在头上，把额前掉下的几根头发细细地理上去，扎进发网里。然后再往脸上扑了薄薄一层粉。梳妆好了，拿出那件平时不太穿的白底蓝碎花旗袍换上。

外婆出了门感到更难受了，连下楼的力气都没有了。她扶着楼梯慢慢下了楼，再扶着街旁的墙壁，扶着人行道上的护栏，一步一挪地去了中医院。一位头发花白的老中医刚换班，已脱了白色工作服，接班的是位年轻医生。外婆固执地朝老中医招招手，要让他看病。老中医性子好，也没再穿上工作服，坐下为她号了脉，说是中暑了。他让护士给外婆打了一针。外婆感到胸口的难受并没有缓解，连站都站不起了。她想自己只怕真的不行了，马上回去躺在床上吧。她再次朝老中医招手。一位护士走了过来，问老人家要什么。外婆望也没望护士一眼，仍朝老中医招手。老中医已走到门口了，只得走回来。外婆抓住他的手，指指门。老中医便扶着她站起来往外走。外婆紧紧抓住老中医的手再也不肯放了。也许老中医同外婆顺路，就一路扶着她走。外婆有些摇晃，老中医便扶着她的腰。外婆的神态便安详起来，脚步也平稳多了。外婆走到自家楼下，邻居见她让一位有风度的老先生扶着回来很是惊讶。外婆脸上露着微笑，一级级上楼，一步步走进家门，进了家门，外婆没等老先生松手，头一歪，倒在老中医怀里，去了。

临行，舅舅拿出一把砍刀，噼里啪啦地砍着坟头上的芭茅。只一会儿工夫，坟头就光光的了。舅舅每年清明都要砍尽外婆坟头的芭茅，好让土堆看上去不至于荒凉。舅舅是外婆唯一的儿子，外婆撒手而去时他不在她身边，让外婆在一个的陌生男医生怀里，这是他平生最遗憾最愧疚的事。舅舅那天从那男中医怀里抱过外婆时外婆还紧紧抓着老医生的手。也许外婆在生命的最后一刻，把自己的一丝希冀交付给了这位陌生的男人？父辈们说起这事总是叹息不已。

早春的风飕飕地掠过耳边，我分明听到外婆在遥远的世界里喃喃自语。

一个人的极限

1

薛里昂工作的医院离家不远，但他中午不回家。他没有午休的习惯，一到中午便在办公室看报纸。情绪好时，翻翻古典小说，如今的小说他是不会去看的。今天他没有像往常打开报纸或翻看某本小说，而是往沙发上一靠，闭目养神，好有精神做下午的手术。窗外飘着雪，是南方城市很少看到的雪花，窗内有细微的嗡嗡声，像苍蝇盘旋，薛里昂望过去，声音是从空调的窗叶里传出来的。窗叶上系了两根红绸带，绸带在窗叶鼓出的风中飘飘扬扬。薛里昂在飘飘扬扬中合上眼，迷糊中感到沙发变得轻飘飘的，轻得像窗页上的绸带，他的身子变成一片羽毛，被绸带轻轻托起，托到了一片海洋。一个海浪卷过来，卷走了绸带，那片羽毛从空中打了一个转直接窜入海中——叮铃铃。薛里昂惊醒了。

“薛副院长，你回家来看看吧！”

电话是邻居打来的，薛里昂从沙发上蹦起，额头浸出一层细汗。

“什么事？”

“你家被盗了。”

“什么？被盗！”

薛里昂赶到家，母亲正沮丧地躺在沙发上，小保姆站在她身边。母亲七十多岁了，是一个受不得一点刺激的老人。隔壁的邻居和邻居的小孩堵在门边，两个穿制服的公安人员在家里查来查去，家里一片狼藉。家里的存折没有少，只少了妻子的首饰和薛里昂一双棉皮鞋。薛里昂望了一眼门窗，门窗没被撬，小偷怎样进来的？公安人员说，小偷是用钥匙进来的。小偷是在你和你妻子去上班，你母亲和小保姆上街买菜，家里无人的空当进来的。看来这个小偷是熟悉你家的。

"家里最近来过生人吗？"公安人员问薛里昂。

"半个月前请人做过无烟灶台。"

"你是从哪个公司找来的？"

"我是从街上找来的。"

公安人员望着薛里昂，想从他嘴里挖到一些线索。薛里昂没有想起哪个可疑的人来，却想起了一张白净清瘦的脸。他第一次见到这张脸是在医院的住院部。那天下着倾盆大雨，住院部的下水道堵塞，臭水全部浮上来，过路的人无从落脚，堵在一边，薛里昂也被堵在人群中。这时，行政科带来一个小伙子，小伙子跳进下水道，用一根粗铁丝往下水道里捅，捅了一个多小时，臭水才哗哗地流进下水道，被堵的人才一窝蜂散开。薛里昂如释重负地望了一眼小伙子，小伙子二十岁左右的样子，长着一副白净清瘦的脸。咳，他应该和自己儿子一样坐在某所大学的教室里而不应该在这里打杂。不久，薛里昂家要做无烟灶台。他从街道广告墙上找到一家公司，打个电话过去。两天后，那张白净清瘦的脸出现在他家门口。小伙子是来做无烟灶台的民工。小伙子穿一件洗得发白的夹克，趿一双极薄的黄布胶鞋，脚上没穿袜子，露出的脚踝冻得通红。小伙子的任务是在门外拌泥沙，拌成浆状后，挑到师傅面前。小伙子每天比师傅来得早，拌完泥沙，就蹲在地上等师傅，或者和母亲说点什么，逗得母亲哈哈大笑。

薛里昂和公安人员交换一些情况，看到母亲休息一会儿也无大碍，就朝医院赶去。

2

无影灯下躺着一个晚期尿毒症病人，盖着层层布单，正等待薛里昂的换肾手术。换肾手术，按医术上的说法，叫同体异体肾移植手术，各个环节如手术前、手术中、手术后很是讲究。具体怎么个讲究法，没在医学院待上几年，是搞不懂的。换肾手术又是一种昂贵的治疗，人财两空的事也经常发生。几年前，薛里昂协助刘副院长创建了同南医院肾移植中心，后来便成了该中心的顶梁柱。同南医院的肾移植成功率越来越高，新闻媒体多次报道同南医院肾移植中心的成功，可以说同南医院的“肾移植”享誉强手如林的津湖市。只是上个月，刘副院长主持的两例肾移植手术都出现了并发症。一例手术后大出血死亡，一例手术后没有排出尿，做了三天血液透析后死亡。这种情况在院长那里反响很大，所以今天的手术，医院和病人的家属格外关注，无形中给薛里昂增大了心理压力。院长下了只许成功，不许失败的指示，似乎有些不近情理，但他还是理解地接受了。

薛里昂揭开白布单，一张年轻的脸，不知怎么他想起了另一张年轻的脸。他们有着同样年轻的脸却命运不同。手术持续五个小时，助手才把伤口缝合完。手术过程还算满意，但他的眉头仍皱得很紧，换肾更大的危险是在手术以后出现的。手术后一旦出现并发症，再好的医生也无回天之术。

薛里昂一身透湿走下手术台，人就像散了架样歪在沙发里。向来不言累的薛里昂，今天有一种疲惫的感觉。薛里昂也只稍休息一会儿便赶回家。家里似乎没受小偷的多大影响，妻子在看电视，母亲躺在床上织毛衣。儿子薛民正在电脑上看一份医学资料。他望一眼薛民很是欣慰，薛民在没有任何人引导下爱上医学，要是父亲在世知道他孙子也学医该有多高兴！薛民刚考上医学院时，要薛里昂送一件礼物给他。薛里昂说行，你要什么？薛民说我要一台电脑来上网，通过网上看更多医学信息。薛里昂说电脑好啦！反正要买的，迟买不如早买，早买早受益。薛民说我要一部手提电脑。薛里昂说你要手提电脑？薛民说手提可以提着走，再说我们八个同学挤一间宿舍手提不占地方啦！薛里昂花了将近两万元给薛民买了一台宏碁牌手提电脑。薛民雄心大，当父亲的不敢不支持。后来他觉得还是值得的。薛民每周回来一趟，提了电脑回来。在薛民的引导下他也了解国际医学界的一些最新消息，有时他和薛民探讨医学上某个问题探讨到深夜。往往是两个男人关在书房里，打开一瓶老酒，偶尔喝上一两口，就这样喝着陈年老酒，天南海北、国际国内地聊。薛里昂想有个学医的儿子多好！在情感上多了一层理解和沟通。今天，薛里昂看着儿子年轻的脸时却想起另一张年轻的脸，想起另一张年轻脸时心里有种说不出的伤痛。薛民问父亲想什么。他对薛民说我爱你，弄得薛民挺难为情的，而且还有些莫名其妙。

薛里昂家的案子破了，小偷就是那张白净清瘦的脸。派出所通知薛里昂去取东西，薛里昂感到十分惊讶的是小偷被抓的那天，还穿着他的棉皮鞋，穿着他的棉皮鞋就像穿自己的棉皮鞋一样合脚。薛里昂问在派出所的人：

“怎么是这样！这伢子胆子也真大，他是哪里人？”

“曲西乡月椏村人。”

“曲西乡月椏村人？他叫什么？”

“向果果。”

“姓向？那个村好像只有一个外来户姓向，可那家只有一个女儿。”

“你说什么？薛副院长？”

“没什么。”薛里昂提着东西回家，心里仍不相信月椏村的人偷东西这个事实。

3

这个周末，一向坦荡的薛里昂变得神秘起来。他跟妻子支吾看一个朋友，出门一头钻进的士，向郊区看守所驰去。高墙铁壁的看守所站着威严的警察，他递过介绍信说明来历才随警察走进探视室。看守员将向果果带出来，向果果见到薛里昂掉头就跑。

“跑，跑什么！回来。”看守员一声吼。

向果果回到桌前，头趴在桌子上。

“把头抬起来。”

向果果将头稍稍抬起，眼睛却望着门外。

薛里昂轻声问：“你为什么要偷？你做无烟灶台做得好好的。”

“我是他们从街上请去的民工，说好了做完给工钱，结果他们没给一个钱走了。后来我也找不到别的事做。叔叔，我不是要偷你家东西，我是饿得没办法呀！”

叔叔，我不是要偷你家东西，我是饿得没办法呀！这句话让薛里昂感到刺痛又感到某种熟悉。二十多年前，一个同样大的男青年说过同样一句话。此时此地，薛里昂非同寻常地忆起，使薛里昂感到非常难堪，甚至有点不敢看面前这张脸了。

“你父亲是谁？”

“我爹叫刘仲保。”

“那你为什么姓向？”

“我跟我娘姓，娘生我之前给我取好了这个名字。”

“你娘叫什么？”

“娘叫向艳芳。”

“向艳芳？”薛里昂吃惊地望着向果果，“向艳芳是你娘？你就是向艳芳的儿子？你娘还好吗？”

“我娘生我的时候死了。”

“死了？向艳芳死了？”

薛里昂顿住，脸上那种询问表情开始渐渐隐去，脸色也变得苍白。

“你娘是什么时候死的？”薛里昂嘴唇有些战栗。

“一九七八年十月六号。”

“你是一九七八年十月六号生的？”

“嗯咯。”

薛里昂像被雷击中。突然的事实使他呆呆地盯着向果果脸上的每个部位看。

“叔叔你怎么啦！”

“哦，没什么……”

薛里昂缓过神来，慌忙站起，正当他转身离去时在门框上撞了一下。

“叔叔，我偷的东西全部还给你了，我不是小偷，放我出去吧！”

薛里昂没有回头，逃也似的离开探视室，在铁门外拦了的士，一头钻进去。

“去哪里？”

“往前开。”

薛里昂把自己重重地甩在车里。艳芳死了，果果是艳芳的儿子，艳芳当初为什么要嫁？他终于知道了艳芳当初为什么要嫁人的原因，只是知道得如此突然，连自己找个宽宥的理由赔补的机会都没有了。的士沿着山路走了一段，拐弯驶入市中心，司机猛然刹车，晃过头，拍了拍隔离窗板。

“先生，你没事吧！我看到你一直在流泪。”

“哦，我就在这里下车。”

薛里昂用指头抹去眼角的泪。走进一家他什么也没看清的酒店，要了一瓶酒两个菜，迎窗坐着。眼睛漠然地望着窗外，心底里却在呼唤艳芳这个他从不敢随意提及的名字。

四月的风夹着早春的寒冷，不断地抽打薛里昂的脸，薛里昂脸上不停地抖动着。那段深藏的遗憾和痛苦，因向果果的出现全部浮现出来，它依然是那么的清晰。那张苹果脸依然是那样的摸得着，那声音依然是那样的听得见，就像一颗嵌在蚌壳里的珍珠，深深地刻在他记忆的腹地。这些年来，他害怕有人提起知青。他和知青聚集，知青谈起知青种种苦难时他都会不知所措，他都想大哭一场。

4

他和全国各地知青一样，捆着背包去农村。几年后知青又招工的招工，考干的考干，参军的参军，走了一大批，只剩下几个出身不好的子弟在复习功课迎接高考。薛里昂出身不好，考出去成了他惟一出路。他白天出工晚上复习功课，白天的体力支出晚上的脑力付出使他迅速衰老，出现了少年抬头纹和少年白发，这些他顾及不上，他要顾及的是他的肚子。他在知青中个子最矮饭量却最大，一份饭连半个肚子都填不上（后来才知道他在长个子）。一到晚上，肚皮就贴着背脊骨咕咕叫。肚子没东西填进去，只好强迫自己睡觉，他以为只要睡上一觉饥饿就会过去，然而饥饿怎么也挨不过去，满脑袋都在想吃，吃成了他物质的第一需要。月光碎银般洒在他床头。窗外是一片红薯地，蒲扇状的红薯藤长得郁郁葱葱，爬得满地都是。薛里昂想到扇状的藤下面是一个个甘甜可口又能填饥的红薯，喉咙里就有手要伸出来。于是他悄悄爬起床，从窗台跳进红薯地，扯到一个红薯就往肚里填。身后窸窸窣窣响，回头一看，一条大黄狗眼睛蓝汪汪地蹿过来，咬住他衣角。远处一道手电筒光照过来，队长刘德良黑铁塔般走到他跟前。

“好啊！薛里昂，你偷向爹的红薯，走，跟我到向爹家认罪去。”刘队长推着他去向爹家，薛里昂耷拉着脑袋跟着队长走。

向爹看见刘队长朝这边走来，站在门口迎接。“呀！是刘队长呀！还有薛知青，来，快进屋坐。”

“向爹，他偷你的红薯，我给你抓来了，你看怎么处理就怎么处理吧！”

“叔叔，我不是要偷你家东西，我是饿得没办法呀！”

“红薯还用偷吗？想吃了就上家来拿。”向爹爽朗一笑，然后朝里屋喊，“艳芳，去拿两个熟红薯来。”

“哎！”里屋映出了一张苹果脸，苹果脸拿来两个熟红薯，对他嫣然一笑。薛里昂接过红薯，往嘴塞，一阵狼吞虎咽后，才发现房里人都在望他。艳芳苹果脸笑得腰都直不起。刘队长拍着薛里昂肩膀说，想吃红薯了，上向爹家来，不要去偷。薛里昂像鸡啄米一样点头。艳芳不笑了，说，他一定是饿极才扯红薯，要不谁会稀罕红薯？

村子对血缘十分重视，一个村子一个姓拧成一股绳。这个村子人都姓刘，惟独这户姓向。向家是十八年前搬来的外来户，父女俩相依为命，随着岁月的流逝，融入了这个村子，深得全村人的喜爱。村里人有事没事都爱来这里坐坐。主人也不厌客，饭时吃饭，闲时一杯滚烫的豆子茶。薛里昂也和村里人一样来这里坐坐，他来坐坐还有个混两个红薯吃的目的。临近考试的半个月，更需要大量的食物补充，他的胃又像个饥饿的口袋，永远填不满，向艳芳偷偷给他增加两个鸡蛋。村里的鸡蛋贵如金，村里人的油盐缸子都靠鸡屁股这所银行换回来。他吃鸡蛋，向家就没了油盐钱，天天吃红锅子菜了，几天下来艳芳的红苹果脸吃成了青苹果脸。这些薛里昂全不知道，他全部精力都集中在考试上。考完试就到了过年边头，天下起了过年雪，纷纷扬扬的雪有半尺深，知青们怕雪封路，下雪的第一天就回城了。薛里昂父亲是反动教授，关在监狱里，母亲因父亲的牵连也下到农村改造了。他没地方去，一个人留在空荡荡的知青点。

雪越下越大，屋檐上竖起一根根冰针，薛里昂面对茫茫雪野，一曲呼天唤地、斥问上苍、浪迹人间的《流浪者》，汉语印度语交织一起唱，唱得泪水涟涟，唱得喉咙嘶哑。忽然，他发现雪地里有团红在晃动，呀！是艳芳。艳芳头裹红围巾提个竹篮子来了。薛里昂跑过去拥她进屋。知青屋里没有生火，到处冷飕飕的。薛里昂握着她的手哈气。艳芳打开竹篮子，里面有鸡有肉还有小米酒，冒着热气。

"吃吧！趁热吃！"

薛里昂没有动筷子，呆呆地看着艳芳。艳芳鲜润饱满的唇，花瓣一般开在薛里昂的目光下，一种渴望迅速在他头脑里膨胀开来，突然，他抱住她，他们就这样抱着，用身体温暖对方。月光水一般从窗户漫过来，艳芳丰腴的肌体在月光下温馨无比。接下来他和她掉进幸福的海洋，被幸福淹没了顶，只知道翻天覆地天昏地暗。艳芳在他耳边悄悄说，你饿了，偷我家的红薯，现在连我也偷来了，今后你不会再去偷别人的东西了吧？薛里昂兴奋地说，把你偷来了你就是我的了，我要像袋鼠一样把你装在口袋里，我到哪里，把你带到哪里我才会永远不饿，也不会去偷吃别人的东西了。直到薛里昂接到医学院录取通知书才知道幸福的短暂，薛里昂想自己哪里不去，终生依偎着这么个女人是件多么美妙的事啊！艳芳看出了他的心思，你不去读书，我的努力等于白费？你们男人应该有自己的事业。恍惚间，薛里昂觉得自己飘浮在梦境里，感觉胸口骤然紧缩。

“我可要暑假才能回来呀！”薛里昂抱着艳芳，泪花在眼眶里打转。

“一个暑假是很容易过的。”

快到暑假的时候，薛里昂意外接到学校一个通知，通知他留校集训，参加全国大学生运动会。他痛苦地给艳芳写了封长信，说明不能回去的原因。等新学期放假，薛里昂赶到月桠村时，向爹以一种复杂的表情对薛里昂说：

“艳芳嫁人了。”

“你说什么？”

“她嫁人了！”

“嫁人。嫁谁？”

薛里昂惊愕地望着向爹，向爹不吭声，背过身去给他泡茶，手里的茶快颤出杯子。薛里昂没有接茶，质问向爹：她为什么要嫁人。她为什么嫁人呀？向爹抚摸他的头，哽咽着。

“她等你！等了好久，你不回，实在等不及啦，嫁人了！”

“告诉我，她嫁在哪里。嫁在哪里呀？”

“不要去找她。不要去找她！”

“艳芳为什么要这样对我？为什么？”薛里昂蹲在地上，痛苦地揪着自己头发，再抬起头，发现向爹一双泪眼。

两个男人就这样默默地流着泪。

晚上，薛里昂在床上翻来覆去，心里更是翻江倒海，他记不清有几个晚上没睡好了。妻子拉亮灯，从被窝筒里坐起，体贴地问：

“你怎么啦，老是翻身?”

“医院里一些事，你躺下来睡吧!”

妻子滚到他怀里，安静地睡去。薛里昂望着妻子小猫一样缩在他怀里，心里一阵发慌。他不知如何给妻子讲叙这段历史。妻子单纯善良，她将如何面对这种事？薛里昂披衣下床，推开书房门，把自己关在里面。他从抽屉里摸索出一包烟，这还是家里来客剩的几根烟。薛里昂点燃一支，吧一口，苦涩涩的，他赶紧吐了出来。向果果是自己的另一个亲生儿子呀！他还在看守所里受罚呢，快认了儿子吧！然而，一个看不见的声音制止他：里昂呀，里昂！这不是去从市场上牵回一条狗那么简单，他是个活生生的人呀！你最好不要盲目地去认什么儿子，弄不好是一场无穷的家庭风波。妻子是个要强的人，这个儿子毕竟是做过小偷又随你那么一段历史来的。在我们眼下这个社会，这种道德承担是很沉重的。薛里昂使劲摇摇头，他不能想得过于简单，他要仔细权衡一下利弊再决定，弄不好把自己给毁了。可是他毕竟是自己的儿子呀！别人没有那段经历是无法有那种切身感受的。薛里昂一点点往深处想，越想越提心吊胆，越想越觉得孤立无援。他拿起电话拨了一串数字。

电话通了，一会儿才有人接听。

“薛老师——您!”

“我……”薛里昂突然感到有些不妥，又放下电话。

“老师！您有什么事只管说。”对方回拨过来。

“也没什么紧要的事，就是睡不着。”

“您一定有事，而且是很重要的事，千万别放电话。”

薛里昂握电话的手在空中摆了两下，还是把电话放下了。一抬头，发现妻子站在他身边。妻子身上只穿了一套水红色保暖内衣，已冷得瑟瑟发抖。

“你怎么起来了？站了好久了？”

“深更半夜打电话，我想看你是不是犯病了。看来你是犯病了，而且不轻，你不想找个治病的人？”

妻子丢下一句话走了，薛里昂目瞪口呆地向椅子后背倒去。

妻子不算漂亮，他在众多的护士中选她做妻子是看上她的性格和能力。薛里昂冷静内向，妻子活泼外向。如果一个家庭两个人都内向不说话，那么这个家庭像庙宇一样，日子会单调而缺乏激情；如果有个活泼开朗的女人坐在身边，日子过得有滋有味些。有很多事情，比如家务，都是需要激情和热情去完成的。热情和激情可以温暖人也可以感染人，能使你晦暗的心理一下子灿烂起来。如果两个人都外向，遇事就像导火线一触即发，家里会只有烟火味，没有片刻安静。性格中有内外两向，就像自然界的色彩中有暖色和冷色一样。冷暖在一个家庭里就像红花配绿叶，互相衬托，互相取悦对方。薛里昂看上妻子的另一面是，她有独立的工作能力和生活能力。夫妻俩在一个医院工作，她从不在工作上拖丈夫的后腿，也不躺在丈夫这棵大树下乘凉，她凭自己的努力由护士做到护士长了。在生活上她也是任劳任怨，她爱母亲爱丈夫爱儿子，把一家人安排得舒舒服服。薛里昂要的就是这样的妻子而不是要一个花瓶。但妻子是B型血人，B型血被人称为‘寒暑’表，情绪极不稳定，像一个易碎的玻璃杯。妻子平时对一些事表现出的嫉恶如仇，薛里昂想来都有些后怕，但是这样隐瞒又能瞒到她哪一天呢？隐瞒的感觉快把薛里昂逼疯了。

5

就在快被隐瞒逼疯的时候，薛里昂决定对老院长讲讲，听听老院长的看法。薛里昂下班后径直去了老院长家。老院长家只关了铁门，从铁门里看见老院长系了一条花围巾，坐在案板前包饺子，老院长的夫人最先发现薛里昂。

“怎么不进屋？站在门边。”

薛里昂按程序准备换了鞋再进门。老院长连连摆手，让他穿着皮鞋进来。

老院长将花围巾围到了老婆腰上，自己从厨房提个大水壶，把薛里昂带到书房里，随手带上门。

薛里昂没顾得上喝茶，心里在盘算怎样开口，脸涨得通红。

“说吧！”

薛里昂一抬头，发现老院长头上白发猛增，心里晃了一下。如今他要退下去了，这尽管是他能面对的，但要改变几十年扮演的角色心里仍不是味道，何况医院的有些事仍让他释怀不下，我不应该在这个时候去烦老院长，一些事情该自己面对的还是自己面对的好。

“我没有什么事，只是心里闷，想来坐坐。”

“里昂，现在组织部正在考虑医院新班子组建问题，你和刘副院长都是顶梁柱，要好好干。”

“院长，我尽力吧！”

从老院长家回来，已经十点多钟，妻子还坐在电视前看《还珠格格》，小燕子一惊一乍的形象把妻子笑得跟小孩般天真。薛里昂说我回来了，就坐到她身边。她只顾笑，根本没在意他的存在。薛里昂站起来，故意在她跟前横过去。

“里昂，你西装的下摆怎么皱得这个样子，准是坐时没抬起一点，快脱下来，我给你熨一下。”

妻子没有看他的表情却看到他衣服，如果她看到他的表情，准会说里昂怎么啦！妻子有时候还像个保姆兼保健医生，总是把他们打扮得体体面面精精神神出门。男人的衣服女人的脸，丈夫的体面和精神也为妻子挣面子长精神的。

“我有话跟你说。”

“快把西装脱下来。”

薛里昂站在那里没动，妻子上前帮他脱下西服，走到熨衣案板旁，插上熨斗插头，展开西服有一下无一下熨着，眼睛却睃向电视。薛里昂想，这个时候跟她谈这个敏感的话题不明智，还是等她睡到床上慢慢谈。

他回卧室经过母亲房边，发现母亲房里的灯还亮着，母亲躺在床上织毛衣。他走到母亲身边。

“有事吗?”

“没事。”

“你瞒得了别人瞒不了我，是不是遇到什么为难的事了?”

“没有。妈妈。”

“你有闲心陪妈妈?”

“是的。妈妈。”

“你说吧!”

“妈妈，你记得那个给我们做无烟灶台的小伙子吗?”

“怎么不记得，那是个多么可爱的伢子，那一段在我家，我是多么的快乐?可没想到他是个小偷，真是人心隔肚皮呀!”

哦!哦!薛里昂半天说不出话来。隔壁儿子的房门响了一下，儿子回来了，儿子与自己最贴心，先听听儿子的看法未尝不可，儿子代表的现代青年，看他们是怎么理解长辈们的历史。

“妈妈早点休息，我去薛民房看看。”

“薛民，爸爸有事和你商量。”薛里昂推开儿子房门，儿子在桌子边弄电脑。

“爸爸，该死的病毒。”

“怎么啦!”

“病毒，病毒把我所有的资料毁灭了，我今天恢复一天都没有恢复过来，你说我烦不烦。”

儿子头也不抬地操纵电脑，他在儿子身边坐了一气回卧室。

薛里昂躺在床上，边等妻子边考虑怎样和妻子谈这件事，先编个故事看妻子的反应?还是直截了当地向她求情?如果有必要可以跪在她面前。男人膝下的黄金也顾不上了。薛里昂苦思冥想还未能想出个所以然来，客厅里传来《还珠格格》片尾歌。妻子关闭电视，拿着那件熨好的西装进来挂到衣架上，然后窸窸窣窣脱衣，脱得只剩下个乳罩和三角短裤，上床双臂缠住薛里昂，将滚烫的身子往他身上贴。薛里昂只当没感觉得到，他现在哪里还有那份心情？没有了心情，身子是来不了事。他推开妻子的双臂，一点点抚摸妻子身体。妻子望着他，目光里有些哀怨，妻子一定是怪他好久没那事了。薛里昂借故上卫生间，喝了一杯酒，人有几分朦胧意味才上床。他把手伸过去揽住妻子，想缓冲一下积郁，酝酿一下情绪来调整一下状态。妻子并没有给他片刻的调整，她坐起来，双手扒他的衣服，三下两下扒光了。正当他惊愕着，妻子爬到他身上，也不知一种什么力量，薛里昂将妻子翻过来，像一座沉默的大山压在妻子身上。妻子在他身下像只白嫩的蚕，风情地蠕动着。薛里昂自言自语地，你是我的，我像只袋鼠，把你装在口袋里，不管我走到哪里都不会饥饿，都不会去偷别人的东西。妻子听了这话将他抱得更紧，娇柔地说，你说的是真的，你说的是真的？薛里昂回过神来，惊奇地望着妻子，妻子起身穿衣服。

“我刚才突然记起了，我得去医院。”

“去医院？这么晚加班？”

“小同这两天搬到医院来住了，我去安慰她。”

“她怎么搬到医院来住？”

“还不是你们男人对妻子不忠？她男人在外面有个女人，小同和她男人闹离婚。”

“闹离婚？”

“世界上的男人就数我男人对妻子好！你知道我科里的护士小姐怎么评价你？”

“怎么评价？”

“谦谦君子，坐怀不乱。”

妻子背上袋子走了。

薛里昂像瘪了气的皮球，瘫痪在床上。妻子把他树成这么个形象了？薛里昂打了自己一个耳光。有个这么形象的丈夫，怎么和妻子谈这个严肃的问题？妻子一直相信丈夫，却发现他是个道貌岸然的伪君子会怎么样？薛里昂心虚起来，数日鼓起的勇气，刚才的英雄气概顷刻间化作一身冷汗。薛里昂缩在床头，仿佛看见妻子走过来：你这个伪君子，你在知青点做的风流韵事还不够，还要领一个小偷回来，你让我的脸面往哪里搁？母亲走过来：我的儿呀，你怎么不明白呢？他要技术没技术，要人品没人品，生活的出路在哪里？将来谁来养他？历来是黑发人送白发人，你死后他靠什么生存？哎哦！作孽哦！我怎么生你这么个傻儿子呢！薛民站在那里没作声，但比作声还难受，薛民的眼神告诉他，爸爸你领果果回来，奶奶无辜地有了个做小偷的孙子；母亲无辜地有了个做小偷的儿子；我无辜地有了个做小偷的哥哥。薛里昂多年来在儿子心中维护的形象，被儿子那双愤怒的眼神剥夺得精光。薛里昂痉挛地合上眼，迷糊中，妻子母亲儿子像商量了似的围过来和他吵，和他闹，和他拚命。他发现自己纵有千张嘴也争不赢。他只得大喊一声，我不要果果了，他们才被镇住一个个离开。艳芳昂着一张苹果脸：里昂啊！你不是要把我装在口袋里像袋鼠一样带来带去吗？我现在不要你带了，你带带果果吧！果果是我们的儿子，他现在无依无靠。等薛里昂回过头来，苹果脸已变了颜色，铁青的苹果脸和白色的身躯已躺在地上，果果正跪在苹果脸身边，一双仇恨的眼光注视着他。他正准备向果果跑去却被全家人拉住了。他奋力冲去，却被全家人撕得四分五裂。他惊醒时已是旭日临窗了。

6

星期一早晨，薛里昂从床底下拖出那双棉皮鞋，用个塑料袋包好，走出卧室。妻子已把早餐放到餐桌上，瞟了一眼他手里的塑料袋。他闷不作声地坐过去，匆匆吃了几口稀饭，说句来不及就出了门，结果塑料袋丢在桌子上。他正犹豫要不要回头去拿，妻子提着塑料袋站在门前扬了扬。

“我也不想问你穿一双皮鞋还包一双皮鞋做什么，我想你一定有很重要的用处，拿走吧！”

薛里昂拿着塑料袋去了派出所。他与所长有些交往，所长给他写了张条子，并与看守所通了电话。薛里昂去看守所办好领向果果出来的手续。向果果走出铁门，薛里昂从塑料袋里拿出皮鞋要他赶快换上。

“叔叔这是你的皮鞋，我再也不敢穿了。”

“叔叔叫你穿你就穿，你看你脚冷成什么样了！”

向果果就蹲在他跟前换鞋。向果果以男性的方式，继承了艳芳的全部优点：一双漆黑深塘似的大眼睛仿佛看不到底，鼻子像雕塑家雕塑一样棱角分明，嘴唇淘气地往外翘，高个头像自己，只是他清瘦的脸上明显的营养不良。

“果果，你爹知道你出来做事吗？”

“知道。是他叫我出来的。”

“你应该继续读书呀！”

“我也想继续读书呀！我弟弟读小学那年我读初中，爹对我说一家养不起两个秀才，跟队上的人出去赚钱吧！还说赚不到钱不要回家。”

薛里昂眼眶有眼泪往外溢，他不想当着果果流出来，抬头去望天，把眼泪逼回去。

“果果，饿了吧！我带你去吃饭。”

薛里昂把向果果带到一家酒店，他拿过菜单问果果吃什么。果果飞快报出了红烧肉、红薯粉煮肉、大蒜炒肉。三盆肉上来，向果果狼吞虎咽地吃，几次都噎住了。薛里昂用右手在他背上捶了捶。

“慢点吃，不急的。”

“你不吃？”

“我已吃过饭。”

看向果果的吃相，很像自己当年在艳芳家吃红薯，不由一阵心酸。薛里昂把他领到宝南街一间房子，又到附近一家机关食堂买回一些饭菜票，薛里昂手机响了，说院里要开紧急会。薛里昂走时对向果果说，先到这里住些日子，等叔叔把一切办好了再来接你。

薛里昂赶到院里，才知道刘副院长被拘留了，据说刘副院长在经手住院楼装修工程时收受了施工方十万元回扣。刘副院长瞒天过海，谁知没有不透风的墙，事情还是被告到纪委了，他算是彻底栽了。老院长从纪委回来通知开紧急会。

老院长对刘副院长彻底失去了信心，把一切希望寄托在薛里昂身上。老院长给薛副院长压担子，他要薛里昂把刘副院长的工作也担任下来，他想在退休之前让薛里昂进入角色。

7

星期天一早，薛里昂从抽屉拿了六百元钱出门。妻子追到门边，你回家吃中饭吗？薛里昂头也不回地说，回家吃晚饭。妻子站在门边，一直望到他拐弯。最近的两个星期天薛里昂都有一餐饭在外面吃，放在抽屉的钱也被他拿出用完了。平常不用钱的丈夫，突然拿钱出去，一不见他带件衣回来，二不见他买次菜回来，而且每次从外面回来都是一副心事沉沉的样子，人也瘦了许多，妻子是既心疼又纳闷。

薛里昂逃出妻子目光足足出了一身冷汗。他越来越不敢面对妻子了。他想今天办完事无论如何都要把这件事给妻子交待，要打要杀都由妻子。薛里昂走到向果果住处，果果缩在床边一副无助的样子。薛里昂拉起他就往外走。薛里昂今天要对向果果重新设计，他对向果果的未来充满了信心。

薛里昂带他走到青少年宫门口，进门之前，薛里昂问果果，你知道叔叔带你来这里的目的吗？果果说不知道。薛里昂说你现在初中都没学完，又没有一门技术，今后怎么生存？叔叔想给你报名学一门东西。来，你看这黑板上有不有你喜欢的。向果果望着黑板上的招生横幅直摇头。

“你仔细看，有你喜爱学的没有？”

“叔叔你要我学什么我就学什么。”

“那可不行，你要学自己喜欢的才行。你看，厨师，理发，电脑……”

“就学武术，学会了我可做大侠，路见不平，拔刀相助。”

薛里昂惊奇地望着果果，这么个瘦弱的男孩，还拔刀相助。

“我看你还是学一些厨艺吧！厨师就业机会多。”

“叔叔我听你的。”

青少年宫对面巷子是个大集贸市场。薛里昂的妻子去一个护士家贺喜出来（那护士刚生了个儿子），路过大集贸市场时想买一只甲鱼，给里昂补补身体，里昂近来精神差多了。她挑了只大甲鱼，甲鱼张牙舞爪地跳个不停，她说你跳，还让你跳几下，等下到了里昂肚里就跳不成了。小卖主给她一个小网兜装好，她提着网兜拐出小巷，看见薛里昂站在青少年宫招牌下。

“里昂——”她妻子摆了摆手里的甲鱼，兴奋地跑过去。

“你怎么来了？”薛里昂感到很突然。妻子正要回答，发现了旁边的小伙子：“他就是偷我——”

薛里昂捂住妻子的嘴巴，赶紧把她往巷子口拉，妻子满脸疑惑。薛里昂见事情已这样，再瞒也没有必要，不如趁这个机会向妻子说清楚。薛里昂飞快地动着双唇，紧张焦急，怕说不清楚，就越说越快，最后喉咙一咕，算是说完最后一句话了。他再看妻子，妻子脸绷得铁紧，双眼圆瞪。

“你——你——”

“我——我——”

薛里昂感到刚才工夫白搭了，除了增加妻子的怨恨，还能起什么作用？现在纵有千张嘴也不能一下子让妻子转过弯。薛里昂痛苦地皱着眉头，慌乱地朝巷子里望去，巷子里也是热闹的，有女人看街，也有一些下岗工人搓麻将，都在自家的门口。

“你终于说了，不是亲眼看见，还不知你瞒到哪一天，你简直没把我放在眼里。”妻子大声嚷道，愤怒的目光像两支箭射过来，薛里昂下意识地捂着胸口，心突突蹦起老高。

有人在向他们靠拢，这些人是从乡下来城里擦皮鞋的女人，她们三个一伙五个一群，终日徘徊在马路边上或巷子口，注目着一双双行色匆忙的脚，这些活是城里人做得来不愿意做的，城里人一致的态度是轻蔑她们，但又少不了她们。市政府为了市容不让她们到处摆摊，她们只好提个袋子到处走动，成了流动的特殊风景。

“我求你，我们好好商量。”

“商量？还用商量？你心中还有我？”

妻子占理不让人，声音一声比一声高。薛里昂感到站在自己面前的不是妻子，而是一尊威严的女神，他在威严的女神面前矮了半截，要仰视才行。那些特殊风景饶有兴致地向他们聚集。薛里昂用近乎乞求的目光看着妻子。

“他毕竟是我儿子呀！”

“儿子？”

“我总不能把他丢下来不管吧！”

围观的人越来越多，那些看街的和搓麻将的人眼睛都往这边睃。

“好吧！你去和你儿子一块过吧！”妻子将手里甲鱼往地上一摔，双手捧着脸，转身跑了。

“晓红——”薛里昂奔过去，刚挪动两步，踩住了一个声音，准确讲被一个声音拖住了。那声音很轻，好像是从鼻腔里发出来的，又很冷，好像从阴间冒出来。

“我会有这样的父亲？”

“你是说？”一回头，薛里昂惊讶地发现果果站在身后的一棵树荫下，一双仇恨的眼睛阴森可怖。

“你跟阿姨的谈话我都听见了。”

“果果你听我解释。”薛里昂一手按着胸部，一步一挪走到果果跟前。

“我不要听，我恨你，恨你们所有的人！”果果推开薛里昂，朝人群中跑去。

“果果——果果——”

……

8

薛里昂找遍所有无烟灶台公司和劳务市场都没有找到果果，薛里昂像是一夜之间老了十岁。果果的房子一直租着，下班后他就去宝南街那间房子，他想到那里碰碰运气，他无数次地想，果果饿了冷了会回来。可是果果没有回来。

热辣辣的夏天开始侵袭这座城市，薛里昂熬过了他平生最难熬的一个夏天。

果果的不归，成了他的一桩心病。妻子也不原谅他，和他赌气，让他一直睡在书房里。母亲总望着他们夫妻俩的脸色，只巴望他们脸上能有一丝笑容，但夫妻俩的脸要么就阴着，要么一个朝东一个朝西。

薛里昂去了一趟曲西乡。那里曾经是他魂牵梦绕，也是他留下伤痛的地方。他坐了十来个小时火车到曲西，曲西乡是个小站，二十年了没有多大变化。他打听了一下，月椏村现在通了公路，他叫了一辆机动三轮车，在简易公路上爬行一个多小时到了月椏村。村里人住得散，大都不认识他了。他找到村支部，一栋还算整齐的瓦房空荡荡，后来碰到个约五十岁的男人，那男人怔怔地看了他一阵。

“你是薛知青吧，稀客啊!”

“是的，您还记得我？您是?”

“我是刘德良啊!”

薛里昂想起了刘德良。他就是二十年前在红薯土里抓他的刘队长。刘队长只比自己大几岁，样子却老多了。近些年村里发生了一些变化，通了公路有了电话，年轻人大多外出打工，留下他这样年纪的人在村里种地。

刘德良似乎了解他的来意，没等薛里昂开口就说，向爹是去年才故去的，他没有亲属，是村上料理的后事。向果果两年前外出打工，半年前回过村一次，与父亲大吵一顿，又在母亲坟边哭了一晚，第二天又外出了。听说交了一些外面的朋友做生意，跟家里没有了联系。咳！果果这孩子性子倔，但人很聪明，也不知现在怎么样了。

薛里昂要刘德良带他去向果果的养父刘仲保家看看，结果刘仲保家门上一把锁，据说走亲戚去了。回家的路上，刘德良告诉他，二十年前向艳芳就葬在村西的山坡上。薛里昂知道，故人已去，那里留下的是杂草丛生，荒冢一堆。他在路边的草坪上对着西山坡坐下来，本不怎么吸烟的薛里昂陪着刘德良一根接着一根抽。默默地，不知什么时候了，刘德良说，时候不早了回去吧！

薛里昂住在刘德良家。晚上，他怎么也睡不着，好不容易熬到天亮跟刘德良说，我今天得赶回去。刘德良不便强留，把他送到村口，看着他的背影消失。

薛里昂回到家，他感到家里气氛有些不对，他是从母亲妻子儿子那焦灼的目光看出的。妻子怔怔地望他一眼，一言不发把头低低地埋着。薛里昂没在意她这个变化，发现桌上有他一封信，本来没心思看，见字迹陌生就拆开了。薛里昂看过信，像是见了陌生人样地望着妻子半天不回眼，然后转身回书房，“砰”地关上了门。听到“砰”的关门声，妻子像受惊的母猫颓然地瘫在沙发里，母亲被吓得半天合不拢嘴。妻子本来已经冷静下来，想跟丈夫讲她能原谅他的过去，大家都把过去忘了吧，一切都重新开始，但她知道目前还难以沟通。

薛民倒了两杯酒，敲开父亲的门。他递给父亲一杯，坐在父亲身边，两人默默地喝着，薛里昂感到了儿子的理解。

第二天一早，薛里昂从床上爬起，洗把脸早餐不吃就往外走，母亲把他叫住，说几句重话，说中了薛里昂的痛处，但他也只是脸上的肌肉微微抽了一下，什么表情也没有地出了门。妻子走到窗口边，偷偷地看着丈夫拐了弯，又朝医院走去。妻子叹了口气，望着他的背影抹眼泪。

院里事多，他就拼命工作，大大小小手术他争着做，哪天没有了手术，他反而不舒服。他成了虐待自己的工作狂。他也不管别人对他怎样的感觉，把所有的感觉拒之于千里。看到他不停地工作，老院长开始以为他在真正履行院长的职责，时间长了，发现薛里昂不对劲，便命令他休息：你给我回家休息。薛里昂听不懂老院长的提醒，他已完全沉浸在自己的世界而看不见世界外的一切。他没有休息，星期天也跑来，整天待在白色的病房里，面对痛苦的病人，他同样痛苦不堪。病人的痛苦有医生治疗，自己的痛苦只能自己扛着了。

医院后院有一个小山坡，太平间就在小山坡那边，薛里昂下班后没有径直回家，而是朝后院的那个小山坡慢慢走去。他路过一片树林时，突然被一块石头绊了一跤，半天爬不起来。是不是果果遭难了？薛里昂把摔跤与不幸连在一起，一件无关的事把它有关地连起来。这只是一种感觉，这种感觉从脚底下突然冒出来，感觉脚底有股冷飕飕的阴风在追着他。他似乎听到了果果向他发出的呼救声，是那样的凄凉和绝望。他艰难地爬起来，胸腔里嚎啕着：果果！你在哪里？你在哪里呀！我纵使浑身长眼也看不到你呀！果果。

以后，他每天晚上都去小山坡上走动，坐在那块石头上抽烟。

秋风愁煞人，薛里昂换上厚毛衣的那天，似乎看到了果果那件夹克里只穿了件衬衣，衬衣里窄窄的肩膀，如排骨似的胸部全露在外面。他便买了一件新毛衣带到山坡上，夜空中淅淅沥沥下起雨来，薛里昂站在山坡上，任雨水肆意，终于晕倒山坡上。到太平间送死人过去的工作人员带着空担架过来，看见了薛副院长，就把他抬回门诊。老院长守在薛里昂身边，见他醒过来，问他去山坡干什么。他只说在那上面去看看医院全貌。

医院住进来刘副市长的妻子，等肾源进行换肾手术。一时间，医院上上下下都比较紧张。院里专门为这次手术开了两次会，术前老院长带着一些专家进行了会诊，也制定了一套手术方案。换肾手术最后也是按刘副市长要求定在八月初四上午，那天正好有一批犯人枪毙。刘副市长联系到了一个犯人的肾，据说还是个年轻犯人的肾，至于怎么联系到的只有刘副市长自己知道。刘副市长亲自点名要薛里昂做手术，为了表示重视，老院长也跟进了手术室。

薛里昂走进手术室，感觉是最后一次走上手术台。这种感觉很顽固地占据他的头脑，怎么也甩不开。这种感觉不知从何而来，早晨在家的时候没有，上班的时候没有，就在刚才进手术室的前一分钟还没有。他不禁打了个寒战。他抓起手术刀，怎么像抓匕首那么重。剖开患者腹腔，感到是匕首刺入了一个腹腔，鲜血一下子喷射出来，通红通红，像花一样开在手术台上。助手越来越熟练了，完成了肾移植的前期手术准备，一切就绪，只等薛里昂换上那鲜活的肾，接好动脉和静脉。像他平时做无数次换肾手术一样，用那么四五个小时就成功了。此时，薛里昂手里的刀抖起老高，眼睛一阵缭乱。他意外地感到手术室阴森恐怖，像个硕大无比的墓穴。无影灯下他看到了张牙舞爪的影子，28摄氏度的室温他却感到零度般的寒冷，整个手术室好像在他脚下摇晃。助手们十分着急地看着他提醒他。薛里昂行动有些迟钝，接好了动脉和静脉，输尿管怎么也吻合不好，豆大的汗珠从他额头渗出。护士小姐反复给他擦汗，老院长眉头耸起老高。腹腔终于按规定缝合好了，在场的人个个都悬着心。

薛里昂离开手术台，摇摇晃晃朝山坡走去。纷纷扬扬的雪花使他睁不开眼睛，他迎着雪花在山坡上走动。空旷的雪地刮来一阵阵阴风，阴风中他似乎听到了死神的声音，死神一磕一响地走近果果。他嗅到了血腥味，血腥味在空中迅速弥漫开来。薛里昂追了一程，四顾茫然，只有雪花无声的飘荡。他再一次展开那封信，内容他已经背熟了，可每次读过，他的心底都在嚎啕，然后陷入一种自责中：

薛教授：您好！

我不太会说话，写得也不好，您别介意。

我知道您对我好，至于为什么，我虽然讲不清，但多少也明白些其中道理，可是，如果您要是知道我不是您的亲生儿子，您会怎么想？好吧，我来告诉您事实真相，您的亲生儿子根本就没存在过，是我爹喝醉酒后亲口对我说的。他说我死去的娘是个婊子，是怀着孩子进的刘家门。我和爸爸争论还打了起来，他酒醒后，当着我继母面把事情说了。说我娘确实是怀着孕进的刘家。我爹发现后就开始不停地打她骂她，直到折磨得她流产。娘要离开这家，可爹不愿意，爹说孽种已经没了，他会好好待娘的。可是娘让他答应一个条件，那就是再生了孩子要姓娘家姓向。凭我的感觉，我想我爹和娘还是有感情的，可娘命苦，生下我就死了。

我想，娘的痛苦都是一个城里的混蛋造成的，我要找到他报复他。爹告诉了我您的名字，当我看到您后发现您不像我想的那么坏，甚至觉得您还很慈祥，最后，我发现我多少有些喜欢您了。

我告诉您这些心里并不好受，您虽然不是坏人，可我一想到娘就从心里不希望您好受，想看看您受罪。最后我告诉您，我信里和过去所说的话都是真实的，我没有撒谎，只有我的生日不是1978年10月6日，而是1979年10月10日。这下您就明白了吧！我再说一句实话，娘在九泉之下能原谅您，而活着的我却不，我一辈子不能原谅您，我还会来找您的。

向果果　　2000年6月5日

尾声

果果因抢劫银行杀死两名员工而被判死刑，就是在薛里昂做换肾手术那天上午枪毙的。

雕花床

我四岁的时候，长得比同龄女孩子矮小，却格外不安分，成天像男孩样乱跑。在机关工作的母亲拿我没办法，只好把我关在办公室里。办公室临街，每次，只要门开条缝，我就偷偷上街了，害得母亲四处寻找。母亲管不住我，就用根绳子拴羊崽样把我拴在办公室。绳子的长度去不了门边，也不能到母亲身边，只能在规定的范围内玩积木。为了表示我的抗议，我把积木踩烂，然后放声大哭。反了！反了！管不住你了。母亲不断地喊。

有天，我还未睡醒，母亲把我从床上拖起，迷迷糊糊拉出了门。路上，我嗅到一股臭气，当我完全清醒时，走进了一条叫居士巷的巷子。居士巷像个倒喇叭，一条小港顺着喇叭流淌，两条麻石路沿港延伸，仿佛看不到尽头。麻石路边是参差不齐的燕子瓦居民房。居民房前家家有桃树，密匝匝两排。

母亲带我站到一扇双合页门前，里面走出个四十来岁的胖女人，穿件黑香芸短衫，下身宽大的蓝棉绸裤，显得有些臃肿，但齐耳的短发，额前不留一丝刘海，又显得精精神神。胖女人微笑着向我伸出一双胖手。不要，我一把搂紧母亲。母亲朝我屁股一巴掌。胖女人赶紧抱过我，边哄我边解开上衣，露出一对大乳房，将右边一个使劲塞进我嘴。我拼命吮着，甚至还发狠地咬了一口，她身子抖了抖，其实我一滴乳汁也没尝到。

就这样，胖女人成了我的保姆。

胖女人把我抱到一张雕花床上，雕花床很大，顶上有个像屋檐的床檐，看上去像唱花腔的小舞台。我在床上跑来跑去，胖女人抓到我，要我叫她雪爸爸。我没有叫，只是怯生生地望着她。她很有本事，变戏法似的一变，变出一颗棒棒糖。我含着棒棒糖，就把雪爸爸叫得又甜又脆。雪爸爸咯咯地笑了，笑出一排细碎的玉米牙，脸上还有两个浅浅的小酒窝。猛然，我听到一声咳嗽，不重，却很威严。原来另一张床上坐着个男人，和雪爸爸相比，那男人又高又瘦，黑着一副脸，凶巴巴地抽着烟。雪爸爸把我抱到他跟前，乖，快叫杨爸爸！我没有吱声，只是把雪爸爸脖子搂得更紧了。雪爸爸又变戏法似的变出一颗棒棒糖。这次雪爸爸的戏法被我戳穿，她的棒棒糖是藏在她的大乳房下，她要不掀起，走路都不会掉下来。

杨爸爸！只要有糖吃，我能把每个人叫得甜甜蜜蜜。

我一下子认了两个爸爸，只是我没弄懂，杨爸爸叫爸爸，为什么胖女人也叫爸爸？这是个谜。这个谜埋在我心里藏了很长一段时间。

一

那天，天间接飘些小雨，居士巷的麻石路就像涂了层绒蜡，光滑滑的。我脚上的红雨靴在石板路上的摩擦声虽然微弱，但滑来滑去的，很好玩。雨靴，是外婆给我从老远的长沙带来的。这是双让许多小朋友羡慕的雨靴，他们脚上只有猪肝色的塑料凉鞋。有这双雨鞋我就天天盼下雨。雨天，我穿上它，特别在小朋友成堆的地方，我把脚抬得很高，摆出个样范。不过，大人们穿的木屐呱叽呱叽的，很热闹。我脚下的响动，全被雨滴声以及大人们的木屐声淹没了。

巷子里，有一个挨一个的小摊子，摊上摆有瓜子、花生和糖粒子。我在小摊之间穿梭，小摊上的叔叔阿姨或伯伯大妈善良一些的就对我摇头，凶巴的则把我赶走。我在一个卖酸水萝卜小摊边站住，手伸进口袋里，里面有个气球哨，气球早上还是好好的，刚才被我弄炸了，只剩下个竹哨子。我想用气球哨换酸水萝卜。我刚拿出气球哨，一双胖手突然从后面把我拦腰抱起。我回头见是雪爸爸，就大声喊，我要吃酸水萝卜！

回家。雪爸爸把我往家里拉。

我要吃酸水萝卜！我要吃酸水萝卜！我喊声更大了，声音传得整条巷都听得见。

你就喊吧！雪爸爸把我按到家里的小板凳上，自己撅着屁股去坐那张红木椅子，把红木椅子塞得满满当当。雪爸爸腰像水桶，屁股像个大南瓜，一般的凳子坐不下，坐得下的也只有那张红木椅。

雪爸爸！给我糖吃，我就不吃酸水萝卜。

雪爸爸没有理我。

雪胖子！给我糖吃，我就不吃酸水萝卜。

你喊雪胖子？我要打你这个没礼貌的家伙！雪爸爸走过来，扒下我裤子，在我屁股上狠狠抽了两巴掌。我赶紧叫了声雪爸爸，她才没继续打我。其实叫雪胖子，是从杨爸爸嘴里叫出来的。我听周围邻居亲切地叫她“胖妈”的时候，杨爸爸叫她“雪胖子”。杨爸爸叫雪胖子的时候，雪爸爸脸上那种愤怒是扭起来的，像扭转的弯刀，样子吓死人。

我规规矩矩坐到小板凳上。雪爸爸见我终于安静下来，起身变了颗棒棒糖给我。这次我发现棒棒糖是从雕花床上变出来的。我趁雪爸爸进厨房的时候，爬上雕花床。雕花床是红木做的，雪爸爸每天宝贝样擦来擦去，擦得贼亮。床前有一对床头柜，床顶有雕得活灵活现的龙、鱼、鸟。床帘边有两个椭圆形的镜子，镜子周围雕的牡丹花都是镂空的，我伸进一根指头找糖，没有。我瞄准了床里头一排抽屉，可抽屉里只有布票粮证煤证一类的本子。雪爸爸的糖藏在哪里？床三周有小圆柱子，闪着暗红的光。我瞄准小圆柱一根根找，终于在圆柱的夹缝里发现了一颗糖。我嘴里含着糖在床上打了个滚想，这么大的床，在上面开火车一定很好玩。于是我跳下床，把房里的大小板凳搬上床，按大小排成行，用绳子捆住。我坐在第一张板凳上当司机，嘴里“呜呜”地走，后面的板凳跟着走，床板

“嘭嘭嘭”响个不停。

雪爸爸从厨房拱出来，瞪圆双眼：你咯要死的，板凳搬到我雕花床上去了！看我打你屁股！雪爸爸刚靠近床沿，我反手抓住她头发，大喊：雪胖子，雪胖子。然后跳下床，一溜烟跑到小阁楼上，抓起一只脸盆，顺着楼梯摔下去，听到“砰”的一下脆响，我高兴得拍起手来。

你！你！你！雪爸爸喘着粗气。

雪胖子！你在哪里弄来的野孩子，给我弄回去。杨爸爸搬起条矮凳，手像要随时甩过去。

孩子，那是孩子。雪爸爸肥硕的身子挡住了。

你把野孩子弄回去！我们家不缺你那两个钱花。

我不是野孩子。我喊着叫着，飞快地从小阁楼扶手上滑下来，又爬到床上，双手摇那些小圆柱子。杨爸爸黑着一副脸走过来，抓住我的小手像撕一块树皮一样想把我的双手从小圆柱子上撕下来。他越撕我越抓得紧，还摇得越快。你这野孩子，你哪是摇床，你是在摇我的心。杨爸爸说完这句话，就用劲把我往下扯，我被他扯到了地上。我呼天抢地地哭。雪爸爸赶快抱起我，边哄边解开上衣，将一个乳房塞进我的嘴。在我与她相处的日子里，只要我受到委屈，她都会把我搂进怀里，肉包形的大乳房埋住我的脸，我的眼泪也会戛然而止。只是我再也不会把她咬疼了。这种情况一直延续到我读小学。

雪爸爸说，不就是在床上玩吗！看把她撞的。她也不会把床搞烂，我父亲做得结实着啦，十个小伙子也踏不垮。

结实！杨爸爸念完这两个字，人就蹲在门槛上。

雪爸爸又说，你没有学到父亲全部手艺，这不怪我啊！

杨爸爸听雪爸爸提她父亲，不再吭声了。他点燃一支烟，愣愣地望着雕花床，又回过头恶狠狠地瞪着我。瞪我时，他脖子上的青筋毕露，脸拉得有马脸长。我赶紧从雪爸爸身上挣下来，像小猫一样躲到门旮旯。

以后的日子里，我一看到杨爸爸那张拉长的马脸，心里就怯。

二

尽管杨爸爸讨厌我在雕花床上玩，我还是喜欢爬到床上玩。我每次爬上床，雪爸爸都要把我拖下来，凶巴巴地说：你又找打吧！杨爸爸不喜欢你到床上玩。我知道自己犯了错，但又不知道错在哪里。其实那天，我是抱着一些气球在床上吹，吹着吹着，弓到床里头睡着了。雪爸爸从床上把我拖起，她要带我出门。雪爸爸挑着一担空水桶出门，我牵着水桶的一头绳索，嘟着嘴，跟着她走到巷子口。雪爸爸住在巷子尾，我只感到我和雪爸爸走了很久才到巷子口。

雪爸爸进一家食堂买潲水的时候，我又走到巷子口那个小摊子边，玻璃坛子里面酸水萝卜让我直淌口水。守摊的是个四十来岁的女人，她倚在门前，一只手扶门，一只手很自然地垂在下胯，穿一件红丝绒旗袍，竖起的领子把脸衬托得红嘟嘟的，头上的粑粑头用一个黑网裹着，水亮水亮的。我走到她跟前，那女人弯下腰对我说：叫一声陈妈，就给你吃。我张口一声陈妈。她朝我微微笑着，右边有颗好看的金牙。好多年后我常回忆起这颗好看的金牙。陈妈的酸水萝卜有点酸，有点辣，又有点甜，非常好吃。

我吃得津津有味的时候，雪爸爸挑着两桶潲水出来，见我手上的酸水萝卜，先是命令我丢掉，然后从口袋里掏出一分钱砸到小摊上，嘴里喊着：回去！雪爸爸见我站在那里没动。你不回去是吧！好！我这就把你送回你妈妈那里。我一听，就牵着她水桶索，乖乖地跟她走了。我不想回去，不想被母亲关在办公室里玩那些积木一类的死东西。雪爸爸走路像个陀螺，两只桶不断地晃，我也跟着晃，觉得蛮有味就咯咯笑。雪爸爸说还笑呢，你给我记住，下次见你吃她的酸水萝卜，我就送你回去。我的嘴又嘟起了。

回到家，雪爸爸把潲水倒进潲缸，擦把汗说，挑着拉着，像是担回三桶潲水，累死我了！雪爸爸说累却没歇下，从厨房炒出大碗猪油饭，大口大口吃，边吃边说，做得吃得。后来我想，雪爸爸以前那好看的苹果脸和那苗条的身材，大概就是这样日久天长无节制地给吃着胀大的。

我肚子不饿，是因为不想吃雪爸爸的饭，想吃陈妈的酸水萝卜。趁雪爸爸吃饭的时候，我又溜到巷子口，观察陈妈的小摊。陈妈在双合页门前向我招手，鼓励我过去。我把雪爸爸的忠告忘到九霄云外了。我不花一分钱吃到了酸水萝卜。后来的日子，吃陈妈的酸水萝卜成了我每天的快乐。我总是偷偷去又偷偷回，神不知鬼不觉。陈妈也喜欢我，只有我每天来了吃了，她才放心地坐到摊位前。终于有一天，我在那里吃得嘴巴直嘣忘乎所以的时候，雪爸爸突然出现在我面前。她并没骂我，眼睛却挖着陈妈。陈妈头突然低得很低。雪爸爸将五分钱拍在她摊子上，又对我说还不给我滚回去，你个没用的家伙，吃她的，她是什么好东西？一个狐狸精，勾人家老倌吸男人精血的狐狸精。

一路上，雪爸爸都在骂骂咧咧。我不知道雪爸爸为什么要这样骂她，还这样恨恨地骂。

第二天早晨，我刚起床，看见雪爸爸从菜市场提回一个玻璃坛子和一些萝卜、黄瓜、刀豆、藕、豆角。雪爸爸把黄瓜和藕切成圆圈，又把萝卜切成片，要我用根麻绳穿起挂到竹篙上，她又把刀豆剥开，去籽切成手掌形状，吩咐我把它和萝卜穿到一块。雪爸爸的屋里挂着的萝卜刀豆，像旗子一样在上空飘扬。雪爸爸指着那些飘扬的刀豆萝卜说，只要它们吹干了，我就能做出比她好吃的酸水萝卜，让你这个宝崽吃个足。雪爸爸说的她就是陈妈，只是雪爸爸不愿提她的名字罢了。那几天，我天天望着酸水坛子里面的东西流口水，有时晚上望着都睡不着觉。雪爸爸说去睡吧！乖，睡一觉起来就可以吃了。我睡一觉起来，果然看见雪爸爸在坛子里夹酸水萝卜，我迫不及待地塞进嘴里。雪爸爸望着我那迫不及待的样子问，雪爸爸的是不是比她的好吃？我睁圆双眼，喉咙里的东西卡着说不出话来。雪爸爸又说，好好，你先吞掉嘴里的东西，真是贪崽。雪爸爸进厨房了。实际上含在我嘴里的那几块酸水萝卜非常难吃，嘴里含的不是酸水萝卜，像含了几块盐。我皱着眉头，嘴歪了几下说不出话来。雪爸爸没有仔细看我的样子。我像是受了天大委屈似的，一口喷出嘴里的咸物，对着厨房嚷，不好吃！一点也没有陈妈的好吃！一下子，在厨房捣猪食的雪爸爸突然跑出来，脸紫成猪肝色。她双手擦着围裙，眼睛却盯着巷子口，那样子像是要冲出去和谁理论理论。雪爸爸盯一阵后，不是冲出门，而是屁颠屁颠进厨房，从厨房拿出一根赶猪的竹鞭，对着酸水坛子，一鞭抽过去，很准，坛子"咣当"一声在地下粉身碎骨。她扔下竹鞭，躺到那张雕花床上了。

后来，我终于明白了雪爸爸为什么那么伤心。雪爸爸看上去没有她做不到的事，她那么强大，其实强大下面有她无可奈何的脆弱，只是常人看不到而已。她是在和陈妈暗暗较劲，没想到连做酸水坛子这样的小事也不如陈妈。陈妈的存在成了雪爸爸一块时常痛的伤疤。

三

在桃花江，要是有人想做一套像样的家具，那肯定要请杨爸爸了。杨爸爸是桃花江有名的木匠。杨爸爸在县工程队上班，他带了几个徒弟。过年过节，徒弟们提个篮子上门，篮子里有酒有肉有烟。这时，杨爸爸挥动那宽大的衣袖，说，今天在咯里吃饭，然后对厨房里的雪爸爸喊：雪胖子！赶快做饭。杨爸爸的一句话就像一道命令。雪爸爸一接到命令就像接到圣旨一样紧迫，厨房立即会出现一片叮当响。每当这样的日子我就特别高兴，因为我能吃到我平时吃不到的好菜。

端午节那天，他的徒弟们提着东西来了。杨爸爸很高兴，抄着手在屋里走动，口里不时哼着"老子的队伍才开张，十几个人来，七八条枪"。我听不懂曲子的意思，但我跟着他哼，跟在他后面走来走去。厨房里飘出来肉香味，飘得整个房里都能嗅到。杨爸爸对我挥动着他那宽大的衣袖：去！去！去！端菜上来。

杨爸爸慢慢呷酒，然后点燃一支烟，嗞嗞地抽，吐出一个个烟圈。他的徒弟们一声不吭，埋头吃肉，吃得油光满面。杨爸爸瞟一眼雪爸爸又瞪我一眼，然后去看雪爸爸身后的那张雕花床，好像床上藏有什么秘密似的诡秘一笑，然后云雾般地说了句走着瞧吧！就将剩酒一口喝完，打着长长的饱嗝，和徒弟们前呼后拥地去上班。

雪爸爸拿起篼箕，弓到猪栏里掏猪屎。这是她每天要做的第一件事。太阳从雕花窗格子缝里射进来，直照到她身上。当她伸起腰的时候已是满头大汗。按理说，像雪爸爸的殷实人家，用不着给人带小孩更用不着喂猪就可以过上舒服的日子。但她没有这样做。她说那份坐享其成的日子才是一种最不踏实最不舒服的日子，人活就要活出个踏实。在那个暂时困难时期，居士巷的大多屋顶上冒不出烟，锅里揭不开锅，而日子在雪爸爸的把持下，不但屋顶上能按时冒出缕缕青烟，桌上还红红绿绿，小孩碗里有蛋，大人杯里有酒，杨爸爸出门，身上还穿出个排场来，让居士巷的男人嫉护得要死。居士巷的男人说，杨爸爸娶雪妈这样的女人做老婆，一辈子在幸福中过呢！巷里的男人也经常拿雪爸爸来教育自己的懒婆娘。

窗外的阳光越来越强烈，雪爸爸擦了把汗，端起篼箕里的猪屎，从厨房摇摇晃晃出门，倒到门前的小港里。

嗯，巷里好臭。我赶紧捂住鼻子。

怎么不臭，居士巷都喂猪，猪屎没地方倒，只好倒港里了。所以巷里经常飘着猪屎臭。你嗅惯了就好了。

雪爸爸提着空篼箕进来，用肥皂反复地抹在她胖手上，拧啊搓地弄出肥皂沫，再涮，再洗，用毛巾擦干净。

雪爸爸，嗅惯了猪屎臭，我还会漂亮吧？

漂亮！你不知道，居士巷是一条有名的巷子，生活在桃花江的人没有哪个不知道这条巷子的，这里曾经出过不少阔佬和美女，可惜后来破落了。

他们天天嗅臭气还漂亮？说这话时，我伸长脖子，去看门前那棵小桃树。我想我的小桃树也在天天嗅臭气，它还会长吗？那棵小桃树是我来雪爸爸家的第一天她为我种上的。雪爸爸说过，桃花江的人喜欢种桃树，种桃树是一种吉祥的象征。

你这宝崽崽。雪爸爸咯咯笑，把我搂进怀里说，早点吃饭，吃完饭我带你去看电影。

呀！看电影！我高兴地搂着雪爸爸，在她脸上亲个不停。

雪爸爸很快做出了饭菜，我迅速摆好了饭桌。把一个小酒杯放在桌子最醒目的地方，想让杨爸爸一进屋就看见他的小酒杯。雪爸爸说，杨爸爸一回，我们就抓紧吃饭，吃完饭就走。可是桌上的饭菜凉了，杨爸爸没有回来。

平时杨爸爸吃饭的时间特别准，他是从不在外面吃饭的。他吃不惯别人做的饭菜。雪爸爸能做出一手杨爸爸喜欢的菜，这是任何女人做不出来的。南方女人吸引男人，先是把男人的胃拴好，把握住男人的胃，也就把握住了枕边的男人。也就是说能烹调出自己男人喜爱吃的菜，男人无论走多远，或者一时迷失了家，都会嗅着自家菜香回来的。

乖，去门口看看，看他回来了没有。说这话时，雪爸爸已经站到门边，呆呆地望着巷子口，我发现巷子口的陈妈提着一瓶酒回家。

日头朝西边栽下去，屋门口的鸡开始自觉落窝，杨爸爸还没有回来，我肚子饿得“咕咕”叫，拍打拍打它还是叫，我——要——吃饭！我拍打肚子喊起来。我一喊，雪爸爸只好让我先吃饭。我吃饱了饭又想到电影。我又开始叫起来，叫得惊天动地。雪爸爸没有理我。我再叫的时候，雪爸爸掏出两颗棒棒糖说，乖，电影票在杨爸爸身上，只有等他回来才有得看。我不再叫了，同她一块站到门口伸长脖子朝巷口望去。

在我的印象中，雪爸爸每天都要等杨爸爸回来吃饭。吃了饭以后又要等杨爸爸回来睡觉。雪爸爸的很多日子都是在等待中度过的。今天杨爸爸没有在雪爸爸的等待中回来。

他饭都在外面吃了，难道家也不回了？雪爸爸睁着一双迷惑的眼睛。

猪栏里的猪发出了鼾声，杨爸爸没有回来。雪爸爸叹着气对我说，乖，你在家，我到杨爸爸那里去拿电影票。雪爸爸从楼上拿出一盏灯，点燃时，我发现灯是通过玻璃灯罩才发出光的，在这条巷子有这种灯的人家不多。雪爸爸叫它马灯，也有人叫它美孚灯，但不管它叫什么灯，雪爸爸有一盏，而且心肝宝贝似的擦得雪亮。雪爸爸提着马灯出门了。

雪爸爸不在，我爬到雕花床上去数那些龙呀、凤呀、鱼呀。雕花床两边的椭圆形镜子，把我全部照进去了。我在镜子里看到了我的头、手和花衣裳。雕花床的那对床头柜的拉手是蝴蝶图案，镀了金粉。我用手使劲搔金粉，好像看不到电影是这拉手涂了金粉的原因。我把抽屉故意一开一合，抽屉在我的运动下，发出嗡嗡的响声。突然，“啪”的一声，一扇未插牢闩子的窗户被风刮开。顿时，屋外电线的“呜呜”声、枯树枝的“嘶嘶”声、屋顶飞舞瓦片的“噼啪”声，随着寒气一齐卷进来。我颤抖着手去关窗子时，雪爸爸一个回来了，我赶紧进她怀里。雪爸爸叹了口气，反复问说：他会去哪里呢？会不会……雪爸爸突然想到了那个她不愿去想的，也是她一直提防、小心维系着不让它发生的事终于发生了。雪爸爸自顾不暇地骂一句，让他晕死在那个鬼婆娘的裤裆里。

雪爸爸说的鬼婆娘就是陈妈。

四

其实，雪爸爸和陈妈年轻时是一对非常要好的姐妹。听居士巷一些年长的人说，雪爸爸和陈妈还是当年桃花江的第二代美人。20年代中叶，我国著名歌舞音乐家黎锦晖的一首《桃花江是美人窝》从关内唱到关外，唱遍大江南北，传遍南洋、日本，硬是把桃花江推向了全世界。当年很多外国朋友除了知道中国有个上海，还知道中国有个桃花江。日本鬼子侵略中国的那年月，为鼓舞士气，在军中扬言：打到桃花江去，抢一个美女回日本。

那时的桃花江一条江穿过全镇，桃花江人枕河而居，依江傍水散落成若干街道小巷。居士巷就是横搁在桃花江的一条巷子。那时的居士巷也不叫居士巷，叫猪屎巷。居民们家家喂猪，猪屎没地方倒，就倒在自家门前的小港里，因此小港经常弥漫着猪屎臭。但在文字记载上叫居士巷，那是居士巷的名人用谐音写出来的。可偏偏这条臭巷很出名，从那些燕子瓦木板阁楼里伸出来的，从那条小巷里走出来的，一张张鲜艳如桃花的脸蛋，羞羞涩涩，使人精神为之一振，滋生出许多故事。

雪爸爸和陈妈出生的年代，正是《桃花江是美人窝》唱遍全世界的那个年代。雪爸爸叫刘雪梅，陈妈叫陈雪梅。旧时的老人家取名字喜欢按出生的季节来取。她们都出生在腊月，所以不约而同取名叫雪梅。如果说陈妈是一束兰花的话，那么雪爸爸是一朵牡丹花。雪爸爸的美是那种实实在在的，看得见摸得着的美。她杏眼柳眉，脸蛋通红鲜嫩。很是吸引街上的小伙子，小伙子成天围在居士巷喊：

桃花江畔女人美
居士巷里男人醉
谁家闺女美中美
都道女人刘雪梅

当然也有一批小伙子叫美女陈雪梅的。杨爸爸就是当年最爱唱美女陈雪梅的：

喝了桃花江的水
总想亲美人的嘴
要知美人肯不肯
只问美人陈雪梅

然而，刘雪梅和陈雪梅对那些登上门的小伙子都是不屑一顾的。她们的美只属于她们两个人，外面多大力量都不能分解她们。两人形影不离，早上互相梳头发，白天一起逛街，晚上一个木盆洗澡。睡在床头她们就像一个整体，就像脚和手一样不能分割。如果谁先离开了都是对对方的一种背叛。直到有一天，陈雪梅家吃了一桩官司，她父亲要赔很多钱。无奈之下，陈雪梅被父亲许配给了银匠家兴，家兴为陈家赔了钱，才了却那桩官司。那些日子陈雪梅抱着刘雪梅哭，哭得昏天黑地。

出嫁的那天，刘雪梅将陈雪梅打扮得漂漂亮亮，又亲自做伴娘。陈雪梅却一直在哭，哭成核桃一样的陈雪梅，人家以为她有多孝顺父母，其实是舍不得离开刘雪梅。冬天里的婚事在居士巷并不热闹，可陈雪梅的婚礼却把这个冬天闹得像春天般温暖。居士巷响起的爆竹就像春天里的桃花一样密，响了整整一上午。陈雪梅一身大红袄走出来，坐进那顶八人抬的大红轿。围观的小伙子个个傻了眼，杨爸爸更是呆住了。大红轿颤悠悠启动，杨爸爸像丢了魂似的跟着大红轿走。他要看陈雪梅嫁了个什么样的男人。大红轿停在巷口，新娘从大红轿里走进张家银铺。张家银铺是桃花江唯一的银铺，它世代相传，落到家兴的手里，家兴的手艺更超过了他的前辈。他打出的银器精细又漂亮。桃花江婆娘脖子上的银项链、手上的银镯子和小孩脚上的银圈子，都是出自家兴的银铺。家兴属于有本事的男人，人又长得堂堂正正，陈雪梅不爱他爱谁？不嫁给他嫁谁？陈雪梅走进张家后，杨爸爸像瘪了气的皮球离开了。

人虽然离开了心不服。其实陈雪梅父亲很早就放出话语，嫁女一定要嫁个有一流手艺的男人，杨爸爸早就知道的。只是他想，他也是桃花江有名的木匠，桃花江那些有钱人家里的家具都出于他的手。可是他不是唯一的匠人是因为他的师傅当时还没有死，师傅没死，徒弟永远是第二位的。可见他是多么地恨师傅，他多么地盼师傅早点死。师傅拖一个病歪歪的身子，怎么就不早死呢？师傅天天咳嗽，怎么就不一口痰噎着闷死呢？很长一段时间他都在恨师傅，自然这种恨只能是暗暗的。

第二年，陈雪梅生了个儿子，和家兴一样长得端端正正。家兴从银铺一回来，抱过儿子就心肝宝贝地叫。但是好景不长，那年冬天，陈雪梅与丈夫给一对新婚夫妇送银器，家中留下小孩放在摇篮里，陈雪梅怕小孩冷着，把摇篮靠在火炉边叫表妹看管。等他们回来时，火炉罩上的尿布着了火，儿子被大火烧成了坨黑炭，贪玩的表妹也不知去向。那些日子，陈雪梅整天沉浸在悲哀中不能自拔。家兴见陈雪梅这个样子无心做事，打出的银圈不是小了就是大了，最主要的是不能按时交货，害得那些结婚的人不能按时结婚而失去了信用。正在这时，广东来了个开银铺的，就在他对面开得轰轰烈烈，那些急着结婚的男男女女都上家兴对面了。家兴望着空荡荡的银铺，气得吐血，吐成了肺病。坐吃山空，几年下来，家里没有银根了。陈雪梅为了给他治病，跑到南洋做甜酒生意，还是没有挽回他的生命。后来陈雪梅住在居士巷一直没嫁。杨爸爸每天上班都要经过她那里，于是杨爸爸又有了小伙子时的那种企望，那种丢了魂的感觉。

有次，陈雪梅来到刘雪梅家，看见她家的那张雕花床就爱不释手地去摸，摸着摸着便流出了眼泪。杨爸爸见了，便宽慰她：儿子死了，可以再生，你喜欢雕花床，我也可以给你做一床，你要想得开一点。杨爸爸说这种话时，眼睛一直看着陈妈那张泪脸。

从那以后，陈妈就很少到雪爸爸家来了，杨爸爸也很少待在家里了，慢慢地给雪爸爸感觉到一种不幸，感到了不该发生的事情终于发生了。

五

雪爸爸起了个大早，给自己干干净净地洗了个脸，洗脸水端在手里，她不想倒掉，她给这盆洗脸水派了个用场。她就这么端着出门，端着来到陈妈家。陈妈的门紧关着，这是她意料中的，她不设想一大早有人迎接她。雪爸爸就是选的这么个没有人迎接的大早，就是选的陈妈和整个居士巷还在睡梦中。雪爸爸把一盆水对着陈妈的门槛倒进去，水沿着门槛流进去，门忽然拉开一条口，露出陈妈的红旗袍和旗袍开衩的地方那道又白又亮的光，那道亮光刺得雪爸爸的眼睛又酸又痛。雪爸爸很想用她的目光把那红旗袍撕下来，更想把那又白又亮的光撕碎，但是那双眼睛却始终睁不开，只有两行泪水从她那半睁半闭的双眼里滚下来。这时，陈妈的门又忽然关上了。

雪爸爸提个空脸盆回家。在夏天这么好的一个早晨，太阳还没有出来，正是空气新鲜、凉爽好做事的时候，雪爸爸不想和人吵，更不想让整个居士巷都晓得，她怕坏了自己的名声。他们不要名声她要名声。一个人没有了名声，活着还有什么意思。她这样做只想把自己男人捞回来。

果然，杨爸爸回来了。

杨爸爸黑着脸看雪爸爸，目光很硬，一副有底气的样子。他的目光告诉雪爸爸，还不做饭去，我在等你的早餐。准确讲杨爸爸离不开雪爸爸，是离不开她做的饭菜。雪爸爸没有理会杨爸爸，而是撅着屁股去坐那张红木椅子。杨爸爸的目光暗下来，像雾一样从雪爸爸头上飘过去。

雪爸爸说，有狠你就死在她那里。

杨爸爸不作声，点燃一支烟，抽着。

女人都是一样，闭着眼睛一个味。雪爸爸说这话脸都变了形。

杨爸爸瞅一眼雪爸爸，又莫名其妙地瞄一眼雕花床。看着床时，他脸上挂着一种很怪的笑，我从来没有见过杨爸爸这么笑过。就这样，杨爸爸瞅一眼雪爸爸，瞄一眼床，瞄一眼床又看一眼雪爸爸。然后，他自己走到厨房去了。

雪爸爸是个明理的人，生气归生气，不能耽误了杨爸爸上班的正事。他吃不好，上班没精神就会做坏别人的家具。雪爸爸屁颠屁颠走过去，抢过他手里的锅铲，开始炒铁锅里的菜。她背对着杨爸爸，由于还在生气，挥动的双臂有些夸张，扭动的腰有些过分。随着她一左一右的挥动，肥大的屁股对着他一颤一颤地抖动。杨爸爸怔住了，仿佛又看到好多年前一个美少妇，舞着丰腴的双臂，弓在厨房里炒菜。她每挥一下，闪出一道美丽的弧线。他觉得那滚圆的臂是他肥沃的田野，他单薄的身骨在肥沃的田野耕耘时是那样的快乐。现在看来，似乎是一件很遥远的事了。甚至他感到了一种排斥的陌生感，还掺和着厌恶。特别是她身上不时散发出来的油盐味。

其实，雪爸爸从来没有意识到自己会变成这个样子的。结婚后，她把心全部贴到男人身上了。男人常在外面跑，要穿得体面。男人在外面赚钱，不能让他在家里累着。所以她把男人的许多活很自愿地撂到了女人稚嫩的肩上。累了，自己揉揉，伸伸筋骨。做得吃得，她一餐吃两大碗饭，吃肉选肥的吃把精肉挑给杨爸爸，日久天长，她那好看的脸蛋和身段挂满了赘肉。

雪爸爸说，吃饭了，就记得我！有狠，你就不回来吃。

你不就是这点狠？杨爸爸的声音很轻，像猫叫，隔着厨房，还是被正在炒菜的雪爸爸听见了，她"当"的一声甩下锅铲，从厨房屁颠屁颠出来，一屁股坐进椅子里。

杨爸爸自知理亏，空着肚子上班去了。

望着杨爸爸出门，雪爸爸从椅子上起来又坐下，嘴里不停地念，不吃就不吃。天天吃着我的饭菜想着别个女人，我就是喂头猪也知道对我哼几声。生气归生气，雪爸爸还是心疼杨爸爸。晚餐，雪爸爸特意多做了几个菜，都是杨爸爸爱吃的下酒菜。杨爸爸吃得很痛快，还比平常多喝了一杯酒。喝得满脸通红的时候，还说了几句赞美的话。雪爸爸听了便像少女样羞涩地红了脸。雪爸爸给杨爸爸泡了一壶茶。杨爸爸喝着茶，温情地望了一眼雪爸爸，然后对着我，小孩子早点睡觉。雪爸爸拉着我走到旁边那张床，悄悄地对我说，乖，你今天就睡这个床。我嘟着嘴刚爬上去，杨爸爸摇摇晃晃进来，说，媛媛你怎么睡到我的床上了，起来！起来！睡你床上去！雪爸爸几步走过来，说起来就起来，她才不睡你的臭床呢！我刚离开床，杨爸爸鞋子一脱睡进去，又将蚊帐放下扎紧。床被蚊帐整个罩住了，杨爸爸在里面透不出一点气息，甚至有种窒息的安静。雪爸爸呆呆地望着那张床，那张床是杨爸爸自己动手做的，做好后，有意识放在雕花床旁边。私下里他还和父亲较着呢！

那个晚上，我只知道雪爸爸坐在椅子上发呆，不知道她是什么时候回到雕花床上的。后来我想，如果雪爸爸是个菩萨，那陈妈就是个狐狸精。杨爸爸人守在菩萨身边，魂却被狐狸精带走了。

六

和别的女人没有两样，雪爸爸对杨爸爸多了一个心眼。她得出一个结论，杨爸爸哪天回得晚，陈妈哪天的门就关得早。看来陈妈可以为杨爸爸生意都不做了。所以只要杨爸爸不回家，雪爸爸就会莫名其妙地去看陈妈的门。雪爸爸不仅对杨爸爸多加了个心眼，而且对我也不放松，她不准我往陈妈家跑。雪爸爸不能时刻围着我转，她要煮饭洗衣喂猪，但她耳朵生得特别灵敏，时刻听我脚步在巷子里的响动。她不光耳朵特别灵敏，好像还多生了一只眼睛，我像一只小蜘蛛一样，被牢牢控制在她的视网里。

尽管这样，我还是悄悄往陈妈家跑。我之所以有这么大的胆量跑陈妈家，是因为陈妈家又多了一样我爱吃的东西——甜酒。我看见陈妈端着一盘糯米一粒粒选，选出颗粒饱满、两头尖像梭子样的米。米选出来用清水漂洗两次，沥干，倒进一个木蒸笼里去蒸。先用大火把米蒸熟，然后再用小火煨。煨出满屋飘香的时候，再倒到一个白细瓷钵里。米饭和白瓷钵一样雪白，然后把捣碎成灰的甜酒药子，均匀地洒到米饭里，白晶晶的米饭就像蒙了一层灰。她用手拍紧，一边拍一边嘴里默念着什么，最后盖好，放进一床大棉被里，捂住，等嗅到甜酒香味了才端出来。陈妈对我说，甜酒很娇贵，未熟不甜，熟了不及时取出来就老了酸了。早上，陈妈端出白瓷钵子，捂上玻璃盖，摆在酸水萝卜旁边，买甜酒的人就隔着玻璃看见那清澈的甜酒了。

那天我刚走进陈妈家，雪爸爸的声音就跟了进来。

媛媛——雪爸爸那发炸的声音顺着巷子直通通传来，震得小巷嗡嗡响。我像掉了魂似的往回跑，刚跑几步，我又跑过来问陈妈，雪爸爸为什么不让我上你这里？陈妈说，你问这个，你说呢？我说不知道。陈妈说我也不知道。

巷子口响起了爆竹，大人和小朋友都朝一个方向跑。我从陈妈家出来混进了雪爸爸看不见的人群。街上走来一排人，个个戴着白披纱，哭的哭，喊的喊。前面一个头上捆白纱布条身披白色麻衣的男人，双手捧着个老人画像，走一段路就回头跪下，磕三个头，后面一长列队男人和女人还有小孩，跟着那男人跪下磕头。中间有十几个大汉抬着一个大黑箱。看热闹的人说是巷子口的刘爹死了，那个大黑箱是装刘爹的棺材。旁边放爆竹的几个人，提一篮子爆竹，不停地放，我捂住耳朵跟着他们走。他们在张家码头上船，我跟着上船却被他们推下来。

河边也是好玩的，那长发的垂柳下有叔叔钓鱼；石板岩上有阿姨洗衣服，那木棒一上一下地捶，声音很好听。鹭鸶在竹篷子船旋转后从水里叼起一条鱼，被划子上的人一吆喝，它乖乖地把鱼吐到船上，接着又被人撵到河里。云在缓缓移动，太阳已贴近水面，鹭鸶纷纷飞进船舱不出来了。船上亮起的灯光像荡秋千一样在河里摇曳。我欣赏那些灯光时突然发现河堤上只剩我一个人了，我这才想到回家。我顺着灯光走去，那一盏盏灯像小朋友对我眨眼睛，招呼我走过去，可我走过去还是一样的灯。我歪着脑袋想，怎样才能走出这灯光织成的河流呢？可眼前这条堤成了无法走出的迷宫。我“哇”的一声哭了。

不知过了多久，我感到有一个人把我拉到她肩膀上。我却嗅到了一股香味，像雪爸爸梳妆台上的雪花膏香味。我睁开眼睛，是陈妈。她穿了件玫红的中式夹袄，可惜我只看到了从她衣领里露出来的耷在左边的后脑勺。

陈妈说，媛媛，你还来吃酸水萝卜吗？

我说，来，怎么不来，不过雪爸爸狡猾得很。

陈妈说，你喜不喜欢陈妈？

我说，喜欢，我最喜欢陈妈做的酸水萝卜了。

陈妈说，乖孩子，陈妈也喜欢你。陈妈最喜欢看媛媛吃酸水萝卜了。

陈妈背我走得很慢，脚有些发颤，我想我没吃饭，也许陈妈也没有吃饭。我们还未到巷子口，就听到雪爸爸喊声，那短促焦急的声音，隔老远听得清清楚楚。我从陈妈背上跳下来，飞快跑过去。雪爸爸搂住我，乖崽，你跑到哪里去了，吓死我了！雪爸爸发现陈妈怏怏然走，脸色一变。

我说，是陈妈把我送回来的。

雪爸爸向陈妈追过去，下次不准碰人家的小孩，出了事只怕你负责不起。

陈妈说，我不帮你把小孩找回，只怕负不起责任的是你，不是我。

雪爸爸从鼻子哼出一句话来，我负不起责任？你不想想你小孩是怎样死的？

陈妈的脸先是通红，接着由红变紫由紫变黑了。她一字一句地说，你，你一个接一个地带小孩，还不是生不出崽才拼命地带别人的小孩！陈妈说完，怏怏然走，走得那么优雅。

你！你！你——雪爸爸上前抓住陈妈。我吓得哭了起来，边哭边拖雪爸爸，嘴里不停地喊，雪爸爸，陈妈没有害我，是她把我从河边背回来的。

雪爸爸终于放手了。不是她狐狸精牵着你的魂，你会到河边去吗？走，跟我回去！雪爸爸骂骂咧咧地拉我走。

我边走边回头，看陈妈孤零零站在那里，心里很难过。陈妈是个好人，雪爸爸为什么要这样说陈妈，很多事情我小孩子弄不清的。不过我更加爱陈妈了，陈妈不仅酸水萝卜、甜酒做得好，身上还有香味，人也比雪爸爸好看。

媛媛，你不知道吧？河边有船拐子呢！他们专门拐漂亮女孩呢！一路上，雪爸爸不停地对我说，脸上依然挂着愤怒。

漂亮女孩？我偏着头问。

他们不光拐人还可以拐猪呢？他们给猪吃点酒，猪就像小孩子一样睡着了。他们在猪肚皮上挖个小眼，插一根管子进去，猪油抽出来猪还不死。如果拐个人也是一样，你就像在那里睡一觉，等你醒来就见不到雪爸爸了。

我被吓住了，大声说，雪爸爸，我再也不去河边了。

那晚上，我发现雪爸爸镜框里那张老人画像，和街上那个镜框里的刘爹差不多，黑黑的头发，白白的脸，还有胡子。我好奇地问雪爸爸，镜框里那个爷爷是不是刘爹？雪爸爸告诉我，镜框里那个爷爷是她爸爸，他和刘爹一样装在黑箱子里了。

后来我才明白，镜框里的那个爷爷就是当年桃花江有名的木匠师傅。他做的雕花床、大衣柜、梳妆台都是桃花江的一绝，杨爸爸就是他的徒弟。

七

那年春天，雪爸爸门前的桃树开了好多花，那纷纷扬扬的花瓣，打着旋在空中飘舞。那年春天，雪爸爸门前小桃树也长高了。雪爸爸说，桃树长高了，你该上学了！就在那年春天我离开雪爸爸家，回到父母身边上学。可是我每天放学，书包一丢，就溜到雪爸爸家。有时吃了饭，饭碗还在打转，人就进了雪爸爸家。晚上我是赖到雪爸爸这里睡，母亲整天忙也顾不上我了。我读书后，雪爸爸又带了一个小孩。

也从那年春天开始，街道上变得越来越热闹，我学校的哥哥姐姐都穿着绿军装、绿跑鞋，戴着绿军帽，系根绿皮带到处跑。大人们都在一堆堆开会，学语录，写大字报，大字报一墙墙贴出来，被风一刮哗哗作响，满地都是。街上到处都有游行的队伍。大家都在一切革命化。春节要过一个革命化的春节，找对象要找一个革命同志，实行革命化的结婚。革命化的结婚就是两床被子叠在一起，两个箱子成一对，就成夫妻。这样一来，杨爸爸就没有多少家具做了，工程队的人也不要求他们按时上班了。

没有家具做的日子，杨爸爸待在家里就把脸拉得更长。我一见杨爸爸那副拉长的马脸就变得格外小心。我学会看杨爸爸的脸色行事。他洗脸时，我会主动送上毛巾肥皂；太阳出来的时候，我会主动把小凳子搬到桃树下；吃饭时，我会主动端菜给他摆上小酒杯。我隐隐感觉到他总想发脾气，却又总是没发出来，害得我总是战战兢兢。

那天，杨爸爸端个小板凳，坐在门前的桃树下晒太阳，耸起的两个肩胛看上去像三个头。雪爸爸说，闲着也闲着，不如做做我父亲的那张雕花床。杨爸爸好像没听见，只把那肩膀耸得更高。

听人说，雪爸爸父亲死后，杨爸爸曾暗自下决心，要做出他师傅那样的床来，那些日子他一下班回来就蹲在床边，可他一直没有做成。他做不出师傅这张床，这张床就成了桃花江独一无二的床了。这张床摆在这里，师傅仍然是独一无二的木匠，他顶多算个二流木匠。为这事，杨爸爸一直恨这张床，其实恨的是师傅，他学会了师傅的所有技术，却留下这一点遗憾。这么多年了，他只恨师傅太无情，不恨自己不成材。但是恨归恨，又格外地珍惜这张床。有这张床摆在家里，在外面说来永远是一种炫耀。不管怎么样，他家拥有，别人家没有。因为这张床，别人对他家刮目相看。也因为这张床，有很多人上门做家具。雕花床应该是杨爸爸灵魂中的神龛，只是他从来就没对它虔诚过。还好，桃花江的人，能做得起雕花床的人没几个，并不影响他的工作，杨爸爸也没有对这张床进行进一步的琢磨。

突然的一天，杨爸爸开始琢磨起雕花床来。浮雕如何雕得活灵活现，圆柱子如何车得圆？他眯一只眼，这里敲敲，那里摸摸，有时是小心翼翼地触摸，有时是把雕花拆成块琢磨，琢磨得如痴如醉。有时找到一点儿感觉，就用碎木来雕刻。他反复雕刻，一块比一块雕得好，终于雕出师傅那样漂亮的浮雕了。这些年他一直没雕好的浮雕，这下子雕好了，他举着雕刻好的花边木料，嘴里喊着，搞好了！我搞好了。那天我跟在他屁股后头喊搞好了。其实我并不知道是什么东西搞好了。

雪爸爸看到杨爸爸疯了似的在房里转，她赶紧下厨房，从厨房出来时做了一桌子菜，全是杨爸爸的下酒菜。雪爸爸摆上桌子，把小酒杯照样放在桌上最醒目的地方。我趁雪爸爸不注意把那个小酒杯藏起。雪爸爸转过身说，哎！刚才我放了个小酒杯的怎么不见了？她又摆上一个，我又偷偷藏起。雪爸爸终于发现了我的诡计，做出要打我的样子。我举起杯子大声说，杨爸爸不会回来吃饭了，我看见他去了陈妈家。

你说什么？

我又重复了一遍。

雪爸爸一脚踢翻桌子，理也不理我，躺到了雕花床上。她静静地躺到做晚饭的时候才起床，她拉我站到了一家面馆门口。面馆对面是陈妈家，陈妈正坐在门口的小摊边。雪爸爸眼睛睃向对面，陈妈躲开雪爸爸目光，头垂得很低。雪爸爸仍不动声色地盯着她，像一根铁钉，要把陈妈钉到她的眼睛里，似乎只有这样盯着，才能把陈妈盯穿；似乎只有这样盯着，才能把生在肚子里的委屈全部倒出来，要不就会烂在肚子里。

陈妈是雪爸爸唯一的仇人，雪爸爸对陈妈不只是恨，还有很多说不清的地方。这些说不清的地方又正是陈妈出众的地方，也是她高人一头的地方。巷子里有不少女人曾经偷偷模仿她，结果变成了东施效颦。陈妈的一些做派，你能感觉得出来，但你说不出来，更是学不来。正像她的美一样。应该说她的美是一种流动的捉摸不定的美，好像藏在一举一动中。巷里好多比她年轻漂亮的女人，都感觉不出那种美来。她说话时含情不露却扭动着她的水蛇腰，那对黑醋栗子就会不安分地顾盼有神。只要她盯住哪个男人，哪个男人就很难跑得出她的影子，她的魂就附在哪个男人身上了。应该说女人的好看是通过男人来检验的，如果哪个男人见了她语无伦次，整日像丢了魂，那就证明女人的魅力已经勾住了那个男人。雪爸爸斗不过她的正是这些地方。雪爸爸曾经在心里无数次打败她，用正义的方式，用光明磊落的姿态，可是现实中并非这样。雪爸爸没给杨爸爸生下个儿子，已经有些底气不足，这也是她不敢在杨爸爸和陈妈面前大喊大叫的原因。其实，被陈妈勾走魂的男人，何止杨爸爸一个？居士巷的男人嘴上不说，其实心里都装着个陈妈。他们常常有事无事挤到她那里坐，一说话嗓子都软了，就像杨爸爸在她面前都难免流露出贱相一样。

八

杨爸爸搞好了那些雕花图案后就要做一件大事了。后来我才知道，杨爸爸要做的大事是给陈妈做雕花床。

那天晚上，我去陈妈家吃酸水萝卜，见她门关着，我正准备走，却听到了一个熟悉的声音，我赶紧藏到门边。

杨爸爸说，你不要伤心，想儿子了可以再生，喜欢雕花床我可以给你做一张。我今天就是给你商量做一张我师傅那样漂亮的雕花床。

陈妈说，我什么时候要你帮我做雕花床了？

杨爸爸说，你不喜欢雕花床，你在我家的雕花床上摸来摸去干什么？我不仅知道你喜欢雕花床，而且还想要个儿子。

陈妈说，我要个儿子，跟谁去要个儿子？

杨爸爸说，这还用说，肯定是跟我啦，我家那个只会叫不会下蛋的胖婆娘，跟我这么多年了，蛋都没给我下一个。

陈妈说，你不要这样说，她也够难的。

杨爸爸说，她难我比他更难。我父母就我一个儿子，天天指望那胖婆娘生个儿子回去。她也真够狠，想断了我的根。其实你知道，我已不对那个胖婆娘抱希望了，把希望寄托在你身上。做好雕花床，我们在雕花床上生一个儿子。

陈妈说，真的是雪姐不能生吗？

这时，我突然听见陈妈在里面笑，声音很好听，就像母鸡刚下完蛋一样，咯咯咯！我津津有味地听着这声音的时候，声音突然没有了。而是陈妈发出一串尖叫。是不是杨爸爸在打她？杨爸爸为什么打她呢？就在这时却听到陈妈笑起来，而且边笑边说，你真的给我做个雕花床吗？你真的能跟我生个儿子吗？其实，我早想你跟我生个儿子了。

我怔住了，陈妈怎么要杨爸爸做雕花床呢？陈妈怎么要杨爸爸跟她生儿子？杨爸爸应该跟雪爸爸生儿子呀！当我把杨爸爸要给陈妈做雕花床和杨爸爸要和陈妈生儿子的事告诉雪爸爸时，雪爸爸的脸噌地一下黑了，人也变得狂躁起来。难道他真的要这样了？他要做出一张父亲那样的雕花床难道是为了那个婊子婆？他要是真的和婊子婆生出个儿子来那自己怎么办？雪爸爸有些不明白，那些快乐日子怎么说没就没有了呢？现在她才明白，杨爸爸开始往陈妈家跑那些快乐日子才没有的。

雪爸爸静静地卧在雕花床上，这张床曾经是她快乐的出发点，现在却成了她疗伤的停泊点。一个女人的全部伤痛，一生无处诉说的痛苦，全散落在这张床上。快到黄昏，雪爸爸挣起床才发现我守在她身边，她一把搂住我，从袋里拿出两颗棒棒糖，嘴里却默念着，我不能让他们这样无法无天。当时我听不懂她的话，只是她一反常态，要我跑到巷子口去玩，等我从巷子口玩够了回来，她就盘问我见到了些什么人，他们在做什么，然后才给我两颗棒棒糖。我把杨爸爸和他的徒弟在陈妈家做雕花床的情况汇报给雪爸爸。雪爸爸听到杨爸爸和徒弟在一块做床，心里才有点儿踏实。其实有很多事情我是看不见的。

杨爸爸从深山拖回几截古木，扛到陈妈家里，带徒弟在陈妈家下料，叫徒弟按照雕花床的样子出粗坯。他自己亲自雕花纹，边雕边对徒弟讲，什么样的形状是明清雕花匠的窗花图案，什么样的图案是民国时期的民间艺人的浮雕技巧。他雕得既认真又顺手，他雕出的鱼呀鸟呀，捧在手里就像捧着一个鲜活的儿子。他把雕出的花纹用砂布打磨，打磨得也非常仔细。杨爸爸刨那铺板时，光着膀子，双手捉刨子，弓着腰一下一下，挥汗如雨。陈妈不是送茶就是拿毛巾亲昵地替他擦汗。杨爸爸看到陈妈在他面前来回穿梭，看着看着，眼神不听指挥了。每到这时，杨爸爸就叫徒弟早点回去休息。他自己也不做了，收拾好工具，顺便帮陈妈关好门，跟陈妈共商大事。陈妈就偎在他怀里。杨爸爸点燃一支烟，望着陈妈。陈妈笑容殷殷，一头湿漉漉黑发，散发出诱人的肉香和幽静的皂香。哪像自家胖婆娘，那身颤抖不停的肉像一头猪肉，还不是一头好猪肉，是猪身上无人要的气泡肉。那满身臭汗简直就像一头从臭水沟里爬出来的猪。

那些日子，杨爸爸半夜才回家。雪爸爸只是揪着心看着杨爸爸回了又去了。那些日子，我成了雪爸爸和陈妈之间的重要人物。我在巷子口走动，既能吃到雪爸爸的棒棒糖又能吃到陈妈的酸水萝卜。

杨爸爸在一种兴奋中把雕花板一块块做完，合床的那天，杨爸爸先把床檐合好，边合边说，这个床檐很特别也很重要。应该说有了这个床檐，雕花床又可以叫滴水床了。滴水床就像屋檐滴水一样，而床檐上的滴水，说到这里，杨爸爸看一眼陈妈，陈妈像个大姑娘羞涩地低着头。杨爸爸又说，滴水滴水，就是床上的妹子鲜鲜活活，水水滴滴。杨爸爸说着，带徒弟把雕花板和床柱的榫结一个个敲进去，敲到关键性的一个榫结，木头突然炸开了。怎么会有敲不进去的榫结呢？杨爸爸接着敲，任他怎么敲都敲不进去，这下，他觉得奇怪了。这个榫结敲不进去，整个床立不起来。当年师傅是怎样敲进去的？师傅敲榫结时他没在意，他以为敲一个雕花床的榫头就跟敲其他床的榫头一样简单，没想到要把这个榫头敲进去，还有一些技巧。

他师傅一生只做了一张雕花床，师傅决定把技术传授给他时，是他快要成师傅的女婿了。师傅教徒弟做好这张雕花床，用这张床作为女儿的嫁妆。可是他认为自己学得差不多了，无须在这张床上下功夫，反正这张床归自己的还怕那么一点技术？于是心里飘飘然，师傅拿出一根木条在他头上敲几下，他仍没有醒悟。师傅只好对徒弟说，我做出这张床，你以后临摹，慢慢悟出道理吧！师傅一个人精雕细刻，就在他不知不觉中师傅把雕花床做好了。现在说来，他只记得他们结婚是风光的，大家是既看新娘子的漂亮又参观师傅的绝活。

杨爸爸只好对陈妈说，上榫头可能要涂上一些胶，我想办法去找些胶来。

九

杨爸爸又回来了。

雪爸爸怔怔地望着他，仿佛隔了一世纪没见到。杨爸爸像变了个人，不光脸色发黄，瘦得只剩一层皮包着骨头了。杨爸爸是不是在陈妈身上伤了元气？要不怎么会瘦成这样？这个狐狸精太狠毒，把他弄得只剩几根骨头了。其实雪爸爸自己也瘦了，瘦得眼睛都陷进去了，只是她从来不在意自己，不把自己当一回事。杨爸爸的脸色和雪爸爸脸色一样惨黄。雪爸爸开始变着花样给杨爸爸进补。为了给他买猪肚，她半夜起床到肉食站排队。那时候的猪肚比鸡还贵，比肉还难买到。她买回猪肚，拌着红枣桂圆炖肚片汤给他喝。当然我也能吃到一小碗肚片汤。雪爸爸不吃，坐到一边看着我们吃。雪爸爸俨然成了杨爸爸的保护神。只是到了晚上，杨爸爸蚊帐“哐”的一响，扎扎实实关严了，把雪爸爸这座保护神晾在蚊帐外的世界里。每到这时，雪爸爸躺在雕花床上，眼睛睁得很大，直勾勾地望着床顶，像死人一样一声不响，吓得我爬到雪爸爸身上哭。雪爸爸抱住我说，宝崽，你雪爸爸又没死，你哭什么？有时我睡一觉醒来，雪爸爸仍在床上翻来覆去睡不着。我不知道雪爸爸躺在床上为什么睡不着，只知道躺在这张硕大无朋的床上，躺在雪爸爸圆滚的双膀里，就像躺在幸福的海洋里。就在我躺在幸福的海洋里的时候，雪爸爸的幸福就像一片枯败的叶子被风吹走了。

一天，杨爸爸对雪爸爸说，我要把雕花床的几个榫头拆出来看看。

拆吧！拆吧！拆烂了更好！我不知道雪爸爸为什么恨这张床，而杨爸爸看重这张床。杨爸爸把雕花床的榫头一个个敲出来，敲到那个关键榫结时，杨爸爸格外小心，生怕弄坏了，可任他怎么认真也敲不开。那个榫头就是杨爸爸在陈妈家敲不进去的那个榫头，也是杨爸爸头痛的一个暗结。杨爸爸不信邪，他带来徒弟一齐敲，只差把那个榫结用锯子锯了用刀劈了也没敲开。杨爸爸骂了句娘的，朝雕花床一脚踢过去，那个榫头和他赌气似的丝毫未动。没搞清榫头的诀窍，杨爸爸在家里闷闷不乐。

那时正是夏天，夏天是雪爸爸最烦最恼的季节。她光坐着就喘不过气来。常常一个赤膊躺在竹床上，不躺在竹床上就坐到红木椅里，坐在红木椅里就像一尊佛，一尊皱着眉张着嘴的佛。杨爸爸望着这尊锁着眉张着嘴的佛，嘴里不断地说家里难受！家里难受！我到外面走走，可一走就没回来了。我也记不清杨爸爸有多少日子没回家了，只知道雪爸爸的脸上像霜打了一样从没晴过。

我知道雪爸爸在想杨爸爸，我要帮雪爸爸找回杨爸爸。于是天一黑，我就偷偷朝陈妈家跑去。说真的，不是听陈妈要和杨爸爸生儿子我也喜欢她的，我喜欢看她弯弯的眉毛，喜欢看那颗金牙齿，喜欢看她脖子上的银项圈和手腕上的银镯子。陈妈低眉顺眼地坐在小摊边，像一朵幽幽的兰花，静静开静静散发香气。我不喜欢杨爸爸，巴不得他天天不回家。但我不想让雪爸爸生气，雪爸爸一生气我很害怕。杨爸爸为什么老是往陈妈家跑？是不是他也和我一样喜欢吃陈妈的酸水萝卜和甜酒。

陈妈家的门关得铁紧，这么热的天，关着门不怕热吗？不对，平常陈妈家的门总是开到很晚，这中间有什么奥秘？我贴近门缝往里看，见陈妈和杨爸爸同时在脱衣服，脱得一身精光，他们是不是要一块洗澡？在我的印象中只有洗澡才把衣服全部脱光。可他们没有洗澡，杨爸爸把陈妈抱到了床上，那高兴的样子不像在家黑着一副拉长的脸。他们在床上不断地打滚，很好玩的。他们在床上打滚会不会滚下来？这时我又听见陈妈笑起来了，而且又是上次那种笑。这个时候，我突然看见屋子里的杨爸爸和陈妈做件我似懂非懂的事，我想了半天，一下子想起来了，上次雪爸爸带我一块挑猪潲的时候，在巷子口看见两只大黄狗也像杨爸爸和陈妈这样连在一起。当时我看的时候，雪爸爸还狠狠地骂了我一顿，说那是最脏最丑的事情。陈妈这么漂亮的人，怎么也做这么丑的事情呢？我突然觉得陈妈好丑了。回家的路上，我想起陈妈就想起巷子里那两条大黄狗。黄狗发疯的时候就会咬人，他们会不会咬人？我害怕了，我飞快地跑回家，我把门缝看到的一切告诉了雪爸爸。

雪爸爸双眼瞪着我，一个劲地问，你这个野孩子是不是在撒谎？我说我没撒谎，不信你去看。雪爸爸仍不相信我小孩子说的话，她煮熟一桶猪食去喂猪。喂完猪又问我一次。我说我没有撒谎！我急得脸都红了。雪爸爸丢下木桶，拉着我就朝面馆冲。雪爸爸会不会和陈妈打起来？我一路上心里打着鼓。

雪爸爸站在面馆门口，双手叉在腰上，眼睛像火一样喷向陈妈。坐在小摊前的陈妈正在吃瓜子，她没有像上次那样低着头，而是把头昂起，瓜子壳吐得远远的，眼睛却从雪爸爸头顶上掠过飘向远方。雪爸爸心"轰"地崩了。她感到她做的努力是徒劳的，他们没有一点回心转意的打算，她敢对自己轻视就是杨爸爸给她的权力。想到自己同他做了大半辈子夫妻，到头来这个权力却给了眼前这个婊子婆。

这个不动声色的婊子已融化了他那单薄的骨子了。雪爸爸一副心碎的样子站在那里，眼眶里贮藏着委屈的泪花。我悄悄扯了扯雪爸爸衣服。雪爸爸，我们回家！

放了这对狗男女。雪爸爸突然说。

那时鲜亮的太阳正照着雪爸爸，也许在那一刻雪爸爸感到了小港的水仍是流的，树上的花仍是红的，脚下的路仍是结实的！雪爸爸脚步噔噔噔，把我甩得老远。回到家，雪爸爸挽起袖子在厨房煮出一桶猪食，她将手伸进食桶搅拌时，脸随着手的搅动抖得厉害，嘴有些变形又用力收住，绷紧，最后那贮藏在眼眶里的泪花终于溢出来。我被这种情绪感染了，"哇——"先哭了。雪爸爸一把搂住我，我哭得更厉害了，哭得喘不过气来。

雪爸爸斗不过陈妈，这在她心里是件多么痛苦的事啊！

雪爸爸每天吃罢晚饭，喂过猪，就"哐当"一声关了那张大门。夜晚，只有那盏十五瓦光电灯，横吊在两床之间，殷勤亮着，燃烧着昏暗的夜。

有天，我放学来雪爸爸家，雪爸爸窗是开着的，透过窗玻璃往里望，发现雪爸爸站在房中间，穿件蓝布罩衣，看上去身子有些偏，显得晃晃荡荡的，从侧面看她的脸，脸映在玻璃窗上像一个木偶。这时，我才感到雪爸爸很孤单。

后来的日子，雪爸爸不愿走动，她不走动邻居也不怎么来了。她总是坐在那张红木椅子朝窗户外望。那窗户是关着的，什么也看不见。这时，我搬了条凳子，偎在她身边。也只有在这时，雪爸爸那张木偶似的脸上才活泛起来。有时还发出呵呵的笑声，但笑声像砂锅里爆炒的豆子，虽然粒粒爆响，听上去就像刀划在心上般难受。

也是从那个夏天开始，雪爸爸的脚开始发肿，不能久站，人也更加胖了，走路都喘不过气来。因为胖，雪爸爸身上生满了痱子，她整天坐在门口，搔着背上的痱子，背上的痱子被她搔成苦瓜球了。见她痛苦的样子，我便想出一个办法，我给她背上涂一层牙膏，然后用木梳去梳。雪爸爸眉宇舒展了，拉着我说，好凉爽，好懂事哟，长大了会心疼人的。说着说着，雪爸爸想放松拼尽力气去笑，但并没有维持多久，笑就从雪爸爸焦枯的脸上褪下来。

十

从杨爸爸带走一些换洗的衣服那天起，杨爸爸再也不会回这个家了。可是因了另外一件事，杨爸爸回来了，而且是永远地搬回来了。有件事我一直感到很奇怪，那一年，我分明在门外听杨爸爸说过要给陈妈生个儿子，一年多了，怎么没有生出来呢？而且听人说，杨爸爸给她做的雕花床，那榫结是用胶粘上去的，不到一年也弄损了。

记得那天，雪爸爸在家门口给我编辫子，她把我额前的刘海一根根梳上去，然后用红毛线在辫子上结个蝴蝶花。突然，发现很多人乱哄哄地往巷子口跑。我和雪爸爸感到奇怪，也随他们走到巷子口，发现一部解放牌汽车停在陈妈门前，从车上跳下来一群戴红袖章的哥哥姐姐，很响地喊着口号径直走进陈妈家，其中一个姐姐拿出一把剪刀，先是把陈妈几件旗袍剪得稀烂，然后抓住陈妈的头嚓嚓几剪刀，把她那水亮的粑粑头剪成一个癞子头。陈妈一下子蒙了，眼里怯怯地藏着恐慌。

这时，周围已围过来很多邻居，雪爸爸远远地站在那里。

那个姐姐对周围的人说：你们不知道吧？她是个南洋妓女。说完将一块牌子挂到她面前，拉她上了车，后面跟着的几个哥哥姐姐也跳上车，车子呼的一声开走了。我被眼前的情景弄蒙了，虽然我不晓得世界上还有个南洋，但我知道妓女就是雪爸爸说的婊子，是一种肮脏的女人。

巷子里的人议论说，她年轻时在南洋当过甜酒西施，可从来没听说当过妓女的事。一个婆婆说，她年轻时做得一碗好甜酒。每天一早，她打开那扇双合页门，端出个白瓷钵甜酒，捂上玻璃盖摆在门边，过往的人就隔着玻璃看见那清澈的甜酒了。她穿件水红色短袖，露出的两节手，像白莲藕又白又嫩。一碗甜酒伴一个笑脸。一传十，十传百，不想吃甜酒的就凭她这笑容也想吃一碗了。有人说她的甜酒这么好吃，是不是做甜酒时把女人香也一块糅进去了？她的甜酒做得好，满街的人都喜欢吃她的甜酒。女人怀小孩喝了她的甜酒，小孩在母亲肚子里长得又白又嫩，和她一样漂亮；月婆子喝了她的甜酒，小孩子有奶吃；小产的女人喝了她的甜酒，身上干净得快。但男人不能喝她的甜酒，男人一喝就醉，一醉就会天天想着她。所以细心的女人总不要男人去买她的甜酒，总是自己亲自去买，或要公公婆婆去买，买回来了也要看紧，不要让男人偷着吃。女人嫉妒她，偷偷从她那里买来甜酒药子，暗暗打听她的做法，然后用同样的方法做甜酒，可做出来的不是酸就是苦。女人们恨她。骂她的甜酒里洒了迷魂药，骂归骂，照样每天去她那里买甜酒。

……

雪爸爸没有跟上去，远远地站在那里，看着消失在街头的那辆解放牌汽车。她就这样直直站在那里，趿双凉鞋，穿条吊头棉绸裤，风偶尔一吹，露出一小节脚踝，但神态非常安详，脸上露出个意味深长的笑。回家的时候，凉鞋叽叽叽叽打着脚后跟，响个不停，扭动的身子有种夸张的动感，有种快乐后的轻松。雪爸爸暗地里与陈妈较量这么多年，在她毫无防备下陈妈败了，彻底地败了，败得一塌糊涂。这是天赐的报应，天赐的报应谅你躲也躲不开。雪爸爸伸长脖子，扬眉地吐了口气。

雪爸爸就这样扬眉吐气地过了个下午。她挺起胸脯，轻快地跨出房门，强压住内心的喜悦想再去看看那个遭报应的女人现在怎么样了。出门前，雪爸爸还换了一套平时不怎么穿的新衣服，脸上擦了层厚厚的雪花膏。快到巷口时，雪爸爸看见几个小孩子围着一个疯婆子拉拉扯扯，走近一看竟然是陈妈。陈妈的头乱得像鸡窝，身上的衣服涂了些乱七八糟的颜料，跟在她屁股后头的小孩子一直叫着南洋妓女。雪爸爸很吃惊，陈妈怎么转眼间变成这样子了？雪爸爸又想，她这样子不正是自己想看到的样子吗？可真正看到这样子，雪爸爸又觉得那些戴红袖章的孩子有些胡来。

雪爸爸整了整自己的衣服，她想以这种形象去击毁那个她怨恨多年、现在肮里肮脏的女人。雪爸爸拉着我说说笑笑地到了陈妈门口，我不知道雪爸爸为什么笑得这么响亮。然而，雪爸爸真正站到陈妈门口时，她那怪模怪样的笑声突然不见了。我抬头看雪爸爸，雪爸爸把我的脸扳过去，并用手指着屋里的陈妈。这时，我看见陈妈坐在镜子边梳那些残缺不齐的头发，却怎么也梳不好，原来漂亮的陈妈头发乱了有这么难看。

这时的雪爸爸是双手叉腰，很近地观看，一种幸灾乐祸的观看。从脸上笑容看得出来，雪爸爸再没有比现在更快乐的时候了。雪爸爸一直在笑，笑着笑着心里却不是滋味起来，笑容也就僵在脸上。

女人的头发是一根都不可以乱的，陈妈的头发怎么能乱糟糟呢？陈妈可以是狐狸精但不能成为一个疯婆子。就等于雪爸爸的衣服可以有油腻，杨爸爸的衣服一定要一尘不染一样。看惯了陈妈整齐漂亮头发的雪爸爸，怎么也看不惯她乱糟糟的头发。雪爸爸那幸灾乐祸的感觉有点像被风刮走了一样找不到了，最初尝到的胜利滋味在开始变味，最后，就像筐里的鸡蛋变成了臭蛋。

周围的人都在看陈妈梳头发，陈妈梳紧了前面后面又伸出来了，陈妈那难受的样子，雪爸爸看着心里也难受起来。陈妈仍在一遍遍梳，却怎么也梳不好那残缺不齐的头发。雪爸爸看着心撅。也不知是一股什么力量，雪爸爸走过去，帮她把头发往上压紧，然后用一个网子裹住，再也看不见那残缺不齐的头发了。

陈妈慢慢抬起头，看了一眼雪爸爸，幽幽地叫了声雪姐。

我发现她叫雪姐时，嘴里那颗金牙不见了，那里出现了一个空洞，我盯着那个空洞看。陈妈欠了欠身对我说，他们说金牙是资产阶级的东西，他们帮我敲掉了。

陈妈，你一定要想得开呀！我们知道你不是那样的人。

雪爸爸突然说了这样一句话。说这话时，她很不自然地扭动了一下身子。这下轮到我吃惊了，雪爸爸那么恨陈妈，怎么会从她嘴里说出这样一句话？好奇多年后我才理解雪爸爸，雪爸爸的胸怀说大就大，大到能容纳一个宇宙。说小就小，小到只能容纳一个男人。她的爱也是无边无际，她可以只爱一个人，也可以爱自己的仇人。

放心，我心里踏实着呢！陈妈说完，又把头低下去。

陈妈家门口又围过来一些邻居，都担心地望着她。陈妈站起来，从容走到门边，对他们平静地一笑：请进来坐吧！

十一

回家路上，雪爸爸一直在想陈妈，陈妈仍有一种镇定后的从容，一种常人不具备的从容。但雪爸爸感到她今天的从容与往日的从容不同，特别是对待她和杨爸爸的事上，那才是一种真正的镇定后的从容，而今天的从容是虚拟出来的，虚拟出来的从容不正常。雪爸爸越想心里越生出几分沉重。在雪爸爸还没有想通的时候，杨爸爸突然回来了。杨爸爸一进屋，径直躺到床上，给雪爸爸一个意外。不对呀，大白天躺在床上！更不对的是，这个时候应该是陈妈最需要他的时候，他怎么在这个时候丢下陈妈不管？看到杨爸爸一声不吭地躺在床上。雪爸爸又想，陈妈会不会来找杨爸爸？雪爸爸又朝巷子口望去，那里人已散尽，巷口安静极了。

晚上，雪爸爸躺在床上仍在想白天的种种不正常。陈妈那种不正常的从容和杨爸爸白天躺在床上的不正常。雪爸爸望一眼杨爸爸，杨爸爸弓在床上脸微红，鼻息发出的呼吸很均匀，有一种满足的鼾声。看来杨爸爸还不知道这件事，要不他不会睡得这样平静。雪爸爸越想越不安，越想越害怕，她把杨爸爸拍醒，把陈妈被抓的事说了一遍，也说出了陈妈的从容很不正常。杨爸爸懒懒翻了个身说，我早知道。雪爸爸惊讶地望着杨爸爸，杨爸爸又睡过去，像一只煮熟的大龙虾样安静，雪爸爸发现屋子里只剩她在挨冷时，赶快回到床上，扯灭了电灯。

挨到下半夜，雪爸爸突然一声尖叫，把我吓醒。我从被窝里探出头发现雪爸爸自言自语，声音像掺了某种恐惧变了味，仿佛嗓子里被堵塞了什么东西，费力地挤出一丝声音。我紧裹被子，什么也不想听。

雪爸爸拉亮灯，趿着鞋子朝陈妈家跑去，我就迷迷糊糊被她拉到陈妈门前。雪爸爸发现有一线光从门缝隙里射出来，闪闪烁烁，一种不祥感觉升腾在雪爸爸眼里。雪爸爸把我拉到跟前，悄声对我说，你大声喊陈妈，说你要吃酸水萝卜。陈妈是最爱你的，你一喊她就会开门。我睁着惺忪的双眼，吃惊地望着她，望着她因一夜未睡沉沉耷拉下来的厚眼皮。我没好气地说，喊她做什么？你不是很恨她的吗？

雪爸爸几乎是吼起来，你给我赶快喊，大人家恨不恨，不管你小孩子的事。想想陈妈平时对你的好。快喊吧！

让她去死吧！想起陈妈拐走杨爸爸，想起雪爸爸为杨爸爸天天伤心的日子，我已对陈妈恨之入骨了。我甚至认为，陈妈一直不嫁是为了跟雪爸爸作对才不嫁的。如果不是这样，就没有办法解释发生在女人之间的故事了。

也许是我一句“让她去死”触动了雪爸爸某根神经，她屁颤屁颤走回家，把杨爸爸摇醒，快，陈妈会出事！

出什么事！

陈妈真的要出事了。雪爸爸又说。

杨爸爸突然坐起，你烦不烦？我明天还要上班呢！真是神经病！吃自己的饭，管别人的事。

你！你！你！你这个畜牲。雪爸爸恶狠狠骂着，一晃头，见我往床上爬，一把拖住我，又火烧屁股似的跑到厨房，提起一把斧头跑到陈妈家，对着陈妈的门，肚子一鼓，几斧头就把她的门砸开了。房里的情景让我惊慌了。陈妈直挺挺地挂在楼板上，像一串风干的玉米。她是撕一块旗袍做绳子上吊的。雪爸爸手忙脚乱地把陈妈背到医院，一直到天亮，陈妈才脱离危险。

雪爸爸拖着沉重的脚步回家。杨爸爸坐在床边抽烟，见雪爸爸进门说，你该去做饭了！雪爸爸抹了把脸说，你不问我去哪里了？杨爸爸轻下声来，她现在是四类分子，你最好少往她那里串。雪爸爸伸手甩了杨爸爸一耳光。杨爸爸捂住自己的脸，惊讶地张着嘴。

房里非常静。

我屏住呼吸，双眼在雪爸爸和杨爸爸之间睃来睃去。我觉得要发生大事情了。我觉得他们会打起来。雪爸爸打得过他吗？别看雪爸爸一身肉，可杨爸爸是天天抓斧头的人呀！我不知怎么办，只想有个人立即出现在房里。结果，在我看来什么也没发生。至少表面上什么也没发生。

居士巷的人看见陈妈又打开了她那张双合页门，又坐在小摊前了。这几天，那些戴红袖章的红卫兵给她恢复了清白，她坐在小摊前有种如释重负的感觉。有天，我看见杨爸爸又偷偷溜到陈妈家门口，陈妈没让他进门，而是把他过去留在家里的衣服一件件往门外丢。晚上，杨爸爸连续几次去敲她的门，都没有敲开她的门。

陈妈家去不了，杨爸爸不是个滋味，每天躺在床上翻来覆去的睡不着。有天晚上，“砰”的一声把我惊醒，我坐起来看，原来是杨爸爸偷偷摸到雕花床上，被雪爸爸一脚踢下床，接着是雪爸爸一连串的骂声，你这个畜牲，你这个连畜牲不如的家伙，你给我滚。滚！雪爸爸抓起床头柜上杯子砸过去。听到玻璃的脆响，隔壁的几个邻居过来了。杨爸爸应该是在听到那声碎响走掉的。走时好像说了句，不和你泼妇计较，你会知道我厉害的！杨爸爸是捂着脸走的，有点儿一去不复返的气概。

邻居的目光敏感地在雪爸爸脸上扫来扫去。雪爸爸马上镇定下来，浮出一点儿笑意，说自己为一点小事沉不住气，唉！是不是我老了，爱唠叨了。她本来想笑一下却笑不出来。雪爸爸想把心里的那块伤藏得严严实实，脸上表现出一副和平常没有两样的从容，我知道这种从容是装出来的。果然，邻居走后，雪爸爸呆立在那里，像一片冬天发黄的芭蕉叶。

十二

从那以后，雪爸爸与陈妈的仇恨化解了，我也成了只贪嘴的猫，满脑子都想着陈妈酸水萝卜和甜酒。陈妈开始往雪爸爸家走。她告诉雪爸爸怎么做酸水萝卜，雪爸爸也能做出陈妈那么好吃的酸水萝卜了。

有天，雪爸爸撅着屁股去坐那张红木椅子。日光很强烈地射到雪爸爸身上，她满背是汗，又从大红木椅下来，脱了鞋，图凉爽，索性把贴肉的汗褂也脱了，露出两个大奶子，躺到竹凉床上跟陈妈说话。陈妈看她那两个奶子在那里晃，摸了一把。我可不高兴，雪爸爸奶子是我的怎能让别人摸？我扒开她，将整个身子扑上去捂住。雪爸爸说这有什么，这和别人握我的手摸你的脸没有两样。说完，她们咯咯笑了，雪爸爸笑得最响。雪爸爸突然说，你现在还用那豆腐榨的水洗头吗？陈妈说洗，我已洗了一辈子了。雪爸爸说，难怪你头发溜青，看我，快白一半了，以后我也去打些来洗。陈妈说，那好吧！我多装一点儿，你要媛媛来端。雪爸爸又问，你还吃那些鱼杂吗？陈妈说吃，我也快吃一辈子了。雪爸爸说，难怪你皮肤这么好，原来是吃了这些鱼杂。

其实，在我刚到雪爸爸家不久，就经常看见陈妈提着个木盆到豆腐店去接豆腐水洗头，还经常看见她提着个小木桶到鱼店去捡鱼杂。如果今天雪爸爸不提起，我差点儿都忘记了这件事。

陈妈说你还能吃下两大碗饭吗？我记得你常说的一句话，吃得做得。雪爸爸说我再也吃不下两大碗饭了。吃不下两大碗饭就挑不动潲水了，挑不动潲水就不能喂猪了。唉！不喂猪了我想多带一个小孩。陈妈说你身边有两个小孩了，你还想多带？你还要不要多活几年？

后来的日子，陈妈变得有事无事往雪爸爸家走。女人一会面，有说不尽的悄悄话，有时她们在雕花床上谈到深夜，谈她们的过去，谈那些无情的男人，不是哈哈大笑就是哭哭啼啼，像一对疯婆子。有一次，陈妈注意到我，也许是雪爸爸的缘故。陈妈撩起我遮盖的头发，边撩边说，让我看看，看看你的小脸蛋，哟！长得跟雪梅小时候一个样。陈妈说这话时表情妩媚地望一眼雪爸爸。我听了非常不高兴。我怎么像雪爸爸？望着躺在竹床上一堆肉的雪爸爸，心里犯嘀咕。

陈妈说，你不知道吧，你雪爸爸还是桃花江的第二代美女呢！

那时候我们多么年轻！雪爸爸说这话时，脸上浮出的笑极生动。雪爸爸的眼神感染着陈妈，陈妈坐到雪爸爸身边，轻轻地唱起了《桃花江是美人窝》。我记得其中有几句是这样唱的：

桃花江是美人窝
桃花千万朵
比不上美人多
……
桃花江是美人巢
桃花颜色好
比不上美人娇

也许她们是来兴致了，唱得很投入，个个表情妩媚。也许她们回到年轻时在家做闺女的幸福日子了。她们本是高兴了才想唱歌的，可是唱着唱着，两个人流下泪来。也许是唱出了她们身为人妻的悲凉。

唉！你们哭脸了？我突然说。她们一回头，发现我坐在她们身后有些惊慌。也许发现问话的是我，觉得当着小孩子流泪不好意思。我见她们这个样子，趁机溜了出来。

居士巷除了那些小摊贩在吆喝自己的东西外，就是两个骡子拴在垃圾边，长一声短一声地叫。风卷起垃圾，空气里弥漫着腐烂的气味很难闻。我捂着鼻子跑到巷子口，刚才巷子口还很热闹的，一下子也变得冷冷清清。我跑到理发店，看那些叔叔阿姨理发。突然，我发现地上有烟屁股，啊，满地都是。我想起居士巷的二蠢子，他很可怜，没钱买烟只能捡烟屁股抽，我就给他捡些烟屁股吧！烟屁股都是在理发人的凳下。我爬进去，再爬出来时，我已捡满了一口袋烟屁股。我跑到雪爸爸门口，发现陈妈还在雪爸爸家。她们并排坐在雕花床上，陈妈怀里抱着一条不知从哪里弄来的小狗，小狗身上穿着花衣服。陈妈望着雪爸爸对小狗说，快叫爸爸，她是你爸爸。小狗哦哦两声。陈妈高兴地说小狗叫你爸爸了。雪爸爸抱过小狗，指着陈妈说，我的儿，快叫妈妈，你是妈妈的心肝宝贝。小狗不叫，雪爸爸在小狗头上拍了几下，小狗不知是反抗还是怎么的，又哦哦了几声。这时我突然想到了那个谜，那个一直藏在我心里的谜。雪爸爸为什么要我叫她雪爸爸。原来雪爸爸跟陈妈小时候过家家时，雪爸爸总是扮演爸爸。

原来你们也过家家呀！我突然说。

雪爸爸发现我站在门边，赶紧站起来，你去哪里了？看你，一身的头发。

我给二蠢子捡烟屁股了。你看，一袋子呢！

你看你，袋子里放着烟，脏死了，快掏出来。

雪爸爸，我痒，全身都痒，快给我抓。我脏兮兮的手满身地挠。

哎呀！你这该死的，身上都是头发呀！来，赶快洗澡。

雪爸爸烧了一盆热水给我洗澡。我身上是不痒了，可是脸上仍痒，一抓一块红，很快脸肿开半边。陈妈说，走，去医院看医生。雪爸爸说，先在家敬菩萨。陈妈说感染了一些毒菌，也不要紧，我找点药给她吃就可以了。雪爸爸说怎么不要紧呢？女孩要变姑娘，姑娘大了要嫁人的，脸坏了哪个伢子要？雪爸爸楼上楼下地转，她从一个木盒子搬出个木头人，烧几张纸钱，双手朝前拱几下，一脸虔诚地默念着什么，然后端来一小酒杯水，用手在里面划几下要我一口吞下。陈妈走到门旮旯，从里面推出一个大石磨，淘上几升米去磨。雪爸爸开门出去了，一会儿，她从外面背回一个大南瓜。陈妈把南瓜切成小坨和米粉一块煮，煮熟做成一个个小粑粑，用木盆装着。雪爸爸把木盆端到大门口喊小孩子来抢。我想一定好吃也抢了一个。陈妈说你不能吃，叫雪爸爸拿走我手里的粑粑。

好了，粑粑抢完了，灾祸被抢去了，你就好了。雪爸爸松了一口气。

什么灾祸？

就是你脸上的红斑。雪爸爸脸上浮出了笑容。

只两天，我脸上真的好了。我不知道是陈妈的药灵还是雪爸爸的一套更灵。在没有杨爸爸的日子雪爸爸突然变得单纯起来，心情反而轻松许多。也许她将一些事想明看透了，反而轻松起来。

十三

杨爸爸的姐姐领着杨爸爸回来了。杨爸爸姐姐是个能干的女人，她笑容可掬地对雪爸爸说：我家弟弟怎么天天吃食堂？原来是两口子吵架。唉！弟妹，我帮你把人送来了，要打要挨你就赶紧挨几下，我保证他不会还手的。你看他吃食堂，瘦成猴子了，你不心痛谁心痛？我把他交给你了，再不要让他跑了！

杨爸爸姐姐丢下一大堆话，最后拍拍雪爸爸的肩膀走了。雪爸爸见姐姐走了，转身进了厨房，把厨房的碗筷弄得噼里啪啦响，我知道这是雪爸爸的无声抗议。雪爸爸没做出杨爸爸喜爱的饭菜来。杨爸爸说，汤咸了，冬瓜烧糊了。雪爸爸没有吭声，去收拾我们小孩子睡觉。我记得那顿饭，杨爸爸自始至终在说。声音不大，杨爸爸是黑着一张脸把一顿饭吃完的。

在家里，杨爸爸想和雪爸爸说话，雪爸爸不理他。可以说我们的欢乐完全忘记了还有个不欢乐的人存在。他一个人郁郁寡欢，尤其同我们一起吃饭，他想喝酒，自己去找杯子，好不容易找到杯子，再看桌上的菜，桌上的菜还丰盛，就是没有他喜欢吃的下酒菜。他总是黑着脸，嘴角拉长，菜在嘴巴里很重地嚼，然后像吞酒样咕噜一声吞进去。吃完饭抽几支烟后，哐当一声放下蚊帐，躺到了床上。有天，他掏出一枚硬币，给我买冰棍吃。我刚接过硬币，雪爸爸的目光箭一样射过来，我的手捏着的好像不是硬币，是一块烧红的烙铁，硬币从我手上"嘣"地滚到桌子底下。杨爸爸喘着粗气，弓下腰去捡硬币，半天都抓不到硬币。看他那难受的样子，我很想过去帮他，但雪爸爸那双箭样的目光从我背后穿透过来，我只能待在原地看他把硬币从地上捡起来。他再站起来时人像矮了半截。

有天晚上，杨爸爸偷偷摸到雪爸爸床上，突然跪到雪爸爸身旁，他的腰大幅度地弓着。我屏住呼吸，耳朵听着床上细小的动静，以为雪爸爸又会把杨爸爸一脚踢下床，结果什么也没发生。雪爸爸只望了杨爸爸一眼，翻了个身，给了杨爸爸一个冰冷的背。杨爸爸心地震般颤了，连滚带爬地回到他自己床上，我佩服雪爸爸的勇气，她的勇气让我看到她在那些压抑的夜晚里，膨胀在她身体内水样的东西有了可喜的转化，水样的东西就像日光下的雾气一样统统消散了，屋子一下子变得清冽了。

窗格上刚麻麻地泛白，杨爸爸就起床开始喝酒了。他从麻麻泛白的早上喝到午餐后，一瓶酒喝完后就拿着空酒瓶在雪爸爸跟前晃来晃去，显然想让她注意。雪爸爸视而不见，只招呼我们吃好饭。吃完饭，她右手牵着小孩左手拉着我，上街看热闹。有时雪爸爸看热闹看得忘了回家做饭，就在街上买米粉吃，吃完了再回家，根本忘记了还有个人等她的饭吃。这时，杨爸爸很不乐意地自己做起饭来。他不是打烂了碗就是烧糊了汤。雪爸爸望着他那笨拙的样子，一点也不同情，甚至装着没看见。我呢？再也不怕杨爸爸那副拉长的马脸了。

有天，杨爸爸站在雕花床前，开始痴痴地看，然后诡秘地哈哈笑。看着杨爸爸那种不正常的样子，我真担心他会不会在床上搞什么阴谋诡计，会不会在床上埋个定时炸弹，我在电影里经常看到埋定时炸弹的坏人。雪爸爸走过来时，杨爸爸又露出一副伤心的样子。雪爸爸突然说，你伤什么心？当初我嫁给你，还不是瞎了眼？你当初要我还不是看上了我父亲的技术和这张床？

我愣住了。我似乎知道是这张曾经在雪爸爸的眼里是那么温馨的床，埋葬了她一生的幻想和期待。

杨爸爸一下子瘫痪在那里，他微张着嘴，从雕花床门上扶着站起，往外走，走得歪歪斜斜。

后来我从巷里年长者的一些零零星星的讲述得知，杨爸爸从小跟随师傅，算得上是个聪明能干的弟子。师傅是人人羡慕的木匠，他自然成了人人羡慕的徒弟了。杨爸爸当时只是个从农村来镇上学艺的伢子，所以师傅的地位他非常羡慕。为了达到师傅的地位，只有依附了师傅家。他在学艺上采取谦逊的态度，生活上采取亲近的姿态。散工后，他总是上师傅家，帮师母劈柴、挑水、出猪屎，很讨师母欢喜。于是，师母总是做出好吃的饭菜挽留他。师母做得手好饭菜，杨爸爸非常贪恋，后来来得更勤密了，有事无事都跑师傅家。来多了，师母把他当成了半个儿子，跟前跟后地叫唤。有了进一步的关系，也有了他最终的目的，第一他要尽快学到师傅全部技艺，第二想讨师傅的女儿做老婆。只有成了师傅的女婿，师傅才会主动让位，扶他一马。师傅的女儿是整条巷羡慕的对象，怎么轮也轮不上他。所以他必须早点儿在师傅女儿身上下功夫。他给师傅女儿偷偷送点儿小礼品，使闺中待嫁的女儿有了某种冲动，由冲动而产生某种欲望。杨爸爸是她接触的第一个男人，她以为是最好的。事实上，杨爸爸让她每天看到的也是他最好的一面。师傅的技艺是他一生的积累，不是延伸这种亲情关系是很难全部传授的，这点人人知道。现在他围定了师母，围定了师傅女儿，他还有什么不能攻破的呢？他很自然地出入师傅家。师傅见妻子喜欢他，女儿也在他身后师兄师兄地叫，也对他某些方面有了默认。不久，师母去世了，师傅整个人像散了架，妻子的后事全由徒弟一手打点，师傅看到了他的能力，这个家需要这样一个男人撑起。于是，师傅决定把自己全部技艺传授他。

师傅是师傅，姜是老的辣。女儿结婚后，他才完全撒手。师傅生前识书不多，但也剽学过几句古书。他一生中最崇尚一句古语：“成大器者德为先。”临终前他把这句古语送给女婿。师傅临终前还有个交代，他说他一辈子的技术做了这张床，陪你们夫妻白头偕老。但是如果有什么意外，这张床归女儿所有。师傅死后，徒弟迅速代替了师傅的位置。后来的日子，杨爸爸无法超越师傅，无法摆脱这张床。也许师傅料事如神，知道他的德行永远超越不了，才说出这番话。但是女儿爱上他已是没法子的事。师傅想好了，有了这张床也许女儿能够永远把他拴在身边。可怜的雪爸爸就永远不知道父亲的这份苦心，以及隐藏在她生活里的那个洞，更不知她为这个洞付出的代价。雪爸爸躺在这张床上，更多的是来自对父亲的一种怀念。

十四

那些年，全国上下都兴“上山下乡”，不管有工作没工作，有问题没问题，要革命的与不革命的都一古脑地往乡下送。我父母在税务局工作得好好的也莫名其妙地带着全家下放，用拨惯了算盘珠的手拿起了锄头镰刀。我只好离开雪爸爸，随父母到了一个僻远的农村读书。高中毕业那年，父母落实政策我又回到县城。

离开桃花江县城的几年里，县城也和其他县城一样有了些变化，先是把桃花江名字改为桃江，后来在加强城镇建设中把几条麻石路改成柏油马路，居士巷的房子也撤走了一部分，那条臭港也用土填了一半，和另外几条巷子合并，建成了一个县城最大的集贸市场。市场边新建了一个电影院。雪爸爸的房子仍没有拆，只是显得有些不协调。

我拐过集贸市场去看雪爸爸时，雪爸爸却躺在床上。她得了一种病，叫血崩病，即血癌。医生说她太胖不能动手术，只能用一点点药让她维持下来。

雪爸爸平躺在了雕花床上，她脸上那些我第一次看见的红斑、以及从床单上露出来的、一动也不动的胳膊，我的痛苦往内心深处流淌。

是媛媛吗？雪爸爸声音暗然，睁眼愣看着。

我是媛媛。我握着她的手用了一点儿劲，想让她感觉到我。我知道死神正向她一步步走来，我却无力把她拉回来。果然，雪爸爸脸上浮出笑容。她说，我这几天天天做梦，不是梦见我和陈妈姑娘时代的事就是梦见媛媛在雕花床上大闹天宫。雪爸爸很想一直说下去，但那有气无力的样子说不下去，我只好一次次安慰她。

那天天很冷，我帮雪爸爸把门关上，白天关着门房里显得有点黑。雪爸爸说，我看到黑暗就像见到坟墓，其实我也离那里不远了。我赶紧打开门。雪爸爸门前的桃树没有往年那么旺盛，花也只开了零星几朵。

雪爸爸说，看那桃花，我可能过不了今年。

不会的，你会好起来的。我喉咙沙沙地说，雪爸爸你会好起来的。我又重复一句。

陈妈给我倒来一杯开水。陈妈很困，眼里满是血丝。雪爸爸躺在床上数月，陈妈一直守候在她身边。我环视四周，感觉不出还有谁来过。鼻子一酸，眼里湿湿的又有了泪。

雪爸爸说，我知道你喜欢雪爸爸的雕花床，快叫你爸爸拖走吧！

我不要。我只要你。我真不知怎样倾诉这些年来对她的感情。

傻孩子，我不是在这里吗？

你要好起来。

唉！我这样子，过了今天过不了明天。都是阎王老子安排的，躲不过这个劫数。

你多吃一点儿东西就会好的。我端出了雪爸爸平时最爱吃的红烧肥肉。这些都是陈妈准备的。

雪爸爸笑了，我怎么还能吃呢？医生说我的病就是平时不节食，吃多了肥肉吃出来的。

你吃一点点吧，我知道你想吃。

我是应该吃一点点，唉！我也没有多少吃的日子了。雪爸爸夹了块肉放到嘴里，大口地嚼起来。望着雪爸爸样子，我仿佛又看到了雪爸爸大碗吃饭、大块吃肉的日子，眼泪又涌上来。

傻孩子，不要哭，我会好的。其实这也不算病，医生说只是胖了一点儿，说不定我还可以给你带孩子呢！

嗯！我心里像堵了一块石头，难过地背过身去。雪爸爸以为我要走，一把抓住我：你是我最疼爱的孩子，还有一件事也是我不放心的，你今后找对象，要睁开眼睛找心好的，可是我看不到你成家了。雪爸爸一脸的遗憾，头也转到一边去了。

我喉咙发硬。雪爸爸用一生的时间爱了一个人，那就是杨爸爸，而杨爸爸是怎样的让她伤心，雪爸爸的伤心莫过于得不到杨爸爸的爱。即使雪爸爸在与死神挣扎期间，杨爸爸也一次没有来看她。

那天晚上，居士巷突然停电，我给雪爸爸点亮了那盏马灯，那是盏伴她一辈子的马灯。我把灯放到了雕花床里的那排抽屉上，我知道雪爸爸怕黑夜，这样灯就照着她整个床铺。

就在那天晚上，杨爸爸带了两个徒弟突然出现在门口。徒弟拖了两部板车，板车上放着几根很粗的绳子。杨爸爸往里张望，边望边对徒弟说先将雪爸爸抬到旁边床上，然后拆后墙床板。

雪爸爸还没死就来抢床了。我死死堵在门口不让他们进来，然后拼命地关上门。这时，雪爸爸向我招手，我跑过去，您想喝水！她摇着头，双眼落在我的身上，眼里有稀薄的泪涌现。外面的推门声音越来越大，雪爸爸一阵呻吟，我把头伸过去，雪爸爸从枕头边摸出一把锁对我说，叫你杨爸爸一个人进来，他进来后你出去把大门锁了，我有话跟他说。

尾声

雪爸爸的那盏马灯放在床柜上，杨爸爸走进来感到屋里有些暗，他有点不习惯这种暗。他摸索着走了几步就嗅到一股煤油味，到雪爸爸跟前时，煤油味更浓了，杨爸爸下意识地捂着鼻子。雪爸爸突然坐起，双手抱住杨爸爸，然后一脚踢翻了床柜上的马灯。火舌从她身上弥漫开来，燃着了杨爸爸的衣服。雪爸爸抱住杨爸爸滚到了地上。他和她在地上滚来滚去，谁也不想接近床，床成了比他们生命更重要的东西了。在他们的滚动声中，雕花床奇异地摇晃了，接着轰然一声，神奇般地垮了。那个杨爸爸一直没能解开的榫结，猛然显示在他眼前，那是一块两寸多长的凸形木片，是那么的简单，简单得让杨爸爸目瞪口呆。但杨爸爸只能对它鼓着一双血红的眼睛了。

陈妈丧着脸帮他们办后事。办完后事，陈妈脸上的水分就没有了，一下子显出许多皱纹，老态龙钟了。后来的岁月里，居士巷的那些婆婆姥姥都陆陆续续走到另一个世界，而陈妈却活着，她把自己门前的小摊变成了小推摊，推到了电影院门口。可是她从来没有认真做过生意，人家给点钱，她摊子上的东西随便拿。有的小孩没有钱，也让小孩拿糖果和酸水萝卜吃。她风雨无阻，天天推着小摊去，遇到风和日暖的天气，她就睡在小摊旁。也许她太老推不动小摊了，也许她怕寂寞。直到有一天清早，她护在小推摊旁，清洁工扫地下的垃圾时要她让一下，她不动，再推她一把，她就倒下了，脸上一派祥和。

那几年，桃花江城里依然是遍地桃花，只是雪爸爸屋前的桃花没有开。

图书在版编目（CIP）数据

雕花床 / 薛媛媛 著. -- 北京：作家出版社，2016. 1
ISBN 978-7-5063-8732-3

Ⅰ. ①雕… Ⅱ. ①薛… Ⅲ. ①中篇小说 – 小说集 – 中国 – 当代 ②短篇小说 – 小说集 – 中国 – 当代 Ⅳ. ①I247.7

中国版本图书馆CIP数据核字（2016）第029731号

雕花床

作　　者：薛媛媛
责任编辑：宋辰辰
装帧设计：薛　怡
出版发行：作家出版社
社　　址：北京农展馆南里10号　　　　邮　　编：100125
电话传真：86-10-65930756（出版发行部）
86-10-65004079（总编室）
86-10-65015116（邮购部）
E-mail:zuojia@zuojia.net.cn
http://www.haozuojia.com（作家在线）
印　　刷：北京明月印务有限责任公司
成品尺寸：152 × 230
字　　数：265千
印　　张：19.5
版　　次：2016年4月第1版
印　　次：2016年4月第1次印刷
ISBN 978-7-5063-8732-3
定　　价：32.00元